EL SOL ROJO

Ekaterina T. Vasilieva

EL SOL ROJO

Círculo Rojo
EDITORIAL

Primera edición: abril 2024

Depósito legal: AL 766-2024

ISBN: 978-84-1073-036-6

Impresión y encuadernación: Editorial Círculo Rojo

© Del texto: Ekaterina T. Vasilieva
© Maquetación y diseño: Equipo de Editorial Círculo Rojo

Editorial Círculo Rojo
www.editorialcirculorojo.com
info@editorialcirculorojo.com

Impreso en España — Printed in Spain

En el año 6478, Sviatoslav puso a Yaropolk a gobernar en Kiev y a Oleg a los drevlianos.

Al mismo tiempo, llegó gente de Nóvgorod pidiendo un príncipe para sí:

«Si no venís a nuestra ciudad, nos buscaremos nosotros un príncipe».

Y Sviatoslav les dijo: «Que alguien vaya a donde vosotros».

Y Yaropolk y Oleg rehusaron. Y dijo Dobrinia: «Pedídselo a Vladimir».

CRÓNICA DE NÉSTOR. 1113 D. C.

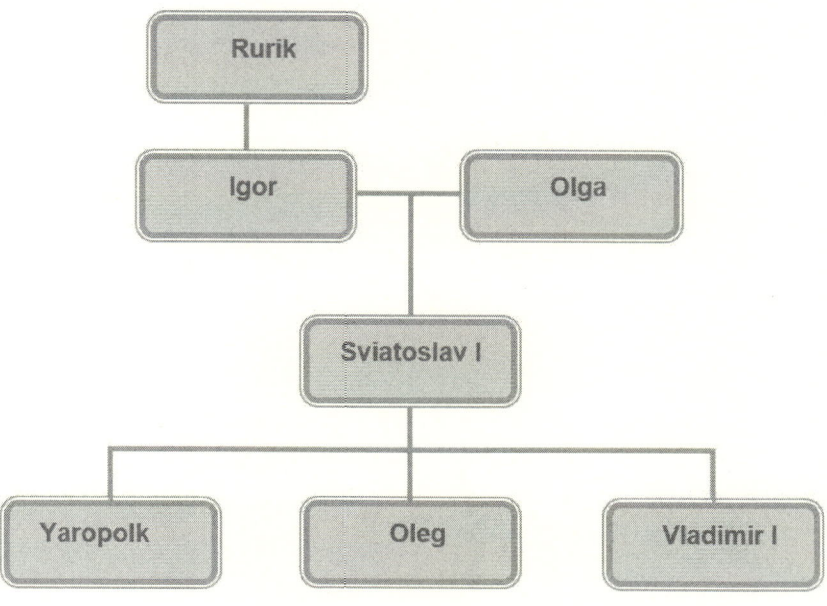

Año 6480 (972 d. C.)

—¡Cerrad las puertas de la ciudad! —rugió Sviatoslav—. Que nadie ose pensar en la retirada.

Sveneld movió la cabeza con un leve gesto de desaprobación, observando los restos de su gran ejército tomar posiciones delante de los muros, con sus escudos largos, muchos de ellos medio rajados, clavados en la tierra delante de los pies de los guerreros, y con los arcos y las espadas preparadas.

—Teníamos sesenta mil hombres y ¿con qué nos quedamos después de devolverte Bulgaria? —susurró. Pero Sviatoslav no lo escuchaba. Repetía los nombres de los dioses para que le ayudasen a combatir a ese enemigo que los había embestido a traición. Los bizantinos habían sido sus aliados, hasta que Juan I Tzimisces se alzó al trono y quiso Bulgaria para él, atacando Pereslavl sin ningún aviso. ¿Quién podía imaginar que el nuevo emperador reuniría con tanta rapidez las tropas? Vislumbrar sus nuevos trirremes y galeras entrando por la boca del Danubio resultó ser como un delirio devastador. Ese día, Sviatoslav el Invencible, el único heredero del príncipe Igor y la princesa Olga, fue despojado de ese apodo. Y, como si aquello fuera poco, perdió ocho mil hombres más tratando de frenar al nuevo emperador con el paso cortado hacia Kiev. Acabó atrincherado en esta pequeña ciudad amurallada, Dorostol, donde desde abril había intentado someter a su enemigo en tres grandes batallas. Pero no pudo. Cada vez acababa retirándose tras los muros para curarse las heridas, reparar las armas y planear un nuevo ataque. Pero este, el de hoy, el veintidós de julio, era diferente y tenía que ser el definitivo.

Sviatoslav sonrió mirando a su segundo general Ikmor recorriendo las filas y dando las últimas órdenes. Toda una leyenda de guerrero, amado por sus hombres, igual que él mismo y Sveneld. Hacía tiempo que sus tropas no estaban tan emocionadas: la mañana anterior, a la luz del día, un grupo de rhosos se adentró en el campamento bizantino, confiado ante un enemigo debilitado y acorralado, y arrasó con fuego todos sus artefactos de asedio, matando también al maestro de máquinas. Era el principio del fin de la incertidumbre y las penurias. Ahora solo había que rematarlo.

—La gloria, compañera de nuestras armas, que derrotó a los pueblos vecinos y conquistó países enteros, perecerá ahora si sucumbimos vergonzosamente ante los bizantinos. —La voz de Sviatoslav se alzó clara en el aire de la madrugada—. Y así, con el coraje de nuestros antepasados y el poder de nuestra sangre, invencible hasta ahora, luchemos por nuestras vidas. ¡Y si no vivimos victoriosos, moriremos con gloria!

Después, se giró hacia el enemigo y, como hacía desde siempre, gritó:

—¡Voy a por vos!

Era una señal para Ikmor, en todo momento pendiente de su príncipe. Aquel soltó al aire una orden y arrancó hacia delante sobre su corcel. Los escudos se apartaron levemente dejando paso a los guerreros, que con un grito corrieron hacia el campamento enemigo. Los recibieron preparados, primero con unas ráfagas de flechas, que alcanzaron a unos pocos atacantes. Más cerca, con disparo de frente. Pero aún con alguna flecha clavada, los guerreros de Sviatoslav seguían corriendo y atacando. Ikmor fue directo al centro de la formación enemiga. Tras él, las armas y los escudos se golpearon como en una gigantesca palmada. Sveneld miró a Sviatoslav. Aun siendo mucho más viejo y con incomparable experiencia, necesitaba su orden.

—Adelante —dijo el príncipe. La segunda línea de la formación avanzó cubriéndose con los escudos, hacia la batalla. A medio camino, empezó a parecer que los guerreros de Sviatoslav comenzaban a aplastar al enemigo, adentrándose cada vez más en la llanura abierta. Sveneld agudizó los sentidos, aunque ya le fallaban. La victoria no debía llegar tan pronto.

—Esto no está bien —dijo el general en voz alta. No esperaba que alguien lo oyera. Pero Sviatoslav pareció hacerlo. O solamente fue el mismo pensamiento que lo deslumbró en el mismo instante. Era demasiado fácil. Sobre todo, porque, a diferencia de los rhosos, los bizantinos aún tenían caballos. El príncipe frunció el ceño y giró su corcel hacia la ciudad. Sveneld tenía razón. Rodeando los muros de Dorostol, desde los dos lados, a la retaguardia de los restos del exhausto ejército de Rus, aparecía la caballería bizantina, con el mismo general Bardas Skleros enfrente, un hombre de inteligencia extrema y meticulosa competencia militar.

—Qué pena habernos comido casi todos los caballos —bromeó Sveneld y gritó todo lo que daban sus viejos pulmones—: ¡Dad la vuelta! ¡Enemigo a la retaguardia!

Aún los separaban unos metros, pero la confusión había hecho mella. Además, un guerrero de a pie contra uno montado no podía hacer mucho. Pero, superado un primer ataque, los hombres de Sviatoslav comenzaron a demostrar su destreza. Recogiendo de nuevo los escudos, y a pesar de las protecciones y armaduras del enemigo, buscaban la ocasión para las estocadas en la zona blanda de las barrigas equinas, que quedaban al descubierto en la zona de la cincha, y con un corte profundo hacían al animal enloquecer de dolor o caer a plomo, casi siempre llevándose al suelo a su jinete, aplastando su pierna o inmovilizándole, preparado para ser rematado. Sviatoslav y Sveneld, los únicos a caballo, luchaban con más ventaja. En pocos minutos, tanto delante de la ciudad como en el campamento bizantino, la tierra se cubrió de sangre, de cuerpos, de metal y de madera astillados. De agonía, rabia y dolor. Los cuervos olfateando la muerte aparecieron de la nada dando vueltas, esperando su hora del festín. Sviatoslav alzaba y arrojaba su espada sobre todo lo que respiraba y se ponía a su alcance, espada que, curiosamente, fue un regalo bizantino cuando aún eran aliados. Esos minutos y horas de lucha eran su vida. Fue así desde siempre, desde que era pequeño. Únicamente quiso conquistar nuevas tierras. Nunca permaneció en su Kiev natal más que unos pocos días para reponer su ejército. Rus fue regida por su madre, hasta el día en que había caído enferma y le suplicó quedarse con ella hasta su muerte. Pero él partió. Nada debía estropear sus planes, su imparable avance. Bulgaria lo esperaba. Kiev no era su casa. Lo importante era una nueva conquista, una nueva demostración de su valor, fuerza y poder.

Sus cinco sentidos estaban agudizados como nunca y era eso lo que le hacía sentirse vivo. Sus movimientos eran precisos, sus pensamientos rápidos y perfectos, adelantando cada acción del enemigo. Solo sonreía luchando. Sentía ese placer de sobrevivir, ganar y humillar, al contrario, haciéndole caer de su caballo, tapándose la herida con la mano, suplicando a su dios salvarle.

Pero de pronto algo falló. Un jinete se aproximó directamente a él, evitando cualquier espada, fuera de su campo de visión. Era Bardas y su misión era muy clara: matar al Invencible. Cuando Sviatoslav notó su presencia, ya era tarde. Una espada le asestaba un golpe inmenso en el hombro izquierdo con el fin de rebanarle la cabeza. Pero milagrosamente la malla de acero del príncipe resistió y, a punto de caer del caballo, oyó un chasquido interno, como si algo se soltara en su hombro. Giró bruscamente su montura tratando de mantener el equilibrio y vio a su atacante de frente, visiblemente decepcionado. Su caballo llevaba una armadura completa; sin embargo, Sviatoslav sabía que todo en este mundo tenía un punto débil. Rio dolorido y enseguida supo exactamente dónde tendría que asestar su golpe para hacer caer de su silla a ese hombre arrogante. Pero en ese momento, todo se volvió un caos. Un fuerte viento se levantó como por un hechizo, trayendo una nube enorme de polvo amarillo que golpeó a los rhosos en la cara y los cegó en un segundo. Los guerreros que habían atacado el campamento volvían ahora corriendo y clamaban a la ciudad para que abriera sus puertas. Sviatoslav dejó escapar a su atacante y quiso cortar el paso a sus tropas, que parecían aterradas, pero no pudo. Su brazo izquierdo no le dejaba manejar bien las riendas. Y su animal, salpicado de sangre y aterrado, sintió fallar la autoridad del jinete y se echó a galopar hacia lo único que conocía como su casa: las puertas de la ciudad. Sviatoslav trató infructuosamente de parar aquella retirada que se había vuelto masiva. Ya nada se pudo hacer. Tampoco veía nada, la maldita arena le hizo cerrar los ojos doloridos, como a todos. Entró galopando por las puertas y cuando el caballo paró en medio del patio, se desplomó al suelo, sin percibir la parte izquierda del cuerpo. Antes de desmayarse, no sintió el dolor, sino cólera por el fracaso, que hacía estallar su cabeza y su corazón de guerrero.

* * *

Anna no conoció a su padre. Falleció dos días después de su nacimiento. Pero su madre, Teófano, la hija de un tabernero, convertida gracias a su extraordinaria belleza y su carácter implacable en la emperatriz bizantina, valía por madre y por padre. Su abuelo Constantino murió durante un almuerzo, se le había parado el corazón. Y a su padre exactamente igual. De pequeña, ella temía morir mientras comía. Pero su madre reía y le decía que eso jamás iba a pasarle y lo decía con una seguridad tan indiscutible que Anna la creía y apartaba esa obsesiva idea durante días y semanas. Hasta que el miedo volvía a brotar como la mala hierba.

Aprendió a leer muy pronto. A sus nueve años estudiaba historia, leyes, artes y cómo comportarse correctamente, no solo cuando estuviera en presencia de los mayores, sino incluso cuando estaba a solas. Era su obligación, por ser la hija de un emperador «nacida en la cámara púrpura». Pero, en realidad, lo disfrutaba. Y cada nueva materia la cautivaba y casi obsesionaba.

Recordaba que siendo muy pequeña vivió en un palacio. Su madre se había casado de nuevo con un hombre mayor, rudo y decidido, fuerte, con la mirada desafiante de guerrero. Lo había convertido en nuevo emperador, pero cada vez parecía más enojada. Discutían a voces. Ella le recriminaba todo lo que él le debía. Él, con una templanza que le costó adquirir, impropia de un militar retirado, trataba de apaciguarla recurriendo a Dios, lo que provocaba en Teófano ataques de ira aún más graves.

Pero de un día para otro todo cambió. Aquel hombre desapareció y la bella madre de Anna le anunció que tendría otro padre, mientras sus dos hermanos fueron nombrados emperadores bajo tutela de ese nuevo favorito de Teófano. Era el hombre más guapo que la niña había visto en su aún corta vida: no muy alto y fibroso, con unos rizos rubios-rojizos, barba corta e iris de color del cielo. El comportamiento de aquel hombre, seguro y relajado, la cautivaba, al igual que aparentemente a su madre, que no le quitaba sus ojos almendrados de encima. Estaban preparando una gran boda. Pero aquella situación duró muy poco. No hubo boda. Y un día tuvieron que viajar, su madre, sus dos hermanos y ella. Fuera de Constantinopla. Lejos de casa. A la orilla del mar verde. Y desde entonces vivieron en una casa con solo tres criados, la cocinera y dos tutores. En una casa espaciosa, pero, en fin, una casa. Teófano maldecía el día en que se había cruzado con aquel hombre que ahora gobernaba sus tierras, Juan Tzimisces. Y de sus incesantes insultos, Anna concluyó que era un desagradecido y quien realmente merecía el trono era su madre.

Cuando no estaba con su maestro, la niña solía sentarse en el borde de la ventana, donde había sombra. Porque, a pesar de haber nacido en tierras del sur, tenía tez pálida y su pelo y el color de sus ojos se diferenciaban tanto de los de su madre que, al verlas juntas, nadie podría decir que eran madre e hija. Desde el umbral, podía ver los campos secos de la isla. Anna aspiraba el aire caliente y cerraba los ojos imaginándose de nuevo en el palacio, pisando su fresco y brillante mármol, tocando sus altas columnas talladas, estudiando los dibujos de las hermosas alfombras de colores, jugando con animales, bebiendo dulce almíbar y llevando vestidos vaporosos. Soñaba con volver a vivir allí, aunque su madre no parecía nada convencida de que aquello pudiera suceder algún día. Lo mejor era abrir un libro y evadirse de la realidad, recorrer con los dedos la exquisitez de los dibujos y la delicadeza de letras esculpidas a trazos de tinta por una mano virtuosa.

—¡Mira quién está aquí! ¿No nos digas que aún hay libro que no hayas leído, Rufa? —preguntaron con sorna sus hermanos, al entrar en la estancia. Siempre estaban juntos y el mediano incesantemente se metía con ella. El mayor alguna vez intentaba ser amable, pero no le salía de dentro, y adoptaba el mismo aire de desprecio hacia Anna que a menudo mostraba su madre hablando con hombres. Jamás la llamaban por su nombre. Le ponían motes y un día la llamaron Rufa, lo que significaba *la pelirroja*. Un día y otro… Y pasada una semana, por alguna inexplicable razón, todos sus allegados la llamaban Rufa en vez de Anna.

—¡No me molestéis e idos a pegar pedradas a los gatos! —les respondió la niña sin volver la cabeza hacia ellos. No le gustaba tener aspecto diferente y su mote se lo recordaba a diario. «Cuando crezca, me cambiaré el color del cabello. Sé que las señoras pudientes lo hacen», planeaba.

Entonces, Constantino, tres años mayor que ella, se le acercó de un salto y la niña se asustó. Odiaba a Constantino. Siempre le hacía daño. Con sus flacos dedos de niño enfermizo la pellizcaba, le tiraba de los rizos o le daba con el pie en la espinilla mientras nadie lo veía. No le gustaba nada más en el mundo que escabullirse de su tutor y pergeñar fechorías por la casa.

Esperando un habitual tirón de pelo, Anna se movió a un lado bruscamente y el libro que sujetaba cayó afuera escapándose entre sus dedos. En un intento de atraparlo al vuelo, se olvidó de su hermano, se agachó hacia fuera y perdió el equilibrio. Miró hacia abajo aterrada, esperando ver algo que la salvara, pero era evidente que difícilmente podría salir ilesa de la caída. Cerró los ojos advirtiendo sin remedio como la gravedad estaba venciendo su cuerpo. Pero de repente sintió un fuerte tirón en su manga que la devolvía a su posición inicial en el umbral. Sin abrir los ojos, lívida, abrazó a la persona que la había auxiliado y comenzó a llorar.

—¡Qué bonito! Si al final va a ser verdad eso del amor de hermano —oyó la exclamación sarcástica de Constantino a su lado. Anna abrió los ojos, intuyendo asombrada que su salvador era Basilio y le sonrió agradecida. Era el mayor de los tres y, aunque igual que Constantino, evitaba a toda costa abrir algún libro, lo que realmente le apasionaba eran los entrenamientos de lucha. Casi nunca participaba en las peleas entre Anna y su hermano. Decía que no era propio de un futuro emperador, lo que sonaba muy gracioso en la boca de un niño bajito de voz aguda.

—No lo vuelvas a hacer —le dijo Basilio a Constantino, que parecía haberse divertido con aquel percance. Anna sonrió. Era la primera vez que su hermano mayor la defendía.

—Tampoco pasaría nada. Una llorica menos —respondió Constantino. Basilio le cogió del codo y acercó su cara a la suya. A pesar de que era más bajo, le borró la sonrisa con una sola frase:

—Si se entera madre, vas a salir bien escarmentado.

Constantino se liberó con rictus de enfado:

—Una niña no vale nada. Nada de nada.

Anna se secaba las lágrimas mientras los veía discutir. No era nada habitual entre ellos. Luego, al recordar lo sucedido, en un arranque de agradecimiento y ternura, saltó de nuevo al cuello de Basilio en un abrazo. Él la apartó bruscamente.

—Escuchadme los dos. A ti solo te salvé porque tienes mucho valor. Un día me ayudarás a expandir nuestras tierras y espero que de manera considerable. Así que hazme el favor de cuidarte y no caerte por las ventanas. Y tú, hermanito, tenlo claro. Ella vale mucho porque es la hermana del futuro emperador. El que es prescindible eres tú.

Los ojos de Constantino se llenaron de cólera y los puños huesudos se cerraron en un deseo difícilmente controlable de darle un puñetazo a cada uno. Pero de pronto vio la cara de total desengaño de Anna.

—¿Así que únicamente impediste mi caída porque soy como un saco de oro? —Estaba aguantando nuevas lágrimas, pero no lo conseguía. Resultaba que finalmente era lo que parecía: nadie la quería, solo la cuidaban porque un día les sería útil.

Basilio no respondió. Dio la vuelta y salió de la estancia, dejando a la niña asimilar esa devastadora revelación. Constantino, en cambio, se había relajado y exagerando, como de costumbre, cayó al suelo revolcándose de risa e inventando nuevos motes ofensivos para su hermana, basados en ese último suceso.

* * *

—¿Qué ha pasado? —Sviatoslav despertó. Estaba tirado sobre la paja del establo. Sveneld se acercó a él:

—Toma, bebe agua —le dijo aliviado.

—No quiero agua, maldición. Te pregunto qué ha pasado con el ataque.

Intentó incorporarse, limpiándose los ojos enrojecidos por la arena, pero el dolor le atravesó el hombro.

—Llama a Ikmor —añadió.

Sveneld negó con la cabeza.

—No podrá ser.

Sviatoslav logró sentarse y palpaba su cuello y hombro doloridos. El general siguió:

—Le rebanaron primero el brazo y luego la cabeza. Los hombres flaquearon al verlo caer. Despues, se levantó esa nube de polvo y nos retiramos.

Sveneld dio un sorbo y miró a Sviatoslav de frente:

—Tu ejército está agotado.

El príncipe enrojeció de ira:

—¿Está agotado? ¡Han desobedecido a su príncipe!

Sveneld negó con la cabeza:

—Siempre han hecho lo que les ordenaste. Conquistaron toda Bulgaria para ti. Y quizás debíamos haber parado allí. No haber vaciado Macedonia y Tracia. Cuando nos acercamos a Constantinopla, estábamos deshechos. Aun así, tus hombres lucharon.

—¿Y acaso no vencimos? —exclamó Sviatoslav con enojo. Sveneld suspiró cansado.

—¿Crees que vencimos? No estoy tan seguro. Cobramos los tributos y nos retiramos. Esto no es vencer. ¡Se vence arrasando la ciudad enemiga! No firmando paz a cambio de unas baratijas. Te vuelvo a repetir que fue un error atacar para luego volver a Pereiaslavetz con el rabo entre las piernas.

Miró al príncipe, sus ojos claros rebosando furia, no contra su viejo general, sino contra toda la situación en la que se encontraban, impotente e incapaz de aceptar que se había equivocado. Ese muchacho de treinta primaveras, con su largo bigote y la cabeza medio rapada, valiente y tenaz, testarudo y temerario.

—Vuelve a tus tierras. Vuelve a Rus. Deja a los búlgaros elegir sus propios príncipes. Por la memoria de Olga, tu madre. No estuvimos allí cuando dejó este mundo y te lo había suplicado. Como redención, salva lo que queda de tu gran ejército y devuélvelo a casa.

Sviatoslav no respondía. ¿Qué júbilo le podía ofrecer volver a Kiev? ¿Qué gloria? En cambio, estas tierras, las que estaba pisando en ese momento, las había conquistado con su sangre y las había gobernado. Se levantó con dificultad y salió afuera, tratando de mover el brazo izquierdo. Sveneld lo siguió. Atardecía. El viejo general se estremeció por la brisa. Sus años le pasaban la factura y el frío se calaba debajo de la armadura y de la piel. O puede que el acecho de otra decisión descabellada de su príncipe hiciera mella en su subconsciente.

—Repartí Rus entre mis tres hijos para no volver, viejo general —respondió al fin—. El legado de mi madre ya no lo quiero. Nunca lo quise. Esta es mi casa y volveré a reinar en ella.

Sveneld movió la cabeza en una mezcla de rabia y arrepentimiento:

—Hay dos opciones: morir aquí o volver a Kiev.

El rostro de Sviatoslav irradió furia, se volvió hacia el general y lo cogió de la garganta con el brazo útil. Pero al sentir una piel frágil y arrugada entre sus dedos, lo soltó. Sveneld se frotó el cuello dolorido y susurró para que los hombres no los oyesen:

—Hazle frente a la verdad. Ikmor está muerto. Y tú, herido.

El príncipe frunció el ceño venciendo su ira y le susurró de vuelta:

—Estoy herido. Pero aún estoy vivo. No lo olvides. Vivo y furioso. Para mí no existe más que un camino. Me quedo. Y cuando tenga de nuevo mi ejército, me vengaré de la infidelidad de los búlgaros y de la traición de los bizantinos, y los gobernaré a mi parecer. A mí nadie me impone condiciones.

Sveneld movió la cabeza con reprobación. Sviatoslav repasó de nuevo con la mano el hueso partido de su clavícula, perdida bajo un enorme moratón hinchado que le provocaba un dolor ciego y constante. Miró de frente al general con mueca de cansancio:

—Vas a ir solo a Kiev. Traerás más hombres y volveré a tener mi Bulgaria.

Sveneld palideció.

—¿Y mientras tanto?

—Y mientras tanto, estaré sobreviviendo aquí. —Movió su mentón de un lado a otro—. No volveré vencido a Kiev.

Sveneld lo observó incrédulo. Sombrío, seguro, tozudo… Tan tozudo como lo había sido su madre. Pero quizá, después de todo, no tan inteligente.

—Sabes de sobra que abandonar a su príncipe sería una deshonra para un general —respondió apagado.

—Es una orden. Vas a ir a por los refuerzos. Volverás. Mientras tanto, mi brazo sanará. Y saldremos de este agujero para arrasar con todo lo que se nos ponga por delante.

—¿Y si no llego a Kiev?

—Llegarás.

Sviatoslav volvió a entrar en la cuadra dando a comprender que la conversación había terminado. El silencio invadió el aire que parecía cada vez más espeso. El general no pudo soportarlo más y su pecho emitió un largo quejido que voló sobre el muro de piedra amarilla, la hierba y la niebla del río. No había nada que hacer. Si su príncipe lo había decidido, así se haría. Y era la hora perfecta de partir. Cayendo la oscuridad, después de una batalla. El enemigo no esperaría que alguien saliera de la ciudad esa noche.

—¡Ensillad! —gritó Sveneld—. ¡Solo mi druzhina! ¡Sin provisiones!

Esperó unos minutos más tratando de encajar sus pensamientos, respirando el frío aire de la noche y sintiendo el dolor en cada uno de sus viejos huesos. Con rabia y lágrimas en los ojos, volvió a entrar en la cuadra, solo para mirar en silencio a Sviatoslav. Presentía que no volvería a verlo nunca más. Buscó su severa mirada y pronunció un triste: «Cuídate, hijo».

Salió, montó despacio y partió por la puerta de Dorostol, rodeando a galope los muros de la ciudad delante de sus hombres, agotados pero fieles, para cuanto antes desaparecer en la negrura de la orilla del Danubio.

* * *

Vladimir se despertó. La cama estaba helada. Emitió un grito para que apareciera alguien para prender el fuego. Las tierras del norte, que desde ahora serían su hogar, eran diferentes del cálido Kiev. Se habría ido hasta el fin del mundo para no ver más a sus hermanastros, ni a su padre ausente, pero severo y amenazante.

La escarcha aún cubría el patio por las mañanas cuando en Kiev ya debían de estar abriéndose las primeras hojas en las ramas de los árboles, de un verde tan intenso que hacía daño mirarlas. El joven se envolvió en la manta de pieles de conejo cosidas hábilmente entre sí, bajó los descalzos pies al suelo y fue a abrir la contraventana para ver si algún rayo de sol alegraba su mañana. A pesar de que su humor se veía algo afectado por ese clima del norte y el carácter distante de la gente, era mejor que su vida anterior. Sus dos hermanos mayores se encargaron de que cada día de su vida en el palacio de Kiev fuera un reto de supervivencia. Se volvió tan desconfiado y arisco que parecía un cachorro de lobo acorralado. Un día, su padre marchaba a conquistar definitivamente Bulgaria y repartía sus tierras entre los tres hijos, y Vladimir, aún demasiado joven para gobernar, bajo la tutela de su tío Dobrinia, se instalaba en el palacio de Nóvgorod, la parte más desfavorecida. Pero le dio igual. Era la liberación. El cachorro humillado y asustado ahora podía respirar tranquilo. Sentirse él mismo. O más bien tratar de encontrarse. Porque no es fácil saber cómo eres en realidad cuando te sueltan de una jaula donde has pasado toda tu vida a un inmenso campo verde. Muchos días se iba a cazar para no quedarse en el palacio y poder desfogar su joven energía y su frustración contra algún animal. De tarde bebía delante del fuego, lanzaba su cuchillo contra la puerta de madera y jugaba con los gatos. Siempre solo.

Al abrir la contraventana, notó como la fría y húmeda brisa entraba en su alcoba y se metía debajo de las pieles de conejos. El cielo seguía gris y bajo. Cerró la madera con aire de fastidio y se volvió hacia la criada que entró con la leña y comenzó a encender, apurada, el fuego. Las primeras llamas lamieron las ramas secas e interrumpieron el silencio con su crujido. Vladimir apartó su pelo castaño de la frente mirando la espalda de la joven contra el fuego. Estaba muerto de aburrimiento.

—Date la vuelta —le dijo sentándose sobre la cama y abriendo la manta. De pronto, una cálida ola de deseo recorrió su cuerpo.

La muchacha pegó un respingo, se levantó y se volvió hacia él mirando las maderas del suelo. Su larga trenza rubia caía sobre su hombro derecho hasta la cintura y bajo las ropas de lana se podía distinguir su abultada figura. Vladimir la estudió de arriba abajo. Parecía tener menos frío.

—Quítate el *letnik*[1] —ordenó.

La muchacha se ruborizó, pero no se atrevió a desobedecer. Deshizo el nudo que ataviaba su cintura, se quitó la túnica de lana y la apretó contra el pecho.

—Déjalo en el suelo —dijo Vladimir sin quitarle el ojo. La joven, con la mano temblorosa, dejó caer sus ropas, aun sin mirar a Vladimir.

—Muy bien… Aún no he visto tus ojos. ¡Mírame!

La muchacha, totalmente colorada, levantó la vista. Era una mirada azul, dulce y asustada que se posó sobre sus pupilas por un instante y luego bajó al pecho del joven, blanco, aún sin pelo, que se veía a través de la camisa abierta.

—Ven aquí —dijo Vladimir quitándose la camisa—. Haz lo mismo que yo. Con este frío necesitamos calentarnos. Vas a darle calor a tu amo, ¿verdad que sí?

Ella se acercaba sin tocarse la ropa.

—Te dije que hicieras lo mismo que yo. ¿O es que vas a contravenir al príncipe de Nóvgorod?

El azul de los ojos de la joven se veló de lágrimas y se puso a desatar los cordones de la camisa. Los dedos se volvían torpes por el miedo, y el cordón se hizo un nudo.

—¡No esperaré hasta la noche, niña! —exclamó Vladimir, alargó sus brazos, agarró el algodón grueso de su camisa y la rompió en dos dejando al descubierto los blancos pechos. Se quedó mirándolos por un momento imaginando que nadie los

---

[1] *Letnik:* antigua prenda de abrigo femenina.

había tocado antes que él y sonrió. Por fin había encontrado algo que le hizo sonreír en aquel helado y gris país. La cogió por los hombros y la empujó sobre su cama, levantando su falda.

Después, solo hubo que seguir los instintos.

Fue su primera vez. La de ella y la de él.

* * *

Trataban de no parar. Solo en las horas más oscuras de la noche, cuando las patas de los caballos comenzaban a flaquear y pisar el terreno incierto con torpeza, desmontaban y caían rendidos al lado de sus monturas. En cuanto el primer rayo de sol hacía el amago de aparecer, Sveneld despertaba el primero, daba la voz y sus hombres, como uno solo, montaban de nuevo. Pero las dos últimas mañanas el sol no emergió. Las nubes se habían apoderado del cielo veraniego, hinchadas de agua y cada hora más oscuras, y no iban a aguantar mucho más su peso.

Sveneld abrió los ojos sintiendo como unas gotas sueltas le caían en la frente. Maldijo la lluvia con la boca seca, pasó la lengua por los labios despellejados y sintió claramente a alguien tocar su mano izquierda. Acto reflejo, dio un respingo y sacó el cuchillo en un segundo, medio incorporándose mientras giraba la cabeza. ¿Sería una emboscada? ¿Quizás los livos? Vaciló. Era una niña. Estaba sentada en cuclillas a su lado, envuelta entera en un pañuelo de lana azul. Su cara limpia, los ojos claros y el habla eslava extrañaron a Sveneld quizás más que su sigilosa aparición.

—¿De dónde sales? —preguntó. La niña pareció ignorar su pregunta—. ¿Quién te envía? —Sveneld levantó el cuchillo mirando alrededor. Sus guerreros dormían.

—Tu hijo. Se quiere despedir de ti.

Sveneld vaciló aún más. Curiosamente, primero pensó en Sviatoslav. Después en Liut. Aunque tenía más hijos en Kiev.

—¿Qué hijo? —le iba a preguntar «¿Qué sabes?», pero la niña se levantó, le puso las dos manos sobre los hombros y le miró fijamente a las pupilas. El general sintió un escalofrío atravesar su cuerpo.

—Tu camino está maldito —susurró la niña mientras dibujaba una sonrisa en sus labios. Svenald no pudo aguantar más su mirada y cerró los párpados. El cuchillo seguía en su mano. Lo apretó con fuerza, abrió los ojos y no vio nada. De pronto, llovía a cántaros. Palpó con la mano el aire delante de él, pero la niña había desaparecido. Confuso, siguió los gritos de sus hombres que levantaban apresuradamente el campamento y maldecían la lluvia inoportuna. Subió a caballo, aun mirando alrededor, tratando de distinguir una sombra gris para preguntarle más cosas, matarla o suplicar el perdón de los dioses, no lo tenía claro. Pero un muro de agua le rodeaba. Se limpió los ojos con la manga ya calada, se envolvió en la capa y avanzó con el grupo, aturdido y cansado.

* * *

El fuego rodeó rápidamente los cuerpos heridos, aún con vida, de los griegos capturados. Gritaron de dolor y miedo y quedaron devorados por las llamas convirtiéndose en estatuas ennegrecidas y amorfas. Un canto, un aullido de cientos de voces recorrió la orilla del río. Era una ofrenda a los dioses, que como nunca antes estaban poniendo a prueba a Sviatoslav y a su ejército. Para aplacarlos y contentarlos. Para poder salir con vida y dignidad de aquella emboscada. Pero, llegados a ese punto, no era suficiente ofrecerles la sangre del enemigo, había que conectar el mundo de los muertos con el de los vivos, intercambiando las almas de los guerreros de Sviatoslav por otras, más puras y más preciosas.

A la señal del príncipe, una fila de sus hombres avanzó hacia el agua, con los bebés entre las manos. Desde hacía horas, los llantos angustiosos de sus madres sobrevolaban la llanura búlgara. Los griegos, a lo lejos, trataban de interpretar lo que podía significar aquello. Quizás un lamento por los muertos, o una canción bárbara semejante al rezo a sus dioses… Pero había algo extrañamente inquietante en esas voces.

Anochecía. La luna brillaba sobre las pequeñas olas del río, ancho, espléndido y tranquilo, aún ajeno a lo que iba a suceder entre sus aguas dentro de un momento. Las botas de los guerreros quedaron cubiertas, luego las rodillas. Alzaron entonces las manos con sus preciadas ofrendas al aire y gritaron a la vez con el llanto de los bebés separados de sus madres. Los guerreros miraban al cielo esperanzados: allí estaba su salvación. Los dioses los oían, estaban vinculados, casi tangentes a través de la piel rosada de esos bebés. Sviatoslav levantó el brazo sin terminar el canto. Sus hombres bajaron los brazos y sumergieron a la vez a los pequeños bajo la superficie, cerrando los ojos, como en una misión sagrada, esperando a que los diminutos pulmones se llenasen de agua y se pudieran dejar los menudos cuerpos partir flotando con la corriente, llevándose los infortunios de todo un ejército con ellos.

Todo quedó en silencio cuando los hombres regresaron tras los muros de la ciudad. Las madres huérfilas callaron también, por agotamiento, desesperación o pérdida de razón. Ahora que los dioses estaban contentos, Sveneld llegaría a Kiev. Habían pasado ya cuatro días. El camino le llevaría unos veinte más. Y a principio de septiembre volvería con los refuerzos. Todo saldría bien, como de costumbre. No podía ser de otra forma, porque el Gran Príncipe Sviatoslav, el Invencible, volvería a reinar.

* * *

Teófano Anastaso pasaba el peine de hueso blanco por su largo cabello. Desde que perdió su posición sobre el trono bizantino, no encontraba ninguna razón para ser feliz. Dentro de su modesta «cárcel dorada», en compañía de sus tres hijos, Constantino, Basilio y Anna, y escaso servicio, los días resultaban largos y las noches asfixiantes. Algún amante pasajero hacía encender brevemente su interés hacia la vida. Pero enseguida se disipaba. Trataba de convencerse de que un día volvería a gobernar las tierras bizantinas, pero para ello Juan Tzimisces debía morir. Y en las actuales circunstancias, Teófano no tenía ninguna posibilidad de acelerar la llegada de ese acontecimiento. Esa impotencia, a la que no estaba acostumbrada, la deprimía y llenaba de ira. Había asumido enormes riesgos para tener a Juan a su lado, y él le había pagado con traición y destierro, negándole el matrimonio. Con la ridícula excusa de que el patriarca no los casaba, habiendo tenido ella dos matrimonios anteriores. Si Juan realmente lo quisiera, lo hubiera convencido. No. Esa serpiente lo tenía todo calculado. Envió a la muerte a sus amigos como asesinos del emperador, el último esposo de Teófano, con tal de lavar sus manos y tener al pueblo contento. Después de aquello, todos los allegados de Nicéforo Focas fueron destituidos uno por uno. Mientras Juan repartía tierras entre pobres y enfermos, distrayendo a los ciudadanos con fiestas y donando dinero. Se había convertido en la única y la mejor opción para gobernar el pueblo bizantino. Pero solo. Sin ella a su lado. Aunque recientemente había surgido una esperanza: que ese bárbaro del norte eslavo lo matara en Bulgaria.

¿Quién podía imaginar que existía algún hombre tan inteligente como ella? Quizás aquello fue exactamente lo que la hizo caer en sus redes. Sin embargo, el carácter de Teófano no podía permitirle asumir su error. De hecho, ella jamás se arrepentía de nada. Nunca. Había logrado salir de la pobreza, llegar a ser la emperatriz y casi una diosa. «Yo solo quiero ser feliz», se decía a sí misma. Y esto último justificaba para ella los medios usados para cambiar de pareja. Además, llegó a convencerse de que lo hacía en nombre del imperio: simplemente buscaba al emperador perfecto. Y en Juan pareció haberlo encontrado. Pero su plan salió mal.

—Perro sarnoso —dijo Teófano sin dejar de pasar el peine. La criada no reaccionó. Seguía con su tarea en silencio, acostumbrada a escuchar los monólogos de su señora y era lo bastante lista como para no opinar—. Pero tiene corazón de cobarde —continuó Teófano sin hacer ningún caso de su presencia, parecía conversar consigo misma—. Seguro que si no me tuviera miedo, no me enviaría tan lejos de la ciudad. Tiene más miedo a una mujer que a los Foca. Les quitó el dinero y así no pudieron haber organizado la rebelión. Aunque esos se venden y se compran como unos muertos de hambre. En cuanto Juan le hizo frente a Bardas, se arrugaron y por cuatro duros y unos pocos títulos le dejaron donde está. ¡Desgraciado hijo de perra! ¡Además, está arrasando Bulgaria! La gente le adora y los nobles le lamen el culo.

La exemperatriz miró a la criada con tristeza.

—Ahora tengo que hablar con puercos en vez de volar entre águilas —escupió. El odio le cortó la respiración y se calló.

Teófano no sabía que él la amaba. Juan la amó de verdad. Por su belleza, por su indomable carácter y por su inteligencia. Pero, después de usurpar el trono y asesinar, no tuvo más elección que lavar sus manos y su conciencia, no casándose con ella y enviándola lejos. El patriarca Polyeuktus le había amenazado con excomunión y le convenció que solo el arrepentimiento fuera de los brazos de aquella peligrosa pecadora le salvaría de las llamas del infierno. Teófano no lo sabría nunca. Maldeciría su nombre a diario y esperaría ansiosa su muerte.

La criada, que estaba terminando de doblar la sábana, pareció recordar algo y abrió la boca, pero se dio cuenta de su imprudencia y la cerró enseguida apresurándose a salir. Teófano, quien nunca perdía un detalle ni un gesto, dejó caer el peine al suelo y de un salto alcanzó a la mujer, la agarró del brazo y le susurró al oído:

—¿Qué me ocultas?

La criada se asustó, se puso colorada, resopló, trató de liberarse, pero los delgados dedos de Teófano se clavaban en la carne morena de su brazo y sus uñas le hacían cada vez más daño.

—Nada, ama —balbuceaba asustada, pero Teófano no la soltaba.

—Como no me lo digas ahora mismo, te araño la cara —susurró.

—Se va a desposar —sollozó.

—¿Quién? —Teófano, atónita, la soltó.

—El emperador.

—¿Qué emperador? —Su ama, incrédula, dio dos pasos hacia atrás.

—Su em… —comenzó la criada, pero cortó la frase con pavor y se corrigió temblando—: Juan Tzimisces.

Teófano respiraba con dificultad. El aire parecía no llegar a sus pulmones. Aquello no podía estar pasando.

—¿Con quién?

—Con Teodora.

—¿La hija de Constantino?

Todo pareció detenerse dentro de aquella habitación llena de aire viscoso y sofocante. Mil pensamientos atravesaron el cerebro de la bella Teófano.

—Ahora tiene todos los derechos al trono, la dinastía nueva unida a la antigua. Brillante.

Esas últimas palabras salieron desde sus adentros, como una nefasta revelación. Con la respiración aún entrecortada, la hermosa mujer, con el rostro desfigurado por aborrecimiento e incredulidad, se dejó caer sobre el sillón permitiendo por fin a la criada salir corriendo.

* * *

Sveneld no podía pensar con claridad a causa del cansancio y del dolor. No sabía cuántos años podía tener, pero había sobrevivido a tantos veranos e inviernos, y su piel estaba tan surcada por infinidad de arrugas mezcladas con cicatrices, que cuando se quitaba la armadura, se convertía en una rama vieja de un árbol. Se echaba sobre la cama de su palacio y miraba durante horas a los gatos jugar sobre la ventana, saltando tras los rayos del sol o tratando de atrapar a un gorrión despistado. Este último viaje fue tan largo que sintió saltar de sus ojos lágrimas de felicidad al divisar el muro blanco de Kiev a lo alto del río. La noche no le dio descanso, casi no podía mover las piernas por un dolor agudo en la espalda. Acostado sobre las almohadas, tiraba migas de pan a un ratón que le había hecho una visita inesperada. Debía volver con los refuerzos, pero no podía regresar enseguida. Su cuerpo no se lo permitía. Y si enviaba a alguno de sus hijos, temía que lo matasen antes de poder reunirse con Sviatoslav. Fue un milagro no haber encontrado ninguna emboscada a la ida y sería un doble milagro no encontrarla a la vuelta. Solo unos días de descanso. Mientras Yaropolk organizaba las tropas para la reconquista de las tierras de su padre. Solo unos días de reposo y se iría. Se pondría de nuevo la malla de acero, que a pesar de su peso le hacía sentir más joven y fuerte, y partiría.

No volvió a pensar en la niña que se había encontrado aquella lluviosa noche. Temía las premoniciones, pero aquello debió de haber sido una alucinación provocada por el cansancio y la tensión. No lo mencionó a ningún guerrero. Nunca debía poner en duda su fuerza y su razón. Si alguien más hubiera visto a una niña en medio del campamento, la voz se hubiera corrido y el general se hubiera enterado. Pero no fue así.

La criada entró con una de las esposas del general y un cuenco de agua para asearle. Con solo fruncir el ceño, el hombre hizo que las dos mujeres parasen y posaran el cuenco sobre la mesa. La criada salió silenciosamente y la esposa se sentó en silencio a su lado. Sveneld miró con desgana su largo pelo rubio echando de menos los tiempos en los que las curvas como estas le provocaban un deseo irrefrenable. Apartó la vista de nuevo hacia el ratón, se acordó de que su hijo preferido debía de estar en Kiev y ordenó:

—Llama a Liut.

La mujer levantó la vista:

—Está cazando. Se fue hace días. Estará al volver.

—Partiré pronto. Si no llega hoy, puede que no lo vea. Una pena —pensó Sveneld en voz alta.

—No puedes irte, aún no estás recuperado —se atrevió a contradecirle la esposa.

—¿Tú qué sabes, mujer? —se enojó el guerrero.

—Yo no sé nada. Solo me preocupo por ti. —Ella bajó la mirada sumisa, se levantó y, al abrir la pesada puerta, añadió—: Deberías esperar a Liut y enviarlo a él, ya es hora de que tome el relevo.

La mujer salió despacio. El crujido de la puerta y su golpe seco, junto con las últimas palabras de la esposa, resonaron en el cansado cerebro de Sveneld.

«Tiene razón —pensó él con rabia y cerró los ojos—. Debería esperar a Liut y enviarlo a él. Pero él no soy yo. El enemigo no se echará atrás solo con oír su nombre. Solo es un buen general y guerrero. Pero la fama no le precede. ¿Por qué no nos encontramos emboscadas? Porque solo un ladrón estúpido se metería con Sveneld y sus hombres». En sus adentros, el general luchaba con la idea de no querer enviar a su hijo favorito a una muerte casi segura, prefería morir él mismo.

—¡Mi general! —oyó en medio de la niebla de sueño que cubrió su mente indecisa. La mano derecha de Yaropolk, Blud, se acercó a su cama, le saludó poniéndose sobre una rodilla, se levantó y, sin quitar su mirada de la cara de Sveneld, prosiguió—: El príncipe Yaropolk desea veros.

—Iré ahora mismo. —Sveneld se incorporó.

—No. No hace falta. El príncipe está aquí. —El joven seguía sin pestañear.

—¿Está aquí? ¡Pues hazle pasar! ¿A qué esperas?

—Solo quería un instante a solas para pediros que me enviarais a mí con los hombres. Puede que crea que no merezca tal honor, pero os aseguro que me lo ganaré. ¡Siempre fui fiel a Yaropolk, soy el mejor de su druzhina, admiro a su padre y he matado a muchos osos!

Sveneld lo miró dubitativo, sonrió tras su barba y recordó sus tiempos de joven. La diferencia entre él y este muchacho valiente era que Sveneld no había elegido su camino y jamás pidió ningún favor. Era como era y llegó a ser el más grande manchándose con la sangre del enemigo, sin pensar cómo ni de qué forma lograr la fama. Y tenía delante a un joven inexperto entrenado para cazar y recoger impuestos osando pedirle el mando de cientos de hombres.

—No —dijo impasible. El muchacho, claramente decepcionado, desvió la mirada. En ese momento entró Yaropolk, con una gran sonrisa y un traje bordado con hilos de seda, con puños de marta cibelina. Sveneld nunca lo había visto preocupado o infeliz, ya que ser el hijo mayor de Sviatoslav le proporcionaba una lujosa y estable vida de palacio.

—¡Mi gran general! —exclamó dando a Sveneld un abrazo sin detenerse—. ¡Eres eterno! ¡Debes desvelarme qué hechicero te protege y borra tus años!

Le dejó libre para que se pusiera su caftán, el cinturón con placas de plata y oro y las botas, y fue hacia la ventana cerrada aún por la contraventana de roble para que el frío aire de primavera no dejara escapar el calor de la chimenea. Paró atravesando la madera con la mirada como si no estuviera allí, como si pudiera contemplar los prados y el bosque a lo largo del margen del río.

—No va a volver, ¿verdad?

Sveneld sabía que Yaropolk hablaba de su padre. El muchacho creció casi sin conocerlo. Las pocas veces que el príncipe paraba por Kiev, al oír sus pasos por el palacio, el pequeño Yaropolk a menudo se escondía, porque aquel hombre rudo y fuerte le provocaba temor. Su abuela, Olga, no consiguió que quisiera a su padre, ya que a menudo a ella también se la veía enojada con él. Pasaba más tiempo con su tutor Sveneld y sus hijos. Aunque el general se ausentaba a menudo y durante meses.

—Mañana partiré con el nuevo ejército si los hombres ya están listos —dijo Sveneld.

—El ejército de Kiev siempre está listo —pronunció Yaropolk—. Pero nos quedaremos con pocos hombres aquí. No quiero que penséis que deseo la muerte de mi padre. Sin embargo, ¿estáis conforme con que arrebate la protección a sus gentes yéndose a conquistar tierras lejanas? Ya lo hizo antes. Recuerdo como el Gran Príncipe se había instalado en Bulgaria con nuestro ejército cuando yo era aún un niño. Y quedamos acorralados tras los muros de Kiev esperando un milagro que nos liberara.

Su cara fue tomando una expresión seria y por primera vez Sveneld vio a ese niño mimado como una persona adulta, opinando con aplomo y lógica. Pero, en cuanto el muchacho se quedó callado, Sveneld pudo darse cuenta de que esos pensamientos no eran los suyos propios, sino seguramente implantados en su cabeza por los boyardos o por quien fuese que ocupara el lugar cercano a él. Y no les faltaba razón. Sin embargo, el alma de un general pertenecía a su príncipe.

—Entonces era su ejército. Y ahora también lo es —respondió Sveneld.

Yaropolk se volvió hacia él. La inseguridad invadió su voz:

—¿Crees que sobrevivirá hasta que llegues tú?

Sveneld no estaba seguro. No lo estaba en absoluto. Pero respondió con firmeza. Puede que él mismo necesitase convencerse:

—Sí, sobrevivirá. Tu padre es un héroe. Los héroes no mueren esperando a los refuerzos. ¡Los héroes mueren en una batalla! Me ordenó volver para luchar y volveré.

Echó una mirada feroz tanto a Yaropolk como a Blud, que aún seguía en la alcoba. Los dos jóvenes parecieron encogerse, Yaropolk asintió.

—Que tengas buen camino y encuentres a mi padre con salud.

Salieron deprisa dejando a Sveneld solo. Mañana estaría descansado y listo para ir a rescatar a su príncipe.

* * *

Sviatoslav soñaba. Estaba en tierras bizantinas. Era de noche, la luna redonda y reluciente clavaba su serena mirada en el cielo estrellado sureño. Unos guerreros recogían a los muertos, llevándolos con respeto hacia las murallas del enemigo y amontonándolos allí. Otros traían los cuerpos aún calientes de los rehenes griegos: mujeres, niños, bebés, recién asesinados. Cuerpos inertes, ensangrentados, partidos… Sviatoslav imploraba con la antorcha en la mano: «Ikmor, ¿estás allí?». Y lo buscaba entre los heridos y después entre las llamas de la hoguera. El humo se le metía en los ojos, el calor latía en sus ásperos y doloridos dedos… De pronto allí estaba, delante de él, partido en dos, con una antorcha en la mano. La tendía hacia Sviatoslav y prendía sus ropas y su piel… El príncipe quería alejarse, escapar, apagar las llamas, pero no podía moverse. Olor a carne humana quemada le golpeaba en la nariz y un dolor agudo atravesaba todo su ser…

Se despertó. El dolor era real. Pero no procedía del fuego, sino de su hombro. Pasó la mano por el largo mechón de cabello que adornaba su rapada cabeza y miró el cielo con el mismo azul de sus ojos.

—Mi príncipe, ha llegado un mensaje del Griego —oyó a su lado.

Se levantó con dificultad. El brazo parecía no estar mejorando. Se puso el cinto, vació sobre su cabeza con la mano derecha un cuenco con agua y entró en la cuadra que le servía de cuartel general. Secó la cara con la manga grisácea de la camisa. Su estómago emitía ruidos sin parar. Tenía hambre, todos lo tenían. Cada vez era más difícil salir para conseguir algo de provisiones. Estaban bien vigilados. Sviatoslav se sentó a la larga mesa improvisada con tablas. Los hombres que comían le saludaron con acato y siguieron devorando su ración.

Se oía sorber y masticar. Nada más. Ya no se escuchaban los bufidos de caballos, ni ruidos de los pájaros. Todo ser vivo fue cazado, cocinado e ingerido por los hambrientos ciudadanos, así como por el gran ejército de Rus, en los últimos tres meses del asedio.

Solo cuando delante de Sviatoslav apareció un cuenco de harina cocida y trozos irreconocibles de verdura flotando, él miró a su hombre, quien lo siguió en todo momento, y asintió con la cabeza para que comenzara a hablar.

—El Griego quiere hablar con vos. Cuando el sol esté en el cénit. Donde el río.

Sviatoslav sorbió el líquido insípido de su cuenco y, pensativo, se limpió los labios con la lengua. ¿Por qué razón el emperador quería negociar? ¿Es que no se sentía con fuerzas para aplastarlos? Parecía improbable. Puede que simplemente no quisiera prolongar más el asedio. Y solo podía ser por una razón. Debía volver a Constantinopla. Con su ejército, no solo.

Sviatoslav sonrió contento:

—Nuestro enemigo debe de tener otro enemigo en su casa. —Luego se acordó de la muerte de Ikmor y su rictus cambió—. Pues le va a salir caro deshacerse de nosotros. Iré.

* * *

Unos días después de haber llegado a casa, Sveneld se encontraba descansado, el ejército parecía estar reunido y listo para partir. El tiempo acompañaba. Los barcos estaban dispuestos. Recibió varias visitas de los hombres importantes de Kiev, todos del consejo, tratando de persuadirlo de su tarea. Repetían lo que había dicho Yaropolk. Pero Sveneld era un militar y seguiría las órdenes hasta el final.

El amplio patio delante de las cuadras, alumbrado por el tímido sol de la primavera, aparecía envejecido. La madera oscurecida por el largo invierno soltaba la humedad al aire y atraía a los primeros pájaros que se animaban a construir sus nidos entre las tablas. Empezaba a oler a primavera. A la nueva vida. Al renacer.

Sveneld levantó la pata del caballo y miró con detenimiento su casco. Lo prefería a otros, pero temía que no aguantara otra larga marcha. Limpió con el dedo el barro para recortar los bordes crecidos. Le gustaba cuidar a los caballos él mismo. Le hacía no pensar. Además, no se fiaba mucho de los mozos ni de los herradores.

—¡Mi señor!

Un joven de la druzhina de su hijo mayor entraba a galope y desmontaba de un salto antes de parar para arrodillarse delante del viejo general.

—¿Qué ocurre? —preguntó Sveneld presintiendo malas noticias. De pronto, la cara de la niña de su visión pasó por su mente, con sus ojos azules y expresión de pena. Sveneld soltó la pata del caballo y estiró la espalda limpiándose la mano con un trapo. Tragó saliva y clavó su mirada en el joven que no se atrevía a responder.

—Liut. Está muerto —pronunció finalmente el muchacho sin levantar los ojos. El viejo general quedó inmóvil por unos segundos. Una mueca de dolor recorrió su rostro—. Fue un accidente. De caza. No se dieron cuenta de que éramos nosotros y dispararon. Vuestro hijo… Lo alcanzaron. La flecha lo atravesó. No llevaba malla.

El joven se atragantaba con las palabras, en parte por la velocidad y duración de su viaje, y también por el miedo a la ira de Sveneld.

—¿Así que le dispararon? ¿Un accidente?

—Sí, mi señor. Así fue. Como os lo cuento. No pudimos hacer nada. La flecha le atravesó el hombro y no había manera de parar la sangre.

—¿Quién fue? El que le disparó.

El muchacho no respondía.

—Te he hecho una pregunta —insistió Sveneld.

—Fue el joven príncipe Oleg.

Sveneld llevó al caballo dentro de las cuadras y se dirigió lentamente hacia la entrada de su palacio.

—Ven conmigo. Me contarás con todo detalle cómo murió mi hijo.

* * *

Las hojas de los árboles comenzaban su imparable transformación de color, las bandadas de aves cruzaban el cielo cada vez más grisáceo. Sviatoslav, con el brazo en cabestrillo, dirigía los trabajos. Sus naves se estaban parcheando, las velas remendándose y los remos reparándose. Después de aquellos días, semanas y meses eternos, exhaustos después de una larga campaña y desangrados en las demoledoras batallas, habiendo sido un blanco aparentemente fácil y vulnerable, pero habiendo demostrado su resistencia y valía, por fin alzarían sus velas y se alejarían de aquella fortaleza que se había convertido en su prisión por todo un largo verano. La fe y la esperanza estaban tocando fondo, cuando Sviatoslav se reunió con el emperador bizantino y sus tres generales, y llegaron a un acuerdo. Los griegos dejaban a los rhosos el paso libre hacia sus tierras, fuera de los dominios búlgaros, con dos medidas de pan por alma y la promesa de paz entre el imperio y Rus.

Juan Tzimisces abandonó Dorostol el mismo día. La corazonada de Sviatoslav fue cierta: la situación en Constantinopla se había complicado y la larga ausencia del emperador le podía costar el recién adquirido trono. Cumplió su palabra. Dos días después de aquella reunión, una cadena infinita de carros apareció en la llanura. Carros llenos de cestos de pan. Los hombres, hambrientos y agotados, saltaron a los muros vitoreando por su libertad. Por fin se pudo escuchar alguna risa, mientras descargaban su recompensa fragante y deliciosa en los navíos, recién arrastrados al agua. De nuevo cantaban trabajando. El espíritu, como el olor a otoño, crecía y llenaba el aire ya frío de la orilla. No sabían que no volvían a las tierras eslavas. Que su príncipe solo aceptó una pequeña retirada y los llevaría de nuevo a luchar. Reían y hablaban animados por sus esposas y sus casas.

¿Cuándo llegaría Sveneld con los refuerzos? Sviatoslav sabía dónde esperarlo. Era inevitable que pasara a la vuelta por aquel lugar. El emperador Juan, luchando en dos frentes a la vez, les había concedido la tregua, sin saber qué gran ventaja le daba al príncipe enemigo para fortalecerse y atacar de nuevo.

Sviatoslav recordó las palabras de Sveneld. ¿Su avaricia fue la que lo había traído hasta aquí? En vez de disfrutar de la aceptación de los búlgaros y de una vida tranquila en el palacio, se lanzó a por más. No, no se había lanzado. Simplemente, despreciaba otra vida que no fuese en una tienda de campaña. Los muros de un palacio siempre lo ahogaron. ¿Qué valor tenía una vida sin un propósito? ¿Sin lucha y sin victorias? Sacó la espada y la pasó a la mano izquierda. Pero su hombro herido falló y tuvo que devolverla a la mano buena haciéndole frente a la idea de que aún no debía entrar en ningún enfrentamiento. Alzó el filo brillante sobre su cabeza y lo estudió complaciente. No había nada, absolutamente nada, en este mundo que le cautivase más que una espada casi perfecta, y esa lo era. La bajó mirando como bailaban los reflejos sobre el metal, sintiendo su peso y delicado equilibrio en la muñeca.

«Las heridas se curan antes cabalgando», exhaló el dicho, contemplando la actividad animada de sus hombres sacando por las puertas de la ciudad sus últimas pertenencias y arrastrando sobre camillas de tablas a los heridos para acomodarlos en las cubiertas. ¿Deseaban volver a casa? Volverían. Pero más tarde y con más botín.

Guardó la espada, echó un último vistazo a la fortaleza y se dijo: «Solo ha sido un traspié. Volveré y serás mía, todo esto será mío».

Montó sobre su caballo ya preparado y abandonó Dorostol a paso lento y con la frente alta, no como un perdedor, sino como un estratega que regalaba una pera madura, pero volvería para quedarse con todo el peral.

* * *

—Mi príncipe, ¿puedo hablar con libertad? —preguntó Blud inclinándose ante Yaropolk. Tenían una edad similar. Los padres de Blud murieron cuando él era niño y lo adoptó la druzhina de Kiev. Creció con otros pretendientes a entrar en el círculo estrecho del príncipe, llamados «los ótrok», aprendió y entrenó con ellos y fue suficientemente inteligente como para hacerse un sitio al lado de Yaropolk, como si de un hermano se tratara, intuyendo muy pronto lo influenciable que era el joven heredero. Pero los últimos meses cada vez le costaba más obtener ventajas de ello, porque el consejo, los boyardos y los hombres importantes de la ciudad siempre estaban allí con la misma intención y vigilando cada paso del príncipe.

La esposa griega de Yaropolk se levantó sin decir nada y abandonó la sala. Los muchachos se quedaron a solas.

—Habla —respondió el príncipe—, ¿qué te preocupa?

—Sveneld —dijo Blud. Estaban sentados delante del fuego de la chimenea, escuchando el crujido de la leña sin quitar la mirada del juego hipnotizante de las llamas. Yaropolk pasó la mano por su rebelde pelo de adolescente y frunció el ceño.

—Tendrás que explicarme de qué se trata, Blud.

—¿No os parece que empieza a ser viejo para ser el primer general?

Yaropolk sonrió:

—Lleva viejo los últimos cincuenta veranos.

—Sus pensamientos ya no son claros y la mano casi no puede con la espada. ¿Por qué no elegís a un nuevo general?

Yaropolk no respondía. Temía los cambios. Llevaban a la lucha interna y a la obligación de la toma de decisiones.

—Sucederá por sí mismo, Blud. No precipites los acontecimientos.

—Es verdad, seguramente ya no volverá de esta marcha. Seguirá a vuestro padre hasta que lo maten.

Yaropolk miró tristemente al fuego.

—¿Crees que tenemos un destino o lo elegimos nosotros mismos? Nuestras decisiones. Nuestras acciones.

Blud no contestó. Su mente estaba en otra parte. ¿Quién sería el próximo elegido y cómo hacer que Yaropolk lo nombrara a él? Era consciente de que aún no tenía méritos para ello, ni la edad, pero no iba a esperar sentado. Era joven y muy capaz, ya llegaría a ser igual de temible que Sveneld. Miró de reojo a ese príncipe indeciso, muchas veces vacilante, carente de fuerza necesaria para la tarea que le esperaba y sintió aversión y celos. ¿Por qué no habría él, Blud, nacido en esa cuna? Con el poder y la fama sobre la palma de la mano, en vez de ser un huérfano sin nombre. Pensamientos oscuros llenaron su mente, pero debía seguir su plan y ser el mejor apoyo para su príncipe.

—El destino está escrito, dicen —respondió—. Pero yo no creo en él.

Yaropolk no reaccionó, solo siguió mirando el fuego fijamente hasta que las llamas se extinguieron y la oscuridad de la noche atrapó el palacio.

* * *

En pie, sobre la proa del navío, Sveneld parecía un fantasma. No hablaba. Solo de vez en cuando se movía entre los guerreros, pisando lentamente las tablas de madera mojada, con pasos acompasados, y se quedaba inmóvil de nuevo. La necesidad de vengar a su hijo no dejaba en paz su mente ni por un momento. Al acostarse, soñaba con ello. Con ello y con la niña que en sus sueños trataba de impedirlo. Al despertar, apartaba los recuerdos e imaginaba el sufrimiento que le causaría al asesino antes de quitarle la vida. Si su camino ya estaba maldito, no tenía por qué ser bondadoso y perdonar. Lo que más temía era no volver para poder llevar a cabo su venganza. Y esa idea lo ponía frenético y le obligaba a moverse por la borda. Las horas se volvían eternas.

—Debéis comer algo, mi general.

El cabeza de su druzhina alargó el brazo con un trozo de pan. Sveneld lo miró por un segundo, pero siguió su obsesivo andar sin responder. Nadie se atrevía a insistirle. Una hora después, el cansancio había podido con el viejo guerrero y se sentó sobre la madera, dejó caer su cabeza sobre el pecho y se sumergió en un profundo y oscuro sueño después de pronunciar: «Cuando lleguemos a Vutieche, atracad. Hay que bajar los caballos a caminar».

Las voces lo despertaron. Se frotó la cara para comprender dónde se encontraba y qué estaba sucediendo.

«Está muerto, está muerto», oyó los susurros recorriendo la borda. Echó una maldición luchando contra el resol que le cortaba los ojos. Recompuso sus ropas y las armas, alisó la barba y resopló: «¡Agua!». En su mano estirada apareció una charka, taza grande y alargada, de madera blanda, tallada por un hacha hábil. Sveneld echó un trago, la tiró al suelo y avanzó hacia el timón. Saltó para pisar tierra firme por primera vez en dos días.

—¿Qué sucede? —gritó al ver a sus hombres reunidos en un círculo. Los guerreros le dieron paso y delante de Sveneld aparecieron varias figuras cubiertas de barro y sangre ennegreciendo sus ropas, postrados delante de él. Tres de ellos solo temblaban de miedo y debilidad. El que más don de palabra tenía arrancó en sollozos que no correspondían ni a su complexión ni a su posición.

—¡Padre, por los dioses que nos han dejado con vida, suplicamos tu perdón! No pudimos hacer nada. Nos atacaron desde ambos lados y empujaron hasta el río. Y allí nos mataron a todos. Y a nuestro buen príncipe. Que su alma descanse en Iriy.

—¿Qué dices? ¿Sviatoslav está muerto? —Sveneld se agachó y cogió al hombre que hablaba por el cuello obligándolo a mirarle a los ojos. Con ver sus caras, tuvo la respuesta.

—¿Quiénes fueron? —El general lo soltó y les dio la espalda para que nadie viese la expresión de su cara.

—Los pechenegos.

Sveneld escupió con asco y ordenó:

—Iremos a buscar su cuerpo para su último viaje. No importa cuánto tiempo haya pasado…

—Se lo han llevado —casi susurró el guerrero.

—¿Cómo dices? —Sveneld lo miró de nuevo.

—Se lo han llevado con ellos. Por eso nos dejaron marchar vivos, para enviar el mensaje a Kiev.

El hombre se calló. El silencio interrumpido solo con alguna voz de guerreros desembarcando y bajando a los caballos a caminar por el suelo firme y el sonido metálico de sus armas contra las armaduras se extendía por la orilla, pero solo duró un momento.

—¿Cuál es el mensaje? —rugió Sveneld y sacó la espada de su funda.

El hombre arrodillado se llenó de valor, se levantó y lo miró de frente:

—Temo a la muerte, pero si he de morir de vuestra mano, que así sea. El mensaje que os he de dar es este: «El Gran Khan Kurya beberá desde ahora de su cáliz nuevo».

—¡Maldito! —gritó Sveneld cegado de ira, levantó su espada y de un golpe seco golpeó el cuello descubierto del guerrero. Su cuello crujió y su cabeza se ladeó, mientras la sangre salía a borbotones. Unos segundos después, su cuerpo se desplomó bajo su propio peso.

Sveneld limpió su espada con la capa, se fue hacia el navío, se sentó apoyando la espalda sobre el mástil y cerró los ojos. Era su despedida para Sviatoslav. La idea de que de su cráneo se convirtiese en una macabra copa de la que su asesino bebería día tras día se le hacía insoportable. El gran guerrero no se merecía aquello. Se merecía un funeral y una paz eterna. El dolor por Sviatoslav se mezcló con el dolor por su hijo muerto. Se sintió viejo y agotado. El sueño de nuevo invadió su cuerpo y su cerebro cansados. La niña del pañuelo azul apareció de nuevo, pero esta vez saltando y cantando feliz. Sveneld le preguntó en su sueño:

—¿Qué celebras si mis hijos están muertos?

La niña le cogió la cara con sus manos pequeñas y, acercándole sus ojos enormes, respondió:

—Porque ahora tú sientes lo que sintió mi madre cuando me mataste.

* * *

—No me gusta andar con rodeos, bien lo sabes, Yaropolk. —
Sveneld frunció el ceño. Estaba sentado a la derecha del príncipe en el consejo, siempre y cuando estuviera en Kiev. Después de la muerte de Sviatoslav, se quedó en casa. Ya no estaba
en condiciones de participar en largas marchas y trataba de
pasar cada vez más tiempo en el palacio de Yaropolk. El joven
príncipe era muy sugestionable y valía más vigilar desde cerca
quién permanecía a su lado.

Había pasado tiempo, años, pero la muerte de su hijo de la
mano de su propio hermano no quedaba menos presente en su
mente y en su alma. El consejo lo declaró un accidente. Nadie
quería guerra. Y menos contra Sveneld. De todas formas, aunque se hubiera cobrado la recompensa por la muerte de su hijo,
nunca sería suficiente para el viejo general. Oleg lo había matado, queriendo o sin querer daba igual. El deseo de la venganza se hacía cada vez más patente y ansiado. Los tres hermanos
gobernaban en sus tierras según sus costumbres y su carácter
diferente. Tenían distintas madres, no se parecían en nada y
nunca estuvieron mínimamente unidos. Sveneld compartió la
idea de Sviatoslav de enviarlos a gobernar a territorios bien se-

45

parados. Así ninguno tendría por qué ir contra su hermano. Sin embargo, con la muerte de Liut, todo cambió para él. Alguna vez tuvo la tentación de viajar hasta Ovruch y matar personalmente a Oleg. Pero después de pensarlo en frío, veía imposible llegar hasta el joven con facilidad. Sus intenciones serían más que claras.

Entonces fue cuando apareció un nuevo plan. Un día vino a verle Stiola, el boyardo-tesorero de la corte. Era difícilmente superable en su campo y conocía como nadie la mejor manera de conseguir oro y también de cómo gastarlo. Le dijo que el consejo se estaba hartando de las amenazas de Sveneld y su impulsividad, cuando salía a relucir el nombre de Oleg. Y que le iba a proponer un plan que traería beneficio a todos y no cuestionaría el respeto al viejo general. Debían lograr enfrentar a los hermanos, contaminando la mente de Yaropolk. Sería una tarea larga, pero sin duda bastante fácil, conociendo la personalidad tan influenciable del joven príncipe.

Mientras hablaba, Stiola jugaba con un gran anillo que adornaba su dedo índice y sus ojos no paraban ni un solo momento de recorrer la sala. Sveneld detestaba a gente como él, escurridiza y poco clara en sus intenciones. Cuando el viejo general potenciaba los castigos a los cristianos de Kiev, Stiola los suavizaba y convencía a Yaropolk para ser más tolerante. Los juicios y los escarmientos perdían fuerza cuando Stiola participaba en ellos. Más de una vez, en el consejo, a punto estuvo Sveneld de agredir al tesorero. Pero aquel día tuvo que aceptar, a su pesar, que sin algo de ayuda nunca podría realizar su plan de venganza.

—¿Y tú qué ganas con ello? —preguntó el general a Stiola, porque bien sabía que aquel último nunca habría hecho nada sin sacar provecho. Esquivaba con maestría los arranques de ira del rudo guerrero, pero aun así llegó a temer por su vida en más de una ocasión. Era mejor convertir a Sveneld en un amigo que arriesgarse a perder una mano, una pierna o la cabeza en una discusión.

—Bueno, yo me convertiría en el tesorero jefe de toda Rus. —Sus ojos brillaron y una plácida sonrisa apareció en los labios.

Desde aquel día, los dos allegados de Yaropolk empezaron a envenenar la relación ya distante entre los hermanos. Cada uno a su manera: Stiola, como una serpiente, dejando caer detalles insignificantes, pero con la constancia de una abeja, y Sveneld desde el punto de vista estratégico, evidenciando el peligro que representaba para el príncipe su hermano por ser el siguiente en la sucesión al trono de Kiev. Había que adelantarse a esa situación y atacar los primeros.

Al principio, Sveneld conseguía frenar los ataques de su ánimo, cuando la conversación trataba de Oleg y seguir con el plan. Sin embargo, pasadas varias semanas, empezó a sentir que aquello tardaba demasiado, su paciencia flaqueaba y comenzaba a hablar con Yaropolk directamente sobre una invasión. Como esta mañana, cuando su alma atormentada por los sueños con su hijo muerto ya no podía esperar más. Pero, a pesar de todas las razones a favor del plan de ataque, Yaropolk no daba el último paso.

Después de pronunciar aquellas primeras palabras, Sveneld hizo una pausa, como para preparar el silencio necesario para su intervención, y dijo:

—Debemos atacar a Oleg ya. Es ahora o nunca.

La expresión de Yaropolk se volvió tensa. Sus ojos recorrieron la sala y pararon sobre las maderas del suelo delante de él.

—Quiero esperar —casi susurró el muchacho.

—Como de costumbre —farfulló Sveneld—. ¿Esperar a qué? ¿A que ataque él primero y se quede con Kiev? Los hijos medianos nunca piensan en otra cosa más que en el poder. Le estáis dando tiempo a que reúna más y más hombres. No lo comprendo.

Stiola echó una mirada de desaprobación hacia Sveneld y suavizó sus palabras:

—Lo que quiere decir el general es que Rus no debe ser dividida. Su fuerza está en su extensión, su grandeza, su unión. Solo un príncipe. No tres. Oleg, vuestro abuelo la hizo fuerte. Vos debéis continuar sus pasos.

Los ojos de Yaropolk se llenaron de lágrimas. Se sentía como un niño arrinconado. Había tanta razón en lo que le decían sus confidentes. Se acordó de las peleas diarias entre él y sus hermanos. Cuando vivía su abuela, la princesa Olga, los mantenía unidos a la fuerza. Cualquier altercado era duramente castigado. Pero ya no estaba. Desde entonces, las palizas que le daban a Vladimir entre Oleg y Yaropolk eran cada vez más fuertes. Era el más pequeño y débil. Y era el hijo de una esclava. No debía crecer bajo el mismo techo que los dos príncipes mayores. Este odio hacia el pequeño hermano los mantenía unidos. Sin embargo, cuando Vladimir se ausentaba, los dos muchachos se hacían la vida imposible el uno al otro. Yaropolk tenía alguna costilla rota por el golpe de un leño que le tiró Oleg en el patio a traición. Y la punta de la oreja cortada por un cuchillazo esquivado a tiempo. Lo ocultaban a sus tutores, y su padre tampoco lo supo nunca. Posiblemente se acordarían de por vida si Sviatoslav se enterase de que intentaban matarse entre ellos.

Después, Yaropolk se quedó con Kiev y a otros dos muchachos les tocaron tierras menos prósperas. Era la ley de la sangre. Ahora podía ser feliz. Y lo fue. Hasta que la idea de una guerra inminente se instaló en su corte. Parecía lógico y necesario, y nadie comprendía por qué, después del fallecimiento de Sviatoslav, Yaropolk no se enfrentase a sus hermanos para gobernar en todo el territorio que le pertenecía por ser el primogénito.

Nadie lo comprendía. Y era tan simple. Solo era el miedo.

Yaropolk miró a Blud, que estaba a su izquierda. Era lo que a Yaropolk le hubiera gustado ser: un guerrero valiente. Pero en aquel momento Blud tampoco podía pronunciarse. Por edad y rango, debía respetar a Sveneld, como a un dios, y no tenía derecho de opinar si no le daban la palabra o pidiesen su opinión, y aquello nunca pasaba. Entre Sveneld y Stiola, puede que también Bogoliub y Romash, que eran los más antiguos del consejo, hacían con el joven príncipe lo que les complacía, y Blud los odiaba, sobre todo al viejo general. Lo estudió en silencio, sin disimular su resentimiento. Un tiempo fue su ídolo sobre la tierra, pero en las pocas primeras interacciones que tuvo con Sveneld, todas sus grandes pretensiones, su ardor por llegar a ser general, se vieron desvanecidas y menospreciadas. Tenía que subir peldaños de su carrera lentamente, sin participar en ninguna guerra. Solo en algún altercado con los pechenegos, por no pagar los impuestos, nada más. La idea de ir contra Oleg, la que tanto defendían Stiola y el general, no disgustaba a Blud para nada. Tendría oportunidad de lucir sus habilidades. Pero tampoco deseaba mostrarse estar de acuerdo con sus dos enemigos, así que desvió su mirada y dejó a Yaropolk en soledad ante la decisión.

El príncipe ya no era capaz de sostener aquella situación sin revelar su debilidad. Trató de pensar una vez más con ambición: si era tan fácil, ¿por qué no quedarse con toda Rus? Pero el miedo ganaba. No era solo dar la paliza a un crío más pequeño que él, como hizo toda su corta vida, era declarar una guerra. ¿Y si algo no saliera bien? Podría morir en la batalla o quedar maltrecho. Suspiró avergonzado. Era una deshonra para el Gran Príncipe solo pensar en ello.

—Necesito una copa de hidromiel —pronunció en silencio. El criado salió corriendo y entró con ella en las manos. No era frecuente beber durante el día y no era bien visto. Sin embargo, era la orden del príncipe. Yaropolk bebió y preguntó:

—¿Y después? ¿Se supone que debo matar a Vladimir también?

—Si no los queréis matar, no es necesario. Aunque de niños, lo intentasteis bastantes veces —le cortó Sveneld con sorna.

Stiola continuó:

—No estamos hablando de ello. Solo de destituirlos y obtener el título del príncipe de todas las Rusias.

Pero Sveneld no se dejó cortar fácilmente:

—¿Es que vos os habéis vuelto cristiano de repente? Esa esposa vuestra nubla vuestro juicio, Yaropolk.

Solo el viejo general podía hablarle de esa forma. Como un padre enojado con su hijo. Yaropolk sentía como los ojos de los presentes atravesaban su cara. Cerró los párpados y, buscando un rincón de paz donde refugiarse, sí que pensó en la esposa griega que su padre le había traído de un monasterio de Constantinopla. Imaginó su aroma extraño a flor de tierras lejanas, su sumiso carácter y su bondad. Su valiente y tranquila forma de afrontar el destino cruel: convertirse de monja cristiana en la esposa de un bárbaro eslavo. Posiblemente, era más duro que decidir luchar contra tu propio hermano, coger la espada en mano y salir a combatir de verdad. Ella no tuvo elección. Y él como príncipe parecía que tampoco la tenía. Debía demostrar su poder y su valor.

Entonces, su alma volvió a la sala silenciosa y a las pupilas ajenas clavadas en su frente. Miró a lo lejos, como si tirara las paredes con la mirada y suspiró:

—Que así sea. Con la luna nueva saldremos hacia Ovruch.

* * *

—¡No puedes hacer eso, Vladimir! —Dobrinia miraba con furia a su pupilo—. ¡Debes aprender a gobernar! Hay un consejo esperando afuera. Y tu… tu…

Se quedó sin palabras estudiando la alcoba del príncipe. Ni siquiera estaba seguro de si Vladimir se encontraba allí. Había varias mujeres sobre su cama, una delante de la chimenea dormía en el suelo enroscada en las pieles. Cuatro de ellas, al entrar Dobrinia, se levantaron de golpe, buscaron asustadas sus ropas y salieron a toda prisa cubriéndose con lo que había a su alcance. Unos segundos después, la melena oscura del príncipe de Nóvgorod aparecía de debajo de las almohadas, tosiendo y tratando de abrir los ojos. Dobrinia se acercó sin contener su enfado, cogió del cabello revuelto a una de las muchachas que levantaba la cabeza de la cama con esfuerzo y la tiró al suelo. Después, agarró del brazo a Vladimir, que trataba de incorporarse, y lo puso en pie de un tirón. Entraron corriendo dos criadas con ropas limpias y rápidamente vistieron al joven.

—Te estalla la cabeza de todo el hidromiel que te bebiste ayer, ¿no es así? —preguntó riendo Dobrinia. El joven no respondió. Apartó a las criadas, caminó hacia la chimenea, tropezó con la muchacha aún dormida en el suelo, se incorporó, cogió agua del cubo para apagar el fuego y se empapó la cara. Después, frotó su frente dolorida, alisó el pelo rebelde hacia atrás y pronunció sus primeras palabras de aquella mañana:

—Estoy listo para divertirme.

Dobrinia frunció el ceño:

—¿Qué es lo que te ha pasado? De un muchacho tímido y callado, aquí te convertiste en un cabeza loca. Siempre pensando en divertirte. Eres un noble y puedes permitirte tener todas las mujeres que desees. Eso está bien cuando tienes un límite. Sin embargo, puede volverse en contra tuya también. Y ante todo debes cumplir con tus obligaciones. No debes gastar toda la fortuna en tus concubinas, en borracheras diarias y tirando oro a los zarrapastrosos de Nóvgorod. Te has ganado buena fama de tu pueblo por invitar hasta a los mendigos a beber contigo. ¡Debes parar!

Vladimir le puso las manos sobre los hombros a su tutor:

—¿Y qué nos queda en estas frías tierras, mi querido tío? Para eso soy el príncipe. Para vivir como me dictan los dioses, mientras pueda disfrutar de mi juventud. Prefiero que me quiera la gente llana que un puñado de boyardos enfurruñados.

—Quien va a recoger los impuestos luego para que te los gastes soy yo, no tú —replicó Dobrinia.

—¿El consejo acaso no está contento? —preguntó Vladimir ajustando el gorro sobre su pelo rebelde.

—Lo peor es que parece que sí —suspiró su tío.

Al llegar el joven príncipe a aquellas tierras, con su druzhina, tutor y unos pocos consejeros de Kiev, la gente de la Ciudad Libre de Nóvgorod estaba alerta. Esperaban una mano dura de parte de los forasteros. A los gobernantes de Rus nunca les gustó que Nóvgorod siguiera sus propias leyes con su propia administración, y muchos se quedaron con la idea de que Sviatoslav había enviado a uno de sus hijos a subordinar la Ciudad Libre. Aunque la verdad era bien distinta: Nóvgorod, al encontrarse tan al norte, necesitaba protección de Rus y solicitaron al heredero más joven para instalarse allí.

Pronto vieron que el nuevo príncipe no se entrometía en los asuntos de Nóvgorod. No impuso nuevas leyes, ni impuestos. Puede que por su juventud o por la desgana que le provocaba aquel frío. Su tutor ordenó fortificar la entrada por el río y renovar los puestos de vigilancia sobre el Ládoga, no mucho más, y siempre con la votación del consejo de la ciudad. Así que, con los años, mientras Vladimir crecía en la capital nórdica y se adaptaba a ella, el pueblo también se amoldó a él y lo aceptó como algo inevitable e innecesario, pero también como un mal menor. Desde que comenzó con las frecuentes celebraciones, para avivar el espíritu en aquel clima, el número de sus seguidores creció y lo empezaron a ver como uno más de allí.

El muchacho se ató el cinturón encima del caftán y se dirigió hacia las puertas. Dobrinia no le siguió. Observaba la alcoba con desaprobación.

—Yo también he sido joven. Pero tuve más cabeza. Y menos impulsos.

—Pues te has perdido lo mejor —sonrió el muchacho. Ahora nadie podía pegarle una paliza, ni escupirle llamándolo «hijo de una esclava». En aquel lugar era el príncipe heredero, nada más, amado por su pueblo y bendecido por los dioses.

* * *

Basilio Leucapeno, el Eunuco más famoso de todos los tiempos, ayudó a Anna, «nacida en la sala púrpura», a bajar de la calesa y la acompañó hacia la entrada del palacio. Le hablaba suavemente al oído sobre su belleza, sus ojos, su andar y su blanco rostro. Anna sonreía bajo la avalancha de sus halagos. Tampoco podía evitar iluminarse cada vez que volvía a pisar esas piedras de mármol blanco con las que había soñado durante años. Como de costumbre, su madre, la bella Teófano, tuvo suerte. El verano anterior, Juan I, su odiado usurpador del trono, murió. Después de haber concentrado todas sus fuerzas en la lucha contra los invasores extranjeros del imperio, en expulsar a los rhosos de Tracia, llegar hasta el Danubio, obtener el reconocimiento de los búlgaros orientales como su señor, reforzar las fronteras, recuperar algunos territorios de Siria y tramo medio del Éufrates, retornando de su segunda campaña contra los sarracenos, contrajo una enfermedad y falleció antes de llegar a Constantinopla. Un triste final a pesar de que sus palabras —«Toda Fenicia, Palestina y Siria han sido liberadas del yugo de los sarracenos y reconocen la soberanía de los romanos»— quedarían en la historia. El gran emperador que hizo tanto, y sin embargo nunca había vivido en paz consigo mismo. La apropiación del trono y el asesinato de Nicéforo, su predecesor, por el amor de una mujer que después no pudo tener, jamás dejaron su conciencia tranquila.

Teófano regresó de inmediato a la capital para proclamar a su primogénito, el joven Basilio, como nuevo emperador. Y así su hija, la joven pelirroja más estimada sobre la faz de la tierra, volvió a su vida de suntuosidad y sosiego.

—Date prisa, Anna, las telas ya están en la sala roja. —Su madre aparecía para cogerla del brazo y llevarla tras ella, invitando al Eunuco con la mirada a seguirlas. Las dos mujeres entraron en una amplia habitación cuyo techo se posaba sobre seis columnas perfectas, decorada con enormes tapices rojizos sobre las paredes de piedra pulida. Al fondo, dos butacas mullidas las esperaban. Se acomodaron y Anna pidió agua, porque el viaje le produjo sed.

—Hija, debes adoptar otras maneras —le dijo su madre en voz baja—. Tú jamás debes pedir nada. Tú naciste para ordenar. Ahora ya estamos en nuestro derecho de exigir, no de pedir.

Anna asintió y tomó la copa de las manos de la criada. Teófano la miró y, antes de que la joven acercara la copa a sus labios secos, la lanzó al suelo de un manotazo. La niña la miró perpleja. A pesar de conocer bien a su madre, sus acciones la seguían sobresaltando y casi siempre de manera desagradable.

—Ahora vas a *ordenar* que te traigan agua —dijo su madre con expresión severa. La joven sabía que lo mejor era obedecer y, forzando una expresión altiva, pronunció:

—¡Agua!

La criada, que se había tirado de rodillas para recoger la copa y secar el líquido derramado, se levantó de un salto y se puso a llenar otra copa. Entonces, Teófano se relajó y miró a los hombres reunidos en una esquina de aquella sala. Llevaban unas ropas de telas aterciopeladas de colores vivos que tanto le gustaban. La seda bizantina era más opaca y muy fina. La bella mujer miró de frente a uno de los comerciantes. Sus ojos rasgados y negros y su larga y fina barba le dieron grima. Sin embargo, bajó la vista y, apuntando sus ropas de colores ocres, dijo: «Quiero esta tela». El hombre no comprendía su lengua, pero con un pequeño saltito dio tres palmadas y dos chicos morenos, también con ojos rasgados, comenzaron a sacar paquetes, desenvolverlos y alzar delante de las dos mujeres telas amarillas y naranjas que fluían por el aire y caían sobre el suelo comparables solo a los rayos alegres del sol. El hombre asiático no paraba de gesticular y hablar en su idioma, deteniéndose de vez en cuando para meter alguna palabra griega, poco comprensible en su boca. Teófano le ignoraba totalmente absorta en la elección de las telas. Le hacía gestos a su criada, y ella apartaba cuidadosamente a un lado las que le gustaban. Cuando ya se cansó, simplemente se levantó y salió sin decirle nada a nadie.

Lecapeno se agachó y le susurró a Anna:

—Yo en vuestro lugar me haría una túnica de invierno con los colores del cielo. El celeste para la más bella novia del mundo.

Anna dio un leve respingo. Aún era una niña, pero le gustaba fantasear con su futuro esposo, un emperador, un rey o un príncipe, hermoso, alto, sereno y afable. La trataría con el mismo mimo que a la perla más valiosa del mar y construiría un palacio blanco para ella. Al imaginarse ese palacio, se vio en la entrada con un vestido azul, sonrió y apuntó con el dedo sobre el telar de color de la bóveda celestial.

* * *

Vladimir trotaba de mala gana al lado de Dobrinia por las calles de Nóvgorod. Era el día del mercado y su tío insistió en que lo inspeccionaran.

—¿Acaso somos unas muchachas que buscan pañuelos nuevos o cocineras que van a comprar gallinas? —Trató de rebatir a su tutor cuando aquel lo despertó—. Prefiero quedarme y hacer cualquier otra cosa antes que esto.

—¿Estás aburrido? Pues te voy a entretener —escupió Dobrinia enojado—. Un buen príncipe debe estar en todas partes y que la gente lo vea. Es así.

—¿Es así? ¿Quién lo dijo? —No paraba el joven. Su tío entonces comenzó a ignorarle, como solía hacer en esos casos, y ordenó vestirlo y preparar los caballos. El chico no parecía en absoluto tener madera de gobernante y ello deprimía y asustaba al general.

La mañana era fría, pero el sol prometía aparecer. La gente se apartaba corriendo al ver que era el mismísimo príncipe con su druzhina. Cada vez había más bullicio, lo que indicaba que estaban cerca del mercado. La plaza estaba llena. Vladimir observaba soñoliento los puestos erráticamente dispuestos en la plaza con la gente agolpada en algunos de ellos, y a los vendedores vociferantes en otros, más vacíos. Los olores más deliciosos a miel y empanadas se mezclaban con los no tan aromáticos, como el de piel curtida y grasa de caballo. Vladimir sintió náuseas y quiso dar la vuelta.

En ese momento, algo pasó. Se oyó un grito de horror al otro lado de la plaza, primero el de una mujer, después de varias y luego gritaron los hombres:

—¡Cogedlo! ¡Cogedlo!

Vladimir miró a Dobrinia. Él, serio, daba la señal a dos de sus hombres de seguirle.

—Quédate aquí, Vladimir, yo voy a ver.

Pero el joven no pensaba reprimir su curiosidad y, sin más, espoleó a su caballo hacia el lugar desde donde venía el revuelo. Empujando a la gente y dejando algún buen pisotón de cascos a los peatones desprevenidos, pudo cruzar la plaza y ver lo que pasaba. En el círculo que formaba la muchedumbre, había un hombre con un hacha incrustada en el cráneo. Milagrosamente, aún se mantenía de pie, tambaleándose y salpicando abundantemente con sangre a los que lo rodeaban. Unos segundos después, con una extraña expresión de sorpresa en la cara, su cuerpo cayó pesadamente de rodillas y luego de lado, en un último suspiro.

Vladimir vio a dos hombres sujetar a un chico de pelo muy rubio y rasgos casi perfectos. Curiosamente, no trataba de liberarse o escapar. Estaba observando la muerte del hombre con una gran y feliz sonrisa. Parecía disfrutar. Las mujeres ya se habían alejado espantadas y en el círculo solo quedaban hombres. Uno de ellos sacó su cuchillo y, con cara enrojecida, escupiendo maldiciones, avanzó hacia el muchacho. Vladimir adivinó sus intenciones y, entrando dentro del círculo y casi pisando al muerto, gritó para que su voz se oyese:

—¡Para!

El hombre no pensaba parar, pero de pronto el gentío de alrededor susurró:

—¡El príncipe en persona!

El hombre se detuvo y miró a Vladimir y a su druzhina detrás de él. El círculo se hizo mucho más grande. Los más pobres cayeron de rodillas, los otros se inclinaron. El hombre del cuchillo dijo:

—Mi príncipe, este mocoso acaba de asesinar a mi amo, dejadme matarlo aquí mismo.

Vladimir miró al muchacho. Tendría unos dos o tres años menos que él y no parecía tener ningún miedo a lo que le esperaba.

—¿Por qué lo mataste? —preguntó entonces Vladimir. De reojo vio como Dobrinia fruncía el ceño. La costumbre era mandar al asesino al calabozo hasta el juicio. No juzgarlo en la plaza, delante de la gente. Pero Vladimir parecía ignorar las señales de su tío. El chico, en cambio, se liberó de las manos de los hombres que lo sujetaban y respondió con un acento extraño, mirando directamente al príncipe:

—Soltadme, no me escaparé. Este hombre es Klerkon. Lo conozco. Mató a mi madre, Astrid, esposa de Tryggve Olafsson, rey de Viken, y le serví de esclavo durante mucho tiempo. Ahora mi sangre está vengada y, si así lo deseáis, ya puedo morir.

—¡Olaf! —Un guerrero a pie trataba de llegar hasta ellos a empujones. El hombre del cuchillo esperaba, sin quitarle ojo al chico, claramente fastidiado por no haber actuado antes. A la inoportuna aparición del príncipe ahora se le sumaba esa otra voz que aparentemente llamaba al chico. Un guerrero alto y muy rubio, con el pelo casi blanco, igual que el de aquel niño, al final llegó hasta ellos. Miró serio al hombre que yacía en un charco de sangre con el hacha clavada, y luego al chico.

—Es Klerkon —dijo el chico en varego. El hombre de pelo blanco asintió frunciendo el ceño. De repente, se dio cuenta de la presencia de los jinetes. Dobrinia le sonreía.

—¡Sigurd! No pensaba encontrarte aquí y menos de esta forma —rio.

El guerrero suavizó el gesto:

—¡General! Ya ves. Los sobrinos nunca traen alegrías —bromeó.

La muchedumbre susurraba alrededor y el miedo y respeto se transformaban en ansia de sangre y diversión. El sirviente de Klerkon seguía con su cuchillo en la mano mirando al crío con furia.

—¡Que lo entreguen al del cuchillo! ¡Ese muchacho debe pagar por la muerte de un noble! —comenzó a gritar la gente.

—¿Así que este es tu sobrino? —preguntó Dobrinia a Sigurd, ignorando las voces del gentío que iban tomando fuerza. El otro, rodeando con el brazo los hombros del chico, para protegerlo, asintió.

—¿Y ahora qué hacemos? —preguntó Sigurd.

Dobrinia se preparó a hablar, pasando la mano por la barba.

—Yo diré lo que haremos. Se viene conmigo —dijo Vladimir rápidamente. Dobrinia se inclinó hacia él y le susurró:

—Debe ir a los calabozos y ser juzgado a su tiempo.

Vladimir miró a la gente, que comenzaba a inquietarse y gritar.

—¡Callad! —ordenó el joven. Esperó a que se hiciera un silencio relativo y declaró—: Este muchacho es de sangre noble. Vengó a su sangre, como dice el código de su gente. Y se entregó sin ocultar su delito. Yo, Vladimir Sviatoslavich, el príncipe de la Ciudad Libre de Nóvgorod, lo perdono. Y dono una moneda de plata a cada hombre o mujer que tuvo que presenciarlo.

La muchedumbre se calmó en un instante aplaudiendo aquella decisión.

—¿Y mi hacha? —preguntó con enfado el dueño del puesto de al lado. Se veía que el muchacho la cogió de allí. Vladimir miró al hombre y rio:

—Puedes recuperarla.

Hizo una señal a Dobrinia para que se encargara de aquello y otra al muchacho, para que lo siguiera a pie. Su tío, con gesto de fastidio, aflojó su bolsa y las monedas volaron en el aire, sobre el cadáver, acompañadas de los alaridos de la gente: «¡Viva el príncipe!».

* * *

Los cinco días de camino hasta Ovruch transcurrieron demasiado deprisa para Yaropolk. Quería prolongar cada hora, cada segundo. Esperaba que sucediera algún imprevisto que les obligase a dar la vuelta, guardar las armas y olvidarse de su hermano. Pero nada interrumpía el lento y seguro avance de sus tropas. Sveneld también viajaba con gesto sombrío. Pensaba en el ataque. Si Oleg no salía de la fortaleza para luchar a campo abierto, no sería fácil entrar. Estaba perfectamente protegida tanto por el foso cavado por un lado del muro como por los medios naturales. Habría que atacar por el puente. Y sería un suicidio. Le había dado muchas vueltas tratando de no involucrar demasiado al joven príncipe, afligido e inseguro. Sin embargo, no había otra salida.

—Yaropolk —llamó Sveneld y puso a trote a su caballo para alcanzar al muchacho. El joven no giró la cabeza. Estaba demasiado tenso. El general caminó unos minutos a su lado en silencio. Después, dijo sin adornar la verdad:

—No queremos muchas bajas. Deberíamos lograr entrar sin que sospechen nada.

Yaropolk lo miró incrédulo.

—Llevamos tras nosotros a todo el ejército de Kiev. ¿Y pretendéis que «no sospechen»?

—De alguna forma debemos intentarlo. Tú no conoces la fortaleza. Solo hay una entrada. Dejaremos la mitad de los hombres en el bosque aguardando. Y avanzaremos con el resto. Pedirás hablar con Oleg y quizás nos deje entrar. Puede que solo con mi druzhina. Ellos serán suficientes para actuar desde dentro.

Yaropolk no pronunció palabra. Sveneld lo estudiaba de reojo, inseguro de su pupilo. Al final, el muchacho reaccionó:

—No. No lo voy a hacer. Me matará.

Sveneld suspiró en el bigote. Deseaba que aquello terminara. Que el asesino de su hijo cayera muerto. Lo buscaría y le rebanaría la cabeza, por Liut, por su sangre. Así por fin podría dormir. Sin imaginarse a Oleg viviendo día a día como si nada hubiera hecho, disfrutando como si nada hubiera pasado. El que lo dejó sin su primogénito andaba tranquilo por su palacio, comía los mejores manjares, bebía el vino fresco, cazaba y se divertía…

La cara del viejo general se encendió por la ira. Espoleó a su caballo y se puso en cabeza con ganas de llegar cuanto antes.

* * *

Vladimir tiró el hacha contra el árbol. El mango de madera dibujó un círculo en el aire y clavó el hierro afilado en medio del tronco del abedul.

—¡Buen tiro! —exclamó Olaf con su acento extraño.

Vladimir sonrió.

—Solo debo imaginar la cara de Yaropolk y el hacha va sola.

Olaf soltó una carcajada:

—Ya veo que no os lleváis bien entre los hermanos.

—¿Tú solo tienes uno? —le preguntó el príncipe apuntando de nuevo. Olaf encogió los hombros.

—No lo sé… —El muchacho quedó pensativo, como recordando algo muy lejano. Luego, sus puños se apretaron y siguió hablando—. Si Harald no hubiera asesinado a mi padre, toda mi vida habría sido diferente: no habría nacido en cautiverio, mientras mi madre se escondía en un islote, no tendríamos que escapar a Rus y yo ahora sería el rey de Viken.

Su pecho se arqueó en un gesto que a Vladimir le pareció muy gracioso. No quería enfadarle, así que aguantó la risa. Se habían hecho inseparables en unos pocos días. Olaf era valiente, noble y directo. Y manejaba el hacha como nadie a su edad.

—¿Y por qué ese tal Harald asesinó a tu padre? —preguntó Vladimir.

—Harald es mi tío, ¿sabes? Mi padre quería unir todas las tierras varegas.

—Y tu tío lo desaprobó y fue a por él. Entiendo —terminó su historia el príncipe—. Es el cuento más viejo del mundo…

—Espero que no os pase a vos —le replicó su amigo, sin dejar de mirarle con sus ojos de niño inteligente. Vladimir no esperaba ese giro y sintió una punzada de incertidumbre justo en el centro de su corazón, pero aquello era algo inverosímil. ¿Lo era? Soltó una carcajada:

—Si mi padre ve desde el otro mundo que Yaropolk u Oleg me invaden, ¡viene desde Iriy y los curte a bofetadas! —Y cambió de tema—: ¿Y dónde está tu madre?

—Mi tío Sigurd dice que los osilianos la asesinaron por el camino. Por lo visto, nos tomaron prisioneros y nos vendieron como esclavos. No me acuerdo, yo era muy pequeño. Solo sé que me protegió un hombre viejo llamado Thorolf, pero cuando nos volvieron a vender, se deshicieron de él. Por viejo.

Una lágrima recorrió la mejilla del chico. Vladimir lanzó el hacha de nuevo y se lo dio a su pequeño compañero para distraerlo de los recuerdos.

—¿Cazaremos mañana? —preguntó Vladimir mirando al cielo tratando de adivinar el tiempo que haría. Olaf negó con la cabeza y concluyó:

—Lloverá.

—¡Ni siquiera miraste al cielo! —exclamó el príncipe.

—No me hace falta. Es lo que tiene haber sido esclavo...

Vladimir no rio. Pensó en su madre y en el mismo estigma que los unía. Odiaba la palabra *esclavo*. Le hacía palidecer de rabia y sus ojos se volvían aún más negros. Podía quedarse callado durante horas. Y en aquel caso también el silencio se apoderó de la pradera. Olaf se acercó al abedul, sacó el hacha y se lo dio a Vladimir.

—Vuestro turno, príncipe.

Vladimir seguía callado y pálido. Olaf miró al horizonte y pensó en voz alta:

—Un día volveré a las tierras donde nací. Ya he cumplido la mitad de mi venganza. Queda la otra mitad. ¡Mataré a Harald y seré el rey!

Aquel cambio de tema funcionó. Vladimir sonrió al ver a su valiente amigo hacer un giro con una espada invisible como rebanándole el cuello a alguien y clavándola después en el suelo. Asintió:

—Ya vi de lo que eres capaz, así que me lo creo.

Olaf estaba serio.

—¿Yo no lo planeé, sabes? Lo vi allí, paseando por el mercado, tan arrogante e intocable, con esas botas tan duras. Esas botas que me dejaban los costados morados. Y vi el puesto con hachas a mi lado. Y no lo pensé dos veces.

—Pues tenías que haberlo pensado, mocoso. —Oyeron desde cerca. Absortos en las confesiones, no vieron a Dobrinia acercarse—. Aún estarías en el calabozo si fuera por mí.

Olaf frunció el ceño y calló. Vladimir resopló y preguntó:

—¿Vienes a enseñarme de nuevo qué debo y qué no debo hacer?

—Desgraciadamente, no naciste enseñado —le cortó su tío—, debes recibir al embajador, ve a vestirte.

Vladimir recogió el hacha, le dio una palmada en el hombro a su joven amigo e, ignorando a Dobrinia, volvió al tema inicial:

—¡Pues si no se puede cazar mañana, habrá que ir hasta Syrkovo!

—¿Syrkovo? —Dobrinia miraba con furia a su pupilo—. ¡Debes empezar a gobernar! Hay un embajador allí. Y tú solo pensando en correr tras unas faldas en Syrkovo. Ya debes de tener un hijo en cada casa en ese pueblo. En ese y en todos los de alrededor de Nóvgorod.

Se quedó sin palabras estudiando la vestimenta del príncipe.

—Cámbiate y deprisa, vengo de tu alcoba y me encontré con varias muchachas variopintas que seguían allí dentro.

—Y las espantaste, claro —rio el joven.

La cara de su tío enrojeció, lo tomó por los hombros y lo alejó de Olaf.

—Te voy a hablar seriamente, Vladimir. ¿Qué estás haciendo? Quedan menos de dos años para que yo te deje de guiar.

Luego gobernarás solo. A veces me entran ganas de darte un buen puñetazo para que tu cabeza empiece a pensar.

—Ya recibí bastantes puñetazos, tío —respondió Vladimir riendo—. ¿Crees que un puñetazo más me haría algo? Solo estoy viviendo mi vida. Mi buena vida, ahora que puedo.

—Tu abuelo era un gran hombre. Y tu padre. ¿No quieres llegar a estar a su altura?

—No. Solo quiero sobrevivir. Déjame en paz.

Vladimir volvió al lado de Olaf, que esperaba a unos pasos de ellos, y apuntó al árbol, dejando claro que no tenía intenciones de marchar. Dobrinia suspiró con pesar, se frotó la cara para intentar pensar en una excusa para la ausencia del príncipe y se dirigió hacia el palacio.

* * *

—Basilio está aquí —anunció el sirviente sin levantar los ojos del suelo.

—¿Basilio mi hijo? ¿O Basilio «el Bastardo»? ¡Siempre igual, estúpido! —Teófano le miraba airada y el sirviente apresuradamente respondió:

—Basilio Lecapeno, mi señora. El Bastardo.

—Hazle pasar.

Teófano se echó sobre las almohadas esparcidas por el suelo, cogió un melocotón de la fuente y lo estudió por todos los lados. Al ver una imperfección sobre su anaranjada piel, lo tiró al otro lado de la sala y cogió otro. Mientras lo estudiaba, un hombre menudo lujosamente vestido entró en la estancia y se detuvo admirando la belleza de la madre del emperador. Ella lo miró de reojo y sonrió:

—¡Qué pena que seas eunuco, Basilio! Seguro que hubieras sido un buen amante.

—Puede que sí, mi emperatriz. Con vos sería imposible no serlo —rio él.

—Eres un descarado. Cómete un melocotón. —Le ofreció Teófano.

—Vuestra bella compañía satisface todos mis deseos. —El Eunuco se acomodó al otro lado de la fuente de la fruta y cerró los ojos como meditando.

—No me lo creo, Basilio. Tú siempre quieres algo. A pesar de que tus posesiones ya superan con creces las de cualquier noble.

—Todo lo que poseo es gracias a la excelencia en el cumplimiento de mi labor por el bien del emperador y del imperio.

—Sí. Sobre todo por el emperador. —Soltó una carcajada la bella mujer. Luego se recompuso y le preguntó—: ¿A ti te hubiera gustado ser emperador, Basilio?

—No, mi señora. Ser Basilio Lecapeno es mejor que ser emperador. Mi vida es igual de lujosa. Sin embargo, no anhelo escribir la historia de mi imperio. Solo cuido de sus leyes y su poder.

—¿Y te hubiera gustado ser un hombre de verdad? ¿Conocer el disfrute carnal completo?

Teófano nunca tuvo demasiado tacto. Pero el Eunuco no se escandalizaba con sus comentarios ofensivos. Se conocían desde hacía demasiado tiempo. Hijo ilegítimo del emperador Romano I Lecapeno, castrado de pequeño por cuestiones dinásticas, el Eunuco llevaba ya treinta años de administrador, habiendo perdido su puesto cuando Romano II había ascendido al trono, pero recuperándolo bajo el mandato de Nicéforo y Juan I. Teófano necesitaba de su experiencia y lo mantuvo sabiamente a su lado.

—No, mi señora. Cuando nunca probaste algo, ¿cómo lo vas a añorar?

Teófano frunció el ceño, pensativa. Luego asintió. Puede que no caer en tentación fuera esa felicidad que ella no era capaz de alcanzar. Siguió estudiando el melocotón y pasando la mano por su suave pelusa blanquecina.

—Ahora te haré otra pregunta y jura que me la responderás, a pesar de que te ruborice.

—Ah, ¿pero es que esta bella señora puede lograr ruborizarme aún más que con la pregunta anterior? —rio el Eunuco.

Teófano lo miraba de frente, seria. No estaba para bromas y a Lecapeno muchas veces se le olvidaba. La sonrisa se borró de la cara del Eunuco y sus pequeños ojos grises se hundieron en los de ella.

—Sé lo que me vais a preguntar, bella mujer. Si fue el tifus lo que acabó con Juan. Pero no creo que deseéis saber la respuesta. Porque si fue la enfermedad, me quitaría méritos, y si no fue la enfermedad, entonces yo sería un asesino. Y el hijo de un emperador, aunque sea bastardo, nunca se declara un asesino. ¿No es así?

Teófano mordió el melocotón y suspiró decepcionada:

—Vale. Hablaremos de otras cosas si lo deseas. Pero algún día me lo contarás.

* * *

La mañana del quinto día, con su cielo bajo y gris, prometía lluvia. El bosque parecía aún más tenebroso sin la luz del sol. Después de oír durante toda la noche los aullidos lejanos del lobo, Yaropolk, cansado y decaído, se arrepentía profundamente de su decisión. No. No era su decisión. Era solo un consentimiento de algo que le presentaron como inevitable. Sveneld hablaba con el joven para mantenerlo con ánimo, pero lograba poco. Al final, lo dejó caminar solo, arropado con su capa de lana fina. Temiendo que diera la vuelta a su caballo y regresara a Kiev. Así la venganza de Sveneld no tendría lugar y el viejo general no podría seguir viviendo.

A mediodía salieron de los bosques que rodeaban Ovruch. Sobre una gran colina, debían divisar la fortaleza, dentro de la cual, en su palacio con tiérem[2], residía Oleg. Debajo de sus muros se verían las casas del pueblo, por un lado, rodeadas con el profundo foso y el refuerzo de tierra, y por el otro, con el río Norin y sus peligrosos pantanos. Sin embargo, no vieron nada de eso. Delante de ellos, a cien pasos, había un ejército. Los estaban esperando. Sveneld paró sus tropas, los caballos se desplegaron hacia los flancos, y un ojo observador podía darse perfecta cuenta de que las fuerzas estaban desequilibradas. El ejército de Kiev superaba por mucho a las tropas del anfitrión. Pero Oleg estaba en su casa. Y jamás hay que confiarse. Yaropolk miraba como hipnotizado a esa masa viva hirviendo a lo lejos con colores de las tierras de su hermano y le costaba no salir corriendo de allí. Sveneld lo miró severo: «Ya no eres un niño y esto no es un juego. Eres un príncipe y vienes a coger lo que te pertenece. Vamos».

El general apretó los talones y su corcel se movió a paso hacia el ejército de Oleg. Yaropolk hizo lo mismo. Observó como dos figuras de cuerpos equinos y humanos se despegaban a lo lejos del mar y se adelantaban a su encuentro.

—Tú dijiste que no habría guerra. Que se rendiría. Que tomaríamos la fortaleza desde dentro… —balbuceó Yaropolk. Sentía como su corazón se desbocaba más y más con cada paso de su caballo.

Sveneld, sin mirarlo, respondió sombrío:

—Pues me equivoqué. Es una guerra, pero es una guerra ganada.

Yaropolk ya podía reconocer el rostro de Oleg bajo el metal de su casco. Tenía la expresión de un niño enfadado. Pero no parecía nervioso, más bien enojado. Cuánto más joven eres, menos temes a la muerte. Su yegua gris, con una capa roja por encima, avanzaba con ágil andar hacia ellos. Cuando queda-

---

[2] Tiérem: planta superior residencial de palacios eslavos medievales, con techos inclinados ricamente decorada.

ban no más de ocho pasos, los caballos pararon y los hermanos pudieron mirarse a los ojos. Oleg habló primero:

—Te deseo un buen día, Yaropolk. ¿Qué te trae por aquí, hermano mío?

Yaropolk no podía pronunciar palabra. Sveneld rugió tratando que lo oyesen las tropas atentas a cualquier señal por parte de los líderes:

—El príncipe Yaropolk, el primogénito de Sviatoslav, viene a cumplir la voluntad del Gran Príncipe de Rus, Oleg, uniéndola de nuevo bajo su gobierno. No viene para luchar. Viene a reclamar lo que le pertenece por su sangre.

Hubo un silencio. Pero no demasiado largo.

—Nuestro padre te dio Kiev. Tu avaricia te matará —respondió Oleg. No miraba a nadie más que a su hermano. Yaropolk seguía en silencio. Su caballo percibía la tensión de su jinete y no paraba de moverse en el sitio. El joven parecía estar más concentrado en el baile de su corcel que en la conversación. Oleg sonrió—: ¿No me vas a hablar? ¿Es que te comió la lengua el gato?

Al oír la burla del joven, Yaropolk comenzó a ponerse colorado y por fin pronunció sus primeras palabras:

—No quiero derramar tu sangre.

Oleg lo contempló divertido y respondió como si de un juego de niños se tratara y solo fuese a tirarle una piedra del patio a la cabeza:

—¿Quién te ha dicho que no seré yo quien derrame la tuya?

En ese momento, dio vuelta a su caballo, lo espoleó y galopó de vuelta levantando el brazo derecho como la señal de que la batalla empezaría inminentemente.

—Justo lo que me esperaba —sonrió Sveneld e hizo lo mismo que Oleg. Yaropolk lo siguió a galope. Al volver donde le esperaban sus tropas, viendo de reojo que el ejército de Oleg avanzaba hacia ellos, Sveneld gritó:

—¡Venimos a por la justicia! ¡Nuestra sangre se convertirá en nuestro oro!

Se quedó en el sitio, con Yaropolk y Stiola a su lado, mientras sus hombres arrancaban su avance para encontrarse con el enemigo a toda velocidad. La tierra temblaba. Dos olas de carne vestida con piel y acero se encontraron, chocaron pesadas, se entrelazaron salpicando de sangre la tierra y el cielo. Los eslavos contra los eslavos. Hermano contra hermano. Entonces, Sveneld gritó y arrancó como enloquecido tras sus hombres. Yaropolk se quedó parado. Con Stiola poniéndole la mano sobre el hombro:

—Haces lo que un príncipe debe hacer.

—No quiero estar aquí —susurró Yaropolk.

* * *

—¡Despierta, Vladimir! —Dobrinia estrujaba el hombro del muchacho. Esta vez en su cama solo estaba la criada, y su tío suspiró con alivio al no tener que retomar los reproches esa mañana. Vladimir entreabrió un ojo y preguntó:

—¿Es que Nóvgorod se está quemando?

Al no oír respuesta alguna, se dio cuenta de que debía de ser algo serio, así que le dio una patada a la muchacha que permanecía inmóvil debajo de las pieles del lecho para despertarla y hacer que se fuera de la alcoba. Mientras el príncipe se levantaba y se ponía una camisa limpia, su tío permaneció en silencio.

—¿Me vienes con adivinanzas hoy? —dijo el joven irritado. Quedaban menos de dos años para que Vladimir gobernara como un príncipe en pleno poder, sentía tener las alas cortadas y el tiempo de espera se le volvía eterno. Como no podía ser de otra forma, cuando opinaba, se le escuchaba con respeto. Sin embargo, la decisión final siempre era del consejo y especialmente de Dobrinia. Algunas veces pensaba que la gente de Nóvgorod había elegido al hijo menor de Sviatoslav para gobernarlos solo porque era un crío y podían moldearlo a su gusto. En un principio, no se esforzaron en que se sintiera bienvenido, pero desde que había comenzado a invitar al palacio a los nobles eslavos y varegos, la situación había cambiado y su fama de príncipe había crecido. Y para aliviar la frustración de ser apartado del poder, se dedicaba a llenar su tiempo con caza, mujeres y juegos con sus compañeros, que serían su futura druzhina. Un día sus vidas le pertenecerían. Y cuando finalmente fuera un príncipe con plena autoridad, se curaría de sus miedos y tomaría las riendas de Nóvgorod y sus tierras.

Dobrinia seguía de pie en silencio. Era evidente que esperaba a que Vladimir estuviera vestido.

Al atarse el cinturón, el muchacho cogió agua y lo miró con enfado:

—¿Ahora ya me lo puedes decir?

Dobrinia recorrió la alcoba con la mirada perdida y resopló. Parecía inseguro.

—Tu madre está aquí.

Era la última cosa que Vladimir esperaba, y el cucharón de madera lleno de agua se le cayó al suelo desde sus labios.

—Está viva —pronunció él medio preguntando, medio asintiendo, sin creérselo mucho.

—Sí. Es un milagro. Apareció anoche en mi casa. Con un hombre y una mujer.

—¿Sus criados?

—No exactamente —Dobrinia parecía algo confuso—. Hijo, creo que deberías verla.

—Toda mi vida he sufrido por su culpa —susurró Vladimir.

—Dice que viene a advertirte de algo. De algo muy importante. Sé que suena extraño, pero quizás deberías escucharla.

—Estás inventándote esto para que haga las paces con ella. ¡Es tu hermana!

Dobrinia se le acercó y lo miró directamente a los ojos.

—Exacto. Es mi hermana. Nació princesa y el destino la convirtió en esclava. Es un peso que sin querer puso sobre tus hombros y debes vivir con él. No hay otro modo. Aquí, en Nóvgorod, aún no se sabe y cuánto más tarde se sepa, mejor. Lo comprendo. Y ella lo sabe también. Así que irás a verla una vez y puedes olvidarte de ella para siempre. Nadie sabrá que es tu madre. —Vio como Vladimir palidecía. Sus pómulos se marcaban angulosos de apretar los dientes y sus ojos se volvían más oscuros. Dobrinia le puso la mano sobre el hombro y repitió con un todo más suave—: Por favor, recuerda: ella no siempre fue esclava. ¡Fue princesa drevliana! Si no fuera por tu abuela, lo seguiría siendo. Y yo sería un príncipe, y no hubiera limpiado las cuadras de tu padre y no tendría que derramar sudor y sangre para llegar a ser general. Mi padre asesinó a tu abuelo y lo hemos pagado con nuestro destierro. Así es la vida. Irás a verla y la respetarás como a una madre. Bastante dura ya fue su existencia.

Vladimir seguía callado. Un huracán de sentimientos luchaba por salir afuera, pero no encontraba forma. En ese instante, agradeció no ser un príncipe adulto. Miró a su tío y, como si fuera un niño pequeño, le dijo:

—No me acuerdo de ella…

—El destino lo escriben los dioses. Y si quieren que te reúnas con tu madre, por algo será. Después la puedo enviar de vuelta a Liubech, que es donde vivió hasta ahora.

Vladimir no reaccionaba. No le gustaba sentirse como un niño, pero a veces aún no podía actuar como un hombre. Sus catorce años le jugaban mala pasada. Lágrimas de rabia comenzaron a velar su mirada y con voz ronca de chico enfadado dijo:

—Déjame solo.

Dobrinia se retiró. Vladimir se acercó a la ventana y abrió las maderas que la cerraban. El aire frío lo golpeó en la cara. Cerró los ojos, dejó las gotas calientes correr por sus mejillas y preguntó a Perún por qué le había traído a su madre. De repente, el instinto y la curiosidad vencieron y sonrió, se volvió hacia las puertas y corrió hacia las escaleras. Iba a ordenar traerla. Pero a medida que bajaba, las dudas y los miedos borraban su sonrisa, sus pasos se volvían más y más lentos y cuando entró en la sala del consejo, su ceño estaba tenso. Los dos boyardos que hablaban con su tío, y los tres sirvientes dejando sobre la mesa carne fría, pan y agua, se inclinaron. Solo Dobrinia se quedó sin inmutarse. Se miraron a los ojos sin decirse nada. Vladimir se sentó a la mesa, los boyardos salieron afuera después de una señal del general. Ese día no hablaron más del tema. Vladimir alejó sus pensamientos sobre su madre y Dobrinia no preguntó nada.

* * *

—«Si alguna vez un hombre de las paganas e infieles tribus del norte pregunta sobre el parentesco a través del matrimonio con Romanos Basileos, ya sea ofreciendo a su hija para el matrimonio o pretendiendo a la hija o el hijo Basileo, esa petición insensata será rechazada. Puesto que cada pueblo tiene diferentes costumbres, diferentes leyes y reglamentos, se debe mantener a sus órdenes, y las uniones de dos vidas realizarlas dentro del mismo pueblo». —Anna terminó de leer la frase del código que su abuelo emperador Constantino VII había escrito y que estaba estudiando con su tutor.

—Me parece correcto —dijo pensativa.

—Nadie te ha preguntado qué te parece —se oyó la voz de su madre cruzando la estancia. Anna frunció su ceño de niña y miró a su educador.

—Cuando sea emperatriz, decidiré lo que me parezca bien y lo que me parezca mal —susurró. El hombre sonrió y pasó la página.

—Vuestro abuelo era un hombre muy sabio y nos bendijo escribiendo este libro que os guiará por el camino de la regencia.

—¿Podré elegir a mi esposo? —preguntó Anna pasando la página del tomo con cuidado. Lo hizo medio susurrando, por si su madre volvía.

—Creo que hay muchos factores a tener en cuenta. —Evadió su pregunta el tutor, pasando la mano por su larga y poco poblada barba gris.

—¡Pero quiero decidirlo yo! —exclamó Anna olvidándose de su madre, que justo en ese momento aparecía con unos pendientes en la mano. Teófano tenía un oído excelente, especialmente para las cosas murmuradas en bajo.

El tutor abrió la boca para responder, pero la madre de Anna paró delante de ella y comenzó a reír.

—¿Es que eres hija de un plebeyo? ¡Anna Porfirogeneta, nacida en la cámara púrpura! Tu esposo será cuidadosamente escogido para y por el bien de nuestro pueblo. Lo elegiré yo. Y tu hermano, el emperador, lo aprobará. Eres una joya, Anna. Recuérdalo siempre. Pero recuerda también que tu vida no te pertenece.

—¿Y el amor? —se atrevió a suspirar la niña.

Teófano soltó una carcajada amarga mientras recogía el mechón negro de su pelo para ponerse el pendiente. Sintió una punzada en su roto corazón, y un recuerdo lejano de la mano de Juan acariciándole la espalda desnuda recorrió su mente.

—El amor solo trae desgracias. No te llena el bolso de oro, ni pule el mármol que pisas, ni teje la seda que llevas. El amor es un consuelo para pobres. ¡Tú eres un diamante y se quedará contigo el que mejor engaste te pueda ofrecer! ¿O es que todas estas lecciones, ceremonias y cuidados de tu piel son para que te enamores de cualquiera? Piensa un poco.

La mujer echó una mirada airada hacia su hija. Los recuerdos de su juventud, que parecía haber borrado totalmente de su mente, volvieron de golpe: si esa niña tuviera que crecer en una taberna, no preguntaría estas estupideces. Pero no dijo nada en voz alta, solo movió la cabeza para sentir el peso de las perlas de los pendientes y se dispuso a salir de la estancia.

Anna se armó de valor y la llamó:

—Madre.

Teófano paró y se dio la vuelta levantando una ceja.

—Me gustaría tener compañía, alguna chica de mi edad. ¿Por qué solo recibimos a gente adulta?

La mujer, que evidentemente no esperaba tanta valentía de su hija, barajó varias respuestas amables, pero se inclinó por la más directa:

—No conocerás a nadie hasta que te cases. Esas niñas te llenarán la cabeza de frivolidades, y no te hemos educado para eso. Estás bien sola. Además, tienes a tus hermanos.

Anna involuntariamente frunció la nariz al pensar en Constantino y Basilio. Sabía que era imposible convencer a su madre. Así que intentó con otra cosa:

—¿Y asistir a algún evento?

Teófano lanzó su tan habitual carcajada.

—¿Y que te observen los muchachos, y que hagas alguna estupidez como enamorarte y me compliques la vida? Ni lo sueñes. Tienes suficiente con la misa de los domingos.

Riendo, como si de algo divertido se tratara, Teófano salió de la estancia. Anna se tocó una mano con la otra, blancas y suaves, frías como el mármol que la rodeaba, pensando en lo libre y feliz que se sentiría algún día, cuando su hermano, el emperador, la casara y pudiera salir del yugo autoritario de su madre. Y que sin duda sería con un gran rey, y si hubiera que elegir entre un amor o un palacio blanco con mil cipreses desprendiendo su olor a verano, estatuas, fuentes refrescantes, pavos reales amansados y muchos sirvientes, el palacio tendría que ganar.

La voz de su tutor invitándola a seguir leyendo los escritos de su abuelo, la devolvió a la realidad. Los libros, con sus dibujos coloreados y olor a almendras, seguirían siendo sus únicos amigos.

* * *

El ejército de Kiev, con la gran druzhina de Sveneld curtida en batallas, rápidamente empujó a los hombres de Oleg hacia la ciudad. El muchacho, aun manteniéndose en la retaguardia, no pudo evitar entrar en batalla. Sveneld iba a por él. Trataba de atravesar las filas de hombres luchando, mientras esos reculaban hacia el foso. Los cuerpos ensangrentados comenzaron a caer en el agua gélida. Los que trataban de sobrevivir se lanzaron hacia el puente, la única entrada en el castillo. Las pieles de caballos y humanos se empujaban y se aplastaban entre ellas. Hombres y animales caían gritando al vacío y sus voces se cortaban bajo otros cuerpos. Sveneld ordenó: «¡Que no escapen! ¡Que no escape nadie!».

Si lograra entrar en la fortaleza, Oleg, si aún seguía vivo, podía salvarse. Hacía rato que el viejo general había perdido de vista a Yaropolk. Su meta le empujaba hacia delante y el muchacho hacía todo lo contrario, quedándose atrás con el tesorero. Sveneld llegó a caballo hasta donde pudo. Ahora avanzaba a pie, evitando los filos y dando algún golpe, solo por moverse hacia delante, hacia el puente. Pero, de pronto, algo sucedió: se sintió tremendamente débil. Su pecho se convirtió en una piedra inmóvil y el brazo bajó sin fuerza. El hombro le dolía tanto que tuvo que dejar caer el cuchillo que llevaba en la mano izquierda. Trataba de respirar. De reojo distinguió una hoja de espada levantándose por encima de su cabeza, pero no podía alzar la suya, ni tampoco esquivarla. Cerró los ojos esperando el golpe que lo arrancaría de esta tierra. Pero no ocurrió. Al abrir los párpados, vio que sus hombres lo rodeaban en un círculo desviando los golpes. La batalla culminaba. Los combatientes aún vivos de Oleg tiraban sus armas y caían de rodillas, clamando por sus vidas. Sveneld avanzó fuera del círculo que le protegía, respirando con dificultad y sintiendo una fuerte presión en el pecho.

—No lo he matado —repetía—. ¿Dónde está? Debo matarlo antes de morir. ¡Maldición!

A pie del puente, entre cuerpos masacrados, el viejo guerrero miraba a los lados, cegado por la venganza y el dolor. Todo se había detenido. Solo los sonidos permanecían. Los quejidos de los heridos, el llanto de las mujeres que comenzaban a atreverse a recorrer el campo para buscar a sus hombres, los gritos de los cuervos que sobrevolaban la ciudad, como una nube negra, cada vez más grande y deseosa de carne fresca, el sol de primavera alumbrando esa escena con una luz melancólica, haciéndola parecer irreal como una visión de mente enferma.

Un dolor extraño, mientras tanto, invadió la espalda de Sveneld y oprimió su corazón como un puño de acero. Tenía frío, el sudor pegajoso cubrió todo su cuerpo y la espada cayó al suelo de su mano enguantada. Oyó: «El general está herido», y sintió unas manos quitarle el casco. Golpeó el pecho con el puño derecho, como tratando de echar la presión afuera. Pero sus piernas le fallaron. Después, solo vio caras, el cielo, los cuervos y la oscuridad.

* * *

Olaf, el niño varego, amigo de Vladimir, despertó sudando. Le pareció ver una sombra encima de él y se cubrió la cara con los brazos esperando un golpe. Tras unos segundos de inmovilidad, se dio cuenta de que estaba solo, apartó los brazos y vio la luz del sol amaneciendo colarse entre las tablas de las contraventanas. Se sentó sobre su lecho. Solía dormir en el suelo, sobre un colchón relleno de hierba seca y con una manta de lana por encima. Sus dos compañeros de estancia todavía dormían. La juerga del día anterior organizada por Vladimir fue larga y alocada. La garganta le dolía de cantar. Carraspeó y se acercó a por agua. Un sueño reciente le golpeó la memoria. Estaba durmiendo, era pequeño, una sombra sobre él. Él no sabe si lo sueña o es alguien real. El dolor le cruza la cara, el labio roto, sangre dulce sobre los dientes. Está confundido y asustado. Se cubre la cara con los brazos. Otro latigazo en las muñecas. Piel levantada bajo las ampollas de otros latigazos. No sabe el porqué de aquello. Se acurruca sobre los pies del hombre que lo pega, abraza sus botas llorando.

Olaf se dio cuenta de que no era ya un sueño. Eran sus recuerdos de la niñez. Klerkon. Las botas de Klerkon. Su amo. Las que tenía que remendar y engrasar y las que le daban después las patadas más dolorosas. Le convirtió en nada. En un despojo. En un cachorro apaleado y asustado. Una ola de odio de nuevo se echó encima de Olaf. Sus manos agarraron el asiento de madera, lo levantaron en el aire y lo lanzaron contra la pared. La madera se rompió y cayó al suelo mientras los otros dos muchachos medio dormidos saltaban asustados de la cama.

—¡Mierda, Olaf! —exclamó Putiata al darse cuenta de lo que había pasado—. ¿Es que no puedes levantarte por la mañana como cualquier ser cuerdo? Encima tienes la fuerza de un toro, cualquiera dirá que eres un crío.

—Después de la cogorza de anoche, no soñar con alguna campesina levantando su falda es asombroso… —asintió Budislav, cayendo de nuevo sobre su lecho.

Olaf los ignoró por completo. Se tiró encima de su colchón y cerró los ojos tratando de controlar el ritmo desbocado de su corazón, y sonriendo al recordar la cara de Klerkon con el hacha clavada en el cráneo.

* * *

—¿Dónde está? —preguntó Sveneld al abrir los ojos.

—¡Mi general! —exclamó con alegría Rosslav, el cabeza de su druzhina, que dormitaba en el rincón sobre una butaca baja.

—¿Dónde está? —La cara de Sveneld parecía enrojecer y marcaba un gesto airado.

—Está en la alcoba, lo llamaré.

—¿Lo llamarás? ¿Está vivo? Dame mi espada. —El general trataba de sentarse sobre su lecho, pero le costaba hasta ponerse de costado. Había perdido su fuerza.

El hombre frunció el ceño inseguro.

—¿Estáis preguntando por el príncipe Yaropolk?

—¡No! ¡Oleg! ¿Dónde está Oleg?

—No lo sabemos, mi general. Está desaparecido.

—¡Encontradlo! ¿Se fugó?

—No lo creemos. Están mirando los cuerpos del campo y sacando los que cayeron al foso. Lo encontrarán.

Sveneld logró sentarse sobre su lecho, repasó la alcoba con la mirada y por fin preguntó:

—¿Qué ha pasado?

—Pensábamos que estabais herido, mi general. Pero no —concluyó el hombre. Sveneld se tocó el pecho. Podía respirar bien y la sensación de presión y muerte cercana se habían desvanecido. Se puso en pie y se vistió lentamente. Bebió agua. Se alisó la barba blanca y quedó pensativo.

—¿Había campesinos fuera del castillo cuando empezamos?

Nadie respondió. Se dio cuenta de que Rosslav había salido fuera dejándolo solo. Entonces abandonó la alcoba y recorrió dos huecos más hasta llegar a la salida al patio. Atardecía. Algunos guerreros descansaban sobre la paja del establo, otros limpiaban las armas, otros ahogaban el dolor de las heridas con hidromiel y buena comida. Allí estaba Stiola. Ileso. Al ver a Sveneld aparecer, su cara esbozó una gran sonrisa y se levantó con su charca[3] en la mano.

—¡El general que nunca muere! —anunció haciendo que todos los presentes dejaran sus quehaceres y se levantaran a saludar. Sveneld lo miró severo.

—Aún no llegó mi hora.

—Y se lo agradecemos al Todopoderoso —soltó Stiola sin pensar.

—Yo no se lo agradezco a nadie, y menos a tu dios —respondió el general bruscamente. Stiola se mordió la lengua y le ofreció bebida. Sveneld cogió la charca y sorbió. Los hombres volvieron a sus posiciones de antes.

—¿Dónde está Yaropolk?

—En su alcoba. No sale de allí. Lo lleva mal, ya os lo podéis imaginar. Pero estará bien en cuanto vuelva a Kiev y se olvide del asunto. Por eso he venido, para cuidarle. Aunque Blud no se despega de él.

Sveneld miró a Stiola y dijo:

—Tú vienes a por el oro, amigo.

Stiola no se ruborizó. Solo detuvo por unos segundos sus ojos grises que recorrían el patio sin cesar, sobre la cara del general y confesó sonriendo:

—No vengo solo a por el oro, mi general. Pieles, armas, joyas, miel, cera, vino y otras cosas valiosas, siempre para las arcas de Kiev. De unas arcas a otras arcas —allí su rictus cambió y susurró con picardía—: y vos venís a por una cabeza.

Sveneld tampoco se inmutó. Dejó caer un poco más de líquido amargo en la garganta y preguntó sombrío:

---

[3] Charca: recipiente antiguo para beber, hecho de madera o metal.

—¿Lo han encontrado?

—No. Aún no. Pero lo harán. Porque no volverás a Kiev sin asegurarte, ¿verdad? Aunque, pensándolo bien, ¿por qué volver?

—¿Por qué volver a Kiev? ¿De qué estás hablando?

—Ya tenemos dos tercios de la gran Rus. ¿Por qué no tenerla entera?

Sveneld se quedó bebiendo en silencio. Hacerle a Yaropolk ir a por su otro hermano sería contrariar completamente la voluntad de su antiguo príncipe fallecido. Oleg no debía seguir viviendo. Pero Vladimir no le había hecho nada a Sveneld, más que incordiarlo por casa cuando era un mocoso y lo traían con sus dos hermanos para pasar el día.

Además, el general se sentía cansado. Muy cansado.

—Piensa que Nóvgorod es la antigua capital. Sin ella Rus no es Rus —añadió Stiola. Sveneld no decía nada. Sentía la mirada huidiza recorrer su rostro, pero siguió sin hacerle caso, entrecerró los ojos y se sumergió en un ligero sueño.

* * *

Vladimir desmontó e hizo una señal a sus hombres para que lo esperaran afuera. Entró en la casa. Adentro no había mucha luz y tuvo que parar para que sus ojos se acostumbraran. La estancia era amplia, con dos columnas sujetando el techo de madera y pocas ventanas para mantener el calor. Dobrinia salió y cerró la puerta tras él. La vista de Vladimir se había hecho a la oscuridad y en ese segundo entró una mujer. Llevaba ropas oscuras y unos medallones de plata adornaban su cabeza por encima de un velo. Vladimir buscó su cara con la mirada. De golpe le vinieron recuerdos que no estaban hacía un momento: su rostro, sus canciones, el sonido de su voz, la coz de un caballo, un río y gritos… Eran tantas cosas a la vez que se sintió atrapado y quiso salir corriendo de allí. Pero la mujer se le acercó y lo abrazó en silencio. Él se tensó y quiso empujarla, apartarla. Pero no pudo. Su abrazo le inmovilizó, lo ahogó entre sus aguas apacibles. No supo cuánto tiempo pasó entre los brazos de su madre. Pero, al cerrar los ojos, oyó su susurro:

—Escúchame, Vladimir:

Por culpa de un caballo murieron los dos llamados con el mismo nombre.

Debes huir de tu destino.

Y volver para gobernar.

Acto seguido, la mujer lo soltó y salió de allí. Vladimir no comprendía qué había pasado. Apretaba con fuerza la piel de nutria de su gorro. No sabía qué decir ni qué hacer. La puerta volvió a abrirse. El muchacho se estremeció pensando que aquella extraña mujer entraría de nuevo. Pero era Dobrinia. Tenía cara de preocupación.

—Me dijo que estaba cansada y que ya había hecho aquello por lo que había venido. ¡Si ha estado contigo un suspiro! ¿Qué ha pasado? Para mí que se ha vuelto loca a raíz de su destierro, hijo.

Vladimir se puso el gorro y dijo:

—Me abrazó.

—¿Te abrazó? ¿Y ya está?

—Sí, solo me abrazó.

El muchacho salió al patio, montó a su caballo y se alejó trotando sin mirar atrás.

* * *

El cuerpo de Oleg yacía inmóvil sobre una mesa de roble en medio de la estancia. La luz entraba por la ventana abierta para que el olor no permaneciera en el aire húmedo. Yaropolk de pie, de cara a la pared, estaba llorando. Al entrar Sveneld con sus hombres, el muchacho le dirigió la mirada perdida y gritó:

—¿Ya estás contento?

Su voz adolescente se cortó con el llanto. Sentadas a lo largo de las paredes, varias mujeres sollozaban, unas de corazón y otras por tradición y el deber. Sveneld las miró fiero. Él no sentía ninguna pena. Se acercó lentamente a la mesa y una macabra sonrisa iluminó su cara. Vio el rostro amarillento del joven príncipe, luego su pecho hundido. Se imaginó que un caballo le había caído encima aplastándole las costillas y destrozándole las entrañas. La muerte de su hijo estaba vengada. Todo su ser se relajó. Estaba en paz.

—Hiciste lo que debías. Eres un príncipe. No un aldeano.

—¿Cómo pude yo llegar a esto? ¿Por qué…?

Sveneld lo observaba dubitativo, sin comprender su comportamiento. Jamás apreció a su hermano tanto como para llorar su muerte. ¿Eran remordimientos o qué es lo que azotaba el alma de Yaropolk? Su don de palabra no le ayudaba mucho. Repitió:

—Eres el príncipe e hiciste lo correcto.

—¿Lo correcto? ¿Matar a tu propio hermano es lo correcto? —Yaropolk se volvió al fin hacia él.

—Tú no lo mataste. Fue un accidente. Se cayó al foso y el caballo lo aplastó.

—Hermano. Perdóname, hermano —sollozó Yaropolk. Sveneld lo miraba con desaprobación. Vale que hubiera vivido solo quince veranos o dieciséis, pero aquel comportamiento mostraba un carácter débil.

—Todos verán vuestra flaqueza. Parad de llorar —dijo el general en voz muy baja, cogió a uno de los criados de la manga girándolo hacia su cara y pronunció—: Trae bebida. Lo que encuentres. —El criado desapareció detrás de la puerta.

»¡Todos fuera! —rugió Sveneld. Nadie se opuso. En unos instantes, en la alcoba solo estaban el viejo general quitándose el caftán de pieles, Yaropolk de rodillas al lado del improvisado lecho con el cuerpo de su hermano, Stiola, que había aparecido como por arte de magia en la oscuridad de uno de los rincones, y el criado llenando dos copas de madera con líquido turbio. Su mano derramaba el hidromiel a borbotones dentro y fuera de las copas.

—Tiemblas entero. ¿Por qué? —le preguntó Sveneld severo.

—Dejadme hablar, no mandéis matarme —respondió el hombre cayendo de rodillas.

—¿Por qué te iba a matar, buen hombre? —dijo Sveneld después de un sorbo.

—Nuestro príncipe Oleg nos había dicho que arrasaríais nuestras tierras, os llevaríais a nuestros hijos y los venderíais a los varegos como remeros...

Sveneld soltó una carcajada.

—Mucha imaginación tenía vuestro príncipe. ¿Y quién labrará las tierras y criará ganado para Rus?

Stiola se acercó a Yaropolk, lo cogió por los hombros, lo puso en pie y acercó a sus labios la copa:

—Bebe. —El muchacho no tuvo fuerzas para negarse y echó un sorbo.

—No, bébetelo todo —ordenó el general desde el otro lado de la mesa. —Yaropolk vació la copa y Stiola la tiró al criado para que la llenara de nuevo.

—Siéntate, Yaropolk —pronunció con suavidad mientras le proveía con otra copa llena. El criado parecía estar más tranquilo. Stiola lo miró y explicó—: Te envío como mensajero. Vas a decir a toda tu gente que el nuevo príncipe llora la muerte de su hermano. —Stiola miró a Sveneld para hacerle entender que aquello era sumamente importante y que no dijera nada estropeándolo—. El nuevo príncipe de Rus, y el legítimo heredero, es justo y benévolo, y premiará a quien muestre su total lealtad con su trabajo y dedicación. Ve y haz llegar este mensaje a tu gente.

Sveneld miraba a Stiola airado.

—Yaropolk llora, sí… pero yo no —masculló.

El tesorero acercó los labios a su oído:

—Esto se acabó, general. Pensemos en el futuro. Y un hermano que mata a otro hermano no tendrá la devoción del pueblo.

Sveneld no respondió. En las intrigas de palacio debía confiar en Stiola, pero no le resultaba fácil. Se puso el caftán, agarró a Yaropolk bajo el brazo y lo sacó, ebrio, por la puerta. Parecía un muñeco relleno de algodón. Dormiría la borrachera y recapacitaría.

* * *

La colina amanecía cubierta de niebla. Dobrinia soltó unas cuantas maldiciones al entrar en la nube húmeda que escondía el esplendor de la suntuosidad de su idea. Por un momento quiso volverse para atrás y volver al día siguiente. Pero les seguía medio Nóvgorod. La gente subía cantando. A pie. Montados. En carro. Había que ir despacio, la tierra resbaladiza de primavera resultaba traicionera. Los caballos tropezaban con las ramas del camino. Pero los dioses esperaban sangre virgen. Una muchacha y dos jóvenes, de camisa blanca, el pelo adornado con flores pálidas, las primeras de primavera, también cantaban al son de los cascos del caballo que tiraba de su carro. Aceptaban su destino sosegadamente. ¿Acaso había algo mejor en esta tierra? No había nada que temer, el resplandeciente Iriy los esperaba.

Dobrinia había ordenado la construcción de unas nuevas estatuas. Perún, Hors Dazhbog, Stribog y Mokosha. Iban a ser la imagen del nuevo poder del príncipe. Las más grandes, las más altas, las más impresionantes. Se verían desde muy lejos. Una maravilla que pudiera acercar la fama de Nóvgorod a la de

Kiev. Vladimir subía callado al lado de su tutor, envuelto en la capa de lana de perro, era el pelo que más calor daba y al muchacho no le importaba que no fuese tan fina y ligera como la del pelo de oveja. El aire dejaba gotas frías sobre el rostro. No podía acostumbrarse a esa humedad y falta de luz. A menudo, sus pensamientos volaban a su amado Kiev, el cielo totalmente despejado, olor a tierra caliente y los rayos de sol acariciándole la piel desde la primera hora de la mañana. Una cortante brisa le hizo encogerse sobre la silla del caballo. Pero Dobrinia exclamó animado: «¡Sí! Este aire se llevará la niebla». Y así sucedió. Entre los trapos blancos de humedad, empezó a verse el sol. Primero muy tímido. Después con más fuerza. Y finalmente salió casi de golpe, descubriendo cuatro impresionantes figuras de madera, con rasgos pintados de negro y el bigote de Perún cubierto con capa de oro. La muchedumbre, al divisar tan extraordinaria visión, arrancó con llantos, aclamando a los dioses y rogando su gracia. Dobrinia y Vladimir cruzaron el claro y se pusieron a un lado de las figuras, algo alejados, para que la sangre no los salpicara. Sin desmontar, observaron como dos viejos curanderos hacían su canto a los dioses e invitaban a la gente a sacrificar a los animales traídos para ese fin. Llegó la hora culminante del sacrificio humano. Los tres jóvenes fueron llevados hacia las piedras de la base de la estatua de Perún. La chica estaba llorando de miedo. Pero nada podía hacer. Su vida se sentenció para algo grande. Un cuchillo cortó su cuello, igual que el de las ovejas de los campesinos devotos. Solo que mucha más sangre brotó de aquel blanco cuello antes de que el cuerpo dejara de convulsionarse sobre la piedra. Vladimir lo miraba impasible. Estaba acostumbrado a los sacrificios. El sol le templó y cerró los ojos disfrutando de la sensación. Como un gato. Entre el ruido de la muchedumbre, distinguió el compás de unos cascos de caballo. A galope. Se acercaba. Abrió los ojos. Atropellando y empujando lo que encontraba a su camino, un jinete atravesó el río de gente y paró frente a Dobrinia y Vladimir. Se avecinaban malas noticias.

* * *

Las voces de la muchedumbre se escuchaban más y más fuertes. Los aplausos y los insultos, las risas y los alaridos sobrevolaban media ciudad esa mañana desde muy temprano. El sol llevaba todo el mes escondido, y Anna no tenía que proteger su blanca piel de los hirientes rayos. Ataviada con un vestido de seda gruesa y un abrigo cálido color granate, bordado con perlas, hilos de oro y plata, con la cabeza cubierta, para ocultar en parte el rostro, la joven seguía a su madre por los pasillos del muro del palacio hasta el pasadizo que lo unía con el Gran Hipódromo de la ciudad de Constantino. Después de largas súplicas, su madre finalmente cedió y accedió a que la acompañara aquel día, y para la muchacha, habitualmente encerrada en su parte del palacio, o como mucho, llevada a un corto paseo en compañía de Lecapeno, esa mañana prometía convertirse en la mejor de su vida.

Le daba pena no llegar, como acostumbraban todos los nobles, en un carruaje, porque siempre soñó con apearse delante de la puerta de Carceres coronada por un grupo de carrozas de bronce dorado, con sus caballos hechos con tanta maestría que parecían vivos. La majestuosidad de aquella visión le aceleraba el corazón. Entrar bajo el arco y recorrer las gradas hasta el palco de los emperadores hubiera sido un sueño maravilloso. Sin embargo, no podía ser. No era seguro ni necesario.

El pasadizo dio a la arena y Anna no pudo evitar sonreír emocionada. Todo el ruido, toda la luz y los colores, los olores nuevos y la agitación de aquel lugar, prometían un espectáculo extraordinario.

Teófano la cogió bruscamente del codo y la sacó de su embeleso. Rodeadas por guardias, avanzaron hacia sus asientos. La gente, al darse cuenta de su llegada, aplaudió. Anna se ruborizó levemente, pero siguió el ejemplo de su madre, quien regaló su leve sonrisa a la plebe durante unos segundos, pero luego se concentró en acomodarse sobre los cojines de la grada de marfil.

Algunas veces, desde el palacio, Anna podía oír las voces lejanas y el ruido animado proveniente de aquel lugar y dar rienda suelta a su imaginación. Aunque nunca sabía qué es lo que pasaba allí exactamente porque, construido hacía siglos para las carreras, ahora se usaba para reuniones, ejecuciones, celebraciones y espectáculos. Sin embargo, ese día era extraordinario: sí que habría carrera y por una vez Teófano había cedido y dejaba que Anna la acompañara.

La joven comía con los ojos todo lo que tenía a su alcance: la Spina, adornada por estatuas, obeliscos y columnas, las filas de asientos con gente dividida por sus colores favoritos: azules o verdes, los mozos de la pista comprobando deprisa su estado antes de la siguiente carrera, los vendedores ambulantes ofreciendo cojines o dulces a los espectadores. Había leído sobre ese edificio muchas veces, pero lo que estaba viviendo superaba su imaginación. De pronto, en la pista entró corriendo un grupo de acróbatas. Unos se subían a los hombros de los otros y luego saltaban dando volteretas en el aire, otros se lanzaban unas bolas multicolor. Al otro lado, mientras tanto, aparecía un hombre con un mono amaestrado acompañado por un grupo de nativos de piel casi negra con tambores, dando ritmo al espectáculo. Pero, al fondo de la U de la pista, ya estaban formando una fila los cisios, unos carros pequeños y manejables, cada uno tirado por dos caballos.

Un hombre se acercaba a su palco y se inclinaba delante de Teófano con una amplia sonrisa. Los guardias parecían conocerlo y le dejaron pasar. Ella, sin variar la expresión de su bella cara, le dedicó una mirada escrutadora. Él, sin ademán de turbarse, dijo:

—¿Su majestad imperial desea apostar?

Ella, con mueca de sarcasmo, inclinó la cabeza interrogante.

Él comprendió su señal y, en silencio, dirigió la mirada hacia las gradas con la gente vestida de azul. Teófano asintió e hizo una señal al guardia, que inmediatamente alargó al hombre una bolsa pesada con monedas. Él sonrió y se retiró apresuradamente.

—Madre, ¿hemos apostado? —preguntó Anna.

Teófano asintió.

—¿Por los azules?

La mujer ignoró su pregunta, mientras veía a alguien en el palco de los nobles y le enviaba un ademán de sonrisa. Anna observaba con emoción como los acróbatas y otros artistas se retiraban de la pista. Luego pensó en voz alta:

—Realmente, no necesitamos ganar dinero, porque nadie tiene más que nosotros.

Al escucharla, Teófano le lanzó una mirada de decepción:

—Niña, no se apuesta por dinero, se apuesta por el placer de ganar.

Anna se quedó en silencio, sin atreverse a preguntar más. Pero la curiosidad podía con ella:

—¿Y cómo se sabe que es el mejor?

Al pronunciarlo en voz alta, se dio cuenta de inmediato de lo estúpida que encontraría su madre esta última pregunta. Sin embargo, no fue así y la respuesta la desconcertó:

—¿El mejor? No. Hemos apostado al peor.

Anna estudió la cara de su madre, por si era una contestación irónica con el fin de que la dejara en paz, pero no distinguió ninguna señal de ello.

—Si apuestas por el mejor, gastas mucho y ganas poco. En cambio, si apuestas por el peor, en caso de que gane, obtienes mucho más. Tanto estudiar y debo explicarte cosas elementales —refunfuñó Teófano y sorbió zumo de uva de la copa que le acababan de llenar. Se notaba que estaba de buen humor, o simplemente trataba a su hija con más tolerancia delante de la gente.

Anna recorrió las gradas con la vista. Algunos asistentes parecían estar pendiente de ella, porque no había muchas posibilidades de ver a la joven en público. Como su posición exigía, se puso erguida y adoptó una expresión amable y altiva. De reojo, veía a Teófano desgranando con los ojos las filas de los nobles, su cerebro parecía no parar nunca de enredar y esa concentración le daba a su rictus un aire aún más hermoso. Anna envidió de nuevo la belleza de su madre y se preguntó con tristeza si la gente que las observaba, las compararía.

Un ruido nuevo recorrió el hipódromo y la masa humana enloqueció. La carrera comenzaba. Los aurigas lanzaron una voz a sus caballos y arrancaron levantando una nube de polvo amarillo. Menos Teófano, todos se pusieron en pie, la gente gritaba, silbaba, saltaba, se enzarzaba en broncas. Anna también gustosamente se levantaría, porque el ritmo frenético, las ganas de ganar, la emoción vivida alrededor, hicieron que su corazón se le saltara del pecho. Pero se reprimió y entrelazó los dedos, apretándolos con fuerza, lo que hacía siempre cuando se ponía nerviosa. Mientras tanto, los cisios se acercaban al punto más peligroso de la carrera, el primer giro. Ralentizaron ligeramente la marcha de los caballos para evitar chocar. Anna se tranquilizó un poco y cogió su copa para disimular. En ese momento, uno de los verdes dejó las riendas más largas y trató de adelantar a sus rivales por la derecha. Sin embargo, otro carro le cerró el paso, las ruedas de madera se tocaron entre ellas y el hombre fue lanzado contra la Spina, como si de una marioneta sin huesos se tratara. La rueda salía despedida en otra dirección chocando contra las patas del caballo que lo seguía, que caía de rodillas, rompiendo sus huesos y los de su compañero equino, y dando la vuelta con su cisio. Los cinco aurigas ilesos salían de la curva y aumentaban la velocidad, como si no hubiera pasado nada, para dar otra vuelta. Mientras tanto, los mozos de la pista, en una nube de polvo, sacaban a los dos competidores caídos y apartaban a los caballos, unos cojos y asustados y otro agonizante, así como las piezas rotas de las carretas esparcidas por la arena manchada de sangre. La copa de Anna cayó de sus manos y se tapó la cara con el brazo. Teófano, en cambio, parecía emocionada con lo ocurrido. Sin mirarla, dijo:

—¿Has visto? ¡Han caído dos verdes! Tenemos muchas más posibilidades de ganar, niña.

Solo después de nueve vueltas más, de escuchar gritos, crujidos, ovaciones y silbidos y tratar de evadirse de lo que podía estar ocurriendo, Anna destapó la cara y se atrevió a contemplar ese escenario que antes se le presentaba mágico y ahora aparecía como un lugar de muerte y cuerpos rotos.

—¿Pero a ti qué te pasa? —preguntó Teófano al verla más blanca que el mármol—. ¿Tanto querías venir y ahora no miras?

—Es terrible, madre. Esos hombres… Y los caballos… —Anna no podía articular más palabras—. Me quiero ir.

Teófano rio:

—No, no puedes irte ahora. Lo vas a presenciar hasta el final. A ver si aprendes a ser más dura. La vida no es un paseo feliz, y cuanto antes te des cuenta de ello, mejor para ti. —Luego añadió susurrando—: Ahora vas a «disfrutar» todo el espectáculo y espero que se te quiten las ganas de atosigarme con tus súplicas.

Estaba claro: Teófano nunca perdía, ni cedía sin salir beneficiada. Anna miró el cielo tratando de devolver las lágrimas al lugar desde donde brotaban y clamó en silencio a las gaviotas llevarla lejos de allí.

* * *

—Lleva bebiendo desde hace seis lunas —dijo Stiola.

—Lo prefiero borracho que llorando —respondió Sveneld. Stiola rio con tristeza, porque aquella situación no tenía ninguna gracia.

—Su padre tenía el ímpetu y el valor de diez hombres. ¿Cómo es posible que su hijo no heredara ni pizca de ello? —seguía Sveneld sombrío.

—Nunca sabes cómo va a ser tu hijo y si valdrá para príncipe o no —divagó Stiola en voz alta.

—No hay príncipe ahora mismo.

—¿Y Vladimir?

—¿El renacuajo? No me hagas reír, Stiola. No sé cómo no lo mataron entre Yaropolk y Oleg de pequeño.

Sveneld frotaba los nudillos dormidos. La sangre parecía no llegar hasta sus dedos y el frío se apoderaba de ellos. Stiola se había acomodado en un rincón medio echado y metía en la boca trozos pequeños de pescado salado, dejándolos allí hasta que se reblandecían con la saliva. Se acordó en silencio de una mañana lejana que había encontrado al pequeño Vladimir, en las cuadras del palacio, tirado en un charco de sangre de la paliza que le habían propinado sus dos hermanos.

—No tenemos príncipe que valga. Así que hay que decidir qué le conviene a Rus —suspiró el general.

Stiola soltó una carcajada. Sveneld lo miró fieramente.

—No pienses mal, mi viejo general, pero tu nobleza me llega al alma.

—Lo puedo imaginar. Cada uno piensa en lo suyo.

—Así es. Yo llevo las arcas y pienso en cómo llenarlas. Tú debes encontrar un príncipe para gobernar y quitarte el peso de decisión de encima. Cada uno lo suyo. Voy a ver si Yaropolk está levantado.

—No vayas. Lo está. Plisco vino esta mañana para decirme que empezaba a desconcertar a los hombres con sus risas y gritos alocados.

—Se va a quedar sin druzhina si sigue bebiendo sin parar.

—Eso nunca. Esos muchachos crecieron con él y morirán por él —rugió Sveneld.

—A no ser que pierdan fe en su gobernante y se vendan a otro príncipe —rio Stiola—. Todo se vende y se compra en este mundo, amigo mío.

Sveneld sintió el impulso de golpear al tesorero. No le parecía gracioso nada de lo que estaba pasando. Respiró hondo y pensó en voz alta:

—Entonces, ¿qué haremos con él?

—Enviarlo de vuelta. Y nosotros continuaremos bajo su nombre.

El general movió la cabeza con desaprobación:

—Yo cumplí lo que vine a hacer. Pero seguir no me parece bien. Vladimir ya tuvo lo suyo. Podemos dejarlo en paz.

Stiola dejó de sonreír y le respondió ya algo irritado:

—El consejo y los otros generales lo aprobaron. Tú ya no puedes hacer nada. Solo seguirnos y hacer que cosechemos triunfos.

—¿Vamos a conquistar más tierras para un príncipe que no sabe gobernar? —preguntó Sveneld entristecido. Estaba cansado de esas intrigas y sentimientos: la preocupación y el ansia de venganza lo habían agotado.

Stiola ignoró su pregunta, tragó y quedó pensativo estudiando con la mirada al pequeño pez disecado que tenía entre los dedos antes de llevárselo a la boca.

—Habrá que idear una buena razón para justificar que el príncipe no venga a reconquistar sus tierras.

—Así es. Y que su primer general no venga tampoco —añadió Sveneld, tirando la bandeja con el pescado de un manotazo al suelo—. No pienso ir contra la voluntad de mi príncipe actual, ni contra el muerto.

Stiola esta vez no se achantó:

—Pues ya lo has hecho.

—Porque tenía una promesa que cumplir. Se acabó. Me voy con Yaropolk.

La sangre le latía en las sienes y le dolían los ojos. Acababa de llegar el momento que había anhelado durante años; sin embargo, ello no trajo consigo ni paz ni dicha duradera.

* * *

—¿Lo atacó y lo mató? —Vladimir no podía creérselo. Dobrinia asintió en silencio—. No puede ser, tío. No es verdad.

—No comprendo tu sorpresa. No os respetasteis nunca.

—Mi sorpresa no es porque se matasen entre ellos. Mi sorpresa es porque Yaropolk es un cobarde, siempre lo fue y siempre lo será. Pensé que era más fácil que un día lo destronara Oleg a él.

—Según cuentan, a Oleg lo aplastó su propio caballo durante la batalla.

—Una muerte terrible. —Vladimir pensó que lo normal sería llorar el fallecimiento de un hermano. Pero solo sentía una leve punzada de compasión.

—¿Vendrá a por mí? Ese cobarde… ¿Qué piensas, tío?

—No sé si tendremos suficiente ejército para pararlo.

Vladimir miró alrededor. Putiata, Olaf, Budislav, Potok y quince muchachos más lo rodeaban en silencio.

—Debes reunir el consejo. —Dobrinia montó y desapareció detrás de una nube de polvo levantada por los cascos de su corcel. Vladimir se quedó en silencio. Salió del círculo de su druzhina y se alejó dando pasos lentos y bien medidos, como si fuera encajando sus pensamientos. Los muchachos no se atrevían a interrumpirlo.

De repente, paró en el sitio, se dio la vuelta y su cara se iluminó. Como muchos otros días después de ver a su madre, dio mil vueltas a sus palabras, pero no les encontraba ningún sentido. Y ahora todo encajaba: «Por culpa de un caballo murieron los dos llamados con el mismo nombre. Debes huir de tu destino…». ¿Los dos? Un caballo…

—¡Los dos se llamaban Oleg! —exclamó—. Mi abuelo murió por culpa de su caballo y mi hermano fue aplastado por uno. «Debes huir de tu destino». Entonces Yaropolk viene a por mí. ¿Huir adónde?

Ahora Vladimir hablaba sin parar, moviéndose erráticamente alrededor de sus hombres, que no comprendían nada.

—Olaf, vienes conmigo —exclamó y corrió a las cuadras.

Rodeando la ciudad al galope, trataba de no pensar en nada. «Está enfriando mucho, cualquier día empieza a nevar», se decía para apartar sus pensamientos negativos y su confusión hasta hablar con ella. Ella le iba a ayudar. Sabría lo que pasaría. ¿Adónde debía huir y por cuánto tiempo?

Al llegar a la puerta este, giró a galope hacia el bosque. Olaf hizo lo mismo. Unos instantes después, entraban sin dar tregua a los caballos en una especie de patio, rodeado de árboles, sin muro, pero tuvieron que frenar casi en seco para no atropellar a la muchedumbre.

—¿Quién es toda esa gente? —gritó Vladimir molesto, viendo que la mayoría eran campesinos que cerraban sus filas delante de su caballo—. ¡Abrid paso a vuestro príncipe! —gritó Olaf, clavando los tacones en los flancos sudados de su corcel y pasando por encima de la gente hacia las puertas de la casa. La gente protestó y se separó en dos partes, como si de un río furioso se tratara. Olaf dejó paso a su príncipe y llegaron hasta las puertas. Vladimir subió los escalones sin desmontar y, agachándose para no darse contra el tejado, se apeó. Tiró las riendas a su acompañante y entró en la casa sin llamar. Dentro estaba oscuro. No había vuelto allí desde su primera visita. Olía de manera extraña. A hierbas y ungüentos. Una voz susurraba, la otra sollozaba ininteligiblemente.

—Malusha —llamó Vladimir quitando el gorro. No quería llamarla *madre* en presencia de la plebe. Ya era bastante con que media ciudad lo viese llegar. Una mujer, llorando, abandonaba la estancia deprisa, asustada por la entrada del extraño. Otras dos se quedaron sentadas al lado de su madre, que vestía ropas sencillas, limpias pero viejas, sin adornos ni joyas. Vladimir la observó. Y de nuevo extrañas imágenes cruzaron su mente: un río furioso, una piedra en medio y una luz brillante llamándolo. Estrujó su pelo rebelde para alejar esos pensamientos inútiles y concentrarse en lo importante.

—¿Por qué razón no vestís con las ropas que os envié? —comenzó.

—No vienes a hablar de mis ropas.

Vladimir sintió un respingo. Aquella misteriosa mujer estaba por encima de lo cotidiano, leía en tu interior y sacaba afuera tus vacilaciones y pesares:

—¿Qué debo hacer, madre? Mis hermanos… Yaropolk…

—Debes marcharte. Si no lo haces, morirás —pronunció la mujer sin apenas mirarlo.

—Marcharme ¿adónde? ¿Y por qué nos ataca?

—Tu hermano no es él mismo ya, olvídalo. Los malos espíritus lo rodean. No le dejarán respirar hasta que no tenga Nóvgorod. Dáselo. Ya vendrá tu hora.

—Pero, madre, ¿adónde voy?

—Estoy cansada, vete. En la puerta encontrarás la respuesta.

Se levantó pesadamente, las dos mujeres la cogieron por debajo de los brazos y la ayudaron a cruzar la estancia hasta la alcoba.

—¿Está enferma? —preguntó Vladimir a la criada que se llevaba un tazón de madera lleno de algo parecido a leche de vaca.

—No. Solo cansada, mi señor. Mucha gente viene a verla y agota sus fuerzas.

Vladimir salió afuera confundido. En la puerta, Olaf lo esperaba.

—¿Qué os dijo esa señora?

—Que debo huir.

—¿Y a dónde?

Vladimir miró hacia el bosque, luego recordó las palabras de su madre: «En la puerta tendrás la respuesta». Miró la puerta y luego de nuevo a Olaf. Y asintió para sí mismo.

—Ya lo sé, amigo mío. Tú eres la respuesta. Vas a volver a casa.

* * *

Año 6487 (979 d. C.)

Entre los extensos dominios de Kiev y de Nóvgorod, a los dos lados del río Dvina, había un reino eslavo que no pertenecía a ninguno de los dos, ni jamás fue pisado por los varegos o los jázaros. Pólatsk. Gozaba tanto de tierras fértiles y la abundancia como de la buena suerte de encontrarse en el camino comercial a Bizancio. Su regente, Rógvolod, llegado años atrás desde tierras lejanas, se había labrado la fama de justo y pacífico. Tenía tres hijos. Dos niños entre los que dividiría algún día sus tierras y el poder y una hija en la edad de casamiento. La niña no tenía prisa en abandonar su hogar y su padre tampoco lo deseaba. Era su alegría diaria y, como decía una canción popular, era su «amapola roja».

—No la llames amapola, es la flor más vulgar de los campos —decía su madre.

—Pero es lo que convierte el campo en algo único —respondía él—. Y mi niña llena de dicha todo lugar por donde pasa.

Era inusual para un noble tener esa debilidad por una hija; sin embargo, Rógvolod no luchaba contra sus sentimientos. Los dos niños varones aún eran pequeños. Pero la niña era mayor, curiosa, inteligente, risueña, incansable. Rógvolod la veía crecer día a día. Le traía regalos de sus viajes, le contaba largas historias antes de dormir, batallas épicas, invasiones de tierras lejanas, los cantares del barco que volaba, de la piedra sabia y las brujas del bosque de Norr... Daba largos paseos a caballo con ella desde que pudo sujetarse en una silla y le enseñaba a luchar, sobre todo con espada larga. Como al rey le aterraba pensar en que alguien podría herirla, nadie tenía permiso practicar con ella en su ausencia.

La madre de la niña era mucho más tradicional y criticaba con fervor tanto esos entrenamientos, que no eran propios de una niña, como el comportamiento tierno por parte del padre y la complicidad entre los dos. No se debía amar tanto a una hija. Porque, al casarla, la ibas a perder, y a una noble como su niña, mucho antes que a las otras muchachas. Pero Rógvolod no atendía a razones y lo hacía a su modo.

Hasta que por fin sucedió. Y no era algo inesperado.

Las noticias llegaron rápidamente: Yaropolk, el joven príncipe de Rus, había anexado las tierras de sus dos hermanos. Después de la muerte de Oleg, entraron en Nóvgorod, pero Vladimir ya no estaba. Había rumores de que se había ido con los varegos. Era casi predecible que el hermano pequeño, ese cachorro de lobo, escapara con el rabo entre las patas ante la llegada del gran ejército de Kiev. Y así Yaropolk consiguió gobernar toda Rus. Como hicieron su abuelo y su padre.

Las gentes de Nóvgorod no estaban contentas con la nueva manera de gobernar de los boyardos que Yaropolk, o más bien Stiola, había impuesto en la Ciudad Libre. Pero nada podían hacer. La situación se volvía más y más inestable, y los allegados del príncipe comenzaron a temer que Nóvgorod pudiera hacer trato con algún ejército del norte para tratar de recuperar su independencia. Y, antes de que sucediera, se decidió que el príncipe de Rus debía casarse con la hija de Rógvolod y anexar

Pólatsk a sus tierras. Así podía disponer un ejército permanente cerca de Nóvgorod y sería más fácil controlarlo.

Y en cuanto las lluvias primaverales pararon, los embajadores de Yaropolk viajaron desde Kiev para pedir que la princesa de Pólatsk, Rogneda, se casara con el príncipe de todas las Rusias. Traían regalos de gran valor y durante varios días fueron invitados de Rógvolod. Cuando se fueron, el rey hizo lo que nunca hacía un padre. Le preguntó a Rogneda si se casaría con el príncipe de Rus.

—Puede que sí, padre. O puede que no —respondió ella y rio.

—Esto ya no es un juego, mi niña —dijo Rógvolod con tristeza—. Esto es la vida, mi amapola.

—Lo sé, padre. Pero siempre me imaginé reinando en Pólatsk. No quiero irme de aquí. No estoy hecha para una capital como Kiev, ni creo que deba regalar mi mano para que un príncipe ajeno se beneficie de nuestras tierras y nuestra gente.

Rógvolod miró con sorpresa a su hija. No era la primera vez que le asombrara su agudeza. Parecía no tomarse nada en serio, pero hallaba la esencia de cada asunto muy rápidamente.

—Yaropolk posee el reino más extenso que conocemos —replicó su padre—, y tú serías su reina.

Rogneda desvió la mirada:

—Pero no la única reina.

—¿Cómo dices? —preguntó el rey.

—Ya tiene esposas. Sé que es lo habitual, padre. Pero no me gusta…

Su padre sonrió. Volvía a ser solo una niña, con ilusiones inocentes.

—Todos los nobles tenemos más de una mujer. Pero tú eres única. Y serás única para él también. Seguro.

Rógvolod sonrió y cogió la tez blanca de Rogneda entre sus grandes y rudas manos.

—Hay que elegir la mejor vida que puedas tener. Y de paso lo mejor para nuestras tierras. Aunque se me rompa el corazón.

Rogneda rodeó con los brazos el cuello de su padre:

—¿Y si no me caso nunca? ¿Y me quedo aquí contigo para siempre?

A Rógvolod no le disgustaba esa idea para nada, pero rehusó:

—No digas eso. Debes vivir tu vida.

—¡Sí! ¡Pero quiero ser la única! —Saltó ella y empezó a dar vueltas por la estancia—. ¡Quiero enamorarme! ¡Y quiero saber volar!

—Eso es lo que pasa cuando no educas a las niñas con severidad de padre —sonó la voz de la madre de Rogneda. Ninguno de los dos se había dado cuenta de que había entrado y los observaba—. Te casarás con Yaropolk. Es lo mejor. Y quítate estas ropas de chico y ponte un vestido —concluyó.

Rogneda se acercó a ella en su baile y la abrazó riendo:

—¡Madre! ¿Pero cómo no lo podéis comprender? Quiero vivir cosas maravillosas. Seguro que la vida me repara algo hermoso. ¿Puedo esperar? Dejadme esperar. Por favor…

Y salió corriendo por la puerta.

* * *

—¡Vladimir está en Nóvgorod!

Sveneld pegó un bote sobre la cama y se incorporó para ver la cara del mensajero. Le hizo la señal para que marchara y se dejó caer sobre las almohadas. Llevaba postrado días. Sus piernas ya no le sujetaban y su espalda le provocaba un dolor casi insoportable en cuanto se ponía en pie. Rechazó que el curandero fuera a verle. Sabía que ya no había nada que hacer. Demasiado viejo. Demasiado cansado. Demasiadas horas a caballo. Demasiadas heridas y golpes. Demasiada vida tras su espalda.

«Vladimir, el pequeño Vladimir, ese renacuajo morenucho y flaco, volvía a arrebatar Nóvgorod a su hermano. Ese niño que ya se convirtió en hombre… ¿Cuándo lo vería por última vez Sveneld? Quizás con su abuela. Olga».

Los ojos de Sveneld se empañaron. Ya le importaba poco lo que pasaba en Kiev o en Nóvgorod. Era demasiado viejo para sentir. Todo dentro de él se había convertido en piedra. Lo único que aún despertaba dolor y añoranza en su interior era la imagen de aquella mujer.

Yaropolk entró con cara enrojecida y los ojos llorosos en la alcoba, tiró el abrigo al suelo y se sentó bruscamente sobre el asiento del rincón opuesto a la cama de Sveneld. Sin haber saludado y con el hipo que le provocaba la reciente resaca, preguntó, como siguiendo una conversación que habían dejado a medias: «¿Y ahora?».

El anciano lo miró de arriba abajo. ¿Qué sería de aquel muchacho, infantil y siempre asustado, cuando Sveneld ya no estuviera allí para decidir por él? Habría otros. Estaba Stiola. «¿Cómo pudo Sviatoslav haber tenido un hijo tan poco guerrero?». Ninguno de los tres era merecedor de su padre. Y Vladimir, a los ojos de Sveneld, tampoco lo era. Había escapado como un animalillo acobardado, dejando sus tierras ante la llegada del ejército de Kiev. «El mundo está lleno de cobardes», pensaba con tristeza el viejo general. Los golpes impacientes del tacón de la bota de Yaropolk contra la pata de su asiento devolvieron a Sveneld a la realidad.

—¿Y qué quieres hacer tú? Tú eres el Gran Príncipe —de pronto respondió Sveneld. Yaropolk no se lo esperaba y desvió la mirada hacia el suelo.

—Tú quisiste que esto pasara. Tú siempre sabes qué es lo correcto. Quiero tu consejo.

—Mi consejo es el mismo que antes. Cásate con la doncella de Pólatsk cuanto antes. Ahora con más razón. Porque Vladimir no parece tonto y si se le ocurre adelantarte, se hará más fuerte y más difícil de batir.

Yaropolk asintió:

—Enviaré de nuevo a los embajadores hoy mismo.

—No. Ahora debes ir tú en persona. Ya enviaste a los embajadores una vez. Y no obtuviste ninguna respuesta. Ve y tráela contigo.

Yaropolk no respondía. Acababa de llegar de recoger los tributos y sus tierras ahora se extendían desde Murom hasta Pólatsk. Tardó meses en concluir ese sufrido viaje. Habían salido con las primeras heladas y ahora ya era primavera.

—¿Es que también a ti te duelen todos los huesos al cabalgar? —rio Sveneld sombrío.

La cara del joven comenzó a encenderse de nuevo. «Voy a dejar a este viejo insolente morir y pondré a Blud en su lugar», pensó. Pero en voz alta dijo:

—¿Crees que ese bastardo de Vladimir quiere Kiev?

—¡Más bien querrá tu cabeza! —exclamó Sveneld—. Y cada guerrero suyo vale por dos tuyos.

—¿Y eso por qué? Son los mismos varegos a sueldo.

—Sí y no. Para empezar, les pagará mejor. ¿A ti no te llegan las quejas? A muchos les debemos una buena cantidad. A ver si ahora, con lo que habéis traído, a Kiev le da por pagar a todas sus tropas. ¿Qué dice Stiola?

Yaropolk no contestó y Sveneld siguió:

—Esa gente del norte no es estúpida. Son guerreros expertos que aquí en el sur huelen tierras que gobernar y riquezas que compartir. Habiendo dado cobijo a Vladimir, sienten merecer una parte de su fortuna y llevan razón.

—También dicen que va a reclutar a los drevlianos.

—Lógico. La mitad de su sangre es drevliana. Lo apoyarán gozosos.

Yaropolk parecía cada vez más fastidiado por la tranquilidad con la que Sveneld se tomaba tan terribles noticias.

—Pero la gente de Nóvgorod, ¿cómo se atreven a ayudarle? ¿Por qué no ayudan al más fuerte?

—Nóvgorod es especial. Es una «ciudad libre». Ayudan a quien los trata bien. Y fue Vladimir, no Stiola. Había que ganarse a la plebe, no machacarla con nuevas leyes e impuestos. Además, no olvides que tu hermano es medio eslavo, así que los eslavos estarán siempre de su parte. Tu sangre es varega.

Yaropolk asentía en silencio. Sveneld, quien repentinamente volvía a sentir la chispa de la pasión, la perdió y se acostó mirando el techo.

—Debes luchar por lo tuyo. Solo te digo eso. El hijo de una esclava no debe arrebatarte tus tierras. Ve a Pólatsk, tráete a la doncella, dispón de su oro y su ejército, y nadie será capaz de moverte de aquí.

Sveneld cerró los ojos. El dolor en el pecho volvía a molestarle. Le pesaba respirar. Yaropolk se levantó en silencio. No había nada más que hablar.

* * *

Nóvgorod se estaba transformando. Vladimir quería dejar su huella de grandeza por donde pisaba. Había escapado de Rus siendo un niño, pero volvía convertido en un hombre y un guerrero. Sigurd y Olaf lo llevaron hasta las tierras de sus antepasados, donde los Eriksson y la reina Allogia le procuraron un hogar al príncipe eslavo: un lugar donde prepararse para volver en el momento oportuno y asegurar su poder. Volvía con un ejército varego, que se había instalado fuera de la ciudadela, detrás de los campos, junto con sus sirvientes y esclavos. Y desposado con Olava, a punto de darle un hijo. Al llegar a Nóvgorod, dejó que los nuevos gobernadores que había impuesto Yaropolk marcharan a Kiev. El primer día recorrió las calles a caballo con su druzhina para reafirmar su regreso. «Vuestro príncipe ha vuelto y ya no se irá jamás», gritaban a su paso.

En pocas semanas, la ciudad embelleció: todas las calles que llevaban al palacio y a la casa del gobernador estaban pavimentadas con madera y así parecían mucho más anchas, las moradas se pintaron de nuevo, con dibujos de colores ornamentando cada ventana y puerta. Las tres partes de la ciudad se conectaron con anchos y cómodos pasos y puentes, menos la que quedaba al otro lado del río Vóljov, donde se podía llegar cruzando sus aguas solo en un navío o, bien, por el hielo en invierno. El muro de madera se había fortalecido y las casuchas de afuera desaparecieron, dando lugar a unas construcciones pequeñas pero agraciadas. Se veía a la gente paseando por las calles en sus carros o trineos con hermosos abrigos, gorros de gran valor y botas de piel. La ciudad respiró abundancia y alegría de espíritu.

Despertar en su antigua alcoba le resultaba a Vladimir extrañamente placentero. Le hacía sonreír. Ese clima que le deprimía de adolescente y la niebla sobre el río mañana tras mañana ahora se le tornaban relajantes.

—Vuestra madre desea veros, mi príncipe —sonó tras su espalda. Vladimir asintió y cerró la contraventana. No había sacado tiempo para ir a verle aún y sintió una punzada de remordimiento. Se abrigó y salió de la alcoba. Su caballo no estaba ensillado y cogió el primero que vio. Ya no ocultaba su procedencia, y durante su exilio envió regularmente mensajeros para que ella lo pudiera guiar desde la lejanía. Sus extraños poderes nunca fallaban y cuando lo llamaba, era para algo importante. Atravesó las calles oyendo los cascos resonar sobre las tablas satisfecho de su labor, esquivó a un par de perros escandalosos al salir al campo y se adentró en el bosque para llegar a aquella casa donde su madre se había instalado hacía años. Nada aparentaba ser diferente. Solo que faltaba la muchedumbre. Parecía que la gente se había acostumbrado a la presencia de la bruja y era menos solicitada que a su llegada a Nóvgorod. Vladimir lo agradeció para sus adentros y desmontó dejando las riendas enrolladas sobre el poste del patio. Dio una patada a las gallinas que se cruzaron a su paso hacia la puerta. Una mujer abrió al oír el alboroto y cayó de rodillas al ver al príncipe. Él pasó por delante de ella y esta vez tuvo que agacharse para entrar por la pequeña puerta. Ya se le había olvidado la falta de luz dentro de la casa de su madre. Olía a cerrado. Paró en seco en la oscuridad esperando a que sus ojos se acostumbraran o que alguien alumbrara la estancia.

—Ahora mismo enciendo una lumbre —oyó a su derecha. Debía de ser la mujer de la puerta.

—No —sonó una voz cansada—. No quiero lumbre. El fuego es maligno. Abre la ventana.

—¿Madre? —llamó Vladimir.

—Estoy aquí. Acércate.

El joven avanzó a ciegas hasta que un rayo de luz se abalanzó por la contraventana entreabierta dibujando una franja ancha y blanquecina sobre la madera medio podrida del suelo.

—Déjame verte —dijo Malusha. Vladimir se puso sobre una rodilla. Su madre parecía la misma, el paso de tiempo no la afectaba. Frágil y con la piel blanca y lisa. Solo sus ojos, negros y profundos, reflejaban el peso y la dureza de los años vividos. Durante unos segundos esos ojos recorrieron la cara de Vladimir, pero se volvieron a apagar, como si mirasen para sus adentros.

—Tu hermano trata de casarse con una doncella que lo hará más fuerte. Si esto pasa, no lograrás gobernar en Kiev.

—Sí, lo sé, la doncella de Pólatsk. Dobrinia ya me advirtió. Debemos adelantarnos. Me casaré con ella. Aunque sea a la fuerza —respondió Vladimir. Su madre, sin inmutarse, negó con la cabeza:

—No. Debe morir. Solo te va a traer el infortunio. Ve allí y mátala.

Vladimir vaciló y apretó la huesuda mano de la mujer:

—Pero, madre, si la mato, Polátsk se volverá en nuestra contra y podría unirse con Yaropolk.

Pasaron unos segundos. La mujer parecía estar esperando a que algo le susurrara la respuesta a la pregunta de su hijo, pero no pareció ocurrir.

—Yo solo sé que debes matarla —respondió Malusha, recostándose de nuevo sobre su lecho y cerrando los ojos. El joven no se atrevía a preguntar más. Aquella extraordinaria mujer provocaba un respeto ciego en él. ¿Por qué debía matar a la doncella? Desposarla era lo más conveniente. ¿Qué habrá visto su madre en sus sueños que era tan malo? Podría enviar a cuatro de su druzhina, la vigilarían, seguirían y tirarían su cuerpo en el río o un pozo. De pronto, unas imágenes de su lejana niñez volvieron a su mente: un río furioso deseando tragarlo.

Se levantó y ya dio la vuelta para marchar cuando oyó la voz de su madre que parecía escuchar todos sus pensamientos.

—Lo debes hacer tú. ¡No envíes a nadie! Solo confía en ti mismo. Siempre.

* * *

El agua reflejaba su rostro. Yaropolk se miraba tratando de ver qué o quién era en realidad. ¿En qué se había convertido? ¿En un asesino de su propia sangre? Es como lo llamaba el pueblo. ¿O era verdad que tenía ese derecho por ser el primogénito? El agua del barril tembló con la brisa y borró su rostro. Una mano se posó sobre su hombro. Era ella, la que siempre estaba con él. Su ángel cristiano. El alma puro que le daba su luz. Su esposa griega. Posiblemente, no sería capaz de sobrellevarlo sin esa criatura a su lado. Le había dado a Yaropolk dos hijos. Pero ninguno vivió más de unos días. Sin embargo, ella lo aceptó con calma y rezó a su dios cuando nadie la vio.

Alguna vez la culpa rebasaba el cerebro de Yaropolk. Deseaba dejarla libre y devolverla a su monasterio. Pero ¿cómo podría seguir viviendo sin ella en aquel mundo oscuro y cruel que lo rodeaba?

Él puso su mano sobre la de ella. A veces anhelaba un rápido final: una flecha clavada justo en el corazón por un ladrón escondido entre la maleza. O un inesperado y ágil corte de cuello con una navaja afilada de un mendigo... Sería la liberación. Pero, al momento, se estremecía de horror. Y se aferraba de nuevo a la vida.

Estaba tan contento de volver a su casa..., pero ahora debía ausentarse de nuevo. Hacia Pólatsk.

Bebió un trago de agua y se mojó la cara. Al día siguiente, debía partir para casarse con otra que ni deseaba ni conocía. Una vez le comentó a Sveneld que tenía envidia de los simples campesinos, que llevaban una vida sencilla, teniendo una sola esposa e hijos que alimentar. A lo que el general se rio y respondió que no hubiera aguantado ni un año siendo campesino. «Ninguna vida es buena», pensó Yaropolk.

Variazhko entró avisando de que la comida estaba lista.

La enorme sala, donde comían, tenía mesas largas montadas con bancos de madera. Yaroslav entró, fue a la cabeza de la mesa, cogió su copa de plata, la alzó al aire, dio las gracias a los dioses y bebió. La cena podía empezar. Se sentó, observó a los hombres de sus druzhinas, la mayor y la menor, los boyardos, ya algo más alejados del príncipe, a los guerreros ordinarios y al final de las mesas a jóvenes aprendices, «los ótrok». ¿Quiénes de todos esos hombres le respetaban de verdad? Solo le obedecían por ser el hijo mayor de Sviatoslav. Nada más. Puede que Blud. Siempre estaba a su lado, desde hacía años. Estaba sentado a su mano derecha comiendo con rictus descontento. Nadie quería abandonar de nuevo Kiev, y menos para traer a una esposa para el príncipe. Si hubiese sido para combatir contra los pechenegos, entonces sí. La guerra y la gloria iban de la mano. Pero un cortejo nupcial, hasta siendo estratégico, emocionaba poco.

Los criados comenzaron a entrar con comida abundante: pescado cocido y asado, caviar de salmón, sopa de esturión y empanadas de cebolla. A Yaropolk y los hombres más importantes les servían los criados más mayores; al resto, jóvenes o niños. El silencio solo se rompía por alguna conversación en bajo o el sonido de masticación, cucharas golpeando el fondo de los cuencos de barro, compartidos entre dos o tres, y los pasos de los criados trayendo y llevando platos. Yaropolk buscó con la mirada una jarra de hidromiel, pero no la había. Masticó un trozo de pescado sin ganas y, un rato después, se retiró para ahogar su frustración en una copa de turbio líquido, que lo alejaba por unas horas de la realidad.

* * *

Las lluvias cesaron y Pólatsk parecía reflejar el brillo de los dos ríos que lo rodeaban bajo el sol. Los criados recogían agua que había entrado por el muro este del palacio de Rógvolod. Y Rogneda había salido a montar y a respirar el aire aún húmedo de los campos. Dos guardias de su padre la seguían como de costumbre. La joven galopó hacia las colinas desde donde se veía toda la orilla y allí puso su caballo a paso. Maravillada por la vista, paró en medio del camino. Era un día perfecto, un paseo perfecto, una vida perfecta. Una amplia sonrisa iluminó su cara. Se sintió libre y ligera como un soplo de viento y, aflojando las riendas, galopó cuesta abajo, bordeando el bosquecillo. Al llegar al río, desmontó y dejó al caballo beber. Miraba el perezoso movimiento del agua verde, con nubes blancas y el azul puro del cielo reflejado en el medio de Polota. La hierba se movía atrayente bajo la superficie. De repente, el caballo levantó la cabeza, tenso. A Rogneda le pareció ver algo extraño bajo el brillo de la superficie. Forzó la vista y palideció: el agua parecía arrastrar sangre y cuerpos humanos por el fondo. Se acercó un poco más, pero entre las algas no había nada. Entonces suspiró aliviada, montó su caballo y por una vez se sintió agradecida por estar acompañada, aunque en contra de su voluntad. Los guardias estaban parados a una distancia prudente, esperando si proseguía el paseo. Rogneda recorrió con los dedos la crin de su caballo, borrando de la memoria esa visión desagradable, y le dio la vuelta. Pero no pudo evitar mirar el agua por última vez para asegurarse de que solo había sido un extraño espejismo. A punto de espolear a su corcel, tuvo que parar en seco. Donde acababa de pisar, en la orilla estaban tres mujeres, muy bellas, desnudas y parecidas entre ellas. Una le sonreía maliciosamente, la otra lloraba en silencio y la tercera no expresaba nada, como si estuviera muerta. No tardaron en desvanecerse.

—¿Estáis bien, señora? —preguntó uno de los guardias. Ella asintió muda, aún bajo la impresión de las visiones. Trató de volver a sentir la despreocupada felicidad de hacía diez minutos, pero resultaba difícil. Así que decidió galopar para olvidar. Corrió a lo largo del río, siguiendo un sendero de campesinos, saltando zanjas y arbustos. Galopar la hacía feliz, así que poco a poco los malos recuerdos se disipaban. Sentía como el viento levantaba y ondeaba su cabellera rubia, su corazón latía más fuerte y sus pulmones se llenaban de aire frío. Al empezar a rodear el bosque, giró bruscamente a la derecha y desapareció entre los árboles cogiendo un atajo hasta el camino a la ciudad. Sus guardianes no quedaron sorprendidos, ya que la joven lo hacía a menudo, y la siguieron en silencio. Unos minutos después, Rogneda golpeaba con los tacones los flancos de su corcel y lo obligaba a subir de tres zancadas una pequeña cuesta que enlazaba con el camino. El caballo dio un salto, segundo, tercero y tuvo que detenerse bruscamente porque una larga comitiva atravesaba el bosque en dirección a la entrada en la urbe. Los dedos de Rogneda ya estaban agarrando las crines del caballo para subir la cuesta, así que con la frenada tan repentina no se cayó, sino que su cuerpo se fue para adelante y se quedó tendida sobre el cuello de su caballo sorprendido. Los jinetes, contra los que a punto estuvo de chocar, se movieron sobresaltados y rompieron el perfecto orden de las filas que estaban manteniendo. La muchacha respiró aliviada habiendo evitado el ridículo de una caída delante de tantos hombres mirando y se dispuso a deslizarse de nuevo a su silla cuando sus fieles guardianes saltaron desde el mismo camino que ella, empujando a su caballo contra los de los visitantes, asustando al resto y formando un caos enorme en medio del camino. Rogneda se agarró todo lo que pudo a las crines, pero el caballo se movió de lado y ella ya no pudo hacer más. Al tocar el frío barro del suelo con su cuerpo, cerró instintivamente los ojos y relajó los músculos para hacerse menos daño. Acto seguido, oyó el sonido metálico de las armas saliendo de sus fundas y comprendió que, si no actuaba deprisa, se derramaría sangre. Se puso en pie de un salto y gritó: «¡Parad!», estirando los brazos hacia arriba. Y todo se calmó. Ella abrió los ojos. Estaba en medio de la comitiva, con los brazos en alto, cubierta de barro, rodeada por guerreros desconocidos, y con sus guardianes apeados, seguramente para rescatarla, todos con sus espadas en alto.

—¡Parad! —repitió ella más bajo ya. El corazón le latía tan fuerte que casi le costaba mantenerse erguida. Los guerreros desconocidos se apartaron en silencio dejando pasar a quien parecía ser su jefe. Bajo el casco sencillo de metal, con una lámina tallada cubriendo su nariz, se distinguían ojos casi negros que se clavaron primero en los dos guardianes que como dos estatuas acompañaban la figura de Rogneda. Entonces la mirada del hombre se situó sobre ella. Con media sonrisa dibujada en su cara, enseñando una fila de blancos dientes bajo el bigote negro, dijo:

—¿Desde cuándo una mujer manda a un ejército?

Los hombres rieron y guardaron las armas. Rogneda bajó sus brazos preservando, como podía, la compostura, luchando contra el impulso de salir corriendo a pie y desaparecer entre los árboles.

—No lo digo para que os riais, sino como un halago a esta noble mujer —le escuchó añadir. El caballero había desmontado y la estaba saludando respetuosamente. La ira y confusión que estaba sintiendo Rogneda desaparecieron, igual que las risas de los hombres, y ella pudo ver la cara del desconocido de cerca. Se quedaron callados mirándose. Algo había pasado en ese momento. Algo extraordinario. Como si estuvieran solos. Sonreían el uno al otro. Él no le preguntaba nada, ella tampoco a él. Ni quién era ni por qué venía.

—Debemos llevarla a casa, señora —rompió el silencio uno de los guardianes que le acercaba su caballo y rápidamente subía el cuerpo ágil de Rogneda a la silla, como si de su propia hija se tratara. No le gustaba la situación y prefería marchar de allí cuanto antes y avisar a Rógvolod de que se acercaba un pequeño ejército desde el norte. Vladimir seguía a pie, mirando contra el sol y las hojas de los árboles los cabellos dorados que caían sobre las ropas de chico embarradas que llevaba la muchacha extraña. Ella le sonrió, dio la vuelta a su caballo y desapareció por el mismo atajo entre los arbustos por donde había saltado al camino. Los dos hombres la siguieron cuesta abajo.

Vladimir subió lentamente sobre su montura. Quizás, cuando acabase con la doncella de Pólatsk, buscaría a aquella noble para llevársela con él a Nóvgorod.

* * *

Blud iba a la cabeza de la columna. Siempre elegía con cuidado a sus caballos y los preparaba con esmero para las travesías. No dejaba de entrenar ni un solo día, tampoco dejaba de pensar con la tenacidad propia de la juventud cómo lograr ser el general más grande de sus tiempos. Para su disgusto, Sveneld seguía vivo. ¿Cómo podía ser? Nadie sabía cuántos veranos pasaron desde que había aparecido en este mundo. Pero su resistencia a la muerte era inexplicable. Ya no podía casi ni andar, pero tenía pensamientos claros, y el príncipe, en su inseguridad, acudía a menudo a por sus consejos. A Blud le hervía la sangre solo de pensarlo. Lo odiaba. Y cada vez despreciaba más a Yaropolk por su debilidad y su posición privilegiada. Y ahora tenía que traerle a esa doncella de Pólatsk. Porque él mismo no quiso ir a por ella.

Atardecía, pero aún tenían tiempo para cruzar Prípiat. Blud hizo una seña al guía para hacerle avanzar hacia el lugar donde el agua apenas cubría las rodillas de los caballos. Les vendría bien agua fría en las patas después del día de viaje. El guía se adelantó unos pasos y, de pronto, levantó el brazo y arrancó a galopar hacia el río. Blud lo miraba sin comprender qué es lo que pasaba. De repente, desde detrás de las colinas que bordeaban el agua, volaron flechas. Más de una decena de caballos relinchó de dolor, tirando a sus jinetes al suelo. Algunos de los aún montados arrancaron hacia la orilla para buscar la salvación. Blud gritó:

—¡Es una emboscada! ¡Defended el oro a muerte! ¡Hacia el río!

La lluvia de flechas cesó momentaneamente y vociferando desde la colina bajó un grupo grande de jinetes. Los hombres de Yaropolk recularon, tratando de cubrir las carrozas con la preciosa carga que llevaban a Rógvolod, como el tributo por la novia. Algunos, al ver al enemigo, se precipitaron a cruzar el río sin mirar, pero no lo lograron: sus caballos tropezaron con las piedras y la corriente finalmente los derribó, aplastando a menudo a los jinetes con sus cuerpos pesados. Blud pensó que ya les habían atraído bastante cerca, sacó la espada y gritó:

—¡Atacad!

Pero los dregovichis aún tenían flechas y esta vez comenzaron a tirarlas de frente con más fuerza que antes. Los hombres de Blud rodeaban las dos carrozas, sin poder hacer mucho más que esquivarlas. Era una matanza. El guía lo había planeado bien y seguro que sacaría una buena tajada del cargamento robado. Blud miró con tristeza a los hombres que aún quedaban en pie y ordenó retirada. Galoparon río arriba escuchando los gritos de triunfo de los dregovichis.

* * *

El silencio que rodeaba a los hombres de Vladimir, mientras cruzaban Pólatsk por las estrechas calles entre las casas de madera oscurecida por las lluvias, era extraño. Se notaba que no estaban acostumbrados a tener visitas, y menos como aquella. El palacio de Rógvolod se hallaba tras una fila de edificios anchos, posiblemente talleres de curtidores. Rodeado con un muro de troncos de punta afilada, se veía un tejado cubierto con paja nueva. Vladimir paró evaluando la situación. Aquel lugar no se encontraba en un alto, pero estaba defendido, y el ejército de Rógvolod debía de estar cerca también. Se notaba que su llegada ya no era una sorpresa y por encima del muro, sobre alguna torre, se divisaban guerreros aguardando en silencio. Vladimir aún no tenía claro qué hacer. Por un lado, estaba la voz de la razón: ese matrimonio le convenía, anexando tierras prósperas y disponiendo de un ejército más potente. Pero la advertencia de su madre resonaba en su cabeza. Ver ese muro resolvió sus dudas. No sería fácil atacarlo. ¿Por qué no presentarse como un cortejo nupcial y ver qué pasaba? Siempre podía matar a la doncella después de la boda y así herir aún más a Yaropolk.

Vladimir avanzó hacia lo que parecía la entrada principal. Sus hombres lo siguieron con el orden impecable habitual. El joven paró frente a las puertas cerradas. Medían como tres hombres de alto y lo mismo de ancho. Unos pocos minutos después, sobre el muro a la izquierda de la puerta, aparecía la cabeza de un hombre no muy mayor, corpulento y con larga barba oscura, y dos guerreros que le acompañaban.

—¿Quién sois y a qué venís? —preguntó con acento de aquellas tierras. Vladimir lo observó. Sonrió y respondió:

—Vengo a hablarle a Rógvolod para llevarme a la doncella de Pólatsk a Nóvgorod para convertirla en esposa del príncipe Vladimir.

No era propio que el novio noble viajase con la primera comitiva, así que Vladimir decidió seguir las tradiciones para no levantar sospechas. El silencio sobre el muro delataba cierta sorpresa. Y las puertas seguían cerradas.

—No parecéis una visita de cortejo —apuntó Rógvolod. Y, a pesar de que nada estaba decidido aún, añadió: Rogneda ya está prometida.

Vladimir pensó para sus adentros que era una auténtica pena que Yaropolk se le hubiese adelantado, pero no pensaba rendirse a la primera.

—Un rey poderoso siempre puede cambiar de opinión —replicó—. En Nóvgorod se sabe que la doncella aún no está prometida. Y si el rey me dejara llevarla conmigo, podría seguir viviendo en paz.

—¿Acaso es una amenaza? —La voz del hombre sonó más grave—. Vos sois demasiado joven para amenazarme.

—Es una advertencia. A mi príncipe no le gusta que le nieguen lo que anhela —respondió Vladimir.

—No se puede anhelar lo que no conoces —dijo Rógvolod—. Y mi hija no es un trofeo para repartir entre dos hermanos.

—Hace tiempo que no se consideran hermanos —respondió Vladimir con sonrisa maliciosa.

—Debéis comprender que, entre dos consanguíneos, debo elegir al más conveniente para ella —trató de explicarse Rógvolod. Pero, a medida que pronunciaba la frase, se dio cuenta de que había sonado más a un insulto que a una reconciliación. Vladimir llevó su mano sobre la espada instintivamente. Pero ahora ya había madurado y comprendido que se ganaba más con paciencia. Se tragó el comentario del rey, sonrió forzado y prosiguió:

—¿Por qué no abrís las puertas y nos recibís como a un cortejo nupcial? No habremos hecho el largo camino para nada. Si la respuesta después es un no, por la mañana partiremos. Si no lo hacéis, se considerará ofensa personal al príncipe de Nóvgorod.

El silencio se cernió sobre el muro. Rógvolod estaba pensando. Eran muchos hombres, muy armados y su aspecto era de combate más que de cortejo. Todo indicaba que era mejor para sus gentes resolver aquel asunto pacíficamente. Se arrepintió de no haber enviado a Rogneda con Yaropolk antes.

—Veo que no somos bienvenidos —dijo Vladimir lentamente tratando de presionar al rey.

—Sois bienvenidos. Pero como unos invitados aliados, no como unos pretendientes —respondió entonces Rógvolod.

—Un aliado de Yaropolk nunca será nuestro aliado —replicó Vladimir. Ese viejo testarudo estaba buscando pelea. Pero aún no era la hora—. Sin embargo, aún no lo sois del todo y podéis cambiar el destino de vuestra hija y vuestras tierras. Nosotros aceptamos con gusto ser vuestros invitados esta noche. ¿Nos dejaréis entrar ahora?

La respuesta no le había gustado a Rógvolod en absoluto, pero no tenía razones de peso para no dejarlos entrar, iría en contra de la costumbre.

—Aún no me dijisteis vuestro nombre, señor.

Vladimir no vaciló y respondió lo primero que le vino a la cabeza:

—¡Gisli!

—¿Espero que no sea una ofensa que mis invitados sean solo vos, Gisli, y vuestros dos hombres de confianza? —Rógvolod carraspeó al pronunciarlo. Cada palabra que salía de la boca de aquel hombre parecía una ofensa. Sin embargo, Vladimir aprendió a evadirse. Al no presentarse como el príncipe, se había arriesgado a un trato diferente. No había otra salida que seguir las reglas de Rógvolod.

—Desde luego. Un rey sabio es un rey precavido. Mandaré a mis hombres a acampar en el bosque. Olaf, el Oso, vosotros dos conmigo.

Durante un largo rato no pasaba nada. Todo parecía muerto tras la muralla. Los guerreros nórdicos de Vladimir llenaron de nuevo las calles de Pólatsk abandonándolo. Las travesías vacías, con gente encerrada en sus casas, daban sensación de un pueblo desierto, con un silencio extraño.

—¿Y ahora? —preguntó Olaf. Estaban los tres, solos delante de la entrada.

Vladimir bromeó:

—Es más fácil venir a matar a una doncella que lograr que sea tu esposa, ¿no?

—Menos preocupaciones desde luego, ja, ja, ja —rio el Oso—. Pero no sé si me gusta todo este asunto. Ya os lo dije.

Esas tierras son prósperas y nos traerían mucho bien. Pero lo que dice vuestra madre siempre se cumple.

—Lo mejor sería convencer al «viejo» para que me dejara desposarla y después hacerla desaparecer —pensó Vladimir en voz alta—. Pero es duro de roer. A ver si encontramos su punto débil.

El Oso escupió a un lado y dijo:

—No perdemos nada con echarle un vistazo desde dentro. Comemos, bebemos, dormimos a gusto y nos largamos por la mañana. Y si sale mal y debemos atacar, así sabremos mejor por dónde.

Acto seguido, se escuchó el crujido de las puertas que parecían empezar a moverse. Vladimir asintió y repitió las palabras favoritas de Dobrinia:

—¡El destino nos guiará!

* * *

Era un día glorioso. Después de tres largos años de guerra civil, las tropas de Bardas Focas se llevaban la victoria frente a Skleros. En vez de celebrar una batalla cerca de Constantinopla, Bardas atrajo al general a Cesárea, la Acrópolis de los Focas. Allí los agotó poco a poco. Al final, el día, escogido por el Todopoderoso, en la Llanura de Pancalea, atacó al enemigo usando a una parte del ejército reservada para ello, y venció. Primero en un duelo. Y después, en la batalla. Fue absuelto y disfrutó de nuevo de sus tierras y de la vida de un noble respetado.

Tres años atrás, Basilio, el joven emperador, empezaba su regencia, apisonado por una enorme e inesperada incumbencia: el comienzo de una guerra civil. En aquellos días de incertidumbre, nadie lo tomaba en consideración, tanto por su corta edad como por dar la impresión de un mero figurante, un apéndice de la familia porfirogeneta de usurpadores. Los primeros meses no pudo hacer nada contra las influencias externas. Solo a partir del segundo año de la guerra, después de resistir, insistir, sufrir, aprender y hacer frente a cada uno de los inconformistas de su derecho, se pudo hacer ver como un líder maduro y con total criterio para desempeñar plenamente su complicado papel. Para cuando terminó la guerra, se había ganado la fama y el respeto a pulso. Y como último detalle que completaba su imagen: el perdón concedido a Bardas Foca lo elevó en los ojos de los nobles y del ejército. La estabilidad del trono fue devuelta y las tierras bizantinas gozaban de nuevo de paz.

El joven emperador, que aún se consideraba bajo tutela, pero ya no la necesitaba a todos los efectos, salió a las escaleras de mármol. Su hermano lo seguía, como de costumbre en la sombra, para no llamar la atención. De su mano, Teófano Anastaso resplandecía con su indiscutible belleza, a pesar de haber tenido tres hijos y los obstáculos que la vida le propinaba. Mostraba una sonrisa perfecta, con la que siempre aparecía en público. Cientos de personas rodeaban el palacio: mujeres con sus mejores galas, vendedores ambulantes anunciando a voces los pasteles de miel, niños subidos a las estatuas de los edificios para poder ver al emperador con sus propios ojos, los pobres y los enfermos postrados en los peldaños, rogando la curación y algunas monedas. Hasta las palomas sentadas en los tejados parecían pendientes de lo que pasaba en Constantinopla aquel día.

Lecapeno acompañaba a Anna. El cabello pelirrojo de la joven, trenzado con lazos y perlas, brillaba bajo el sol. Seguía sintiéndose extraña con el color de su pelo e insistía cubrirlo con adornos para que se viera lo menos posible. Pero su madre no le dejaba teñirlo con los polvos de jena que las mujeres viejas con pañuelos de colores desgastados sobre sus cabezas vendían en el mercado. Una vez, Anna logró comprar una bolsita y la escondió en su estancia. Pero la criada, al limpiar, la encontró y la entregó a Teófano provocando su ira. «¡Debes quererte tal y como Dios te ha creado!», gritó tirando la bolsita a través de la ventana.

Las voces de la gente chocaron contra la piedra pulida del palacio y se volvieron estridentes. Teófano sonreía disfrutando de ese momento triunfal, Basilio guardaba una compostura sosegada, Constantino suspiraba aburrido y Anna miraba distraída a la gente, absorta con sus pensamientos.

Teófano giró hacia Basilio y dijo:

—¡Deberías salir a saludar ya con una esposa, no con tu madre!

El rostro del emperador se transformó. Sus rasgos se endurecieron y, en medio de las ovaciones, dio la vuelta y entró en el palacio. Nadie esperaba su tan pronta retirada. Los guardias se inclinaron de nuevo, el resto de la comitiva también tuvo que retirarse. Teófano adelantó a sus hijos y alcanzó a Basilio en el corredor.

—Pero ¿qué te pasa? —preguntó enojada—. Yo no te he enseñado a comportarte así.

El joven le dio la espalda bruscamente. Su capa púrpura, sujeta con broches de oro, voló alrededor de su cuerpo haciendo retroceder a su madre.

—Desde ahora, soy tu emperador y no me hablarás así nunca más. Y no participarás de ninguna forma directa o indirecta en los asuntos del estado. ¿Te ha quedado claro?

Hablaba en bajo, pero con tanta determinación que había intimidado hasta a Teófano por un instante. Se quedó callada. Basilio no se movía. Al cabo de unos segundos, su madre salió de su asombro y replicó con ira:

—No tengo interés en tus asuntos, ni en sacarte las castañas del fuego. Pero sí que debes casarte. ¿Acaso conoces a algún emperador sin descendencia?

Basilio la cogió del brazo y apretó los dedos para hacerla callar:

—Después de verte obrar a ti con tus esposos, a uno se le quita el gusto por el matrimonio, madre.

La soltó y entró en la sala ordenando cerrar las puertas tras él. Teófano se quedó de pie en el umbral. Las últimas palabras de Basilio resonaban en su cabeza. Bajó los párpados y respiró profundamente para tranquilizarse. Y en aquel momento en su mente apareció el anillo del cual cayeron aquellos polvos azulados en las copas de sus esposos para que se reunieran con el Todopoderoso.

* * *

Sentado a una mesa larga, entre Olaf y el Oso, despojados de sus capas, espadas y armaduras, según las reglas del anfitrión, después de asearse brevemente, Vladimir pensó que la idea de entrar los tres y disfrutar de una buena cena no fue tan mala. No había peligro de ser envenenado o atacado, ya que Rógvolod aparentemente no quería provocar la ira de Nóvgorod. El vino de las tierras de Pólatsk era dulce y fuerte, el pan blando por dentro y crujiente por fuera, el aroma de la carne de pato flotando en su grasa rodeada con trozos de cebollas y manzanas resultaba irresistible.

Rógvolod, sentado en su sillón, comía lentamente, disfrutando a cada bocado, mientras preguntaba. Vladimir no se quería delatar y trataba de no dar demasiados sorbos a aquel delicioso líquido color rubí. Hablaron de Nóvgorod, las últimas cosechas y sus gentes. Del camino hasta Pólatsk. De caballos. Conversaban con cuidado, eligiendo las palabras. Vladimir sentía que aquello no llevaba a ninguna parte. El rey no se dejaba encaminar hacia el tema del casamiento.

—¿Nos acompañará alguien más? —preguntó el príncipe. Era bastante extraño cenar los cuatro hombres a solas. Pero eran otras tierras con sus propias costumbres.

—Mi hija está indispuesta.

—Vaya, es una pena no contar con la presencia de la joven doncella —comentó Vladimir, masticando el pan mojado en la grasa de pato. Estaba claro que su padre no quería mostrársela—. ¿Y cómo es vuestra hija, señor? —de pronto preguntó.

Rógvolod lo miró sorprendido:

—Veo en esta pregunta cierto atrevimiento siendo vos un embajador, Gisli. Es como si yo quisiera saber el significado de su nombre tan extraño.

—Significa «rayo de sol», mi señor. Yo ya le respondí. Ahora es el turno de vos.

Rógvolod sonrió. Aquel muchacho era muy inteligente. Rudo pero listo. Sin embargo, había algo en él que hacía desconfiar. No era tan extraño que el hermano de Yaropolk deseara anexar sus tierras a Nóvgorod, pero tenía todas las de perder ante Kiev. ¿Por qué había enviado a sus hombres aun en esa situación? ¿Era estupidez, desesperación o arrogancia? Estudió detenidamente al joven y decidió responder a la pregunta, porque pensar en su hija le ablandaba el corazón. Su rictus se volvió amable y, entrecerrando los ojos, pronunció:

—Es como una flor única en medio de un campo verde, una flor hermosa y fuerte, de pétalos color sangre y aroma inolvidable...

—¿Como una amapola? —dijo Vladimir. Rógvolod se estremeció entero. Lo miró de frente y confirmó:

—Así es. Una amapola...

Aquel bárbaro había terminado su frase, había adivinado la esencia de su hija, y conocía aquella flor salvaje por su nombre. Era muy extraño. Todo aquello era muy desconcertante.

Vladimir estaba sonriendo. Había dado con el punto débil de este rey testarudo: su hija. Y decidió pasar directamente al ataque. Era la oportunidad de convencerle.

—Entonces, rey Rógvolod, ¿por qué desposar a su hija con Yaropolk? Una amapola debe ser especial. Yaropolk ya tiene varias esposas. En cambio, Vladimir solo tiene una. Y no le está dando hijos. Sería la primera y vuestro nieto no tendría problemas de sucesión.

Rógvolod pareció notar que aquel joven estaba jugando con sus sentimientos y se endureció. Lo miró fijamente apoyándose sobre la mesa:

—Mi hija ya ha elegido. Y así será, embajador.

—Nunca he escuchado que fuese una hija quien eligiera, y no su padre —rio Vladimir.

Rógvolod se levantó amenazante:

—Nadie me dice cómo debo llevar mi casa. Pero te voy a decir una cosa: ninguna hija mía se casará con… —Rógvolod no terminó la frase. Se hizo el silencio.

Vladimir palideció. ¿Hasta aquí llegaban las malas lenguas? Sus ojos se volvieron negros de ira. Sintió la mano del Oso apretando su rodilla. «Templanza», le susurró en varego.

Si en aquel momento el príncipe hubiera tenido su espada, le hubiese rebanado el cuello a ese hombre insolente. Podía matarlo sin su arma también. Con un utensilio de la mesa. En los últimos años se entrenó día y noche y se hizo hábil para defenderse y atacar con cualquier cosa que estuviera a su alcance. También aprendió a ser disciplinado y templar sus pasiones. Pero esa frase… Nunca logró domar el tormento que le provocaba solo una mención de ser «el hijo de una esclava». Era el dolor que le traspasaba el alma, la humillación y la injusticia que le perseguían desde la niñez. Ahora ya no lo escondía como antes, aceptó a su madre con su destino quebrado y sus rarezas. Era una mujer extraordinaria y fue nacida princesa. Por eso, cualquier mención de su pasado desafortunado, le daba doble de rabia, por él mismo y por ella.

Vladimir agarró su charca de vino casi llena y la vació de un trago.

—¿Sabéis que si le hago llegar este mensaje a mi príncipe, habrá guerra? —masculló.

—Querías saber la verdad. Y te la dije. Nuestra conversación acaba aquí. Mis sirvientes os acompañarán a las alcobas. Por la mañana es mejor que partáis pronto, va a llover.

Al terminar la frase, Rógvolod se retiró, dejando a los tres hombres solos en la sala.

* * *

—Ten hijos para esto —pronunció Lecapeno compasivo y miró con retintín a Teófano, que trataba de aparentar tranquilidad, sentada delante de una mesa baja con hilos y telas de colores. Parecía indecisa.

—¿Su majestad imperial necesita ayuda? —preguntó él con pizca de sorna—. Porque juraría que sé más de bordar pañuelos que vos, mi señora. Y nunca lo había hecho.

Él ya no pudo aguantar la risa, arriesgándose a provocar la ira en la bella mujer. Pero Teófano ignoró su comentario, respiró y cogió uno de los hilos y le buscó la punta. El Eunuco aceptó la copa de vino que le habían servido y se acercó a la mesa del bordado. Acarició con su mano suave la seda de los hilos y escogió uno de color sangre:

—Este es el adecuado para vos, mi señora. El fuego que tenéis dentro y ahora tratáis de apagar. La cuestión es si es posible.

Teófano finalmente estalló, tiró la aguja y concentró su furia en la madeja de seda, tratando, sin ningún éxito, de romper el hilo y lanzándola acto seguido contra la pared. Lecapeno soltó una carcajada y le tendió su copa:

—Esto os ayudará a calmaros después de una labor tan estresante.

Ella bebió en silencio, se levantó y se acercó al ventanal. El patio siempre se presentaba como un oasis verde, tanto a la sombra del asfixiante calor de julio como ahora, con el aire frío entrando desde el mar. Allí todo respiraba pereza y sosiego. Exactamente lo que ella odiaba.

—¿Y qué debería hacer? —atacó ella, poniéndose de frente a Lecapeno. Él levantó una ceja:

—¿Con qué exactamente? ¿Con vuestro bordado? ¿O con vuestro espíritu? Para entretenerlo ahora que vuestro hijo no la quiere ni cerca de la corte.

—Se va a arrepentir de ello —masculló Teófano—. Yo le he dado la vida y yo le puse allí.

—Bueno, mi señora. Lo primera es pura verdad. Sin embargo, lo segundo no lo es.

Su sonrisa decía tanto que Teófano no tuvo que preguntar. Sus sospechas, durante todos esos años, de que el Eunuco fue quien acabó con la vida de Juan Tzimisces se confirmaban.

—Muy bien. Vamos a dejarte ese mérito a ti —rio.

—Preferiría que lo dejáramos a la providencia —se opuso él y prosiguió ya más serio—: voy a emitir una ley que no os va a gustar, mi señora.

Teófano se dejó caer de nuevo en su butaca:

—Todo son buenas nuevas en mi vida últimamente.

—Tampoco me convence a mí, pero vuestro hijo lo quiere así y cuanto antes —añadió él.

—Tú eres quien creó todas las leyes del imperio durante décadas, ¿y ahora bailas al son de la canción de ese niño mimado?

—Tan directa y fulminante como de costumbre —respondió el Eunuco—. Capaz de despreciar a todo el mundo en una sola frase.

—Soy capaz de mucho más, querido, pero me cortaron las alas. —Teófano vació la copa y la tiró al suelo. Sus maneras, cuando estaba enojada, dejaban de ser imperiales y recordaban inequívocamente sus raíces. A Lecapeno le divertía su vena intrigante y pasional, capaz de elevarte a un trono o asesinarte a sangre fría, según su corazón o la cabeza le dictasen. La respetaba, como a una superviviente tenaz que había forjado su destino peldaño a peldaño. Y en esos momentos difíciles para ella, por culpa de ese hijo que no deseaba gobernar con ella a su lado, sentía compasión por la mujer. Pero también la sentía por su hijo, porque cualquier día Teófano, la aún flamante exemperatriz, arrasaría al joven con su venganza, sin contar que fuese sangre de su propia sangre.

—El poder es una ponzoña que, una vez pruebas, no puedes dejar de beber, mi bella señora. Vuestro hijo no estará aquí por siempre. Su carácter bélico no le dejará llevar una vida sosegada y partirá a reconquistar tierras. Ya estoy al tanto de sus grandes planes.

Mientras Lecapeno hablaba, el rostro de Teófano se volvía cada vez más sombrío. Odiaba no saber, no estar allí, no opinar…

—Esto es peor que cuando estaba en el exilio —refunfuñó ella—. Estoy a un paso del trono y me entero de todo la última. ¿Ahora debo esperar a que se marche a conquistar el mundo y entonces quizás tenga algún acceso al poder?

Lecapeno negó con la cabeza. Siempre había sido franco con ella en cuestiones importantes:

—No parece que os vaya a dejar como sustituta. Dejará a su hermano y allí es cuando vos entraréis en escena. Constantino nunca ha sido un gran apasionado del poder, le van más las diversiones y el buen vivir a la sombra. Y agradecerá vuestro criterio.

—No sé si aguantaré tanto, porque mientras aún está bajo tutela, Basilio no puede declarar guerras. —Teófano se levantó de nuevo y dio varias vueltas por la sala, como si de un animal encerrado se tratara.

—Así es. Por eso trataré de divertiros mientras dure la espera.

—¿Divertirme? ¿Emitiendo leyes que no me gustan? No pienses que se me había olvidado por dónde empezó esta conversación.

—Jamás pensaría que se os podía olvidar algo, mi bella señora —sonrió el Eunuco—, pero debéis prometerme que os lo tomaréis con calma y no se lo contaréis al emperador. Yo debo seguir siendo su mejor aliado, y más ahora que voy a necesitar sus favores.

La mirada de Teófano retomó su brillo y se volvió a sentar concentrando toda su atención en lo que venía después. Cualquier intriga, por insignificante que fuera, avivaría su existencia.

—Te doy mi palabra, Basilio —respondió impaciente la mujer.

—Por la petición de vuestro hijo, voy a limitar la expansión de grandes terratenientes. Eso quiere decir que un aristócrata o un monasterio no podrá tener todas las tierras que desee.

—Y eso ¿por qué? —preguntó Teófano.

—Para proteger al campesino.

—Menuda estupidez. ¿Se va a buscar enemigos entre lo más alto antes de empezar a gobernar de verdad? ¿Es que se le ha ido la cabeza del todo?

Lecapeno esperaba esa reacción, se acercó rápidamente a ella y cogió su mano entre las suyas:

—Me prometisteis tomarlo con sosiego, mi señora. Y ahora empieza lo divertido.

Teófano dejó acariciar su mano y suspiró ahogando su frustración.

—No le pude persuadir en contra de ello, pero a cambio le voy a pedir otra ley —Lecapeno adoptó aire misterioso. Teófano retiró su mano de entre las suyas y lo escrutó con la mirada impaciente. Él sonrió pícaro y susurró—: Que los eunucos podamos casarnos.

* * *

Vladimir no se acordaba de cómo había llegado hasta su lecho. El vino y el cansancio después de un largo viaje habían hecho su tarea. Cayó en un sueño profundo. Primero se hallaba entre un gris incierto de las sombras, entre muchas caras riéndose de él. «Esclavo», repetían ellas. Entraba flotando en un bosque. Y de pronto, entre la luz de las hojas, aparecía aquella muchacha que habían encontrado a caballo por el camino. El deseo lo atravesaba. La despojaba de sus ropas de hombre, la atraía hacía él y la hacía suya, con una pasión animal irrefrenable.

En medio de aquel sueño, se despertó sobresaltado. Estaba muy excitado con las imágenes soñadas. Buscó sus armas con la mirada, según la costumbre adquirida durante los años de exilio, y no las vio. Entonces se levantó y fue a palpo hacia la puerta. La empujó, pero estaba cerrada. Golpeó varias veces; sin embargo, no sucedía nada. Estaba encerrado. Probablemente, sus hombres también. Por seguridad. Miró alrededor. Estaba tan oscuro que costaba distinguir dónde terminaba la alcoba. Se oyó un crujido. Alguien abría la puerta desde afuera. Vladimir buscó a palpo algo con que pudiera defenderse. Todo era confuso, el vino bebido anoche le hacía tambalearse. La puerta se abrió lentamente, pero lo que había en el umbral lo dejó sin respiración. Era ella. Era su sueño. Cabellos largos cayendo sobre sus hombros, los ojos brillando en la oscuridad, una vela en la mano temblorosa y un puñal en la otra mano.

—¿Vienes a matarme? —preguntó Vladimir. En aquel instante, ya no distinguía entre el sueño y la realidad—. ¿Eres real? —le preguntó y, para asegurarse, alargó la mano y le tocó la mejilla. Ella cerró los ojos con el roce de sus dedos y una especie de la electricidad recorrió sus cuerpos. Sin saber si aquello estaba pasando de verdad, Vladimir atrajo la cara de la muchacha por la nuca hacia la suya. Sintió que no había resistencia alguna, que ella le ansiaba igual que él a ella. No existía nada más en el mundo. Solo el deseo y sus cuerpos jóvenes y hambrientos de pasión. El puñal cayó al suelo, la vela también, él la apretó contra su cuerpo en la oscuridad, igual que en el sueño hacía unos minutos. Ella no se opuso. Y la besó en los labios, en la cara, por todo su cuerpo, bajando su camisa dejándola desnuda poco a poco, pero sin detenerse, temiendo que se desvaneciera en la oscuridad del sueño. Luego la posó sobre su lecho y la poseyó con una pasión tan desesperada como si el mundo se acabara si no lo hiciera.

* * *

A la mañana siguiente a la emboscada, Blud, dieciséis hombres intactos y veintidós heridos trataron de recuperar las carretas con el oro. Pero no tuvieron éxito. Ahora volvían a Kiev solo tres sin heridas apenas y otros catorce, de los que estaba bastante claro que ni la mitad regresaría vivo a sus casas.

Llegaron de noche. Blud se dirigió al palacio de Yaropolk para contarle sin demora lo que había sucedido. Antes de que algún intrigante fuese a él con su propia versión de los hechos.

Yaropolk estaba pálido, lo saludó con un leve movimiento de cabeza y volvió a contemplar el fuego. Blud le narró lo sucedido con toda clase de detalles, adornando su valor y su talento de mando en una situación difícil. Se alegraba de que Sveneld no estuviera allí, despreciándolo. Siguió contándole al príncipe como al día siguiente trataron de rodear al enemigo a primera hora de la mañana y, sorprendiéndolo, recuperar el oro. Pero por culpa de las bajas, de la habilidad inusual del enemigo y de sus conocimientos del lugar, fallaron; aun así, dejaron claro que ese oro pertenecía al príncipe de Rus y que serían castigados.

Fue entonces cuando Yaropolk giró la cabeza:

—¿Y quién los va a castigar? —preguntó con lágrimas en los ojos. Blud quedó callado sin comprender la pregunta.

—Ya sé que no tenemos las arcas llenas, pero esto cambiará. Reuniremos un buen ejército y arrasaremos a los dregovichis.

Yaropolk apretó las sienes con las dos manos:

—Todo se está yendo al traste. Y Sveneld se está muriendo. Me quedo solo.

Blud no se creía lo que oía. ¡Por fin! Ese viejo estaba dándole paso. Trató de esconder la sonrisa, pero no pudo. Aunque Yaropolk no se daba cuenta de nada.

—Van a traer a Vilán, ese hechicero de Chernigov. Hace milagros —dijo el príncipe. Blud frunció el ceño. Se había olvidado del oro, de esa leve herida en la pierna que traía de la emboscada y del mundo entero. Solo rezaría esa noche para que los dioses se llevaran a Sveneld cuanto antes.

Y, si no, habría que ayudarle a dar el último paso.

* * *

Cuando Vladimir despertó, estaba solo. El puñal y la vela habían desparecido también. La jaqueca era terrible y nada de lo que había pasado durante la noche tenía sentido. ¿Había sido un sueño? ¿Y, si no, por qué esa criatura apareció en el palacio? ¿Era una de las criadas? No. Los guardias la llamaron «señora» en el bosque. ¿O era una noble desposada viviendo en el palacio? Pero llevaba ropas de hombre y ninguna noble lo haría jamás. ¿No sería una de las esposas de Rógvolod a quien enviaría a matarlo? Sería una pena que aquella extraordinaria mujer estuviera desposada con el viejo. Cuanto más pensaba, más se confundía, más le dolía la cabeza y más se enfadaba. Y también con más claridad recordaba la conversación de la noche anterior. Se puso sus ropas y comprobó si la puerta seguía cerrada.

Estaba abierta. Salió de allí, delante había otras dos puertas. En una de esas alcobas seguramente estaban durmiendo sus hombres. Pero no sabía en cuál de ellas. Mientras pensaba cómo actuar, apareció un sirviente invitándole a seguirle y lo llevó al lugar donde habían cenado la noche anterior. Allí estaba Rógvolod. Al verlo, Vladimir frunció el ceño.

—Ayer se dijeron cosas que no tenían que haberse dicho, joven embajador —comenzó Rógvolod—. Espero persuadirte para que no se lo cuentes a tu príncipe. No quiero guerra en mis tierras.

—Si mandáis a vuestra hija conmigo, no la habrá —replicó Vladimir.

—Como ya os dije anoche, no es posible. Se va a casar con Yaropolk. Está decidido.

—Cometéis un error, rey. —Vladimir le miraba desafiante. La arrogancia de aquel muchacho estaba llevando la templanza de Rógvolod hasta su límite.

—¿Y puedo saber por qué cometo un error? —le preguntó impacientado.

—Porque con vuestra ayuda o sin ella, toda Rus será de Vladimir —afirmó el joven con aplomo. Entonces Rógvolod ya no pudo aguantar más y soltó una carcajada tan grande que lágrimas saltaron de sus ojos.

—Sí, claro. ¡Del hijo de una esclava! —soltó riendo, limpiándose las gotas de sus surcadas mejillas con la palma de su mano. No pudo observar cómo cambiaba la cara del joven que tenía enfrente, qué brillo tan siniestro aparecía en sus ojos, que ennegrecían a medida que la sangre se iba de su tez y la emblanquecía.

—Vuestra hija yacerá en su lecho y le dará hijos, tantos como pueda. —La sangre de Vladimir hervía y el Oso no estaba a su lado para templarle.

Rógvolod dejó de reír y enrojeció hasta las puntas de sus orejas. Pegó un puñetazo en la mesa levantándose, pero de repente se acordó del propósito de ese último encuentro y se volvió a sentar. Pasó la mano por la barba varias veces, mirando a Vladimir, allí de pie, sombrío y desafiante. No pronunciaba palabra. Dudaba.

El joven se dio la vuelta y se dispuso a salir cuando oyó:

—Te lo tomas demasiado a pecho para ser un embajador. Pero si fueras el príncipe en persona, ya me hubieras rebanado el cuello ayer con una cuchara. Cuentan que es muy hábil para matar. Los asesinos del norte lo enseñaron bien.

Vladimir se dio la vuelta y respondió con mueca de sonrisa:

—Es lo que esperabas del hijo de una esclava, ¿verdad? ¿Que te acuchillara durante la cena? Pues siento haberte decepcionado, viejo rey, actuaré como un príncipe legítimo. Quiero a mis dos hombres y nuestras armas. Ahora mismo. Nos vamos. Has insultado a un príncipe en su cara y más vale que me envíes a tu hija al campamento antes de que anochezca. —Iba a dar otro paso, pero se dio la vuelta de nuevo—: Rus va a ser toda mía. Tú eliges si vivir para verlo o no.

* * *

Sveneld yacía sobre su lecho, arropado con mantas de lana. Sus viejos huesos habían perdido todo su calor y tiritaba de frío constantemente. Le dolía el corazón, pero no más que el resto del cuerpo. Cada articulación y cada músculo. Cada suspiro, cada abrir de ojos.

Una de sus esposas estaba bordando un pañuelo, sentada en el largo banco bajo la ventana. Allí le llegaba más luz. Alguna vez levantaba la vista hacia su esposo comprobando que las mantas aún se movían ligeramente con cada respiración del hombre moribundo. El sol estaba bajando. La mujer terminó el hilo y, dejando la aguja, comenzó a recoger. Con la cesta en la mano se acercó al lecho y preguntó con voz suave:

—Esposo mío, ¿te traigo la cena? Deberías comer.

Con voz ronca, Sveneld respondió:

—No. No quiero nada.

—Te mandaré a Zabava con algo de pan con leche —dijo la mujer y salió de la alcoba. Sveneld suspiró, pero no replicó. Miró de reojo la ventana, donde el sol cansado alumbraba suavemente el paisaje del exterior. Sus pensamientos estaban lejos, volando desordenadamente de un tiempo a otro de su larga vida. Veía paisajes y villas, pero no lograba distinguir ninguna cara. De pronto, delante de él vio un rostro, pero no el que esperaba. Blud estaba agachado sobre él, pálido y con ojeras.

—¿Qué haces aquí? —preguntó el general sobresaltado. Estaba claro que aquel joven obstinado con ocupar su lugar no venía a cuidarle. Divisó una almohada en sus manos. Como un látigo, las ideas cruzaron el cerebro de Sveneld. En el siguiente segundo, el anciano metió la mano debajo de su cojín. Desde que era niño, jamás se había acostado sin un cuchillo a mano. Sacó el puñal y con un movimiento rápido y preciso cortó un trozo de oreja del muchacho. La sangre saltó salpicando el pecho de Sveneld, el joven aulló de dolor y sorpresa y soltó la almohada saltando para atrás tratando de comprender qué es lo que había pasado y de dónde brotaba la sangre. Se oyeron pasos afuera. Blud miró con odio a su viejo enemigo, maldijo y saltó por la ventana, dejando un rastro de sangre tras él.

* * *

Las palomas mensajeras volaron veloces por encima de los bosques y los incontables lagos y ríos que cubrían la extensión entre Pólatsk y Nóvgorod. Dobrinia, previendo el posible fracaso de Vladimir, durante su ausencia había reunido todos los ejércitos del norte que podía. Gracias a las recientes extorsiones de Stiola, las arcas estaban llenas y permitían pagar a todo guerrero a sueldo que se ofreciese luchar por Vladimir. Y quedó totalmente claro que el norte de tierras eslavas, así como los varegos del norte y oeste, apoyaban al joven heredero y no a Yaropolk «el fratricida». Hasta su exilio se veía con buenos ojos, como un plan de vengar a su hermano asesinado y no como la huida de un cobarde. Así que, al llegar la primera paloma que pudo completar su ruta, Dobrinia salió hacia Pólatsk.

Estaba claro que debían darse prisa. Rógvolod tampoco se quedaría de brazos cruzados. Vladimir procuró vigilar a diario la ciudad, por si el rey enviaba a su hija a Kiev para entregársela a Yaropolk cuanto antes. Todos los que abandonaron Pólatsk en los primeros tres días fueron sigilosamente seguidos y abordados en los bosques que rodeaban la ciudad. Los navíos se encontraban con una lluvia de flechas ardiendo y acababan yendo al fondo del río, tanto al norte como al sur de la villa. Al cuarto día, nadie se atrevió a partir. Ni siquiera con escolta. Se sentían rodeados, sin estarlo. Los guerreros de Vladimir eran más que soldados. Eran asesinos a sueldo que habían dedicado sus vidas al arte de matar. Eran desconocidos en esas tierras y por tanto aún más temibles. Y allí estaban escondidos entre los árboles. Al acecho.

Rogneda forzó la vista, tratando de hacer lo imposible y distinguir ese mal que aguardaba fuera. Pero desde el muro el campo se divisaba vacío, y el bosque tupido y oscuro. Esos siete últimos días se convirtieron en los más largos de su vida. Encerrada en el palacio, esperaba su destino. No lograba ver a su padre. Su madre se pasaba el día llorando. Los criados que la rodeaban tenían miedo de cada ruido. Sus amigas no venían al palacio y se aburría jugando con sus dos hermanos, aunque los ganaba fácilmente, tanto luchando como a otros pasatiempos de chicos. Pasaba horas entrenando con la espada nueva que su padre le había comprado en su último viaje al sur. Era ligera y más flexible en comparación con las hechas del metal del norte.

«¿Cómo puede cambiar una vida con tanta rapidez?», se preguntaba Rogneda. Hace unos días podía galopar hasta el final del bosque y más allá si hubiera querido. Y ahora no debía ni abandonar el palacio.

Estaba buscando pistas de lo que sucedía, recordando cada frase, cada orden de su padre. Aquella fatídica noche, cuando todo comenzó, le prohibieron bajar para conocer al embajador. Oh, cómo anhelaba verle. Se había puesto un vestido y trenzado su cabello rápidamente y ya estaba a punto de dejar su alcoba cuando llegó un criado y la encerró. ¡Su padre jamás había hecho algo semejante! ¿Acaso eran peligrosos aquellos hombres? Seguro que solo era otra pedida. Cómo deseaba ella volver a ver a aquel muchacho sin el casco, sin su capa. ¿Tendría pelo oscuro y largo? Parecía musculoso, pero alto y ágil. Le dio mil vueltas, recordó mil veces su mirada, sus labios, su voz. Pero qué desastre sería que se tuviera que casar con su amo. Ser la esposa de otro deseando a su embajador… Todas esas dudas hacían estallar su cabeza. Desde su cuarto no pudo escuchar nada en toda la noche. Pero cuando la criada vino a encender el fuego y a desvestirla, la acribilló a preguntas. La mujer era mayor y no quería desobedecer al rey. No soltaba palabra. Entonces Rogneda se enfureció como jamás había hecho en su vida y la mujer, asustada, le dijo que solo entraron tres hombres en el palacio y que se quedarían esa noche en las alcobas de los guardias y partirían a la mañana siguiente. Era lo único que sabían los criados. Rogneda se dirigió al arcón y sacó de una cajita un broche de capa. Era de plata, con unas pequeñas piedras azules redondas repartidas en círculo. Se lo mostró a la criada, diciendo:

—Esto será para ti, pero me debes decir en cuál de las alcobas dormirá el embajador. Y otra cosa más. Si me vuelven a encerrar, cuando todos se acuesten, debes abrir mi puerta. —Luego volvió a guardar el broche en la caja—. En el momento en el que te asegures de que mi puerta está abierta, te lo doy.

Gotas de sudor empaparon la frente de la mujer. Seguía con los ojos como los platos sin pronunciar palabra. Rogneda la miraba dudando si había entendido el mensaje o aún estaba bajo la impresión de ver aquella joya y la oportunidad de poseerla. Podía dar de comer a su familia hasta el invierno siguiente sin necesidad ni de trabajar. Al final, la criada se limpió el sudor con el delantal manchado y soltó en un suspiro:

—Pero, mi ama, ¿qué os proponéis hacer? —Sus ojos seguían redondos y asustados.

—Pues, si te digo la verdad, tampoco lo tengo claro —rio Rogneda—. Tú no te preocupes por nada. Quieres el broche, ¿verdad? Pues haz lo que te pido y después olvídate. No se lo cuentes ni a un alma, ¿me oyes?

—Pero ¿cómo lo voy a contar? Si alguien se entera de lo que voy a hacer por vos, me corta las manos o la lengua.

Rogneda se estremeció solo de imaginárselo.

—No es para tanto —dijo—. Tú no haces nada malo. Solo sigues las órdenes de tu ama.

—¿No se atreverá a ver a ese hombre a solas y en su alcoba de noche? —preguntó la criada, y los sudores la atacaron de nuevo.

—Pero ¿cómo voy a hacer eso? —replicó Rogneda; sin embargo, sus mejillas se encendieron—. No pienses más y haz lo que te digo.

La mujer salió afuera limpiándose la cara. La joven se sentó sobre su lecho y se preguntó qué es lo que acababa de hacer. Luego rebuscó en el arcón desde donde había sacado la joya y sacó de allí un cuchillo. También era el regalo de Yaropolk, que le entregaron sus embajadores en su primera visita. Aún no tenía ningún plan. Solo sabía que seguramente sería su única oportunidad de volver a ver a aquel joven de ojos negros. Y anhelaba ese encuentro. La criada había cumplido con su parte. Pero llegó a la mitad de la noche, temiendo que alguien la viera cruzar el palacio. Rogneda ya se había dormido convencida de que aquella mujer había recapacitado y se había echado para atrás. Pero la despertó con el susurro: «La primera desde las cuadras», obtuvo su recompensa y marchó con sus pasitos pequeños despidiéndose con un:

—Tened cuidado, mi ama; si os pasara algo, no me lo perdonaría.

Entonces Rogneda, desafiando todas las reglas y el sentido común, cogió una vela y el cuchillo, para sentirse más segura, y se deslizó tan silenciosamente por las salas vacías hasta la estancia indicada por la criada, como una aparición. Temblaba por dentro, pero una fuerza desconocida la llevaba hacia aquel hombre.

—Solo voy a preguntar su nombre y quién lo envía —repasaba para sus adentros—. Tengo derecho de saberlo. Yo soy la doncella y quiero poder elegir.

Pero no pasó nada de lo que había planeado y se había repetido una y otra vez. Su mente desconectó y se dejó llevar por esa fuerza que la había arrastrado hasta allí. Se hubiera quedado dormida entre aquellos brazos fuertes toda la noche. ¿Qué noche? ¡Toda la vida! Pero la razón volvió a su ser e, igual de sigilosa, se fue en silencio, liberándose del abrazo del hombre dormido. Estaba asustada, pero feliz. Y a ratos desgraciada. Mucho. Porque aquello no podía salir bien, de ninguna manera. Fuese quien fuera ese muchacho. Pero un corazón joven siempre espera un milagro. Sobre todo cuando en este corazón haya entrado el amor.

* * *

Basilio Lecapeno el Eunuco había desaparecido del palacio. Durante días, Teófano estuvo preguntando por él, pero no consiguió saber nada. Esperó a la misa del domingo. El aire de Santa Sofía se presentaba frío y húmedo. Se respiraba con más dificultad y los presentes no dejaban de estornudar, o por este aire lleno de agua o bien porque el invierno con heladas había provocado más fiebres y malestar que de costumbre en esta época del año.

Anna tomó asiento al lado de su madre. Ya no buscaba con la mirada curiosa caras de la gente, de muchachas de su edad, nobles o no, igual le daba, o de muchachos que le harían enrojecer de timidez si sus pupilas se cruzaran. ¿Para qué hacerlo si jamás les podría hablar ni ver de cerca? Su madre seguía teniéndola aislada, y las pocas veces que Anna se había atrevido a desobedecer y poner algún remedio a su constante soledad le costaron días de encierro en su cuarto y amplios sermones sobre su valor y su propósito en la vida. Así que se dedicó a estudiar los marcos tallados del altar y cómo su brillo dorado cambiaba según avanzaba la ceremonia mientras la luz, que caía por las ventanas, se movía lentamente por el templo.

Su madre parecía especialmente inquieta los últimos días, pero a su hija ni le importaba ni le preocupaba. La vida de la joven se había vuelto del todo lúgubre. Encerrada con sus libros, sin poder hablar ni siquiera con los criados.

—Hijo mío —Teófano hizo el ademán de darle un abrazo a Basilio cuando apareció con su últimamente habitual aspecto desaliñado, y más siendo emperador. Sin la capa púrpura, vestido como un simple militar. Esquivó los brazos de su madre e hizo la señal para que comenzaran la misa. Esa falta de respeto, Teófano la hubiese esperado estando a solas, sin embargo, en público, no era posible. Pero en esa ocasión no hizo más que disimular su ira con una sonrisa. Porque tenía otra preocupación, y Basilio podía resolver sus dudas. Desde hacía semanas, solo se veían los domingos y no podía perder esa oportunidad.

Cuando los cánticos del coro se alzaron al techo, Teófano se inclinó hacia su hijo y le susurró la pregunta:

—¿Dónde está Lecapeno?

Basilio, sin cambiar de expresión, respondió:

—¿No es amigo tuyo? Tú sabrás…

Teófano tragó saliva y miró a su hijo. Nunca fue agraciado físicamente y a sus veintiún años aparentaba dieciséis. «Cuánto se parece a su padre», pensó Teófano estremeciéndose involuntariamente. «¿Será su venganza desde la tumba?».

—Es tu hombre de confianza —dijo la mujer y se persignó al son de la oración. Basilio negó con la cabeza:

—Yo no tengo hombres de confianza, madre. Ninguno lo merece. Y si tu amigo el Bastardo ha desaparecido, es cosa suya.

Teófano no se rendía:

—Me dijo que iba a ti con una petición.

Basilio sonrió levemente con la comisura derecha:

—Y lo hizo. Y se lo negué.

Ahora se explicaba esa extraña desaparición del administrador.

—Es una minucia —dijo Teófano—. Debías concederle el derecho de matrimonio. ¿No te das cuenta de que te conviene tenerlo contento? Es quien sostiene la gerencia del imperio desde mucho antes de que tú nacieras.

—No, madre, ese ahora soy yo. En este mundo todos son prescindibles, aparte del emperador. Y ahora te lo voy a dejar claro: fue castrado para no tener herederos, y yo no soy quien va a dejar que su esposa o hijos adoptivos hereden toda esa inmensa fortuna que posee. Lo heredará el imperio, que fue quien se lo ha dado. Asunto zanjado.

Teófano esperaba que su hijo se enfrentara a ella, pero nunca imaginó que lo hiciera con los hombres situados en lo más alto del imperio.

—Estás cometiendo un grave error. Uno tras otro —reventó ella en un susurro más que alto. Él la miró a los ojos y respondió:

—No oses a hablar de esta forma a tu emperador. Y trátame de vos desde ahora.

Teófano se levantó airada y salió del templo con la cabeza en alto, seguida por sus guardias. La misa seguía. Anna, a quien fue inculcado un respeto excesivo hacia la misa, miró a su hermano y susurró temerosa siguiendo con las pupilas a su madre:

—Puede ir al infierno por esto.

A lo que Basilio soltó una pequeña carcajada silenciosa y respondió:

—Irá allí de todas formas.

* * *

Rógvolod miraba a sus dos hijos en silencio. Los cinco consejeros, en pie, agolpados en la ventana, trataban de adivinar la situación a distancia. Los chicos eran aún unos niños y no comprendían bien qué es lo que sucedía a su alrededor. Tenían prohibido salir afuera a jugar y saltaban por el palacio todo el día haciendo trastadas y aburriendo a los que se encontraban a su paso. Esa tarde su padre los hizo llamar, y allí estaban los dos tratando de parecer atentos y educados. Pero Rógvolod seguía callado pasando la mano por la barba.

—Padre, ¿podemos salir mañana? —preguntó el mayor.

—¿Qué dices? Hay monstruos allí fuera —le respondió el pequeño, excitado con la idea.

Entonces Rógvolod arrancó a hablar.

—No se puede salir. Y no hay monstruos. Solo hay personas insolentes que necesitan una lección. Y se la vamos a dar. Y cuando terminemos podréis salir todo lo que queráis, hijos.

—¡Todo esto es por culpa de Rogneda! Eso dijeron hoy en la cocina —especuló el pequeño.

—Eres un bocazas. Era un secreto. —El mayor lo tiró con fuerza de la manga de la camisa.

Rógvolod los miró severo.

—Ni se os ocurra culpar a vuestra hermana. ¿Sabéis lo que pasa? Los hermanos nacen, crecen juntos, se sienten iguales, pero de repente sale a flote la rivalidad, el poder y la venganza, y uno es demasiado débil para luchar contra las tres. Así sucedió siempre. Generación tras generación. Eran tres hermanos: uno ya está bajo tierra y los otros dos pelearán a muerte por Kiev, por poder, por vuestra hermana… Y lo mismo os pasará a vosotros: un día os atacaréis como dos perros rabiosos, y todos los recuerdos desaparecerán: yo, vuestra madre, la casa donde crecisteis juntos, lo pisotearéis todo… —Lágrimas grandes e imparables saltaron en los ojos de Rógvolod, y también de los muchachos. Se levantaron de su sitio y se lanzaron al regazo de su padre conmocionado, jurándole que aquello no iba a pasar. Rógvolod los abrazó, se secó los párpados y concluyó—: ¡Nunca juréis! Un juramento es una mentira anticipada. El buen hacer no vive en la palabra: ¿acaso la sed se alivia con la fuerza? El buen hacer vive en vuestros anhelos, no aquellos sobre la fama o sobre vosotros mismos, sino sobre vuestra tierra y vuestra gente.

El rey apretó a los dos muchachos una vez más contra el pecho y los soltó:

—Ahora ya podéis iros y pensad en ello.

Se levantó y fue lentamente al patio principal, seguido por todos los que estaban en la sala, donde ya los esperaba el buey. El hechicero le cortaría el cuello y llenaría las vasijas con su sangre humeante, de la que beberían los grandes hombres de las tierras de Pólatsk para que los dioses les concediesen la victoria y la paz.

* * *

En la cima de la pila funeraria yacía el cuerpo de Sveneld, vestido con su coraza. Alrededor, en un orden caótico, estaban dispuestas sus muchas armas e incontables cuerpos, entre ellos el de su último caballo preferido, los de dos de sus esposas, algunos perros y sirvientes. Entre ellos brillaban monedas de plata y joyas que se llevaría a Iriy con su alma.

El día era gris. Frío. Yaropolk, envuelto en una manta de pieles de nutria, tiritaba. La vida no le daba un respiro. A su lado, Blud no podía evitar sonreír. Por fin se había librado de aquel viejo e iba a cumplir su sueño. No pudo darse el gusto de acabar con la vida del general, pero tampoco hizo falta. Murió unos días después. Blud tocó instintivamente la oreja a la que le faltaba un trozo. Ya no llevaba el vendaje, pero la escondía bien bajo el gorro. Aquel se convertía por fin en su momento. No había que perder más tiempo. Así que decidió hablar con Yaropolk sin demora.

—Mi príncipe —dijo, poniendo su mano sobre el hombro de Yaropolk. El hombre no respondía. Miraba con ojos nublados cómo el fuego consumía lentamente la vida entera de su mentor, reunida sobre aquel montículo. Los lloros y los cánticos fúnebres de las viudas destrozaban su alma. Ahora, como nunca, necesitaba a Sveneld. ¿Qué haría sin él? ¿Quién lo guiaría? Amenazado y débil, rodeado de dudosos consejeros, no tenía criterio suficiente para saber tomar decisiones acertadas. Y si un príncipe fallaba, no perdía el respeto o su título, perdía la vida.

Sintió como Blud apretaba sus dedos, impaciente, esperando su atención. Yaropolk movió el hombro, quitando su mano bruscamente, sin decir nada. Blud lo miró ofuscado. Antes el príncipe ya era un cobarde, pero ahora con más razón nadie sabía decir cómo se comportaría. El príncipe buscó con la mirada tras su espalda y llamó a su esposa favorita a su lado. Apretó su pequeña y blanca mano y cerró los ojos inspirando el aire lleno de cenizas. Blud frunció el ceño. Fracasó tratando de aprovechar aquella ocasión que, a su entender, era la perfecta, porque Yaropolk se sentiría más débil y perdido que nunca. Miró de reojo a la esposa cristiana del príncipe y no pudo contener una mueca de odio. Siempre tan serena, tan comprensiva, tan perfecta. Blud echó un último vistazo al fuego, se dio la vuelta y, haciendo camino entre la muchedumbre, abandonó aquel lugar para esperar a Yaropolk en el palacio y ser el primero en hablarle.

* * *

Pasados cinco días desde la fatídica cena de Vladimir con Rógvolod, los refuerzos del joven príncipe comenzaron a llegar. Las tropas de los chuds y meras, bajo la promesa de bajada de los impuestos por parte de Vladimir, fueron los primeros en aparecer. Dobrinia en persona tardaría unos días más, desde Nóvgorod, con los guerreros suyos de Pskov, los krivichis, y con el resto de las tropas varegas. El tiempo había cambiado y el bosque se secó, igual que el amplio campamento.

—¿Dónde tienes la cabeza, príncipe? —preguntó el Oso al ver que Vladimir no le respondía. Olaf los miró de reojo.

—Mi cabeza siempre la tengo conmigo, y espero que esto no cambie por muchos años —evadió su pregunta Vladimir.

—Para mí, que os traéis algo entre las manos vosotros dos —farfulló y se echó debajo del árbol. Olaf susurró—: Más vale que os olvidéis de ella. Cuando ataquemos, dudo que sobreviva mucha gente de esta ciudad.

Era eso lo que no dejaba dormir a Vladimir por las noches. Estaba seguro de su victoria. Pero no podía dejar de pensar en aquella muchacha. A pesar de haber estado con muchas ya durante su corta vida.

—¡Movimiento en la ciudad! —se oyó el grito del vigilante desde la altura de un árbol.

—¡Preparados! —gritó el príncipe. Las voces resonaron por todo el campamento como un eco, en varios idiomas y dialectos. El ruido de metal y pisadas de los caballos invadió el bosque. Mientras las tropas de Vladimir salían al claro formando filas, unos ríos de jinetes y guerreros a pie inundaban las calles inclinadas de Pólatsk. Desde los dos extremos, rodeando las casas, aparecían más hombres. Pasaban minutos. Una hora. El sol ya estaba en su cénit cuando aquel mar humano, ruidoso, intranquilo, brillando al sol con los reflejos del metal, paró de moverse y se quedó en silencio. Vladimir terminó sus cálculos. «Debemos de estar igualados», pensó contento. Era fácil porque los veía ligeramente desde arriba. «Además, ellos no saben cuántos somos». El bosque protegía una parte de sus tropas y así parecían menos a simple vista. Delante de la formación de Pólatsk apareció un jinete. Desde lejos no se apreciaba si era Rógvolod o uno de sus generales. El hombre galopó a lo largo de las filas, seguramente diciendo algo a sus hombres. Acto seguido, sus flancos cerraron en semicírculo, mientras la primera fila avanzaba a paso lento hacia Vladimir.

—¿Arrancamos a su encuentro, mi príncipe? —preguntó Putiata.

—No. Esperaremos. Que no sepan cuántos somos hasta el final —replicó Vladimir y miró al Oso. Era la primera vez que llevaba un ejército a una batalla y buscaba la aprobación de sus órdenes en su hombre más experimentado. El Oso asintió en silencio. Las tropas del enemigo también parecieron escuchar sus palabras y se detuvieron. Vladimir sonrió. El general estaba parado enfrente de sus hombres. Seguramente pensando en cómo actuar. Que las tropas del enemigo no se movieran a su encuentro y no quisieran alejarse del bosque le provocaba cierta incertidumbre. Pasaron unos minutos. Nadie se movía. Entonces el hombre al frente del ejército enemigo se decidió, exhaló un grito poderoso y arrancó a galope hacia las tropas de Vladimir.

Es posible que esperase lo mismo del enemigo. Pero Vladimir no se inmutaba. Sujetaba firme las riendas de su caballo, que bailaba nervioso, espantado por la masa humana que venía hacia ellos. Cuando solo quedaban doscientos pasos hasta el bosque, la última fila de la tropa de Rógvolod se apeó y sacó los arcos. Cientos de flechas dibujaron un semicírculo en el cielo y volaron hacia los árboles; sin embargo, solo algunas llegaron a alcanzar su diana, desapareciendo entre los troncos y las ramas. Mientras tanto, Vladimir gritaba: «¡Arqueros, tirad!». Y la primera fila de sus hombres lanzaba las flechas en horizontal, pero con tal fuerza que atravesaban las corazas y hacían a los guerreros y los caballos volar en el aire como disparados con una piedra y caer de bruces malheridos sobre la tierra húmeda de primavera. Quedaban solo cincuenta pasos entre ellos; los recién caídos con las flechas clavadas dificultaron la carrera de los hombres de Pólatsk. Solo entonces Vladimir desenvainó su espada. Era la señal. Los varegos hicieron lo mismo y un grito de mil voces diferentes, incomprensible y espeluznante, voló sobre el bosque. Arrancaron desde el sitio a galope, cortando carne humana y equina a los dos flancos, atravesando las tropas enemigas, tratando de adentrarse lo más lejos, rompiendo su orden, sus huesos y su espíritu. Los caballos de las tropas avanzadas de Pólatsk habían caído y los supervivientes luchaban a pie. Pero desde el bosque no dejaban de salir más guerreros nórdicos. Aquello se estaba convirtiendo en una masacre. Rógvolod, salpicado con sangre, notaba que mientras sus hombres mataban a uno, los varegos mataban a tres. Seguía desde un flanco la lucha sin adentrarse y tomar decisiones. Los mejores de sus hombres iban en el centro de la columna y esperaba que con ello cambiarían las tornas. Llegó su hora y, efectivamente, los hombres de Vladimir fueron empujados hacia el bosque. Rógvolod respiró aliviado. Estaban venciendo. El enemigo aflojaba y se retiraba. Entraron entre los árboles para afianzar la victoria. Rógvolod paró las tropas que cerraban la co-

144

lumna. Quedaron expectantes escuchando los ruidos de la lucha por entre los árboles, cientos de armas y voces en disonancia, aguardando la reaparición de su mejor tropa triunfal. Pero no fue así. Los sonidos poco a poco se debilitaron y el que apareció de entre las ramas fue Vladimir, aun conservando con vida su caballo, y con todo un ejército detrás. Aparte de la sangre, cubriendo las ropas de los guerreros y el pelaje de sus animales, parecía el comienzo de la ofensiva, no su final. Estaban parados unos contra otros en silencio. Solo las voces de los heridos y los quejidos de los moribundos cruzaban el prado. Rógvolod miró incrédulo el campo de batalla. Por la vestimenta, se podía calcular que por cada guerrero varego, yacían otros dos de los suyos. ¿Y cuántos de ellos habría en el bosque?

—¡Maldito hijo de perra! —gritó Rógvolod consternado—. ¡No! ¡Hijo de una esclava! ¿Me oyes, gusano? ¡Nunca serás nada porque eres hijo de una esclava!

Lo oyó. Alto y claro. Y antes de que el último sonido se desvaneciese en el aire, arrancó el contrataque, con tal rapidez, fuerza y rabia que el enemigo solo dudó un instante. Las tropas de Pólatsk corrían hacia la ciudad buscando cobijo tras sus casas y muros.

—¡Sin piedad! —gritó Vladimir, y sus guerreros cortaban lo que se les ponía en el camino, alcanzando al enemigo que huía La tierra se impregnó del olor de sangre y muerte. Todo paró al alcanzar los muros. Escondidos tras ellos, los restos del ejército y los pueblerinos comenzaban a socorrer a los heridos y despedir a los moribundos. Rógvolod subía apresurado al muro para ver la magnitud de lo que había sucedido en la última hora, reprochándose no haberse tomado en serio al hijo pequeño de Sviatoslav, arrepintiéndose de no enviar mensajeros para pedir refuerzos a Yaropolk y tratando de encontrar una solución. A sabiendas que no la había.

* * *

—Mi príncipe, necesito hablarte —dijo Blud entrando en la sala sin avisar. Sabía que Yaropolk estaba allí. Lo encontró de espaldas, frente a la ventana. Al no obtener respuesta, Blud decidió ir al grano—. Comprendo tu pérdida, príncipe, pero ya pasaron días y hay que tomar algunas decisiones. Veo al consejo impacientarse y no recibes a nadie, ni a Stiola.

Yaropolk no reaccionaba. Blud quería mostrarse capaz e instruido y a la vez saturar la mente atemorizada de Yaropolk, y prosiguió:

—Rogneda debe ser desposada cuanto antes, ya que Vladimir es un serio peligro. Eso aparte de que deberíamos acometer a los vecinos del sur porque nos deben dos años de tributos. Sin ese dinero no tenemos para el ejército… —Su príncipe seguía de espaldas sin inmutarse. Hasta que Blud finalizó—: Para ello necesitas a un nuevo general, uno joven, con ganas de actuar y que daría su vida por ti.

El silencio se hizo largo. Blud seguía de pie en el centro de la sala sin saber qué hacer. Finalmente, Yaropolk se dio la vuelta. Tenía una copa en la mano. Su rostro colorado confirmaba que no era la primera que tomaba. Caminó despacio hacia la mesa, posó la bebida, se dio la vuelta hacia Blud y, mirándole las botas, por fin dijo:

—Blud, hice una promesa y no puede ser. Vete.

El joven no se lo esperaba. Frunció el ceño mientras elegía las palabras.

—No lo comprendo. ¿Una promesa? ¿A quién? ¿A quién le prometiste que no serías tu primer general?

De pronto lo entendió y explotó.

—Se lo prometiste a Sveneld, ¿verdad? ¿A ese decrépito? ¿A ese carcamal sin escrúpulos? ¿A ese viejo que te ha poseído desde que éramos críos?

Yaropolk esperó a que Blud cogiera aire y callara, con cara enrojecida y las uñas hundidas en la tela de su caftán hasta

146

perder completamente su color. Entonces, el príncipe empezó a hablar:

—Hemos crecido juntos, Blud, eres como un hermano. Pero Sveneld fue para mí más que un padre. Y, si le di una promesa, la cumpliré.

—¡Está muerto!

—Exacto. No toques la memoria de un hombre que está de camino a Iriy, puede traer mal augurio.

—Siempre me despreció. Nunca me dejó mostrar mi valía. Y ahora que ya no está ¡me sigue fastidiando! ¡Maldito viejo! —Blud estaba fuera de sí. Yaropolk lo miraba y sus ojos se llenaban de lágrimas. Luego pronunció.

—Te prohíbo que vuelvas a usar su nombre. Y desde hoy, me tratarás de vos, como el resto, para mostrar el respeto a tu príncipe. Noto que lo estás perdiendo.

Después le dio la espalda apoyándose sobre la mesa. El alcohol le daba valor, pero no por mucho tiempo. Se sentía mareado y no solo por el brebaje, sino por las emociones de los últimos días. Blud ansió acercarse y clavarle un puñal entre las costillas. ¡Cuánto lo deseaba! Ya sentía su mano acariciar la empuñadura fría y lisa. En ese momento, entró Rosslav, el jefe de la druzhina, anunciando el consejo del día siguiente, que ya no podía demorarse. Blud se mordió el labio, se volvió hacia las puertas y salió sin decir una palabra más.

* * *

Llegó la tarde. Después de recoger a sus muertos, los hombres de Vladimir acampaban alrededor de Pólatsk. Sin prisa montaban las tiendas, cortaban leña seca en el bosque, traían agua del río, cocían algo a fuego y trataban las heridas. Los caballos, tranquilos, pastaban en los campos. Todo era como una repetición de lo vivido ya en muchas ocasiones. Sin maldad alguna, ni odio, contemplaban esos guerreros a la gente de la ciudad agolpada en los muros, mirándolos, escuchando de lejos el eco de su habla extraña. La noche llegó y los fuegos dispersos rodearon la ciudad asediada, como una herradura de llamas. Rógvolod salió del palacio y bajó por las calles oyendo los quejidos de los heridos repartidos por las casas de los vecinos, lloros de mujeres y niños asustados, dolor en el aire. Las voces y los sollozos aumentaban a medida que se acercaba a la plaza. Allí prenderían en breve la pila funeraria con aquellos que pudieron ser recogidos fuera de las murallas y fallecieron esa tarde a causa de sus heridas.

Allí es donde se dirigía el rey. Se hizo el camino entre la muchedumbre y lágrimas llenaron sus ojos al ver caras conocidas entre los cuerpos amontonados. Merecían un funeral digno y ser enterrados, no llevados con el viento en forma de ceniza.

De pronto, una mujer lo vio y con cara de desesperación se tiró al pecho de Rógvolod:

—¡Tú eres el culpable de esto! ¡Tú y tu hija!

—¿De qué me hablas, mujer? —El rey trató de liberarse de los ágiles y fuertes dedos que agarraban sus ropas. Otras voces sonaron a la vez.

—¡Sí! ¡Tu hija nos trajo la muerte!

Rógvolod se soltó de las manos de la mujer y la empujó hacia la muchedumbre. Pero vio que la gente empezaba a alborotarse. La primera fila no se atrevía a cargar contra su rey. Los que aguardaban tras ellos parecían más decididos. Una piedra voló por encima de la gente, rozó la mejilla de Rógvolod y cayó en la pila funeraria. El rey se estremeció. Los consejeros que le acompañaban se apresuraron a hacerse camino entre la gente abandonando la plaza. Rógvolod fue rodeado por los hombres de su guardia, que lo acompañaron hasta el palacio y más de una vez tuvieron que desenvainar las espadas, aunque solo como ademán de amenaza, para poder cumplir con su deber.

—¿Qué es lo que pasa? Es una locura —dijo el rey al cerrarse las puertas tras él. Sudaba incrédulo. Cuatro consejeros y varios hombres de la guardia entraron con él en la sala.

—Con vuestro permiso, mi rey —comenzó Radoslav, el mayor de ellos. Rógvolod no respondió, sentado como una estatua en su butaca, erguido y blanco—, no es seguro que salga del palacio —comenzó entonces el consejero.

—¿Debo esconderme de mi gente también? —preguntó Rógvolod, y sus mejillas comenzaron a sonrojarse de rabia—. ¿Y por qué si se puede saber? No comprendo nada.

—Las malas lenguas dicen que el príncipe Vladimir pidió a Rogneda para él, pero que la doncella le respondió con un rechazo insolente y aquello fue lo que encendió la guerra. Es lo que dice la gente.

—¿Y qué más dice la gente? —se encendió el rey. Nadie se atrevía a pronunciarse. Miró sus caras y vio que había mucho más—. Debo saberlo. ¡Hablad! ¡Tú, Ulián! —Movió la cabeza en dirección de un guerrero bajo pero corpulento.

—La gente llana opina que Nóvgorod queda mucho más cerca que Kiev, lo conocemos y que era mejor aceptar ser la esposa de Vladimir que de Yaropolk —dijo el hombre sin mirarle a la cara.

—¡Claro, la gente llana es la que va a decidir con quién se case mi hija! —gritó Rógvolod enloquecido.

—Vos me mandasteis hablar, mi rey, así que no paguéis conmigo vuestra ira, mi señor —respondió Ulián doblando una rodilla como muestra de respeto.

—Es verdad —titubeó Rógvolod. Lo cogió por los hombros y lo hizo levantarse—. Siempre traté de ser un buen gobernador. No sé cómo pudo ocurrir esto. No comprendo cómo este renacuajo pudo con nosotros. Será la cosa del destino.

Todos estaban callados. A más de uno se le ocurría que quizás si Rógvolod cambiase de parecer y enviara a Rogneda al campamento de Vladimir, la ciudad se salvaría. Pero ninguno tenía valor de mencionarlo.

—Debemos fortalecer la entrada y los muros en sus partes bajas —dijo al final Radoslav—. Puede que mañana por la mañana ataquen.

—¿O esperarán a que lleguen los refuerzos? —pensó en alto otro consejero.

—Todo es posible —concluyó el rey—. Dejad la guardia completa sobre los muros toda la noche. Con los arqueros preparados. ¿Tenemos flechas suficientes?

—Por ahora sí, mi señor —respondió Ulián.

—Que la gente meta todos los animales que pueda dentro de los muros. No se sabe cuánto tendremos que aguantar —dijo Rógvolod con voz de agotamiento—. Dejadme solo ahora.

Todos se dispusieron a salir cuando una criada se asomó por el umbral:

—Vuestra hija desea veros, mi señor.

Rógvolod se sobresaltó como si le arrancaran de un letargo. Sus ojos se encontraron con los de la mujer. Estuvo pensando unos segundos antes de responder:

—No. No puedo.

La mujer se marchó con los pasitos pequeños y ligeros. Cuando las tablas de madera dejaron de crujir bajo sus pies, Rógvolod añadió:

—No sabría qué decirle.

* * *

—Basilio —llamó Anna casi en un susurro.

El joven emperador levantó la mirada de la mesa, donde se desplegaban unos mapas con líneas y manchas minuciosamente esbozadas en dos colores. Miró a través de ella y volvió a sumergirse en sus pensamientos.

Ella se acercó sumisa y estudió los dibujos.

—Aquí tienes marcada Bulgaria, ¿pero también Siracusa y Mosul? ¿Piensas ir contra los árabes?

Él levantó los ojos. Llevaba una túnica descolorida por el tiempo, calzado viejo y una capa de lana tosca sobre los hombros. Su pelo, igual de opaco, estaba revuelto y nada en aquel muchacho transmitía su estatus real.

—Primero Bulgaria. Hay que afianzarla. Después nos expandiremos.

De repente pareció comprender que no le correspondía responder a las preguntas de una doncella y frunció el ceño. Anna seguía estudiando el mapa. Desde siempre le gustaron. Algunas veces solicitaba traerle un libro solo porque llevaba planos dibujados.

—¿Es fiable este mapa? —preguntó la joven.

Su hermano soltó una carcajada:

—¿Cómo?

Anna se sonrojó levemente. No quería enfadar al mismísimo emperador dándole lecciones, pero estaba tan instruida en el tema como nadie gracias a su reclusión.

—Los mapas están dibujados por hombres y no por el Todopoderoso, que lo ve todo desde arriba. Pueden tener diferencias muy grandes, que son capaces de afectar negativamente a vuestros planes de invasión.

Basilio la miraba considerando si castigar su insolencia o aceptar el consejo de una hermana más pequeña pero mucho más preparada. Anna lo intuyó y le propuso:

—Puedo buscar otros mapas y compararlos. Luego mandar que os hagan uno perfecto. De hecho, creo que los mapas árabes son mucho más precisos.

Se dio cuenta de lo apasionada que había sonado esa frase saliendo de su boca y calló. Basilio levantó las cejas. No dijo nada. Dio un paseo por la sala arrastrando la capa. Le quedaba algo larga. Anna lo miraba con súplica:

—Madre no lo sabrá —le aseguró pensando que quizás ese era el impedimento para que pudiera ayudarlo y ocupar su tiempo con algo beneficioso y de valor para su hermano y su imperio.

Él negó con la cabeza. Anna disimuló las lágrimas de decepción y se dispuso a marchar.

—¿Para qué querías verme? —preguntó Basilio entonces.

—Para que me quitaseis las prohibiciones que madre me impuso. Esta vida me está matando —terminó la frase en un susurro.

Basilio sonrió, y Anna por un momento tuvo la esperanza de que su hermano la iba a liberar, iba a dejarla salir del palacio, ir a los mercados y espectáculos, encontrarse con gente… en una palabra: vivir.

—Veo que aspiras a ser útil. Pues vas a ser muy útil, lo presiento, hermanita. Pero para ello seguirás como hasta ahora.

Basilio nunca fue generoso con sus palabras, y con aquella demoledora frase había dado a entender que la audiencia había terminado.

* * *

A la mañana siguiente, la ciudad asediada amanecía sin apenas dormir. Los lloros cesaron. Llegó el miedo. El campamento del enemigo se desperezaba haciendo el desayuno, cepillando los caballos, limpiando las monturas y las armas. Dos jinetes se dirigieron hacia las puertas de la ciudadela, bajando por el camino entre las casuchas de los artesanos, con todas las ventanas tapiadas y un completo silencio. Desde el muro, los guardias esperaron a que ellos hablaran primero.

—Venimos con un mensaje del príncipe Vladimir para el rey.

Arriba hubo pasos y voces. Pronto Rógvolod aparecía sobre el muro. Lo seguía Radoslav y otros cuatro consejeros.

—Aquí estoy —dijo el rey a los mensajeros—. ¿Cuál es el mensaje?

—El príncipe te da otra oportunidad. Si nos entregas a la doncella para que sea su esposa, la ciudad quedará libre —gritó uno de los hombres de Vladimir. Rógvolod hizo un esfuerzo por estudiarlo más detenidamente. Su barba larga y gris lo delataba.

—¿Eres tú, Dobrinia? —preguntó el rey—. ¿Vienes a cambiar los pañales a tu sobrino?

Radoslav se atrevió a poner su mano en el hombro del rey.

—No deberíamos provocarlos, mi señor —susurró—. Vamos a reunir el consejo y lo decidimos.

—Soy yo, Rógvolod —respondió Dobrinia—. Llegué de madrugada con otros mil hombres. ¿Entonces, vamos a ser familia o tendremos que quemar esta ciudad? —sonrió dentro de la barba.

Rógvolod enrojeció y quitó de golpe la mano de Radoslav:

—¿Quieres que mande a mi hija a las manos de estos bárbaros? —Lo miró enfurecido.

Su consejero respondió desafiante:

—No, solo quiero que salves a tu gente y no tu orgullo, mi rey. Es un asunto de gobierno.

Rógvolod apretó los puños, miró al resto de los que lo rodeaban en el muro y asentían, se puso aún más colorado y gritó:

—¡Mi hija, la princesa Rogneda, jamás le quitará las botas al hijo de una esclava!

Escupió las palabras una por una, fuerte y claro, se dio la vuelta y se fue. Dobrinia espoleó al caballo calle arriba, hacia el campamento. Su sangre hervía. Rógvolod había firmado su sentencia.

* * *

Todo el consejo ya estaba reunido en la sala cuando Yaropolk entró con su paso lento y se sentó entre los boyardos mayores. Dobrozhir, acariciando su frondosa barba, miró a cada uno de los que estaban presentes y solo cuando un silencio completo llenó la sala, se levantó de su sitio, inclinó la cabeza saludando a todos y se dispuso a hablar:

—Mi príncipe y estimado consejo, hoy no nos reúnen gratos acontecimientos. Son tiempos inciertos y debemos estar preparados por si todo empeora. Quizás no habíamos considerado a Vladimir como un rival. Pero ahora, al saber que está asediando Pólatsk con el fin de desposar a Rogneda, lo que es una ofensa hacia nuestro príncipe, no hay duda de que lo siguiente que hará será venir a por el trono de Kiev.

—Eso aún no es tan seguro, Dobrozhir —interrumpió Tishilo. Dobrozhir se volvió hacia él y replicó:

—Vas a tener tu turno para hablar, boyardo. Pero no sé si tendrás evidencias para debatir esa idea. Vladimir es obstinado y cruel. No sabemos cuántos hombres posee, pero posiblemente muchos más que nosotros hoy por hoy.

—¡Porque los puede pagar! —exclamó Liubomir, el boyardo más joven—. Debimos haber salido a arrasar a los que nos deben impuestos. Pero entre reunirnos y solo hablar no llegamos a nada. Debimos actuar el invierno pasado ya.

—No sabíamos que necesitaríamos el ejército para defendernos.

—¡No es verdad! El invierno pasado ya considerábamos a Vladimir como una amenaza. Simplemente lo dejamos pasar, como de costumbre…

Yaropolk parecía estar ausente mientras las voces a su alrededor subían de volumen y se convertían en gritos. De pronto, salió de su letargo y se puso en pie. Al ver al príncipe levantarse, todos callaron. El joven los recorrió con la mirada, pero no decía nada. Entonces habló Stiola por él, ya estaba acostumbrado:

—Esto parece un gallinero. No un consejo de los primeros hombres de Kiev —dijo carraspeando. Los boyardos ocuparon sus puestos iniciales, esperando.

—Mi nuevo primer general, Rosslav, ¿qué propones para hacerle frente a Vladimir? —preguntó Yaropolk. El hombre, que había sido el jefe de la druzhina mayor durante mucho tiempo, sentado a su derecha, en el antiguo puesto de Sveneld, se levantó y comenzó a hablar. Se notaba que era más hábil en el campo de batalla que con las palabras. Le faltaban dos dedos de la mano izquierda y sus hombros se veían algo desnivelados después de una herida casi mortal. Sus ojos oscuros se escondían bajo un largo y tupido pelo gris.

—Pienso que vendrá por el este. Acampará para avisarnos. Si quiere el trono, debe hacerlo con honor. Si preparamos ya la defensa de los muros y contratamos a los pechenegos, podremos aguantar. Ellos deberían acceder, ya que les hemos dejado varias aldeas fronterizas en la última incursión. En caso de peligro, el príncipe podría bajar Dniéper abajo hasta Khalep'ya si no hubiera más remedio.

Stiola saltó:

—¡Si contratamos más ejército, dejaremos las arcas vacías!

—Bueno —respondió Rosslav con sonrisa torcida—, yo no veo otra solución para parar a Vladimir.

Yaropolk se levantó y, saliendo lentamente de la sala, ordenó con voz cansada:

—Paga ese ejército, Stiola.

—Pero ¡mi príncipe! —replicó el consejero.

—Estoy agotado. El resto decididlo sin mí.

Agradeció a su nuevo primer general que mencionara, aunque fuera de pasada, un posible plan de retirada. Sveneld nunca pensaba en la retirada. Su viejo mentor le aconsejó bien al poner a Rosslav al mando. Aunque era el sueño de Blud, prácticamente su hermano, más que hermano. Pero Sveneld dijo que tenía razones de peso para no concederle ese poder, y le hizo a Yaropolk prometerle en su lecho de muerte que Blud no ocuparía jamás su puesto. El príncipe no podía romper una promesa y tampoco sabía cómo explicárselo, ni cómo afrontarlo. Y desde aquel altercado, no había visto más a Blud. Y casi lo agradecía, porque tampoco se encontraba con ánimo de enfrentarse con él de nuevo.

Añoraba los tiempos cuando disfrutaban juntos de la vida, siendo unos muchachos irresponsables. Su existencia se había convertido en eso: en una añoranza continua y dolorosa de los tiempos pasados. El presente era un pozo sin salida. Y el futuro no parecía mejor.

* * *

Cinco días más pasaron como en un sueño pesado. A diario una o dos tormentas azotaban Pólatsk. Gente moría a causa de sus heridas y algunos también de hambre. No tuvieron tiempo de meter animales y provisiones dentro de la ciudad antes del asedio. Cazaban palomas y ratas por las calles y tejados. Con las lluvias resultaba difícil quemar a los muertos y comenzaron a tirarlos a la zanja que recorría la ciudad desde el río. Fortalecieron lo que pudieron la puerta principal y los muros. Rezaban a los dioses, sacrificando lo poco que tenían. Y esperaban… sin saber bien el qué.

Aquella noche, Rogneda por fin tuvo su oportunidad. Rógvolod la había enviado a otra casa con su madre, sus dos hermanos, las abuelas y las muchachas. Llevaba días encerrada allí, sin poder salir, ni poder ver a su padre. Aún no sabía a ciencia cierta qué estaba pasando. Oía lloros y lamentos lejanos, olía a fuego y muerte. Los días se hacían eternos en la ignorancia. Las mujeres que estaban con ella parecían tan asustadas y desdichadas por sus pérdidas que no querían hablar, y menos con ella, por alguna razón. Tejían y bordaban en silencio durante todo el día. Y aguardaban sumisas. Quizás esperaban un milagro: que un día las dejaran salir de la casa y todo habría acabado y la vida seguiría como antes.

Rogneda, en cambio, no lo comprendía y se volvía loca sin saber. Su padre le negaba la audiencia y aquello era lo más extraño. Al ver que nadie atendía a sus ruegos, pensó que debía verlo con sus propios ojos. No había traído ninguna cosa con ella con la que sobornar a las criadas. Además de las cuatro mujeres que siempre la atendían, tres se habían ido y no han vuelto. Desconocía la razón.

La noche era estrellada y la luna casi llena alumbraba muy bien el exterior. Todas se fueron a dormir. La criada que se quedaba con ella en la alcoba ya empezó a soltar los primeros ronquidos suaves; Rogneda se levantó despacio de su lecho, se puso una camisa larga y se envolvió en la capa cubriéndose hasta los ojos su pelo desordenado. Fue sigilosamente hacia la puerta y la empujó hacia afuera. Aquella cedió un poco, pero paró topándose contra algo. Era algo pesado y mullido, lo que no le dejaba abrirse. Rogneda se dio cuenta de que empujando suavemente y poco a poco la puerta cedía más y más. Con sigilo, se escurrió hasta el pasillo. Miró al suelo y vio asustada que era uno de los hombres de su padre quien estaba durmiendo a pie de la puerta de la alcoba y a quien había estado moviendo los últimos minutos hábilmente y sin despertarlo. El hombre dormía profundamente, de lado, sobre una piel tirada sobre las tablas del suelo. Rogneda lo rodeó de puntillas y fue despacio hacia las escaleras que la llevaron a la calle. Se asomó por la puerta. Vio la espalda de un guardia alejándose. Pero, cuando se disponía a salir, el hombre giró en seco y se dirigió hacia la puerta. Rogneda metió la cabeza para dentro y apretó su tembloroso cuerpo contra la pared. Espero a que el guardia pasara por delante de la puerta, diera la vuelta y volviera a pasar, dándole la espalda. Entonces pudo deslizarse a la calle y meterse en una callejuela, sonriendo de felicidad. Se había sentido tan prisionera en los últimos días que le faltaba el aire. Ahora se dio cuenta de que no era eso. La ciudad olía extraño, fuerte, desagradable. Corrió hasta el final del callejón, encontró unas estrechas escaleras y subió al muro. Desde allí vio horrorizada cientos de fuegos y tiendas rodeando la ciudad. La tierra parecía negra y brillante, moviéndose como olas, bajo la luz fría de la luna. Forzó la vista y comprendió que eran cientos de cuervos acabando con los cadáveres humanos ya descompuestos. Estudió desde lo alto la ciudad dormida. Parecía muerta. El río igual. No había huella de los barcos. Todos quemados y hundidos. Los perros no ladraban. Los tan conocidos y tranquilizadores mugidos nocturnos de las vacas en el campo desaparecieron. Era un silencio incómodo y cargante.

De pronto, alguien apareció a su lado. Era un guardia haciendo la ronda. La agarró del brazo tan rápidamente que la joven no tuvo tiempo para reaccionar y tiró de su capa descubriéndole la cara:

—¿Quién eres? ¿Qué haces aquí de noche?

Rogneda, indignada con ese trato, lo apartó de un empujón:

—Déjame en paz, solo estoy mirando. Ya me voy.

Se lamentó de no tener la espada.

—Oye, ya que estamos aquí, ¿por qué no disfrutamos juntos de la vista? —dijo el guerrero y le tocó un pecho. Rogneda dio un salto y, mostrándole su cara a la luz de la luna, dijo:

—¡No te atrevas a ponerle la mano encima a la hija del rey!

Los gritos sobre el muro despertaron a los vecinos. Y, cuando la princesa se dispuso a bajar corriendo por las escaleras hacia la calle, abajo había una decena de personas alertadas tratando de adivinar qué pasaba. Al verla, alguien la reconoció y gritó:

—¡Es ella! ¡Es ella! ¡La que nos trajo la desgracia! Dejádmela, que mis hijos son huérfanos por su culpa.

158

Otra voz gritó:

—Moriremos todos por su culpa. ¡Todos!

Rogneda paró a unos peldaños del suelo sin saber por qué aquellas personas la atacaban ni qué hacer.

—¡Cogedla! —gritó alguien, y varios hombres y mujeres se lanzaron escaleras arriba. Ella cerró los ojos. Pero en aquel instante, sintió que alguien se interponía entre ella y la muchedumbre.

—¡Atrás! ¡No deis un paso más! Si la atacáis, os atravieso.

El sonido de una espada desenvainándose cortó el aire. Rogneda abrió los ojos. Estaba tras la espalda del guardia que se había puesto entre ella y la gente. Todos quedaron parados.

—Nos matarán a todos, mañana o pasado o al otro día —dijo un hombre mayor desde el quinto peldaño—. Pero si la entregamos a Vladimir, quizás nos perdone la vida.

Todos miraban la espada del guerrero que los separaba de la muchacha y no sabían qué hacer. Los que quedaron atrás comenzaron a gritar con más y más fuerza:

—¡Cogedla! ¡Cogedla! ¡Vamos a llevársela!

El guerrero miró detrás de él, pero allí ya no había nadie. Rogneda corría por el muro, temblando con todo el cuerpo. Las voces se alejaban poco a poco. El paso de la muralla terminó en una empalizada y tuvo que bajar, arañándose con las ramas. No sabía bien dónde estaba, pero siguió corriendo sin parar, atravesando la ciudad por las oscuras calles, en dirección al palacio, tratando de parecer una sombra más. Cruzó un pequeño puente. Lo que vio la hizo parar. Volvió sobre sus pasos y distinguió en las aguas del arroyo cuerpos humanos azulados y sangre. Igual que en aquella visión suya. Solo que esta vez era real. Su respiración se cortó y sintió sus piernas flaquear del horror. Apretó los puños, se limpió las lágrimas y se obligó a seguir andando en dirección al palacio. Las voces de la gente casi no se distinguían ya. Al rodear la esquina, se topó con un hombre. Llevaba armadura. Ella, asustada, se echó para atrás queriendo escapar. Pero de repente el hombre la llamó por su nombre:

—¿Rogneda? ¿Qué hacéis vos sola por las calles oscuras de Pólatsk?

Ella entonces le miró la cara y reconoció a uno de los guardias de su padre. No pudo más. Sus rodillas se doblaron. Sintió que la levantaban al aire y la llevaban adentro, oyó lejana la voz del hombre y todo desapareció.

* * *

—Os traigo un regalo, mi bella reina. —Basilio Lecapeno aparecía portando una caja de bambú en sus manos.

—Más te vale que sea grande para compensar la preocupación que me habías provocado —respondió Teófano, que en ese momento estaba sumergiendo sus manos en un líquido lechoso y caliente. La criada arregló con cuidado el cojín bajo su espalda y cubrió sus hombros con mantas calientes para que la mujer estuviera cómoda durante el tratamiento. La nieve tardía había caído sobre Constantinopla y era casi imposible combatir tanto frío en el palacio de mármol del emperador.

—¿Leche de burra? —preguntó Lecapeno, tratando de adivinarlo por el olor. Teófano solo encogió con los hombros. Ni lo sabía ni le importaba. A su lado había otra ánfora preparada del mismo modo.

—¿Dónde está esa hija mía insolente? —gritó Teófano, airada, y la criada agradeció que las manos de su señora estuvieran inmovilizadas, quitándose diez años de encima.

—Voy a ver —susurró la mujer y se retiró. Lecapeno mientras tanto se acomodaba en el banco frente a Teófano. Respiró de nuevo el olor dulzón del líquido y recorrió con la mirada los dibujos de las palomas que rodeaban el recipiente.

—¿Y cuál es ese regalo? —preguntó la mujer. El Eunuco sonrió pícaro:

—Ahora que no podéis usar las manos, tendréis que tener paciencia.

Él conocía a Teófano a la perfección y sabía que paciencia era exactamente lo que no tenía. Ella frunció el ceño, aunque enseguida se acordó de que esa mueca hacía aparecer las arrugas y destensó la cara:

—No me hagas sufrir más y ábrelo mientras me cuentas que te pasó con Basilio, y si al final conseguiste lo que querías. Lecapeno inhaló y exhaló el aire, y en su cara se pudieron distinguir unas leves ojeras, impropias de él.

—Vaya, ¿no me digas que mi hijo te ha vencido? ¿Con quién estuve yo equivocada entonces? ¿Él resultó ser más listo de lo que parecía? ¿O tú no lo eres tanto?

Teófano soltó una carcajada, pero el Eunuco no siguió su broma.

—No es tan fácil como esto —respondió Lecapeno mientras abría la caja y dejaba al descubierto un brazalete cubierto de oro, rematado por los bordes con hilos de plata trenzados, que se juntaban en el centro rodeando una gran piedra verde. Los ojos de Teófano brillaron de placer a pesar de tener una infinidad de joyas:

—Es una belleza —susurró extasiada.

—Igual que vos —replicó Lecapeno, apretando un lado de la piedra y haciendo que se abriese, dejando un sitio hueco debajo de su base. Teófano miró al Eunuco escrutándolo con los ojos.

—Y tiene un secreto oscuro —añadió la mujer a su susurro. El Eunuco asintió:

—Igual que vos.

Teófano lo miró y preguntó de frente:

—¿Tan mal te ha ido?

Él suspiró, acentuando las ojeras, y respondió:

—No sé si vuestro hijo es demasiado inteligente como para poder manejarlo o demasiado tonto como para enfrentarse a mí.

—Pensaba que solo se enfrentaba a mí —rio Teófano con amargura—. Casi te agradezco que lo sacaras de quicio. Pero si piensas que pueda hacer con mi hijo lo mismo que con mis esposos, te equivocas.

Él sonrió teatral y le susurró de vuelta:

—No, yo no me equivoco. Pero aún no ha llegado el momento de ese festín. Pero cuando llegue, podréis lucir este magnífico brazalete.

La sonrisa se había borrado del rostro de Teófano y le vino el recuerdo de ese anillo, elaborado de forma parecida, que le había ayudado a llegar a lo más alto, y el cual había tirado al mar cuando falleció su segundo esposo.

Anna aparecía en la estancia, seguida por la criada. Sin mucha parsimonia, apocada y ensimismada, se quitaba el abrigo, se sentaba al lado de su madre, saludando brevemente al invitado y metía sus manos en el líquido turbio de color blanquecino.

Teófano se estaba reponiendo de una avalancha de recuerdos y cavilaciones que la volvían a atormentar. El Eunuco cerró discretamente la cápsula del brazalete y preguntó:

—¿Va todo bien en la vida de la joven más apreciada del mundo?

Anna mordió el labio inferior para no explotar y no decirles a los dos que estaba harta de la soledad, del palacio y de no hacer nada más que elegir telas para sus futuros vestidos, joyas que quedan guardadas para su espléndida boda y pasar el día leyendo y tocando la lira. Lecapeno observó su reacción y se arrepintió de haberlo preguntado de esa forma y delante de su madre, que alzaba la vista hacia Anna y exclamaba:

—Está volviéndose mustia, porque ya tiene dieciséis veranos y debería estar casada y con hijos. Así no le daría tantas vueltas a todas esas cosas que lee. No sé a qué espera su hermano. A mí no me deja meterme y a esta muchacha se le va a acabar la frescura. Y el emperador también debería casarse y cuanto antes. Así por lo menos yo tendría a una aliada en casa, que todos estáis en contra mía, como si fuera el mismo demonio.

Anna aguantaba las lágrimas. El Eunuco se percató de ello y negó con la cabeza:

—Mejor esperar que regalar a una gema tan valiosa al primero que pase, mi reina. En eso debo darle razón a vuestro hijo. Y vos, mi querida joven, deberíais disfrutar del tiempo tranquilo en vuestro palacio natal, porque un día seréis esposa de un hombre que os llevará lejos de aquí y nunca volveréis a casa.

Lo había dicho con la mayor delicadeza de la que había sido capaz en aquel momento. El emperador le había negado, y de forma poco cortés, la primera y la única petición que le había propuesto. Y le dolió más la falta de respeto de ese crío después de verlo nacer y crecer, y ayudarle con un pecado mortal para llegar al trono, que no poder dejar sus posesiones y algún legado a algo que podría llamar familia. Le pareció innecesario y cruel. La vida era cruel hasta con los más poderosos. Y esa niña pelirroja aún no se daba cuenta de que en ese instante es cuando más protegida, cuidada y despreocupada debía sentirse. Sería un trofeo de un trueque entre dos reyes, su hermano y un desconocido, que podía ser que la tratase como se merecía o tal vez no.

—Escuchad a este hombre ya mayor, mi joven flor —repitió con más suavidad—. No gastéis vuestras lágrimas sin razón. Una sonrisa de mujer es el arma más poderosa. Contra otros y contra la infelicidad.

Anna escuchaba atentamente y parecía tranquilizarse. El Eunuco cambió el rumbo de la conversación, hablando de una tremenda hazaña que había ocurrido recientemente, cuando uno de los dos siameses unidos de por vida había fallecido y los cirujanos habían separado su cuerpo inerte de su hermano. Después de lo cual, el otro siamés vivió durante tres días enteros hasta fallecer. Jamás se había conseguido algo así y Anna escuchaba con los ojos abiertos como los platos, aunque los detalles le estaban dando ligeras náuseas. Las criadas lo atendían visiblemente horrorizadas mientras secaban las manos de las dos señoras y las untaban con grasa. El Eunuco siguió con otras noticias del imperio para entretenerlas a ellas y también para evitar pensar, mientras Teófano se probaba el brazalete y su mirada se volvía extrañamente sombría.

* * *

—No te voy a preguntar qué ha pasado, mi amapola. Pero no debes desobedecerme jamás. Si te tenía encerrada, era por tu bien —fueron las primeras palabras de Rógvolod que oyó Rogneda al abrir los ojos. Parecía que llevaba un rato largo hablando con ella porque cuando ella volvió en sí, él calló y, con lágrimas saltando sobre sus mejillas, cogió el cuerpo de la hija entre los brazos y lo apretó fuertemente contra su pecho.

Ella se sintió a salvo y despreocupada, como antaño. Pero en el instante en que su padre la soltó, vio como la felicidad de su cara se transformaba en una expresión de un condenado a muerte.

—Padre, perdóname. Solo necesitaba saber —dijo ella antes de que él hablara de nuevo—. Esa gente me dijo cosas terribles. Me echaron la culpa de la guerra. ¿Es todo porque no me caso con Vladimir?

Rógvolod no respondía. Estaba inmóvil, sentado a su lado.

—Padre, dime algo. ¿Estamos rodeados? ¿Qué vamos a hacer?

El rey seguía pálido e inerte. Rogneda tragó saliva y pronunció con decisión:

—Si esto salva a la ciudad, me casaré con él.

Sus mejillas se encendieron. Allí fue cuando las de su padre recobraron también el color:

—¡Jamás! ¡Jamás te casarás con el hijo de una esclava! Antes la muerte.

Se levantó asustando a Rogneda y salió cerrando la puerta detrás y gritando:

—¡No salgas de aquí!

En ese momento, la princesa se dio cuenta de que había más personas alrededor de ella. Vio al guerrero que vigilaba el palacio y la trajo desde la entrada. Tratando de mantener la compostura, le hizo una señal con la cabeza como agradecimiento. En su mente comenzaron a desfilar todas las imágenes vistas recientemente. Los hombres salieron detrás de su padre. La cocinera le puso en la mano un cuenco que olía a menta. En el agua caliente amarronada flotaban hierbas y hojas.

—Tomáoslo, mi señora —dijo la mujer—. Os tranquilizará.

Apartó su mano de rechonchos dedos y se dispuso a salir.

—Quédate, por favor —pidió Rogneda—. No soportaría estar sola ahora.

La mujer asintió en silencio y se sentó en uno de los largos bancos que seguían por toda la pared. Rogneda echó un sorbo con cuidado para no quemarse. Luego miró a la mujer y le preguntó:

—¿Tú también me odias? Como todo Pólatsk. —Su voz tembló al final de la pregunta. La mujer se puso un poco colorada y soltó un ligero:

—No, mi señora.

Rogneda echó otro sorbo, estudiando a la mujer. Aquella jugaba con la esquina de su delantal desviando la mirada. Entonces la joven dijo:

—Ven aquí, por favor. Siéntate conmigo.

La criada se levantó despacio y, con pesadez, se acercó al lecho de Rogneda y se sentó a sus pies. Tenía bolsas negras bajo los ojos y unas profundas arrugas a los dos lados de la boca que la hacían parecer aún más desgraciada.

—¿Tú perdiste a alguien también estos días? —preguntó Rogneda casi susurrando. La mujer tragó saliva y, aguantando las lágrimas, respondió:

—Tres hijos. Mi esposo está herido. No sé si... —su voz se cortó. Rogneda dejó el cuenco, se puso de rodillas a su lado y la abrazó. No solo por pena y dolor que desprendía aquella mujer, sino porque ella misma necesitaba un abrazo. La mujer primero quedó tensa por la sorpresa, pero no pudo guardar más sus sentimientos y rompió a llorar, pero no Rogneda. Y le hubiera gustado tanto, porque le dolía mucho y no había salida para aquel dolor. Así estuvieron durante largos minutos, abrazadas. La mujer llorando y Rogneda con la mirada congelada. Cuando al fin la mujer se apartó limpiándose la cara, se atrevió a mirarle a la joven a los ojos.

—No deberían odiarte a ti —dijo—. Tu padre es quien por su orgullo nos condenó a muerte, no tú.

* * *

La madrugada del sexto día fue diferente. Los caballos ya no estaban en los prados y las hogueras se apagaban. Las tropas se estaban preparando. No iban a demorar más la agonía de Pólatsk. Pero lo hacían lentamente y a conciencia.

—Bueno, llegó la hora. —Dobrinia sonreía. Se le podía ver casi feliz. Vladimir le notaba una impaciencia extraña para como era él.

—¿Qué ha pasado realmente cuando fuiste a negociar el otro día, tío? —le volvió a preguntar mientras apretaba el cin-

166

turón sobre la malla de acero. Notó que había adelgazado esas últimas semanas.

—Nada especial, ya te lo he contado, Vladimir —respondió.

—Yo creo que sí. Antes no le tenías tantas ganas como yo a Rógvolod. Y ahora parece que quieres sacarle el corazón del pecho mientras aún late. Te insultó a ti también, ¿verdad? —dijo el príncipe.

—No es mala idea —rio Dobrinia—. Nada mala. La del corazón. —Después se puso serio y añadió mirándole a la cara—: Te insultó a ti y a tu madre. Y a mi familia nadie la insulta.

Siguió ajustando la cincha y comprobando si la silla no se movía demasiado. El caballo lo quiso morder, pero su mano fue más rápida dando un golpe seco en el hocico del animal y parando así sus malas intenciones.

—Ya sé que no te gusta la cincha, compañero, pero es tu trabajo. Así que quieto —comentó y ató las riendas al abedul más cercano.

—Cuando entremos, yo voy a por Rógvolod. Tú busca a la hija.

—A ver cómo, nunca la he visto —comentó Vladimir.

—Allí fue listo el viejo.

Vladimir montó sobre el lomo de su yegua. Miró la ciudad asediada aún dormida. ¿Estaría allí aquella muchacha extraordinaria? Trató de no pensar en ella todos esos días, pero la última noche juraría verla correr por encima del muro, con su pelo largo al viento, ágil y ligera, alta y fuerte como una rama de cerezo. «Debió de ser una alucinación», pensó y no volvió a mirar hacia la ciudad desde entonces. Ahora, forzando la vista, trataba de adivinar dónde estaría. «Que busque a la hija, dice Dobrinia. No, buscaré a esa muchacha antes de que alguien se aproveche de su belleza. La otra se encontrará sola, estará escondida con las mujeres en el palacio», pensaba el príncipe mientras rodeaba a trote las tiendas comprobando los preparativos de las tropas variopintas que luchaban por él. La vestimenta, los caballos y la manera de acampar eran similares en lo más básico, pero muy peculiares en detalles. Cuando volvió al punto de partida, su tío ya estaba montado y repasaba con los generales el plan del ataque. Cuando terminaron, los otros se fueron a galope hacia sus tiendas y Vladimir preguntó:

—¿Para qué quieres que busque a la princesa? Vamos a arrasar la ciudad. Ya no necesito ningún casamiento para unir Pólatsk a Nóvgorod.

—Llevas razón. Pero debes cumplir con lo que te pidió tu madre. La doncella debe morir —respondió Dobrinia—. Y también toda su familia. Que no se escape ninguno, la venganza no tiene edad.

—Bien —pensó Vladimir. Sabía que sería casi imposible topar con la que deseaba en realidad en medio de un asedio. Sin embargo, lo anhelaba con todo su corazón y su juventud le incitaba a creer que lo imposible podía ocurrir.

* * *

Teófano contó cuidadosamente las monedas, las metió dentro de la bolsa de seda y se las entregó al hombre.

—¿Cuándo sabré algo? —le preguntó susurrando.

—Para los Juegos Hípicos estaré de vuelta —respondió él. Luego cubrió su calva con un gorro de lana fina y se alejó cojeando, desapareciendo entre la muchedumbre. Teófano escondió de nuevo el rostro dentro de su litera, llevada por cuatro esclavos, y ordenó llevarla al palacio y deprisa.

Subió las escaleras con premura. Sin embargo, al final de ellas vio a Basilio, que parecía estar esperándola. Era inusual.

—Madre —dijo él a modo de saludo.

—Mi emperador —respondió ella, inclinando la cabeza con exageración. Basilio frunció el ceño. Su madre siempre había saludado a sus maridos envenenados de aquella forma y ahora que él la había alejado del trono lo empezó a saludar también así—. ¿Deseáis algo? Estoy cansada y voy a tomar un baño fresco. Este año el calor no se va.

Ella siguió andando, pero Basilio la cogió del brazo.

—¿Quién es el hombre con quien hablaste? —le susurró al oído. Teófano se retorció, tratando de liberarse, pero no fue capaz.

—No sé de qué hombre me habláis —respondió con cara de santa. Basilio sonrió:

—Conmigo no te van a valer tus trucos, madre. Pagaste a un hombre. ¿Para qué?

La expresión de Teófano cambió:

—¿Acaso me vigiláis? ¡Mi propio hijo! Yo, que me desviví para que vos...

Basilio no estaba dispuesto a escuchar más. La estrujó y, cortándole la respiración, volvió a preguntar:

—¿Quién era ese hombre?

Teófano de pronto tuvo miedo de verdad y le contestó sin rodeos:

—Era un viejo conocido. Viaja a Germania y quise enviar un mensaje a Otón II con él.

Basilio la soltó. Parecía confuso:

—¿Un mensaje? ¿Qué mensaje? ¿Qué estás tramando, madre?

Ella, con cara de mártir y sujetándose el brazo dolorido, respondió:

—Solo quiero buscarte una esposa que merezca tu estatus.

Basilio resopló con enfado:

—Pensé que quedaba claro, pero veo que contigo da igual cuántas veces se dicen las cosas. Tú lo ignoras todo y obras según tu voluntad. No pienso repetirlo más: ¡no me voy a desposar! Y si me entero de que tramas algo más a mis espaldas, te castigaré.

Teófano lo miró con rictus afligido:

—Ya veo que no te fías de que tu madre solo quiera lo mejor para ti. Me espías. ¡Estoy tan dolida! —Y unas lágrimas enormes magistralmente improvisadas comenzaron a formarse en sus bellos ojos. Basilio solo rio con amargura:

—Qué buena eres embaucando a la gente. Pero conmigo no podrás, madre. Vete a tus aposentos y dedícate a echar en las arrugas grasa de camello y mirra, como otras nobles. Deja descansar a esa mente tuya, así me evitarás disgustos.

Acto seguido, aquellas lágrimas desaparecieron y Teófano miró a Basilio casi con odio. ¡Arrugas! Se había atrevido a menospreciarla. Y seguro que todo el servicio estaba escuchando tras las esquinas y las columnas su pelea. No tenía costumbre de perder. Abrió la boca, porque ya no podía controlar su ira. Pero en el último segundo pudo reflexionar. Se inclinó y pronunció:

—Como vos lo deseéis, mi emperador. Dulces sueños…

Aquellas palabras hicieron estremecer a Basilio. Un halo frío de muerte rodeaba a su madre. Ahora ella sabía que la vigilaba, pero ¿era aquello bueno o malo? ¿Estaba él más seguro o más expuesto? Cuanto más tiempo pasase fuera, con sus tropas, mejor, pensó. Salió a respirar al balcón. Allí estaba Constantino.

—¿Lo oíste? —preguntó Basilio a su hermano. Él asintió.

—¿Y qué debo hacer? —volvió a preguntar, pero más a sí mismo.

—Tener miedo —respondió Constantino.

* * *

El día quedó nublado. El cielo acumulaba desolación para descargar otra tormenta sobre Pólatsk. Mientras las tropas de Pskov y Nóvgorod atacaban los muros a lo largo de toda su extensión, los varegos se abalanzaron sobre las puertas. Cubriéndose con los escudos, trataban de subir a la muralla, evitando las flechas lanzadas y el agua hirviendo, arrojadas por los ciudadanos desde lo alto. Pero, a pesar de las bajas, no tardaron en subir, apartar la empalizada y abrir las puertas. Mientras los guerreros entraban en las casas arrasando con todo ser vivo que se resistiese y llevándose todo lo que pudiese tener algún valor, Vladimir trotó por las calles hacia el palacio siguiendo a Dobrinia. Su druzhina los rodeaba para protegerlos de alguna flecha o los ataques inesperados de los lugareños que saltaban desde sus hogares con herramientas de artesano o del campo, en un afán desesperado por causar entre las tropas enemigas aunque solo fuera una baja. Solían caer alcanzados por una espada antes de asestar su golpe. Los primeros truenos se oyeron a lo lejos, la tormenta comenzaba. Dobrinia gritó exaltado:

—¿Dónde estás, rey impertinente? ¿Escondiéndote en tu palacio?

La tormenta se acercaba. Al llegar al gran patio, desmontaron en marcha y se lanzaron contra los guardias. Uno de ellos, superando la estatura de Vladimir por dos cabezas, lo hirió levemente en el brazo izquierdo, pero el joven pudo apartarse del siguiente golpe, dio la vuelta para despistar al enemigo y le clavó el cuchillo en el muslo izquierdo, justo donde terminaba su malla de acero. Cuando ese se dobló aullando de dolor, Vladimir dio un salto al otro lado y le asestó un golpe de espada en el casco. Vio de reojo como su contrincante caía inconsciente y desangrándose, mientras respondía al ataque del siguiente guardia. Sabía que no podría aguantar el fuerte golpe de un musculoso guerrero, por eso en cada duelo aprendió a aprovechar la rapidez y agilidad de su aún muy joven cuerpo. Poco a poco, bajo los relámpagos y miles de gotas frías cayendo del cielo, liberaron la entrada del palacio y pudieron acceder adentro. Abajo ya no había nadie. Subieron por las escaleras dejando un rastro de agua, sangre y barro. Vladimir se tapó la herida con una venda improvisada y fue revisando todas las alcobas. El Oso y Olaf lo seguían. Todo parecía vacío hasta que uno de ellos exclamó:

—¡Ey! Esta puerta está cerrada. Ayudadme.

Entre el Oso y Olaf quitaron la madera que atravesaba el marco de la puerta. Olaf entró el primero y sintió como una espada resbalaba por su malla sobre su costado. Saltó para un lado acostumbrando la vista a la poca luz que había dentro. La misma espada brilló ahora al lado de su pierna derecha, cortando levemente su muslo. Se movía muy rápido. Desde una esquina se oían sollozos y gritos pidiendo clemencia. Cuando Vladimir entró en la alcoba, vio a dos niños y tres mujeres acurrucados en un rincón. El Oso, con una mano, sujetaba por el pelo rubio a una muchacha que estaba de rodillas, pero aún trataba de soltarse, y con otra mano apretaba la herida de la pierna, maldiciendo.

—¡Serpiente odiosa! —soltó Olaf al comprender lo que había pasado, e hizo la señal al Oso para que tirara del pelo de la muchacha para arriba y así fuera más fácil cortarle el cuello.

—¡No! —gritó Vladimir, adivinando sus intenciones, y con un golpe del escudo, empujó a Olaf y lo tiró de espaldas. El guerrero se sentó en el suelo mirándole sorprendido. Lentamente, se daba cuenta:

—No puede ser. ¿Esta es?

Rogneda miraba a Vladimir. La furia en sus ojos se desvaneció. Ahora había algo de esperanza. Ese embajador la salvaría. Él no podría matarla. No podría…

El Oso miró a su príncipe y comenzó a comprender. Soltó el pelo de la muchacha tirándola a los pies de Vladimir.

—Toma, pero está más loca que una gata en celo y sabe manejar una espada —dijo, recogió su arma del suelo y se dirigió a los que estaban en el rincón—. ¡Levantaos!

Rogneda mientras tanto escuchó las voces y el ruido de lucha al otro lado del palacio, se levantó y salió corriendo hacia la sala mayor. Cuando entró allí, vio en el suelo ya casi sin vida a los cinco consejeros de su padre y a la mitad de su guardia. También había varios cuerpos de los varegos inconscientes y otros agonizando. En el centro estaba Rógvolod, luchando contra Dobrinia. Se notaba que era un uno contra uno, porque nadie interfería. Sus guerreros combatían alrededor dejándolos luchar como en otra dimensión. El rey ya estaba sangrando por una brecha que se abría en su brazo izquierdo. Y Dobrinia parecía cojear cada vez más, por algún golpe o puede que solo por el desgaste de la edad. Rógvolod vio a su hija en el umbral y por una milésima de segundo quedó parado. En ese momento, Dobrinia le asestó un golpe tan fuerte con su espada que le partió los músculos del brazo y parte del hueso.

—¡Padre! —gritó Rogneda horrorizada mientras Rógvolod caía de rodillas. Dobrinia levantó su espada. Vladimir, entrando tras ella, la miró confuso:

—¿Padre? —preguntó—. ¿Tú eres la doncella?

Ella no lo escuchó y se lanzó hacia el rey herido. Dobrinia levantó su espada para rematarlo.

Al ver a la joven saltar hacia su padre, el general apuntó hacia ella.

—¡Para! —gritó Vladimir, aún sin salir de su asombro. Todo pasaba muy rápido. En medio de todo aquello era imposible que Dobrinia lo oyese. Era como una pesadilla nocturna, cuando tratas de llegar a un sitio y te cuesta avanzar… Vladimir saltaba los cuerpos agonizantes y evitaba los golpes de los que luchaban alrededor, para llegar hasta la muchacha. Vio como Rogneda esquivaba el golpe de Dobrinia y abrazaba a su padre llorando, de rodillas los dos. Entonces, el general paró para decidir a quién de los dos mataba primero. Rogneda lo miró desde el suelo y suplicó:

—¡Dejad a mi padre con vida! Me casaré con quien vos queráis.

Rógvolod, con mueca de odio y dolor, dijo:

—¡No lo hagas, hija! No supliques a estos perros. No valen ni una mirada tuya.

—Pagarás por tu ofensa —respondió Dobrinia y hundió su espada en el tronco del rey rematándolo. Su última mirada y un último suspiro fueron para su hija:

—Adiós, mi amapola… No olvides esta hora.

Rogneda aún estaba abrazada a él cuando el cuerpo de Rógvolod cayó sin vida.

En ese momento, el joven llegó hacia ellos y le dijo a Dobrinia:

—No la toques.

Los últimos guerreros de Pólatsk habían caído. Rogneda se levantó del suelo, con sus ropas de chico manchadas con la sangre de su padre. No lloraba. Miraba ausente, sin saber si quería vivir o morir. Vladimir ordenó llevarla a su tienda. Allí se acurrucó en un rincón y cayó en un extraño letargo, mientras los gritos se apagaban y todo llegaba a su fin.

* * *

—Hay que matarla —dijo Dobrinia entrando en el río. El agua quemaba la piel con su abrazo frío, pero aliviaba los recientes rasguños y moratones de la batalla. Vladimir lo siguió tratando de quitarse toda la sangre del cuerpo y del rostro. Se lavó la herida del brazo, no era profunda.

—Esperaré —respondió.

—Es peligrosa. No me siento nada seguro durmiendo, sabiendo que está en la tienda de al lado —afirmó Dobrinia.

—¿Y este es mi primer general? —bromeó Vladimir.

—Tu madre siempre acierta —insistió el general.

—¿Por qué no la desposo? Así haríamos más daño a Yaropolk —preguntó el príncipe.

—Bueno, puedes desposarla si así lo deseas, pero no es la razón la que está hablando ahora y lo sabes.

—Es la razón. Me imagino cómo se pondrán en Kiev al enterarse. Está decidido, tío. —Vladimir cerró los ojos metiendo la cabeza bajo la superficie del agua. Se acordó con más fuerza de la noche que pasaron juntos. Desposarla y tenerla en su lecho cada noche es lo que él quería. Poseerla una vez y otra. Su cuerpo y su mente. Ahora ella lo odiaba, pero todo se podía arreglar. Ella lo amó una vez. ¿Por qué no lo volvería a hacer? Lo perdonaría. Seguro que lo perdonaría. «Le construiré una ciudad nueva si me ama», pensó Vladimir saliendo a la superficie para respirar.

Quedaron en silencio, mirando la urbe derruida. Todo estaba impregnado de humo, hasta la hierba.

—Deja de pensar en ella —cortó Dobrinia sus pensamientos. Y acertó completamente. El príncipe se ruborizó y trató de espantar la imagen de Rogneda que se había clavado en su mente. Era una debilidad y él no sería débil nunca más. No era propio de un gran gobernante pensar en mujeres y sus minucias. La quiso para él y ya la tenía en su poder. Ahora debía concentrarse en el gran plan y su ejecución. Se sumergió de nuevo bajo el agua y dejó de pensar y de sentir. Y fue el mejor momento, después de aquel que ya parecía tan tan lejano: cuando ella estuvo entre sus brazos.

* * *

Anna entró en la sala contigua a la recepción y de pronto vio a su madre. Teófano, cómodamente sentada en una butaca ligera al lado de una de las puertas laterales, estaba escuchando. Al ver a su hija, le hizo una señal de mantener el silencio y se quedó de nuevo sin mover un solo músculo del cuerpo, como una pantera preparando su salto. Anna no podía creer lo que veía.

Se acercó de puntillas y le susurró al oído:

—Madre, pero ¿qué estáis haciendo?

Teófano la miró con fastidio:

—Vete.

—¿Estáis espiando? Esto no está bien. Es un pecado. —Antes de terminar la frase, Anna ya se estaba arrepintiendo de sus palabras.

La mujer la miró a los ojos y susurró:

—¿Me vas a decir tú lo que debo hacer y lo que no? Además, esto es de tu interés más que del mío.

Anna no sabía qué pensar, ni tampoco qué hacer. Tuvo ganas de pegar el oído al mármol, pero se resistió. Se dio la vuelta y siguió su camino sigilosamente para no delatar a su madre. De repente, la oyó seguir sus pasos. Presintiendo una conversación desagradable, aceleró su andar y, para cuando salió al patio, casi estaba corriendo. A pesar del aire frío del jardín, se sentó en un banco tras un tupido ciprés y abrió su libro, aspirando el aroma relajante del árbol para apaciguar sus latidos. Pero entonces su madre hizo su, como de costumbre, espectacular aparición.

Anna trató de aparentar estar abstraída por la lectura cuando Teófano, con un rápido gesto, cerró el libro sobre sus rodillas, lo cogió y lo tiró a la fuente en el centro del patio. La joven quedó sin habla. Estaba furiosa y asustada a la vez.

—¿Tampoco vas a hacer nada ahora? —preguntó Teófano frunciendo su bello ceño—. Me gustaría que alguna vez mostraras algo de carácter, niña. Nunca te vi llena de ira, pasión, alegría desbordante. Algo. Llevas mustia toda la vida. —Anna seguía callada—. Se ve que no te casaremos pronto. Es el embajador de Roma quien está reunido con tu hermano ahora. Pero Basilio está rechazando tu matrimonio con el hijo de su emperador. Como no me permite asistir a ninguno de esos actos, lagartija desagradecida, no me deja más opción que enterarme espiándolo.

Teófano se envolvió en el chal. Parecía que el invierno había llegado para no marchar. Anna solo pensaba en el libro que estaba deshaciéndose en el agua. Al final, se llenó de valentía y, sin decir una palabra, se levantó para ir a rescatarlo. Sin embargo, su madre fue más rápida. La agarró del pelo, como cuando era pequeña, y hábilmente la volvió a sentar en el banco:

—Déjate de libros. Uno menos en el mundo no es una gran pérdida. Piensa en tu matrimonio. Vamos a interceptar al embajador a su salida y así te ve. No quiero que se rinda. —Parecía pensar en alto—: O quizás deberías hacer un viaje a Roma y allí lo arreglaríamos todo. Para cuando tu hermano se entere, será o entrar en guerra o bien entregar tu mano.

Estaba soltando la melena de Anna poco a poco, elaborando el plan.

—No, madre. No sé si os comprendo, pero creo que no quiero provocar conflictos entre pueblos.

Teófano suspiró:

—Es que yo siempre sé mejor lo que te conviene. Y puede que el matrimonio te alegre esta cara avinagrada.

La mujer apretó su puño con el cabello de Anna de nuevo y susurró:

—Ni una palabra a tu hermano.

Entonces la soltó y se fue. Anna saltó hacia la fuente y trató de salvar el libro, pero sus hojas se deshicieron entre los dedos, dejando solo la cubierta de cuero oscuro. La joven ahogó las lágrimas, se puso de rodillas y rezó, pidiendo perdón por su madre, por el libro destruido y por un atisbo de rabia que estallaba en su corazón.

* * *

Vladimir pisó la tienda poniéndose una camisa más limpia y se sentó en el tronco mirando el cuerpo de la joven acurrucada en el rincón. Al sentir a alguien entrar, ella se incorporó. Su pelo apelmazado cubría la frente y en sus ojos se leía una trágica incertidumbre.

—¿Quieres agua? —preguntó Vladimir. Ella no contestaba. Su mirada se fue hacia los reflejos amarillos y rojos que bailaban por la tela del techo y las paredes.

—¿Qué es esto? —preguntó.

—Pólatsk. Quemándose —respondió Vladimir escuetamente.

Ella lo miró a los ojos:

—¿Y mi madre? ¿Mis hermanos?

Leyó la respuesta en la oscuridad de la mirada de Vladimir. Tragó saliva. Pensaba en silencio.

—¿Pueden tener un funeral digno? —preguntó casi sin voz.

—Si así lo deseas…

Otro silencio.

—¿Y qué será de mí? —Desvió la mirada hacia las llamas de nuevo.

—Te desposaré y te llevaré conmigo —respondió Vladimir, poniéndose de rodillas a su lado. Le apartó el pelo de los ojos y sin saber muy bien qué decir, pronunció—: Creo pensar que hace unas cuantas noches lo deseabas. Y me deseabas a mí…

Ella lo miró desafiante:

—Puede que hace unas cuantas noches sí, pero ahora ya no.

—Yo no empecé la guerra, tu padre lo hizo. —Vladimir se sentó a su lado. No quería que se escuchara su conversación afuera—: ¿Por qué viniste aquella noche? —preguntó susurrando—. No es digno de una doncella a punto de casarse. No podía imaginar que fueras tú.

Ella se estremeció entera acordándose de aquello, primero con cariño y luego con tristeza.

—Tampoco sabía quién eras —respondió.

—Con más razón. Ahora ya sabes quién soy y acabaré teniendo todas las tierras de Rus. Aunque solo sea por ti. Y tú lo vivirás conmigo, mi bella guerrera. —Vladimir giró su cara hacia sus labios. La cercanía de ella lo había excitado igual que la primera vez. Pero en los ojos de Rogneda vio solo el resentimiento.

—¿Piensas que después de quemar mi hogar y matar a mi familia querré estar contigo? Prefiero morir.

Vladimir no soltaba su cara y estudiaba ese rostro hermoso lleno de odio. Le gustaba aún más siendo así. Sonrió impresionado por su valor. Y entonces fue cuando ella lo cambió todo. Le quiso hacer daño y, al no tener su espada en la mano, se acordó de las palabras de su padre y, levantando la barbilla con altivez, pronunció despacio y alto:

—¿Acaso piensas que puedes siquiera tocarme sin que yo te lo permita? ¿A una princesa de sangre pura? Tú, el hijo de una esclava.

Sonriendo desafiante, Rogneda observó como el rictus de Vladimir cambiaba y sintió que sus palabras le causaron un daño mucho más hondo de lo que esperaba. Aquellos ojos se volvieron completamente negros, la cogió del cuello y la empujó sobre la paja del suelo. Le desgarraba las ropas, pero Rogneda se resistía en silencio. Entonces Dobrinia se asomó por la entrada.

—Tío, ven, ayúdame, sujétale las manos —dijo el príncipe.

El general vaciló un momento, pero en el siguiente ya estaba sujetando las muñecas de la joven contra el suelo, mientras Vladimir entraba en ella una y otra vez. Rogneda paró de luchar, no gritaba, ni lloraba. Solo lo miraba con ojos de animal rabioso.

—Desde ahora eres mía para siempre, «princesa de sangre pura» —dijo Vladimir al terminar. Esperaba sentirse mejor después de humillarla de esa forma. Después de ponerla en su lugar, vencida ante su vencedor. Esperó llantos, ruegos de clemencia y sumisión. Pero no hubo nada. El príncipe triunfador salió de aquella tienda hallándose tan miserable como jamás se había sentido. Daría lo que fuera para que ella deseara estar con él. Como aquella vez. Vio de lejos como Dobrinia la amarraba de las manos y no interfirió. Había una fuerza dentro de aquella joven que ahora también le inquietaba a él. Estaban más seguros con ella atada.

—Te va a costar domar a esta potrilla —rio Dobrinia—. Pero empezaste bien fuerte.

—Mañana por la mañana haremos el funeral de Rógvolod, ordena traer los cuerpos a la orilla —respondió Vladimir sombrío.

—¿Qué? ¿Por qué íbamos a hacer eso? —se asombró Dobrinia.

—Porque un noble se lo merece y porque lo prometí.

Vladimir fue hacia el fuego y se sentó con Olaf, Putiata y los demás mientras estaban curándose las heridas, revisando los golpes, examinando sus armaduras y armas y contándose lo que pasó aquella mañana una y otra vez.

Las llamas de Pólatsk ardiendo proporcionaban un calor tan intenso que parecía una noche de agosto. El sol, parado sobre la ciudad, se volvía de color rojo intenso. El olor a cuerpos quemados ya no molestaba a nadie después de tantos días de asedio. La felicidad de la conquista invadió el campamento. Vladimir cogió una copa de hidromiel y la vació entera. Dobrinia se acomodó a su lado quitándose las botas y le susurró:

—Debes celebrarlo con tus hombres. No dejes que una mujer te quite tu fuerza y te haga dudar. Porque de esta forma, ellos dudarán de ti. Compórtate como el futuro Gran Príncipe de todas las Rusias y tu ejército te seguirá hasta el final.

Vladimir no respondió. Dobrinia entonces se puso en pie, miró la ciudad e hizo que su grito recorriese todo el campamento:

—¡Viva Vladimir «el Sol Rojo»!

Aquella voz fue acogida con euforia y pareció contagiar a cada una de las partes del ejército. Cientos de voces lanzaron el mismo grito al aire y alzaron sus copas y charcas a la salud de su líder, quien, sentado en silencio, luchaba a muerte en su interior entre ser lo que todos esperaban de él, un fiero guerrero triunfador capaz de gobernar el país más extenso conocido, o un simple hombre enamorado.

* * *

A la mañana siguiente, Rogneda, envuelta en una sucia capa de viaje, con sus ropas rasgadas debajo de ella, salió de la tienda y siguió a Dobrinia en silencio. Vio los restos negros y humeantes de lo que antes fue su hogar, pero tampoco lloró ahora. Los estudió con espanto en la mirada, como si una parte de su alma se hubiera carbonizado con Pólatsk. Desfiló hacia la orilla a través de la muchedumbre: los guerreros de Vladimir mezclados con los lugareños que habían jurado la lealtad al príncipe. Con su cabeza en alto, pálida, seguía a Dobrinia.

En la orilla, apoyados sobre rocas redondeadas, había dos navíos que se estaban reparando o terminando de construir durante las últimas semanas de paz. En uno de ellos se hallaba la familia del rey. Atados al mástil, para permanecer sentados, estaban su padre y su madre y al lado, sobre las tablas de la cubierta, yacían sus dos hermanos pequeños. Parecían todos dormidos. Solo su padre miraba sin sentido con los párpados abiertos. Vladimir le dio la mano a Rogneda para ayudarla a subir a la barca. Pero ella ni lo miró. Se agarró del portante y saltó ágilmente sobre la madera húmeda y oscurecida. Tratando de no mostrar el temblor que recorría todo su cuerpo, se acercó a su padre, le cerró los ojos y le dio un beso en la frente, fría como una piedra. La gente susurraba alrededor, unos por resentimiento, otros por pena hacía ella, y los forasteros por la pura curiosidad que les despertaba. Después de rezar a los dioses con una frase abrupta, ella bajó de la cubierta y se quedó muy cerca, mientras preparaban la hoguera. La espada de Rógvolod yacía a su lado, pero no los cuerpos de sus hombres caídos, porque fueron quemados con la ciudad. Era solo un pobre amago de funeral de un noble. Pero aun así era un funeral.

Vladimir miraba el perfil de Rogneda. Duro, inmóvil, los ojos fijos en la cara de su padre, casi sin pestañear. La había doblegado como pudo, pero no sentía satisfacción por la victoria. Había sido un error. Tantos errores, uno tras otro con ella. La había perdido. ¿Por qué tuvo que ser ella? Aquella…

Trajeron una antorcha y prendieron la paja esparcida sobre la cubierta. A la madera le costó un poco coger el calor, pero en unos minutos altas llamas comenzaron a lamer los cuerpos inertes y sus ropas. Entonces Rogneda dio la vuelta y con pasos lentos se dirigió hacia la ciudad o lo que quedaba de ella. Al llegar al muro caído, no pudo seguir por el calor que desprendía y se sentó en una piedra caída. Respiraba las cenizas para sus entrañas, como deseando llenarlas de su hogar. Era un vacío tan grande el de dentro y de afuera de su cuerpo.

Vladimir la siguió de lejos. No porque tuviera miedo de que escapase. No tenía dónde ir. Sino por instinto protector. Algo pasaba dentro de él. Algo con lo que no había contado. Fue educado a actuar como había actuado. Cualquier noble haría lo mismo que él o algo aún peor. Le quitaría la vida a una mujer por un insulto. Y él la dejaba vivir y la hacía su princesa. Todo estaba bien hecho. Así que el joven príncipe no llegaba a comprender la razón de aquella tortura interna a la que le sometía su alma. Era como si, al tratar de quitar la dignidad a esa muchacha, de alguna forma hubiera perdido en parte la suya. No se atrevía a acercársele. Olaf le alcanzó.

—¿Qué pasa ahora con ella? Debiste matarla anoche y quemarla con los suyos. Hubiera sido lo mejor para todos.

Vladimir se frotó la frente dolorida con la mano.

—No puedo matarla. Consíguele ropas. Aunque sean de campesina. Y que le preparen un lecho en la cubierta. Con pieles. Hará frío. Se va a Nóvgorod con los prisioneros.

Se alejó dejando a Olaf vigilar a Rogneda. Debía concentrarse en lo importante. Quizás cuando ella viese todo lo que él conseguiría, cambiaría de parecer y le perdonaría. Kiev lo esperaba.

* * *

Después de descubrir semanas atrás que su hijo la vigilaba, Teófano no comenzó a llevar una vida ejemplar, como sería de esperar, sino todo lo contrario. Salía y entraba a deshoras, sin seguir sus rutinas habituales, recibía a todos los comerciantes que lo solicitaban y cambiaba de amante cada par de noches.

Pero una mañana se encontró con todo el servicio revolucionado. Corrían a toda prisa con baúles y cestas, bajando las escaleras y amontonando el equipaje en el patio.

—¿Qué hacéis? ¿Quién se marcha? —preguntó Teófano a uno de los criados, haciéndole frenar en seco y casi perder el equilibrio.

—El emperador ordenó preparar su marcha, mi señora —respondió el hombre inclinándose. Teófano rio alegre.

—Ahora ya no tendréis que vigilar cada uno de mis pasos, ¿verdad? —Pellizcó al hombre con gusto en el brazo—. ¿O es que pensabais que no lo sé, ingratos?

Después fue a los aposentos de Basilio. Esta vez entró sin ceremonias y sin permiso.

—¿Así que os vais, mi emperador? Y no me decís nada.

—Sí. Adiós —respondió él, se abrochó el último cierre de su atuendo, se puso la capa y se dispuso a salir. Pero nada era fácil con su madre. Tapó la puerta con las manos sobre la cintura y, cuando él se puso enfrente de ella, susurró:

—¿Acaso me tenéis miedo, su majestad imperial?

Basilio se estremeció:

—Aún no. Eres calculadora. Y ahora no tienes un nuevo esposo a quien darle mi trono ni un heredero para poder gobernar por él. —Acercó sus labios al oído de Teófano y añadió—: Y no los vas a tener. Voy a gobernar yo, y yo solo.

Anna apareció tras la espalda de su madre. Venía casi corriendo y paró en seco al ver a su madre taponando la entrada. La miraron los dos y entonces preguntó:

—Pero, hermano, ¿partís? ¿Adónde?

Teófano la empujó ligeramente para poder salir y apuntó:

—¡No corras! Es una vergüenza para una futura reina.

Mientras se alejaba gruñendo, Anna no pudo evitar no hacer mil preguntas a su hermano.

—Voy a recorrer nuestras tierras, Rufa.

—¿Para qué?

Él, con pereza y escueto, la respondía, bajando las escaleras:

—Hay muchas cosas que hay que cambiar, pero si no veo cuáles son, no sabré cómo.

—Llevadme con vos —rogó Anna con voz que no le salía.

—No. No y no. —Negó con la cabeza.

—Aunque solo sea por fastidiar a madre. Os lo suplico —insistió la joven.

Él al fin le dedicó una mirada, se ablandó por un momento y sonrió:

—Quédate aquí y cuida el imperio de estos dos. —Movió la cabeza en dirección a los aposentos de su madre y su hermano. Anna sabía que era un intento fallido antes de empezar, pero por lo menos lo había intentado. Se tragó la decepción y, escondiendo las lágrimas, se olvidó por un segundo de quiénes eran y se cuadró, como aquellas pocas veces que jugaron juntos de niños, haciendo reír a Basilio, y respondió con un «¡Sí, mi emperador!».

* * *

Unas manos surcadas con profundas arrugas levantaron a Rogneda por los brazos. Ella miró alrededor como aletargada. La pusieron de pie, le quitaron los restos de sus ropas, la asearon con agua fría del río y le pusieron ropas de mujer, modestas pero limpias. Eran tres mujeres muy viejas. Hablaban sin parar de los que habían fallecido, quiénes fueron quemados y quiénes tirados al Dvina o al Polota. Sus cuerpos ya estarían llegando al mar Varego…

Le ofrecieron algo de comer, pero ella ni lo miró. No se acordaba de cuándo había comido por última vez. Su cuerpo no lo necesitaba. No necesitaba nada. Le hubiera gustado desvanecerse, convertirse en aire, marchar de allí con una ráfaga de viento. Se sentó como adormecida en un tronco dentro de la tienda con la mirada fija en el haz de luz que caía por el resquicio entre las telas. Su vida se convirtió en un caminar por la penumbra. Esa luz sobraba. Entró Vladimir.

—Qué hermosa estás con ropas de mujer. No te había visto así —dijo sonriendo. Ella no se inmutó. Tampoco lo miró. Las mujeres la llevaron afuera. Allí había gente reunida. Una multitud expectante y alegre. Vladimir cogió las manos de Rogneda, dijo unas palabras y quedaron desposados. Las mismas mujeres la llevaron hasta el navío, la acomodaron en la proa y se bajaron a tierra firme.

Rogneda no pronunció ni una palabra. Todo estaba muerto dentro de su ser. Miraba a lo lejos, donde la lenta corriente del Dvina giraba y daba lugar al campo, porque no podía volver a ver los restos de su vida hecha cenizas. No sabía adónde la llevaban y tampoco le importaba. El río reflejaba las nubes blancas e impolutas y deshacía sus formas con la brisa. Pensó en la primavera que tanto solía esperar: todo se volvía más verde y más vivo y después, cuando la tierra se calentara y brotara con mil plantas y flores, aparecerían las primeras amapolas. Pero ella no estaría allí para verlas.

* * *

—¿Dónde está? —preguntó Dobrinia a los hombres dispersos por la orilla.

—En el río, allí, más abajo.

Descontento, el general fue bordeando las islas de juncos. Divisó a Vladimir en el agua y bajó hacia una pequeña playa de arena que se había formado a pie del río. Se sentó al lado de las pertenencias del príncipe y esperó a que saliera.

—Nunca te vi bañarte tantas veces —le dijo—. Y más con este frío. —Vladimir no contestó. Dobrinia entonces se levantó y se dirigió a él—: No te voy a hablar como a un hombre ahora, te voy a hablar como a un príncipe. Sé que no te va a gustar lo que te voy a decir, pero es muy importante que me escuches y reflexiones. Tu destino depende de ello. Si fueras un campesino, podrías mostrar todas las debilidades, hasta por una mujer. Pero no lo eres. Nunca pensé que iba a pasar: pero de un niño de carácter terrible, te convertiste en un hombre capaz de cautivar a la gente. Te siguen sin pensárselo dos veces. Luchan por ti. Bueno, y por lo que les prometes, claro. Pero tú siempre cumples con ellos.

Dobrinia hizo una pausa, como asegurándose de que Vladimir lo estaba escuchando. Se vestía lentamente y parecía prestar atención.

—Tienes una alianza de guerreros de diferentes tierras. Y siempre hay disputas entre ellos. Antes no te advertía, porque soy capaz de resolverlas con mi propio saber y siempre en tu nombre. Sin embargo, los últimos días me lo pones muy difícil. Porque te ven afectado. Te ven débil. Y todo eso por una mujer. Y si realmente quieres gobernar toda Rus, debes ser en primer lugar un príncipe y luego ya un hombre. Para que tu nombre se haga grande y siga sonando después de muchas generaciones. Y el precio que hay que pagar es ser lo que tu gente quiere ver en ti, tus guerreros, porque son los pilares que te sujetan. No sé si tu madre se refería a eso cuando dijo que matáramos a esa mujer, pero te digo con toda seguridad que lo perderás todo si no te la sacas ya de tu cabeza.

Vladimir ya estaba vestido. Solo le quedaba la capa. Se envolvió en ella. De pie, miraba el río en silencio. Dobrinia también. De reojo, estudió al príncipe. Notó que sus hombros se relajaban y la barbilla se elevaba. Y con la mirada que le lanzó antes de volver al campamento, el general supo que algo había cambiado dentro de Vladimir, y suspiró aliviado.

* * *

Las mañanas se convertían en tardes y luego llegaban las noches. Eran las horas más dolorosas porque entonces, más que nunca, los recuerdos retornaban para atormentar a Rogneda. «No olvides esta hora», resonaban en su mente las últimas palabras de su padre.

Una semana después de dejar su casa, arrasada por el fuego y la muerte, llegaron hasta vólokis[4]. Allí, en la afluencia de dos ríos, las barcas fueron subidas sobre unos rodillos y arrastradas por la estepa vacía hasta el Dniéper. Delante de ellas, desfilaban los carros chirriantes con todos los bienes de los que se habían apropiado en aquella incursión, incluidos los soldados y campesinos capturados y las mujeres con las que los guerreros se solían divertir cuando caían las noches.

---

[4] Vólokis: terreno entre dos lagos o ríos a través del cual se arrastraban los barcos.

Sentada sobre un arcón duro e incómodo, rodeada de plata robada y cuencos con miel, Rogneda miraba con ojos impasibles el horizonte. Llevaban tres horas de viaje. Fue cuando sintió que había otro ser vivo en aquel carro. Algo se movió al lado de sus pies. Rogneda estuvo a punto de saltar del susto, pero se quedó quieta observando al distinguir un pie pequeño con una sandalia gastada, y luego un cuerpo acurrucado entre los cuencos. Se agachó tratando de no caerse para adelante por el movimiento brusco del carro, y distinguió la cara de una mujer que parecía estar medio inconsciente. La habían proveído con agua, así que mojó su pañuelo y lo aplicó sobre los labios de la muchacha. La otra se estremeció, pero, al sentir la humedad sobre la boca agrietada, absorbió la humedad de la tela. Rogneda le tocó la frente. No tenía fiebre. Entonces levantó como pudo su cabeza y arrimó la jarra a sus labios. La muchacha bebió un poco, pero no abrió los ojos. Rogneda la dejó descansar. Pronto llegarían al Dniéper.

Y entonces pasó algo extraordinario. Todos los guerreros que vigilaban la caravana se adelantaron a galope. Quizás habían divisado una emboscada o alguna otra cosa igual de alarmante a lo lejos. Y en aquel momento no había nadie vigilando. Varios hombres y mujeres capturados se echaron a correr a través de la estepa. Rogneda los miraba indecisa. Contrariada, recordó al hermano de su padre, el príncipe Tur. Quizás con un poco de suerte podría llegar hasta sus tierras y arrebataría Pólatsk a Vladimir y reinaría con su tío allí.

—Es Yaropolk —oyó de pronto. Las mujeres vociferaban a lo largo de la caravana:

—¡Es nuestra salvación! ¡Vladimir acabará empalado!

La esperanza alumbró el rostro cansado de la princesa. Seguro que Yaropolk traía un ejército, podría con los guardias, daría la vuelta a la caravana y en una semana ella estaría en sus tierras de vuelta. ¿O no? Se la llevarían a Kiev y la desposarían

188

con el vencedor. Ella tampoco lo quería. Solo ser libre y olvidar. Volver a casa… Que ya no existía.

De repente las voces acallaron. Los guardias volvían a sus puestos. Solo fue una ilusión. Yaropolk no estaba allí para salvarla. En realidad, a nadie le importaba ya ella, solo importaban las tierras y el poder. Rogneda miraba a través de la mueca de dolor la estepa, donde algunos guerreros capturaban de nuevo a los que intentaron escapar, pero no podían alcanzarlos a todos. Los dioses le habían dado una oportunidad de cambiar su destino y no la aprovechó. Se sentía furiosa y agotada. Miró al cielo gris y se juró no dudar nunca más, porque los dioses no amaban a los indecisos.

* * *

Lecapeno escuchaba leer a Anna. A veces la joven se detenía y le hacía alguna pregunta aplicada a las leyes que estaba estudiando.

—Estoy debatiéndome entre el asombro y adoración —replicó él después de media hora, sacó un pañuelo de tamaño exagerado y se liberó con gusto de las mucosidades alérgicas que lo atormentaban cada primavera.

Anna trató de ignorar esa acción y le preguntó:

—¿Os podríais explicar?

El Eunuco sonrió pícaro y respondió:

—Si fuerais hombre, diría que seríais un gran emperador, a la altura de vuestro bisabuelo y abuelo. De allí viene mi asombro. Sin embargo, en absoluto es el propósito de vuestra existencia. Con vuestra sangre y vuestra extraordinaria belleza, cumplís todos los requisitos de una reina o emperatriz, y de allí procede mi adoración por vos. Hoy, por ejemplo, pensé que me llamabais para discutir las fiestas de Pascua y vuestros atuendos, y vos me habláis de la distribución de los impuestos en función del calendario de las cosechas.

189

Anna sonrió con tristeza.

—Es otro intento, probablemente inútil, de servir para algo más que ser un trofeo político. Las fiestas de Pascua me interesan poco, ya que no tengo ninguna oportunidad siquiera de entablar una conversación. Mi madre me vigila como un águila. —Suspiró y siguió hablando con más entusiasmo—: Pues tengo otros intereses ocultos para nuestra cita de hoy, Basilio. Vos poseéis un mucho mayor conocimiento de leyes que cualquiera de los tutores que he tenido. Ya sabéis que mi hermano, el emperador, se fue a recorrer nuestras tierras para poder realizar una reforma. Y quiero ayudarle si me lo permite. Porque sé que no muchos estarán de su parte en este asunto, pero yo sí. Y, con todos los conocimientos que estoy recabando, quizás podré aconsejarle sobre cómo proceder mejor.

Sus mejillas se encendieron y Lecapeno, por primera vez en mucho tiempo, pudo ver su auténtico yo, apasionado, agudo y singular. La miraba maravillado.

—¿De qué reino os gustaría ser soberana en futuro, mi señora? —preguntó desconcertándola.

Parecía indecisa:

—A veces, me gustaría que me llevaran a la otra punta del mundo, Basilio. Pero luego me lo imagino y me asusta. Sabéis, yo no deseo desposarme. Quiero pasarme la vida aquí, ayudando a mi hermano a gobernar.

—No creo que a nadie más aparte de mí le convenza vuestro plan —apuntó el Eunuco con suavidad.

—Bueno, no tienen por qué enterarse, ¿verdad? —respondió Anna—. No quiero ningún reconocimiento, solo quiero hacer algo útil. No deseo ser un adorno para un hombre.

—A no sea que lo merezca —debatió Lecapeno, de nuevo ahogado por la necesidad de usar su pañuelo.

—No sé si existe uno así —respondió Anna escuchándole estornudar.

—Veo que vuestra madre os quitó a los tres el gusto por el matrimonio —bromeó el hombre—. Y vos sois afortunada. Con diecisiete años, una campesina ya estaría casada y con hijos. Y pasaría su día en la cocina y en el campo. Vos queréis cambiar el mundo.

Anna rio:

—¡Cómo sois! Siempre bromeando. ¿Cómo voy a cambiar el mundo? De ninguna manera. No pretendo cambiar el mundo. Solo quizás una pequeña parte de él. Si puedo.

En ese momento, Lecapeno se puso serio, y no lo hacía a menudo. Alargó su brazo rollizo y cogió la mano de Anna. La miró a los ojos y le dijo:

—Mi querida Rufa, prometedme que siempre que queráis hacer algo grande, lo intentaréis, no os rendiréis e iréis a por ello. Que no os vencerá el miedo o la duda. ¿Me lo prometéis, mi dulce Rufa? A mí y a vos misma.

Anna se ruborizó de nuevo. La sangre llenó sus pálidas mejillas y asintió respondiendo:

—Sí, lo prometo.

* * *

Rogneda despertó al sentir una mano sobre la suya. Su corazón se aceleró, sus ojos trataban de distinguir algo en la oscuridad. Ya estaban de nuevo embarcados. El suave mecer de las olas y el cansancio del alma le hacían dormir mucho. O puede que estuviera enferma. Pero a nadie le importaba. Algunas ancianas, que habían venido para cuidarla, se pasaban más tiempo cuchicheando, recordando los años pasados, tratando de robar comida y especulando quién y cómo había muerto en Pólatsk. A Rogneda todo aquello le daba igual. Quizás tirándose desde el barco y dejándose hundir acabaría con todo el dolor que la llenaba. Pero no era así. Ella no era una doncella sin más. Sabía luchar. Sabía nadar y montar caballos sin domar, como un hombre. Mejor que algunos. Pero ahora no le servía para nada…

Miró su mano, asustada, al comprender que alguien la tocaba. Vio un rostro muy pálido, ojos hundidos, restos de barro y lágrimas en las mejillas y pelo muy largo alborotado.

—Perdona por asustarte —dijo la muchacha—. Gracias por cuidar de mí estos días.

Un atisbo de sonrisa recorrió su rostro, pero se apagó y las lágrimas brotaron haciendo el camino ya marcado sobre sus mejillas. Rogneda bajó la mirada.

—Estás embarazada —dijo con voz temblorosa.

—Lo estaba… Pero todos estos hombres. No les importó… Y ahora no tengo ni esposo ni lo último que me quedaba de él. —Se cubrió la cara con las manos y empezó a sollozar. Rogneda, horrorizada, imaginaba todo lo que le había pasado a aquella joven durante las últimas semanas. Por eso estaba desmayada en el carro y medio inconsciente los últimos días. Perdió al niño, pero sobrevivió. Le acarició la cabeza.

—¿Sabes quién soy? —le preguntó. La muchacha se limpió las lágrimas con la manga y la miró.

—No, no lo sé —susurró. De repente, Rogneda ya no estaba tan segura de si al escuchar su nombre esa criatura lastimada no le echaría la culpa de sus desgracias, como otros. Así que la princesa dijo:

—No importa. Pero te prometo que nadie más te tocará. Estarás conmigo. ¿Vale? Y ahora vamos a asearte, a pedirte algo de comer y no pensar en nada. ¿Cuál es tu nombre?

—Lada.

* * *

Quedaban algo más de seis días para llegar a Kiev. Tras ocupar Chernigov casi sin resistencia, Dobrinia decidió acampar allí para recuperar fuerzas y planear el ataque a la gran capital. Se enviaron dos hombres para observar si la ciudad se estaba preparando para la invasión. Vladimir no dormía mucho. Aquella madrugada, Olaf lo encontró debajo de un árbol, con los ojos abiertos, observando el cielo. Se sentó a su lado en silencio. El príncipe lo miró de reojo y cerró los ojos.

—¿Todo bien? —preguntó Olaf. No recibió respuesta—. Desde lo de Pólatsk no sois vos mismo —suspiró.

—Olvídalo —dijo Vladimir—. Ya he vuelto. Aquello es pasado. Tengo lo que quería y ahora tendré mucho más. Un príncipe no puede tener remordimientos, ¿verdad, hermano?

—Los dioses velan por las decisiones de un príncipe. Quizás deberíamos hacerles alguna ofrenda para que nos sigan acompañando —opinó Olaf mirando hacia el cielo.

—Te voy a decir una cosa, amigo, nunca creí en las ofrendas, ni creo en ningún dios. Creo en mi madre, porque me demostró su valía. Y creo en mi espada y en tu lealtad. Pero no creo en ninguna cosa más. Me gustaría. Pero no puedo.

—Sin embargo, no hiciste lo que tu madre había dicho. No mataste a la princesa —apuntó Olaf pensativo. Y enseguida se arrepintió de aquello, porque Vladimir frunció el ceño y se levantó de golpe. Pero en aquel momento oyó el galopar de unos cascos, luego unos gritos, un golpe seco y más voces. Olaf ya estaba de pie y los dos muchachos corrieron hacia el ruido desenvainando sus espadas. Entre dos tiendas de sus guerreros, vieron un caballo tordo, cubierto con la espuma blanca de sudor, y a su jinete, tirado en el suelo sangrando por la nariz.

—¿Qué es esto? —preguntó Vladimir en varego, al ver que los hombres que habían atrapado al intruso eran de las tierras de Olaf.

—Un espía, príncipe —respondió uno de ellos. El hombre se limpió la sangre de la cara, miró de frente a Vladimir y dijo en eslavo:

—Vengo desde Kiev y traigo un mensaje para el príncipe Vladimir. Pero no de Yaropolk.

Vladimir lo miró sorprendido.

—Está bien —dijo—, deja tus armas aquí y ven conmigo.

Después, hizo un gesto a sus hombres para que le permitieran ponerse en pie y se dirigió a la tienda de Dobrinia. Su tío aún dormía a pierna suelta en el interior. Sus ronquidos se oían desde lejos. El barullo de afuera no pareció afectarle para nada. Tan seguro se sentía rodeado de su ejército, o puede que simplemente se hacía viejo.

—¿Cuál es tu nombre? —preguntó Vladimir al mensajero.

—Mi nombre no es importante, señor —respondió—. Lo que importa es el mensaje.

Vladimir le invitó a entrar en la tienda.

—Tío. Despierta. —Dio un puntapié en la bota de Dobrinia. El hombre levantó la cabeza entreabriendo los ojos, tosió y preguntó:

—¿Qué pasa?

—Es un mensajero desde Kiev —respondió Vladimir, y se acomodó sobre un baúl. Mientras Dobrinia estudiaba con la mirada al hombre que estaba de pie en la entrada, se sentaba sobre su lecho y alisaba su pelo blanco alborotado con las dos manos, el mensajero aclaraba:

—No vengo por la voluntad del príncipe Yaropolk.

Dobrinia lo miraba con desconfianza, poniéndose el cinto con la espada. Luego se frotó las manos y dijo:

—Habla. ¿Quién eres y por qué estás aquí?

El mensajero tardaba en responder, parecía dudar.

—Me es ordenado hablar solo con el príncipe Vladimir.

—Te ordeno hablar aquí y ahora —dijo Vladimir—. Y es tu última oportunidad.

El mensajero asintió y bajó la voz:

—Me envía la mano derecha de Yaropolk, Blud. Quiere ayudaros a entrar en Kiev sin derramar sangre.

Ambos, Vladimir y Dobrinia, se quedaron mirándole con asombro. Luego Dobrinia echó una carcajada y exclamó:

—Eligió bien a su mano derecha tu hermano, Vladimir.

El mensajero se precipitó a explicar:

—Le preocupan las gentes de Kiev. Si se puede hacer de forma pacífica, mejor.

Dobrinia seguía riendo:

—¡Esto me encanta! Debe de ser muy buen hombre ese tal Blud.

Vladimir, en cambio, estaba serio:

—¿Qué propone y qué gana con esto?

El mensajero se le acercó y dijo casi susurrando:

—Si vos lo queréis, conseguirá que Yaropolk deje Kiev y se esconda cerca. Preparará a los ciudadanos para que os acepten como al príncipe legítimo. Cuando Kiev sea vuestro, ya decidiréis qué hacer con vuestro hermano.

Vladimir no podía disimular su total asombro. Dobrinia dejó de reír, se acercó al hombre y con un rápido movimiento le puso su cuchillo de cazar en la garganta. El hombre emitió un grito de sorpresa. El general miró sus ojos suplicantes, apretó suavemente la hoja de metal contra la vena que latía en el cuello palidecido del hombre, al lado de su barba recortada, y preguntó:

—Ahora me vas a decir si es una trampa porque si veo la duda en tus ojos, no sales de aquí con vida.

El mensajero, casi sin respirar, exhaló, casi sin aire, unas palabras:

—No, lo juro por Perún.

Entonces Dobrinia quitó su mirada inquisitiva y guardó el cuchillo. Mientras tanto, Vladimir estaba pensando.

—¿Cómo podemos fiarnos? ¿Y por qué los kievitas me aceptarían pacíficamente?

El hombre se frotó el cuello y, aún pálido, respondió:

—La mayor parte de la gente se volvió ortodoxa durante el reinado de vuestra abuela, señor. Si dejamos correr la voz de que vos no los perseguiréis y que construiréis templos cristianos en Kiev, van a seguiros a muerte.

Dobrinia frunció el ceño.

—No vamos a traicionar a nuestros dioses, sucia rata. ¡Ni mencionarlo!

El hombre se acercó aún más a Vladimir, temiendo otro ataque del general.

—Échalo de aquí, Vladimir, ¿a qué esperas? —exclamó el general. El príncipe levantó la cabeza y se puso en pie:

—No —dijo, para la sorpresa de su tío—. Vamos a comer algo y me contarás con todo detalle quién es ese Blud y cómo propone actuar.

Dobrinia frunció el ceño, pero no quería desacreditar a su pupilo. Se precipitó tras ellos. Ya se encargaría de no seguir ese descabellado plan cuando el mensajero partiese.

* * *

Blud cruzó el patio del palacio y, esquivando las preguntas de los compañeros de druzhina, se dirigió directamente hacia Yaropolk. El príncipe se estaba subiendo a caballo. Lo miró con sorpresa y comentó:

—Te dimos por desaparecido los últimos días. ¿Dónde estabas?

Se notaba que Yaropolk lo echaba de menos, y aún más la antigua relación entre ellos.

—Mi príncipe. Siempre estaré a vuestro lado —respondió Blud con una sonrisa—. ¿Deseáis que monte con vos?

No se había olvidado del detalle de dirigirse a Yaropolk de vos. El otro lo notó y asintió contento. Blud ordenó a los mozos traerle un caballo. Trotaron afuera con la druzhina y luego galoparon orilla abajo, dando rienda suelta a los animales y a sus propias frustraciones. El río regresaba a la vida. Los pescadores volvían con sus barcas corriente arriba. Las vacas pastaban tras las cercas que había que reparar después del largo invierno. Los cerdos se levantaban de las charcas en medio del camino, espantados por el ruido de los cascos. Las hojas en los árboles pronto saldrían más verdes que nunca. Y los tallos del maíz y girasoles se alzarían como un ejército hasta donde abarcase la vista.

Yaropolk miró a Blud de reojo. Quizás Sveneld realmente juzgaba injustamente a su amigo. Jamás le hizo ningún mal y trataba de ganarse los favores a pulso. Pensó que ahora mismo le venía bien un buen apoyo, de los de toda la vida. Giraron hacia una bajada al río, desmontaron y, quitándose las ropas, saltaron al agua, olvidándose por unos momentos de todas las pesadumbres, como años atrás, cuando eran unos muchachos en entrenamiento. Luchaban en el agua, reían, trataban de ahogarse unos a otros, se salpicaban y lanzaban gritos a causa del frío. Un rato después, relajados y aseados, secaban sus cuerpos al sol de primavera, sentados sobre la hierba, hablando de sus esposas y niños. Blud se acomodó al lado del príncipe, que estaba aparte, solo, mirando el juego de los insectos sobre la superficie. De repente, un pez abría la boca, se tragaba al más grande y desaparecía bajo el agua.

Pensó involuntariamente que ese insecto podía ser Yaropolk, y el pez, su hermano Vladimir. Miró al príncipe, que no podía ni imaginar qué se le pasaba por la mente, y decidió hablarle. No había tiempo que perder si deseaba llevar a cabo su plan.

—Mi príncipe —comenzó. Pero Yaropolk lo interrumpió.

—Blud, amigo mío, últimamente estuve muy afectado por varias cosas y te traté injustamente.

—Lo comprendo —asintió Blud sumiso. Estaba nervioso y ansioso por comenzar a hablar, tenía miedo de que alguien se acercara, y esa interrupción le fastidió. Pero se calló. Abrazó sus rodillas para apoyar sobre ellas su barbilla y entrar en calor. De esta forma, su pelo largo castaño caía sobre la cara y no se podía distinguir su expresión. Cuando Yaropolk dejó de hablar sobre la camaradería que tenían desde pequeños y la auténtica amistad que los unía, Blud por fin comenzó—: Yaropolk, Vladimir hará con Kiev lo mismo que hizo con Pólatsk. Es un animal cruel y despechado contra ti. Podríamos salvar a la gente y luchar en otra parte. Ya sé que no soy vuestro general, y debería hablar con él. Pero vos sois el príncipe, y mi amigo, a quien intento salvar. Sois como un hermano para mí y quiero lo mejor para vos y para la gente de Kiev.

Le costaba hacer que las palabras sonaran sinceras. Pero Yaropolk se lo creyó.

—Gracias, Blud. ¿Qué propones?

Una mueca de maldad recorrió el rostro de Blud.

—Propongo irnos a Rodnya. Llevaremos allí la druzhina y reforzamos las defensas. El ejército llegaría en dos días si lo necesitáramos. Mientras Vladimir gasta sus fuerzas para entrar en Kiev, nosotros estaremos en Rodnya, siguiendo sus acciones desde un sitio seguro. Después, volvemos a Kiev. O, en el peor de los casos, por el río Ros se puede escapar en cualquiera de las dos direcciones.

Yaropolk parecía pensativo. Cualquier plan le parecía mejor que esperar en Kiev sentado a que viniera su hermano a matarlo.

—Pero la gente de Kiev no debe saber que el príncipe parte —añadió susurrando. Yaropolk asentía.

—Me parece un gran plan, amigo. ¿Y por qué Rodnya?

—Nací allí y aún lo recuerdo bien. Queda más al sur de Kiev, tiene una fortaleza grande y el foso, y por Ros llegamos hasta el Dniéper.

—¿Y cómo salva eso a la gente de Kiev? —preguntó Yaropolk. Blud no dudó:

—Muy fácil. Mientras Vladimir asedie los muros, la gente está a salvo. Y cuando empiece a derrumbar nuestras defensas, se le avisa de que vos no estáis dentro, y en ese caso no creo que arremeta contra los kievitas. Se los tiene que ganar para gobernar, no matarlos. Además, gente llana hará como que lo acepta, mientras él os empiece a buscar a vos.

Yaropolk asentía a todo.

—Debo reunir al consejo.

—El consejo no lo va a aprobar. Y lo sabéis. Creo que deberíamos hacerlo sin que lo sepa nadie. Que todos piensen que seguís en Kiev. Vos podéis hacer lo que deseáis: sois el príncipe de Rus... —su voz se cortó.

Yaropolk lo miró de reojo:

—Ya no. De Kiev y poco más. El príncipe del resto de Rus viene a por mí.

Blud se puso en pie despreciando profundamente la cobardía de Yaropolk. Se vistió como los otros para cabalgar de vuelta. No había que darle más vueltas. El destino le sonreía.

* * *

—¿Vas a confiar en las palabras de ese mensajero? —Dobrinia arrancaba con sus dientes medio deteriorados trozos de carne caliente de cerdo del hueso blanco y bebía el caldo humeante del cuenco que sujetaba con la otra mano. A pesar de arrasar Chernigov, no confiscaron todos los animales, solo parte de ellos, para que los campesinos quedaran contentos con el nuevo príncipe, y aquel cocido resultaba ser todo un manjar. Vladimir apenas comió desde que salieron de Pólatsk. A ratos aún parecía que su mente estaba en otra parte.

—Si voy a hablar solo, me voy a charlar con aquel abedul, que me parece que me responderá antes —bromeó Dobrinia, limpiándose el bigote con la manga de la camisa. Vladimir no lo miró, pero contestó:

—Kiev está preparado para aguantar un largo asedio. Perderemos muchos hombres innecesariamente. Además, conozco a Yaropolk. Es un cobarde. Y ese tal Blud ansía el poder y parece estar resentido por alguna razón. Es una clara venganza.

—¿Y por qué será? —preguntó Dobrinia después de otro sorbo.

—No me interesan sus motivos. Pero el enemigo de mi enemigo será mi amigo. Tú me lo enseñaste.

Dobrinia sonrió. Al final, aquel niño irresponsable y mujeriego lo sorprendía gratamente.

—O puede que solo lo haga por arrimarse al siguiente príncipe cuanto antes y convertirse en su nueva «mano derecha».

Vladimir no pudo evitar soltar una carcajada.

—No, gracias. El que traiciona a su príncipe no merece ni vivir.

Dobrinia asintió, sorbió lo último que quedaba en su cuenco y apuntó:

—Prometiste convertirle en general.

Vladimir lo miró frunciendo el ceño:

—Y lo cumpliré.

El Oso se acercó con su ración y se sentó a su lado.

—¿Cuándo salimos para Kiev, mi general? —preguntó. Dobrinia miró a Vladimir.

—Aún no —respondió escuetamente. El Oso lo miró con sorna:

—Algo tramáis. No sé qué es, pero debe de ser bueno. Porque les estamos dando tiempo para reunir más hombres. —Masticaba haciendo tanto ruido que Dobrinia se puso en pie y se fue a su tienda a descansar. Los años no perdonaban y el sol del mediodía calentaba la malla de metal. Vladimir dio una palmada en el hombro del Oso y se alejó para estar solo y pensar.

* * *

Era el once de junio. Después de esperar a que el plan de Blud tomara forma y los kievitas se pasaran al lado del nuevo príncipe, Vladimir entró en Kiev casi sin pérdidas y dejó allí a sus boyardos y parte del ejército. Aquellos que le juraron lealtad partieron con vida o se unieron con sus tropas. Los otros fueron ejecutados en la plaza.

Salieron hacia Rodnya pronto por la mañana. Al día siguiente, cuando el sol comenzaba a bajar, vieron la torre de la pequeña fortaleza que se alzaba a la orilla. Su madera oscurecida le recordó a Vladimir Pólatsk. Frunció el ceño. ¿Dónde estaría ahora Rogneda? ¿Habrá llegado hasta Nóvgorod? Negó con la cabeza espantando esos pensamientos e hinchó el pecho.

—Jinetes —se oyó una voz. Vladimir se adelantó. Dobrinia lo siguió. Las tropas pararon esperando a que aquellos hombres llegasen hasta ellos. En unos metros cambiaron su galope por trote y pararon, buscando con la mirada. Eran dos. La armadura de Vladimir no se distinguía de ninguna forma de una de cualquier varego noble. Era bueno no destacar en una batalla. El joven clavó los talones en los flancos de su caballo y le hizo avanzar unos pasos. Entonces, uno de los jinetes preguntó:

—¿El príncipe Vladimir?

—Soy yo —respondió.

—Blud —dijo el hombre e inclinó la cabeza en un saludo cortés—. Por fin nos conocemos. No sabéis cuánto he esperado este momento. El príncipe Yaropolk os recibirá con dos de vuestros hombres. Os acompañaremos.

Vladimir miró a Dobrinia pensativo. Al verlo dudar, Blud añadió:

—Lo preparé todo a consciencia, mi señor. Le hice pensar que queréis negociar. Me cree. Os quiere ofrecer la mitad de Rus, a derechos iguales, sin impuestos.

Vladimir estudiaba al hombre meticulosamente. Toda su vestimenta era muy elaborada e impecable. Un pelo largo y oscuro rozaba los hombros y la pieza de plata que cubría su nariz brillaba bajo los rayos del sol. Le hubiera gustado ver sus ojos, pero no era fácil. Su caballo parecía nervioso y no paraba en el sitio. ¿Era porque el jinete le transmitía inseguridad?

—Iremos los cuatro —dijo Vladimir. Dobrinia asintió. Luego gritó cuatro órdenes en varego: «Rodead los muros. Puntos débiles. Preparados para atacar. Discretos».

Blud no dijo nada, sonrió, dio la vuelta al caballo y trotó hacia Rodnya. El sol bajaba cada vez más, pintando las nubes de un rojo fuerte. Olaf escupió saliva a un lado y dijo:

—El cielo pide sangre.

—¿Qué os proponéis hacer? —preguntó el Oso.

—Quiero hablar con mi hermano antes que nada —respondió Vladimir.

—Vaya, ¿no sentirás cariño de repente por él? —rio Dobrinia—. Nunca me gustó esta estratagema, y ahora que os oigo hablar, mucho menos.

—No sufras, tío, solo quiero hablar con él por última vez, y ver en qué se ha convertido. Además, no pienso coger la misma fama que él, de matar a su propia sangre. Será públicamente juzgado por asesinar a Oleg.

Dobrinia emitió un gruñido de aprobación. Pasaron a galope y las palabras ya no se oían. Blud se acercaba a los muros de la ciudad con mueca de felicidad en su cara. Sus sueños por fin se iban a cumplir, y a mucha más escala. Ser allegado de un príncipe guerrero que poseía el triple de tierras que Yaroslav era más que un sueño. Solo quedaba una cosa por hacer. No iba a haber ningún juicio.

* * *

—No vayáis —susurró ella, con su fuerte acento griego, sin levantar la vista, como de costumbre. Yaropolk miró su bello rostro.

—No sucederá nada, Julia, solo vamos a hablar.

Ella levantó las cejas en un ruego y le cogió la mano:

—No vayáis, tengo un mal presentimiento.

Yaropolk respondió:

—Blud me aseguró que solo hablaremos y que Vladimir aceptará el trato. Así que no hay razones para preocuparse.

Ella le miró en los ojos. No lo hacía a menudo:

—Entonces, ¿por qué no haberlo hablado en el consejo? ¿Por qué ocultarlo?

Yaropolk sintió que había compartido más cosas de las que debía con su esposa griega, pero era la única que siempre lo escuchaba y jamás le imponía sus consideraciones. Hasta aquella tarde. Era la primera vez que ella opinaba. Él la miraba con asombro y preocupación. Quizás se equivocaba, pero el plan de Blud lo convenció desde el principio. Y no llevarlo a la votación del consejo le parecía sensato también. Aquellos viejos no aprobarían la partida del príncipe de Kiev y, además, quedaría expuesto. Esos últimos días a Yaropolk le gustaba imaginarse el asombro de Vladimir, al llegar al palacio, después del asedio, y no encontrarlo. Le entraba la malévola risa, la misma de cuando eran niños y cada día se le ocurría una nueva tortura para el «pequeño hijo de una esclava». Julia, al no recibir respuesta, soltó su mano y limpió los ojos con el pañuelo.

—No llores, mi vida —dijo Yaropolk—. Antes de que el sol se vaya, estaré contigo de nuevo.

—Con nosotros —susurró ella, pero él ya no la oyó. Estaba embarazada. Desvió la mirada hacia la ventana, como pidiéndole al sol que bajase cuanto antes y acabase con aquel sufrir. De sus labios pálidos y finos volaron silenciosos rezos. El príncipe se puso su gorro y el caftán y salió de la alcoba.

Cuando entró en aquella sala oscura y fría, vio a cinco hombres dentro, de pie. No estaba seguro de quién de ellos era su hermano. Tampoco esperaba que fuesen tantos. Paró, indeciso, en la puerta. Entonces, el hombre del medio se quitó el casco sin moverse del sitio:

—Hola, hermano.

Había crecido. Yaropolk lo estudiaba con interés. Era más alto de lo que esperaba. Su cara era diferente, su pelo más oscuro, la tupida barba cubría las mejillas. Hasta su mirada era diferente. Lo acompañaban tres de sus hombres y Blud. Yaropolk le hizo una señal a ese último para que se pusiera a su lado. No le gustaba estar como enfrentado a los cinco. Sin embargo, Blud no se movió. Yaropolk se adentró en la sala y buscó con la mirada dónde sentarse. Todo aquello pasaba en un total silencio. Se acomodó bajo la pequeña ventana, sobre el único banco que había allí, y miró a los presentes de nuevo, invitando a los guerreros a salir y dejar a los hermanos solos. Vladimir se sentó cerca de él. El silencio se volvía insoportable. Yaropolk le miró a los ojos y preguntó:

—¿Vienes a aceptar el trato?

Vladimir negó con la cabeza. Los recuerdos de la niñez invadieron de pronto su endurecido corazón. Sentirse pequeño y humillado, asustado y arrinconado. Ahora, por fin, los dos eran de la misma estatura.

—Vengo a hacer justicia, Yaropolk. Mataste a Oleg y tendrás que pagar por ello.

Su hermano se estremeció. Después de haber sufrido todo un tormento que aún lo azotaba por las noches, se lo volvían a echar en cara. Una ola de ira lo sacudió.

—¿Quién eres tú para reprocharme nada? ¿Crees que solo tu vida fue difícil? —respondió.

—Más difícil que la tuya, seguro —afirmó Vladimir frunciendo el ceño.

Yaropolk empezaba a frustrarse. Nada estaba saliendo como Blud le había prometido. Vladimir no quería ningún trato. ¿Y qué era esa estupidez de tener que juzgarlo? Era el príncipe de Rus y nadie podía tocarlo, matase a quien matase. Se sentía perdido y enrabietado. La mirada de Vladimir recorría sus ropas y sus blancas manos que lo delataban. Nunca hubiera podido ser un guerrero. Ni falta que le hacía, pensaba Vladimir. Yaropolk, sin adivinar sus pensamientos, se levantó y se dispuso a dar por zanjada aquella ridícula entrevista. ¿Cómo podía acceder a hacer tratos con ese indigente?

—Te sigo pareciendo tan pequeño como antes, ¿verdad? —dijo Vladimir—. En tus ojos se ve el desprecio que siempre me tuviste. Estoy empapado en sudor de las batallas, mi capa siempre está embarrada y mis manos llenas de callos por usar la espada. ¿Qué clase de príncipe puedo ser para Rus?

Yaropolk desvió la mirada. Era exactamente lo que pensaba. El pequeño cachorro siempre había sido muy listo y, posiblemente, gracias a ello había sobrevivido. Otra ola de frustración se arrojó sobre la mente de Yaropolk.

—Basta. Ya he tenido suficiente. No atiendes a razones. Yo soy el Gran Príncipe. Yo soy intocable. No puedes juzgarme. Y si me matas aquí ahora, vas a matar a tu propio hermano también, y tú sí que tendrás un juicio.

Yaropolk no sabía cómo seguir. Tan pronto se sentía frustrado, como indefenso y de nuevo indignado. Blud le dijo que todo estaba claro. Que Vladimir se quedaría con la mitad de Rus y se retiraría. Ya le había humillado bastante llevándose a la doncella de Pólatsk. Estaban en paz. ¿Cómo podía ser tan avaricioso como para pretender tenerlo todo?

—¡Vete de aquí y de Kiev y no vuelvas nunca! —dijo Yaropolk—. Si no, avisaré a mis aliados y te destruiremos.

—No tienes ni idea de lo que está pasando, ¿verdad? —le preguntó Vladimir—. Ya he vencido. Ahora solo estoy considerando qué hacer contigo. Pero no te lo puedes creer. Porque dentro de tu cabeza yo no soy digno. ¿Es así?

La cara de Yaropolk reflejaba todo el odio que llevaba dentro. Ya había llamado a sus aliados, pero no había obtenido respuesta. Fue en la reciente visita de los embajadores germanos de Otón II a Kiev. Si hiciera falta, se casaría con su hija Kunigund, con tal de obtener más tropas. Estaba solo. Solo y humillado.

Vladimir suspiró, se levantó y se dirigió hacia las puertas. Al abrirlas, vio a los cuatro hombres aguardando allí.

—Nos lo llevamos a Kiev. Como estaba planeado —dijo a Dobrinia. El otro asintió contento. Blud parecía pálido. Esperaba que Vladimir perdiese su temple y matase a su hermano, se lo había puesto en bandeja. Yaropolk, de repente, cargó contra él, mientras el Oso y Dobrinia entraban para llevárselo:

—¡Blud! ¿Qué has hecho? ¿Me traicionaste? ¡Hermano!

—Jamás lo haría —respondió Blud adelantándose y poniéndose a su lado, como si estuviera dispuesto a luchar por él. Yaropolk había sacado el último resquicio de valor y desenvainó su espada. Lucharían contra esos tres hombres y los vencerían. Y luego apresarían a Vladimir y lo matarían allí mismo. O, aún mejor, le mandaría sufrir antes alguna de las humillaciones de su niñez. Yaropolk sonrió imaginándolo.

Dobrinia y el Oso se pusieron a la defensiva, mientras Vladimir daba unos pasos hacia atrás. No consideraba necesario participar en reducir a un inexperto luchador. Los dos guerreros avanzaron hacia Yaropolk y el príncipe trató de alcanzar a uno con su espada. Pero entonces, desde el flanco izquierdo, donde se encontraba Blud, sintió un inmenso e inesperado dolor que lo atravesaba desde el pulmón izquierdo hasta el cerebro y cada nervio de su cuerpo. En la oscuridad y la confusión, sintió como le arrebataban sus armas y lo cogían bajo sus brazos para llevarlo afuera. Solo cuando sus pies le fallaron, alguien se dio cuenta de que estaba herido. Ya no podía respirar. Lo intentaba, gritaba por dentro, pero su cuerpo estaba inerte. Por un tiempo, oía voces alrededor; luego, todo se volvió negro.

* * *

—¡¿Dónde estuviste?! —gritó Teófano airada.

Anna no respondía. Su madre vio a los sirvientes parados expectantes y de inmediato soltó otro grito:

—¡Fuera!

Una bandeja de plata voló tras uno de ellos, desparramando su contenido por el suelo.

—Ahora me vas a decir dónde has ido, niña desobediente. ¿Fuiste a ver a un muchacho? Confiesa.

Teófano alargó la mano para hundir sus dedos llenos de anillos en el cabello de su hija, pero Anna se apartó de un salto.

—Tú no me tocas más.

Teófano la miró con sorpresa. Era la primera vez que su hija tenía el valor de hacerle frente. Vio la determinación arder en sus pupilas. Para sorpresa de Anna, en vez de atacar de nuevo, su madre se relajó y se acomodó en el banco, dejándole sitio.

—Por fin un poco de carácter —suspiró casi contenta—. Ahora, siéntate y dime dónde has estado. No puedes salir sola y lo sabes. Por muchas razones.

Anna se sentó a su lado, tratando de disimular un cúmulo de sensaciones que la atormentaban.

—Fui a las afueras, madre. Pero no para ver a nadie en particular, te lo juro.

—¿Afuera? ¿Se te ha ido la cabeza?

Anna suspiró, sabiendo de antemano que Teófano no lo entendería ni tampoco lo aprobaría. Y tendría razón.

—Fui a ver cómo vive la plebe. Tenía curiosidad. Quiero saber cómo viven diferentes gentes. Nos llamamos todos bizantinos, pero hay tantas lenguas y modos de vida mezclados a lo ancho del imperio. Fui acompañada, madre, pero no os diré por quiénes. No quiero que sufran las consecuencias.

Teófano la miraba en silencio. Su mirada no reflejaba nada. Después de una pausa, dijo:

—No creo que te des cuenta de lo imprudente que has sido y del peligro que has corrido. Los pobres no tienen ley. Ya vi yo bastante por las dos antes de ganarme esta vida. Esta vez no rodarán cabezas, estoy cansada. Pero ni se te ocurra repetirlo.

Anna escuchaba en silencio. Las escenas de lo vivido ese día agitaban su mente y su alma.

—Habría que casarte ya —añadió Teófano levantándose—. Para quitarte de tanta tontería.

Se fue. Anna se quedó sola, envuelta en el silencio del palacio que respiraba seguridad. Ahora sabía que su madre tenía toda la razón enojándose, porque, a pesar de salir de incógnito, y acompañada por guardias sobornados, fuera de la ciudad había corrido peligro. Aún estaba bajo la impresión de lo que había visto. Al cruzar la gigantesca muralla doble, resguardada con almenas y bien defendida, se maravilló atravesando las plantaciones de naranjos, uvas y olivos, con caserones cuidados y muros de piedra. Pero después, el paisaje cambió: los peñascos secos infinitos, entre los cuales se apreciaban pueblos pequeños de chozas minúsculas, donde apenas cabían cuatro colchones rellenos de paja, gente encorvada, desgastada por trabajo, abrasada por el sol, con cabelleras llenas de parásitos y bebés atados a la espalda de las mujeres trabajando. Trató de hablar con alguno, pero apenas la entendieron, ya que en su vida habían escuchado «griego culto». Vio a un hombre colgado de un árbol, atado por las muñecas, ya moribundo. Pareció ser un búlgaro que habían atrapado en la aldea, lo pegaron, le sacaron los ojos y lo colgaron antes de estar seguros de sus pecados.

Anna se estremecía con esos recuerdos y advertía cómo crecía en ella el arrepentimiento por ser una desagradecida, por sentirse desdichada teniéndolo todo. Aquel día comprendió en cierta manera a su madre: ella lo había vivido, lo había sentido. Y una vez habías sobrevivido a aquel mundo donde tu vida no valía nada, una existencia azotada por la pobreza, plagas y epidemias, nunca podrías despegar aquello de tu piel.

* * *

El bullicio en el palacio de Kiev no cesaba. La druzhina, los jóvenes aprendices de Vladimir y los de Yaropolk, que habían jurado servir al nuevo príncipe, se instalaban. Las familias nobles venían a saludar al nuevo gobernante.

Vladimir, por primera vez en mucho tiempo, vestido con ropas mundanas, sin su armadura, con el pelo y la barba recortados, parecía más joven de lo que era. El consejo estaba reunido y por primera vez el hijo pequeño de Sviatoslav tomaba el asiento que un día habían ocupado su padre y sus abuelos. Inesperadamente, lágrimas de emoción nublaron su vista, pensando en el largo y tedioso camino hasta aquel día. Los sacrificios que había hecho, todo lo que había aprendido, la gente que aún milagrosamente seguía a su lado después de tantas cosas vividas. Dobrinia estaba sentado a su derecha y a su izquierda, Blud. Ese último había adquirido una armadura realmente imponente, quizás para parecer más un general. Hoy se decidían los destinos de los cercanos a Yaropolk y de su corte. En los largos bancos a los dos lados de la sala se acomodaron los boyardos, alguno recién llegado desde Nóvgorod, después la gran druzhina y la druzhina pequeña. Muchos de ellos miraban al nuevo príncipe con interés y con miedo, sin saber muy bien qué esperar de él.

Vladimir hizo un gesto afirmativo con la cabeza, las puertas se abrieron y uno por uno fueron traídos ante el consejo primero los cargos más altos, y después los jóvenes y sirvientes que habían puesto resistencia ante el cambio del poder. Vladimir dejaba a Dobrinia y a los boyardos mayores decidir su destino, solo asintiendo con la cabeza. La verdad, no le importaban las vidas de aquellos hombres y tampoco lo que pensarían de él sus nuevos súbditos.

Blud estaba impaciente. Ese era su momento. Conocía a muchos de los que juzgaban y ayudaba con su opinión cuando era solicitada. Se sentía importante. Este nuevo príncipe-guerrero le debía su trono.

La siguiente en entrar fue una mujer. Llevaba un pañuelo blanco sobre la cabeza, que rodeaba su rostro de la manera diferente a la eslava. Blud sonrió contento. Tenía muchas ganas de que aquella esposa de Yaropolk, la exmonja cristiana, pagase por su «perfección». Que sufriese, convirtiéndose en una esclava, enviada lejos de aquí. Ella no levantaba la vista. En sus manos apretaba algo. Blud se levantó, saltó hacia ella y de un manotazo le hizo lanzar al suelo una pequeña cruz de ébano. Ella no se inmutó. Sus labios se movían en silencio.

—¡Deja de rezar a tu dios! ¿No ves que te ha abandonado? —dijo Blud riendo. Entonces Dobrinia lo cortó:

—Blud. Siéntate. ¿Quién es y cuál es su crimen? —preguntó.

Blud, sin hacer caso a su orden, levantó la barbilla de la mujer hacia el príncipe y masculló:

—Es la esposa mayor de vuestro hermano, mi príncipe.

Luego no pudo resistir la tentación y le dio una bofetada que la hizo caer al suelo. Vladimir frunció el ceño. En cambio, la mujer miró directamente a Blud y pronunció:

—Dios te perdonará.

El rostro del joven se transfiguró por el odio. Levantó el brazo de nuevo, pero oyó la voz de Vladimir:

—¡Blud!

Bajó el brazo, con mueca de fastidio, y comenzó a explicar:

—Esta mujer corrompe los pensamientos de uno, lo lleva por el camino de la perdición, hay que enviarla lejos, a merced de un nuevo amo o, aún mejor, quemarla viva con el cadáver de su esposo.

Vladimir observaba toda aquella escena aparentemente impasible. Dobrinia se agachó hacia su oído y el príncipe concluyó:

—Se va a quedar aquí. Acompañadla a sus antiguos aposentos.

Blud lo miraba sin comprender lo que estaba pasando. Ansiaba el sufrir de aquella mujer con toda su alma. La siguió con la mirada hasta que desapareció de su vista e hizo el ademán de volver a su asiento.

—No. Quédate allí —ordenó Vladimir.

Blud paró en seco. ¿El príncipe iba a anunciar su nuevo cargo de esta forma? Seguramente. Era un guerrero, no sabía de protocolos. El joven sonrió, levantó la barbilla y miró satisfecho a todo el consejo.

Vladimir lo contempló por unos segundos. Luego dijo:

—Blud, te hice una promesa. Y una promesa de un príncipe es firme. Te proclamo mi general jefe.

Un susurro de asombro recorrió el consejo. Dobrinia se levantó airado. Pero Vladimir prosiguió antes de que nada más pasara.

—Sin embargo, traicionaste a quien juraste lealtad de por vida y después lo asesinaste a sangre fría. Y por ello serás ejecutado y quemado en la pila funeraria de tu príncipe Yaropolk. Así en Iriy podrás explicarle lo que ha pasado.

Una ola de sudor frío recorrió el cuerpo de Blud, como una brisa gélida. ¿Qué estaba pasando? Debían agradecerle haber quitado del medio a Yaropolk, clavándole aquel cuchillo en la oscuridad, no juzgarlo. Oyó la carcajada de satisfacción de Dobrinia y el susurro de las voces volando alrededor de la sala. Dio dos pasos hacia Vladimir y, mirándole a los ojos con odio, dijo:

—Todos los príncipes sois iguales.

Escupió sobre sus botas, y se quitó el cinto con las armas, entregándolo a los guardias, que lo acompañaron a los calabozos.

* * *

La anciana le tocó la frente, estudió sus pupilas y después la recorrió con la mirada. Rogneda tiritó de frío. Solo llevaba una camisa larga de lino. Se encontraba muy cansada desde hacía semanas. Cuando llegaron a Nóvgorod y la instalaron en el palacio, se pasó días casi sin comer. Dormía. No sentía nada. No quería moverse. Porque moverse significaba vivir. Y ella no quería vivir. En vez de alejarse, los recuerdos la azotaban cada día con más fuerza, los detalles que habían pasado desapercibidos se revelaban y la dejaban más vacía que nunca. Ella estaba esperando que Vladimir apareciera. Le aterraba volver a verle. Pero no sucedió. Transcurrieron días y más días. La primavera se tornó verano y el verano llegaba a su fin. Solo llegaban las buenas nuevas de que seguía vivo y haciendo grandes cosas: que había destronado a Yaropolk, había desposado a su consorte ortodoxa prometiendo criar a su hijo como el suyo propio, usando su astucia había enviado a Bizancio a los varegos que vaciaban las arcas de Kiev, cambió los tributos a los pueblos colindantes… y muchas más hazañas. A veces ella recordaba sus ojos y su cuerpo, aquella primera vez. Pero los recuerdos buenos se convertían en olor a sangre. Él se había olvidado de ella. Y era lo mejor.

Rogneda instintivamente cogió la mano de Lada. Era la única en todo el mundo que la comprendía. Fue quien llamó a la anciana al ver que la princesa ya no quería ni levantarse de la cama. «Ojalá me dijera ahora que me estoy muriendo —pensó la princesa—. Ojalá acabe todo esto».

La anciana puso la mano sobre su vientre y, con una sonrisa, anunció el veredicto:

—¡Alégrate, princesa de Rus, llevas al hijo de Vladimir bajo tu corazón!

Rogneda la miraba como si de una pesadilla se tratara. Lada, en cambio, cambió totalmente su parecer. Su cara se alumbró con una luz ya perdida, abundantes lágrimas brotaron de sus ojos y sus brazos rodearon el cuello de su amiga en un abrazo entrañable. Rogneda no reaccionaba. Oía como desde lejos los susurros felices de Lada y los consejos de la anciana para que el niño naciera sano, los reproches por estar demasiada flaca y las recetas de las pócimas para engordar al bebé. Cuando Rogneda fue liberada del abrazo de Lada, se levantó, se puso el caftán por encima de la camisa y salió de la alcoba. Necesitaba respirar. Sola. Necesitaba comprender qué sentir. Porque no sentía nada. ¿Podría querer a este ser que llevaba dentro?

El aire frío le golpeó la cara cuando se asomó por la ventana. Miró instintivamente hacia abajo, como tantas veces antes, sopesando si se mataría tirándose desde allí o solo quedaría malherida, con dolores de por vida. Esta vez, como las otras, algo la detuvo. Sin embargo, era algo diferente. Ya no estaba decidiendo solo por ella. Llevaba otra vida dentro y, al saberlo, algo en su pensamiento había cambiado. Aún no sentía ningún apego por ese diminuto corazón que latía dentro de su vientre, pero su cuerpo estaba asumiendo la extraña responsabilidad intangible que pesaba sobre sus hombros. ¿Quizás la anciana estaba equivocada? El vientre se abultaba a veces por el ayuno también.

Se dio cuenta de que Lada la observaba desde la distancia con rictus de preocupación. Le hizo una seña para que se acercase. Y, con lágrimas en los ojos, Lada cogió su mano y, señalando al bebé, susurró:

—Él no tiene la culpa. Ámale. Y quizás nos hará sonreír de nuevo. A las dos.

Rogneda asintió en silencio. No podía amarlo aún. Pero puede que más adelante lo hiciera. Lada la cogió por los hombros y se la llevó dentro antes de que las criadas se alarmasen. No dejaba de parlotear, excitada con aquella inesperada novedad, sobre hacerla comer por los dos, salir de paseo a diario y sobre todo aquello que tenían que preparar para la llegada del pequeño. Rogneda sentía un abismo cada vez más grande ante ella. Lo absorbía todo. Sus ganas, sus deseos, su vida. Era oscuro, profundo y no tenía fin.

* * *

Año 6496 (988 d. C.)

Rogneda estaba sentada bajo el cerezo contemplando el río, adormilada. Delante de ella jugaban sus hijos. Izyaslav trataba de enseñar al pequeño Yaroslav a luchar. Las dos niñas, más pequeñas, buscaban las primeras flores y se las traían a su madre para que les hiciera unas coronas con ellas. Vsevolod aún no había empezado a andar y dormía plácidamente a la sombra del árbol.

Hacía siete primaveras, por fin, Vladimir hizo venir a Rogneda desde Nóvgorod a Kiev. Ella estaba a punto de dar a luz. Llegó cuando oscurecía. El palacio donde viviría estaba afueras, frente al río. Más bien, era una casa grande. Subió, pesada, los peldaños, ayudada en todo momento por Lada. Entró en el cuarto con dos postes tallados, techos pintados, pieles por el suelo. Paró en seco al ver que su esposo la esperaba allí, expectante. Desde el umbral parecía más alto, más fuerte y poderoso. Vestía el caftán, no la armadura. Lada se inclinó y salió intimidada. Rogneda lo miraba. También debía inclinarse ante él. No lo hizo. Tampoco era por desafiarlo: ninguna emoción se reflejaba en su rostro. Él no esperó más. Se acercó, la abrazó, le acarició el pelo. Como si nada hubiera sucedido, como si el tiempo hubiera borrado el pasado. Puso su mano sobre el vientre, notó las patadas del bebé y rio. Rogneda se estremeció de dolor: igual que el padre, aquel niño la hacía sufrir, solo que desde dentro. Vladimir la cogió de la mano y se la llevó a la alcoba. Llamó a las criadas para que la desvistieran. Y se fue. Todo aquello sin una palabra.

En cuanto Rogneda se había acostado sobre su nuevo lecho, comenzó con dolores y, a la mañana siguiente, dio a luz a su primer hijo. Unos días después, hubo una celebración, y Vladimir la anunció como la princesa de todas sus tierras, como había prometido. Pero Rogneda no se sentía como tal. ¿Qué poder tenía? Encerrada fuera de la ciudad, solo daba a luz a los hijos de Vladimir, los nietos del gran Rógvolod, asesinado por la mano de su esposo.

Veía poco al príncipe. Él puntualmente visitaba a todas sus esposas, que vivían en sus palacios respectivos, alrededor de Kiev. La varega Olova con su hijo Visheslav; Malfrida, Adel; la búlgara Milolika con los gemelos, y Julia, la esposa cristiana de su hermano muerto. Todas eran iguales para él. Iba en círculos, regalando una migaja de su bondad y una semilla a cada una. Después del siguiente parto, se pasaría para estar con Rogneda y entretenerla otro año más incubando a otro hijo suyo.

Contemplando a Lada, la princesa a menudo no podía evitar envidiarla. Se había convertido en ama de llaves, era libre, y, cuando pasaba por el patio, los criados seguían con la mirada sus curvas. A veces, se escapaba a las cuadras o al granero y volvía despeinada y alegre. Y no pesaba sobre ella ni la sombra de sumisión, ni la humillación de dar niños al asesino de su familia y su gente.

—¿Qué nombre llevarás ahora, después de casada, mi amapola? —preguntó Vladimir a Rogneda, cuando la mañana después de la ceremonia yacían en la cama. Ella se estremeció entera. El recuerdo de su padre le hizo ahogar un grito de dolor en la garganta. Ella no le había dirigido la palabra en todos esos días después de llegar a Kiev. Pasaron un par de minutos. Rogneda se volvió hacia él y preguntó:

—¿Por qué mataste a los míos?

Vladimir se quedó en silencio, como recordando algo de un pasado muy lejano.

—Era o ellos o yo. Hubieran venido a por mí con Yaropolk.

—Fuiste tú quien vino, no ellos.

—Solo fui más hábil —respondió él. Y añadió—: Gorislava. Ese será tu nombre.

Ella se perturbó al pensar lo que significaba: «gloria del dolor». Luego cerró los ojos y se durmió. No le importaba su nuevo nombre. No le importaba nada.

Ahora Rogneda recordaba todo aquello muy vagamente. El cerezo movió sus ramas con un soplo de viento. Los niños se acercaron a ella, tenían hambre. Los acarició con la mirada. Se levantó en silencio, cogió al pequeño Vsevolod en brazos y, seguido por el resto de los chicos y los guardias, se dirigió hacia las pesadas puertas del patio de su cárcel de oro.

* * *

El viento lo golpeaba en la cara. Era cálido, extraño para una primavera temprana. Galopaba con ojos cerrados. Le hacía sentir libre y dominante. Porque su vista los últimos días le fallaba a ratos y le hacía confiar más en su corcel. El caballo pasó al trote. Vladimir abrió los párpados. El punto negro borroso en medio no dejaba verle bien el sentido de la marcha. Respiró con fuerza. Olaf le había alcanzado.

—Ya no queda nada para dar la vuelta y volver a casa —dijo contento—. Vimos las olas del mar lejano, las gaviotas y ya estamos de camino a Kiev con otra victoria. Tengo ganas de abrazar a mis esposas.

Vladimir respondió con una sonrisa. Aún trataba de enfocar el paisaje seco de aquellas praderas. Para relajarse, imaginó su vuelta. «¡Viva el príncipe!», gritaría la muchedumbre agolpada por las calles. Disfrutaba de su poder y del amor del pueblo. Aunque era bien sabido que a los que no le mostraban ese amor, la druzhina los hacía agachar la cabeza. ¿Cómo osaban quejarse del príncipe? Las arcas rebosaban de plata, los jázaros fueron arrasados, los viatichis sometidos, los yotvingios expulsados de Yaselda, Pina y Bug. Cumpliendo con su promesa, no apresaba a los cristianos; sin embargo, tampoco castigaba las agresiones en contra de ellos. Por su druzhina y ejército, hizo alzar figuras de los dioses al lado de su palacio. Jamás se había hecho algo tan grande. En el centro estaba Perún, el dios de la guerra, con la cabeza de plata, los bigotes cubiertos de oro y piedras rojas en vez de los ojos. Alrededor, más pequeños, tallados de madera de roble, Stribog, Hors, Mokosh y otros, detrás de Perún, mirándole, como el ejército de Vladimir tras él, antes de atacar.

Sabía cuándo batallar, cuándo orar y cuándo celebrar: porque cuando regalaba su plata, se bebía en toda la villa durante siete días. Se vaciaban trescientos barriles entre todos y la calle se llenaba poco a poco de cuerpos ebrios tirados en el barro. Se decía que podías cruzar todo Kiev saltando de espalda en espalda de los borrachos. Vladimir «el Sol Rojo» lo llamaban desde hacía años, un sol amable que regalaba la vida o también podía quemar hasta matar…

Dobrinia hizo la señal de acampar y Vladimir lo agradeció. Su vista no acababa de arreglarse y le provocaba dolor de cabeza. Su tío seguía sin hablarle, desde la decisión de atacar Korsún[5].

Desmontaron, aliviaron la sed de los caballos y el peso de su carga. Formaron un semicírculo con los carros, en caso de

---

[5] Korsún: Nombre eslavo antiguo de Jersón.

un ataque inesperado, y se quitaron las armaduras, revisando heridas y magulladuras. Dobrinia sacó un frasco hecho con la corteza de abedul y se puso a untar sus rodillas con un pestilente ungüento. Largas campañas le destrozaban las articulaciones. Vladimir se sentó a su lado mientras se montaban las tiendas.

—¿Seguirás sin hablarme hasta que lleguemos a Kiev, tío? —preguntó, apoyando su frente sobre el pomo frío de su espada clavada. Le aliviaba la jaqueca.

Dobrinia lo miró de reojo:

—Si no me haces caso, ¿para qué voy a hablar? —soltó una especie de risa que parecía más un gruñido.

Vladimir suspiró.

—No están cumpliendo con su palabra. Y yo no puedo… No debo tolerarlo. Hemos llevado a seis mil hombres a la muerte para ayudarles a ahogar su rebelión. Y no solo eso, también empujamos a los búlgaros fuera de sus tierras. Y ese emperador de pacotilla ¿se atreve a no cumplir su palabra?

—Lo que le pediste a cambio es impensable… —arrancó a hablar Dobrinia.

—¿… porque somos unos bárbaros? —terminó Vladimir su frase—. ¡Exacto! Es lo que piensas tú y todos. Y lo quiero dejar claro. Que me lo merezco, que me lo he ganado y que estoy a su nivel. Y solo puedo demostrarlo con una cosa. Uniendo nuestras sangres.

—Me imagino la cara del emperador Basilio cuando leyó la petición. ¡Enviarte a su hermana! Aún no sé si es un plan brillante o una estupidez, Vladimir. Y ahora estamos a punto de atacar una ciudad porque te hayan negado ese capricho.

—No es un capricho. Es un pago justo. Y tomaremos Korsún, pero solo como un aviso.

Dobrinia rio entonces. Vladimir levantó la frente aliviada y lo miró.

—¿Y ahora? ¿Por qué ríes?

Su tío, sopesando las palabras, respondió:

—Porque ya hemos vivido una historia parecida por una mujer: tu encaprichamiento, luego un asedio…

Vladimir frunció el ceño.

—Rogneda no tiene nada que ver con esto.

—No. Pero la historia se repite. Ten cuidado, porque tu orgullo te puede matar.

Vladimir se levantó:

—Soy tu príncipe. Se hará lo que yo decida.

—Por eso no te hablo. No sirve para nada —concluyó Dobrinia, cerró el frasco, movió el cuello entumecido y fue a la tienda a descansar. Al día siguiente, había una batalla.

* * *

—Rogneda, señora mía. —Lada cogió la mano de su ama.

—No me llames así. Eres como mi hermana —respondió la princesa. Lada sonrió.

—Pues entonces, como vuestra hermana, os digo que no podéis seguir así, sin alegría. Vuestros hijos nunca vieron vuestra sonrisa. Sois una madre amorosa y llena de bondad, pero una madre con el corazón siempre triste. ¡Vos sois una princesa! Todos os tienen envidia. No debéis segar, cocinar o preocuparos sobre las cosechas, guerras o el hambre. Cualquier deseo vuestro se cumple en un instante. Tenéis una vida tranquila y segura. Y vuestro esposo os ama y os trata muy bien, a pesar de lo que pudo haber hecho en el pasado. Perdonadme mi atrevimiento, pero se me rompe el corazón viendo cómo os consumís en vida.

Todo aquello resonaba como un reproche en el cerebro de Rogneda. ¿Qué era eso de sonreír? Lo hizo y mucho cuando su padre la enseñaba a luchar, cuando galopaba libre por los campos, cuando miraba desde la colina a su hogar, cuando jugaba con sus dos hermanos pequeños en el río. Sus padres fueron asesinados, sus hermanos degollados, su ciudad quemada y su alma vaciada. No quedó nada vivo allí dentro.

Lada suspiró, al no hallar respuesta, y añadió:

—Tenía esperanzas de que con el nacimiento de los niños vuestro corazón reviviese. Traen tanta alegría.

Rogneda, sin mirarla, dijo:

—Somos muy diferentes, Lada. Tú estarías feliz en mi lugar: una casa llena, muchos niños. Yo fui educada para otro fin: mi padre no me preparó para ser solo madre y una esposa sumisa. Vladimir me lo quitó todo. Me quitó a mi gente, mi casa y mi vida. Vivo únicamente para él.

—El pasado queda en el pasado, nada ya se puede hacer. —No se rendía Lada. A pesar de ser hija de campesino, era una mujer de habla elocuente y pensamiento lógico y capaz de convencer a cualquiera, pero no a Rogneda—. Hay que luchar contra los malos recuerdos —concluyó Lada. Y luego susurró ya para ella misma algo que se le había ocurrido—: «La memoria es una venganza del tiempo».

Rogneda levantó la vista hacia ella. «Venganza», resonó en su cabeza. Y poco a poco la luz comenzó a alumbrar sus pensamientos, hasta que lo vio sorprendentemente claro: «Cuando Vladimir vuelva, celebrando sus victorias, cuando, después de largos días de borrachera haya terminado de ver a todas sus esposas y se deje caer por su palacio para regalarle un pedacito de su atención, cuando me llame con un gesto de la cabeza para ir al lecho y después quede dormido acalorado, con el pecho descubierto, en ese momento, un cuchillo entrará entre sus costillas, justo donde su corazón, tan inesperado para él como fue su caída sobre Pólatsk años atrás. Lo pagará con su vida. Luego vendrá Dobrinia o los guardias. Gritarán llamando a su príncipe muerto, sacarán sus espadas y me matarán, pero esa muerte será fácil, mucho más que convivir con el asesino de tus padres».

Y de pronto Rogneda comenzó a sentir como la sangre de sus venas se aceleraba, como sus mejillas cogían color y como de repente las ganas de divertirse y vivir, la llenaban. Y rio en voz alta, asustando a Lada. Y ordenó a ensillar un caballo para ella. Y empezaron a moverse los criados y guardias por el palacio, preparando una salida inesperada de la princesa, asombrados. Y Rogneda, al salir por el portón, galopó y soltó las riendas, y sintió el aire golpear su cara y ese dolor era tan dulce que la hizo reír a carcajadas y llorar, soltando todo lo que tenía dentro del alma.

Aquel día Rogneda revivió. Su alma volvió a aquel cuerpo extenuado por el pesar. Más tarde, llamó a sus niños y, sentándose alrededor del fuego, hablaron y rieron, y toda la muchedumbre del palacio, poco a poco, fue reuniéndose con ellos. Mucho duró aquella reunión, recordando a Rogneda su vida en Pólatsk. Y la gente vio una nueva persona en su ama, un espíritu desconocido hasta aquel día, y se alegraron por ella.

Solo Lada la miraba preocupada, sin comprender qué es lo que sucedía y qué estaba por venir.

* * *

Korsún estaba rodeada. La reciente contestación al ofrecimiento de la rendición fue un «no». Vladimir respondió entonces: «Veremos quién gana en paciencia». Ordenó ir amontonando tierra y arena delante del muro a diario. Pero de noche los ciudadanos, pasando por entradas ocultas bajo el muro, se llevaban parte de ella adentro y la dejaban en la plaza central. Los guerreros trataban de poner cada vez más, pero era un trabajo muy duro.

—Así vamos a estar aquí hasta la siguiente Máslenitsa[6] — bromeó Dobrinia sombrío, entrando en la tienda. Vladimir se

---

[6] Máslenitsa: fiesta de entrada de primavera con duración de una semana, durante la cual tradicionalmente se preparan crepes.

había dormido. El comentario de su tío lo desveló y se sentó sobre su lecho.

—Calla. El destino siempre me sonríe. Y esta vez lo hará también. Lo presiento. Aún tienen comida, pero ya empieza a escasear. Y el agua, deben de tener pozos dentro de la ciudad. Si no, no me explico cómo siguen aguantando. Anda, vamos a comer algo.

Vladimir se levantó, frotó el brazo magullado en el último ataque y salió de la tienda. El cielo tan azul como de costumbre comenzaba a abrasar. No había mucha vegetación. Los viñedos de las afueras no protegían del sol. Miró la ciudad. La tierra amontonada por sus hombres llegaba hasta casi la mitad del muro. Midió mentalmente cuánto quedaba y calculó cuándo podrían trepar hasta arriba poniendo unas escaleras. Los malditos lugareños, con sus hazañas nocturnas, complicaban su plan. Y, aun vigilando durante las noches, solo habían apresado a catorce de ellos.

Lentamente, la fortaleza se deformaba ante su vista y parecía más pequeña, como a mucha más distancia. Se convirtió en un punto oscuro. Cerró sus ojos, volvió a abrirlos. Se dio cuenta de que solo pasaba en uno de ellos. Pero le hacía marearse igualmente.

Maldijo a los dioses para sus adentros. Un príncipe ciego no podía gobernar. La angustia recorrió cada su músculo. Trataba de relajarse y no pensar. Pero era imposible. Estaba logrando todo lo que se proponía. ¿Era ese el precio? Echó de menos a su madre. Ya no había nadie para aconsejarle. Y Dobrinia se había hecho viejo, siempre trataba de escoger el camino más sencillo. Estaba cansado.

Vladimir cerró los ojos y aspiró el aire. Hacía calor. Al abrir los párpados, el punto seguía allí, más grande. Entonces fue a por agua. Trataba de pisar firme: nadie seguiría en una batalla a un príncipe impedido. Había tres pozos justo al este y por primera vez en semanas ni sus hombres ni los caballos pasaban sed. En aquel instante, oyó un grito. Uno de sus guardias venía corriendo hacia su tienda con algo en las manos. Le hizo una señal desde el pozo y el hombre cambió de dirección y se le acercó deprisa.

—¡Mi príncipe! —exclamó sudoroso—. Este trozo de trapo estaba atado a una flecha que cayó a mi lado. ¡Es un mensaje para vos!

Vladimir frunció el ceño.

—¿Qué pone? —preguntó.

—No sé leer —respondió el guerrero. Vladimir cogió el trozo de tela y se fue adentro de la tienda. Ahora las imágenes se le aparecían borrosas y deformes. Al entrar, se lo dio a Dobrinia y se estiró sobre su lecho con los ojos cerrados.

—Léelo —le pidió. Dobrinia daba vueltas al trapo:

—¿Qué es?

—Sospecho que es un mensaje de alguien desde dentro de la fortaleza —respondió desganado—. ¡Léelo ya!

—Necesitamos a alguien que hable su idioma. Yo no comprendo nada.

Vladimir quedó pensativo.

—Ve adonde los prisioneros. A ver si alguno sabe leer y comprende nuestro idioma. O varego, o eslavo, da igual.

Dobrinia lo miró preocupado. Últimamente notaba cada vez más que algo no iba bien. Salió afuera, harto de calor y con el cuerpo dolorido. Tardó en volver. Pero, al oír sus pasos, Vladimir supo que eran buenas noticias:

—«Excava y corta el agua, que va por las tuberías de los pozos que te rodean desde el este».

Vladimir se sentó en el lecho, olvidándose de la ceguera:

—¡Alabados sean los dioses!

Dobrinia rio:

—Pues creo que aquí no están labrando nuestros dioses, sino el suyo.

—¿Y eso por qué? —preguntó Vladimir confundido.

—Porque, según el prisionero, está firmado por un clérigo cristiano. Anastaso.

* * *

Basilio II, el Emperador, estaba fuera de sí. Con su sencilla ropa de soldado, daba vueltas por la sala, como un animal encerrado. Los criados lo miraban con incertidumbre, sin saber qué esperar. No estaban acostumbrados a verlo agitado, aunque tampoco conocían mucho su carácter. No pasaba largas temporadas en el palacio desde que accedió al poder. A diferencia de la mayoría de sus predecesores, él mismo llevaba a su ejército a luchar, comía lo que comían sus soldados y vestía igual que ellos. Cuidaba de los huérfanos de sus oficiales, dándoles cobijo y comida, y muchos se convirtieron luego en sus fieles soldados y comandantes, llamándole «padre». Había llegado unos días antes a Constantinopla, pensando que las tropas rosso-varegas, después de terminar lo acordado, se retirarían al norte. Pero aquello no sucedió.

Entró su hermano Constantino. Su cara reflejaba que lo habían despertado por orden de Basilio. Llevaba sus ropas blancas impolutas, recogidas en la cintura por el cinto dorado. Hasta sus sandalias reflejaban la exuberancia de su vida en la corte. No tenía responsabilidad alguna; sin embargo, todos los lujos de haber nacido como el hijo de un emperador.

—¿Qué sucede, mi emperador y hermano mío? —preguntó dejándose caer en el sillón y buscando con la mirada algo que meterse en la boca. Uno de los criados se dio cuenta de ello y le acercó una fuente con dulces. Constantino la estudió detenidamente y cogió unos higos secos. Al fin, miró a su hermano, que lo observaba airado.

—¿Qué? —le preguntó mientras hacía rodar un higo entre los dedos y se lo metía en la boca.

—¡Deja de comer y escúchame! Estamos en peligro. ¡Ese bárbaro del norte, en vez de retirarse a sus tierras, ha invadido Jersón! ¿Cómo se atreve?

Constantino lo miraba mientras se deleitaba con su fruta. Le hacía gracia ver a su hermano enrabietado, ya que no pasaba muchas veces. Desde niño, Basilio parecía saber comportarse en situaciones comprometidas. Y cuando creció se convirtió en un gobernante siempre sereno, a la vez que decidido. Hacía años que no lidiaba con un momento de ira, seguramente desde la muerte de su madre.

Constantino sonrió:

—¿Y por qué han hecho tal cosa?

Basilio borró aquella sonrisa de una mirada.

—Porque insiste en que no estamos cumpliendo con nuestra palabra. ¿En serio ese varego pensaba que le mandaría a mi hermana de regalo?

—No, de regalo no, hermano. —Constantino se puso serio—. A cambio de miles de guerreros bien entrenados. De hecho, vos le ofrecisteis lo que deseara, y él aceptó el trato.

—¡Entre lo que deseara, jamás contemplaría a mi hermana! —resopló—. Entonces era o mi trono o un trato que él no pudiera rechazar. Lo necesitábamos.

—¿Y es lo único que quiere? —rio Constantino con sarcasmo—. Pues casi nos sale barato.

Basilio se puso colorado:

—No te enteras, ¿verdad? Eso significaría confirmar al mundo que lo vemos a nuestra altura. Es una jugada muy inteligente.

—¿Y si enviamos a alguien a matarlo? —propuso Constantino. Basilio respiró fuerte y se sentó mirando como a través de su hermano.

—Demasiado arriesgado. Es un guerrero, rodeado de los suyos. Si no sale bien, entramos en guerra y estamos acabados.

—¿Y por qué me llamasteis? —preguntó Constantino—. No soléis interesaros nunca por mi opinión. Cómo se nota que os falta nuestra madre, estaría encantada de resolver ese embrollo, siempre y cuando alguien pudiera ser envenenado.

Constantino rio su propio comentario, pero al ver el rostro de Basilio transfigurado por furia cambió de rictus y opinó:

—¿Por qué no reunís al clero?

El emperador limpió el sudor de su frente y respondió:

—El clero no lo permitirá nunca. Y no sé cómo podría convencerlos para enviar a una porfirogeneta a los bárbaros. Después de las revueltas, no debo complicar las cosas. Además, hay que actuar rápido. Ese Vladimir no esperará mucho más y nos arrasará.

Su voz se cortó.

Constantino era muy perezoso, pero bastante listo y, después de escupir la piel dura del higo, se limpió la boca y se acercó a Basilio.

—¿Así que queréis que yo convenza a Anna para que vaya a casarse con el Varego por su propio deseo?

Basilio asintió. Constantino soltó una carcajada.

—¡Me va a encantar esa tarea, hermano mío! Rufa ha leído más que yo, vos y todos los consejeros juntos. Como si se preparase para gobernar medio mundo. Ahora podré ponerla en su lugar, ya es hora de que se dé cuenta de que sirve exclusivamente para los intereses del imperio, que su destino es ser una de las muchas esposas de un bárbaro y pasarse la vida dándole hijos, uno tras otro.

Parecía hablar en voz alta, acariciando la idea:

—No puedo negar el placer que me producirá ver la expresión de su cara ante semejante noticia.

Constantino volvió a ocupar su butaca y pidió más fruta. Basilio fruncía el ceño escuchándole.

—¡Para! —le ordenó de repente—. Ya no somos niños. Pensé que habías madurado. Que la apreciabas algo. Solo lo hago porque no tengo elección. No te lo pido para que disfrutes de ello. Te lo pido porque no eres tan directo como yo, y quizás encuentres la manera de suavizar el golpe.

Basilio se detuvo y se pasó las manos por el pelo alborotado y la barba. Constantino dejó de elegir la fruta y lo miró casi con compasión.

—Prometo ser sutil, no os preocupéis. ¿Cuándo debería partir?

—Cuanto antes —respondió Basilio. Se levantó y sin pensar abrazó a su hermano—. Espero hacer lo correcto por el imperio —susurró.

Constantino, anonadado por la sorpresa, y a pesar de ser más alto, quedó atrapado entre los musculosos brazos de su hermano. No pudo hacer más que asentir y esperar a que lo soltara para ir a buscar a Anna. No había tiempo que perder.

* * *

La fortaleza de Jersón se extendía por todo el cabo. Los muros eran tan anchos y bien construidos que, si no hubiese sido por Anastaso, el ejército de Vladimir aún estaría asediándolos. Cuando los ciudadanos, al fin, abrieron las puertas de la ciudad, muchos de ellos, sin pensar en el enemigo, corrieron hacia los pozos, sedientos a muerte. Dobrinia inspeccionó la fortificación, no quedaba mucha comida ni animales dentro. Vladimir ordenó no arrasar la ciudad ni matar a la población. Todo ello desde la tienda. Su vista se encontraba más afectada. A mediodía, Dobrinia volvió, entró con Olaf. Vladimir estaba en su lecho con los ojos cerrados.

—Ya está bien —dijo bruscamente el general—. Ahora me vas a decir qué te ocurre, hijo. Llevas dos días sin salir de la tienda. ¿Tienes fiebre? ¿Es por el agua?

Olaf negó con la cabeza:

—No. Lleva extraño a ratos desde que salimos desde Kiev. O antes…

Vladimir se incorporó sin abrir los ojos. Los dos lo miraban esperando.

—Venid más cerca —casi susurró él, sentándose y cogiendo con las manos las sienes. Sin dedicarles ni una mirada, soltó en un suspiro:

—No veo.

Una lágrima cayó a sus pies. Olaf se quedó pálido. Dobrinia se sentó a su lado y lo cogió por el hombro, como a veces lo hacía cuando era un niño. Vladimir quitó su brazo bruscamente y se levantó:

—No quiero compasión. Y no podéis decírselo a nadie. ¿Me oís?

Trato de dar unos pasos, pero chocó contra el poste y se tambaleó. Olaf lo agarró por el brazo y lo sentó de nuevo sobre su lecho.

—¿No veis nada? —preguntó susurrando.

—Desde ayer solo sombras borrosas. Antes venía y marchaba, pero hoy no mejoré ni un ápice —respondió Vladimir, tratando de recomponerse.

Dobrinia estaba pensando. Necesitaría de un curandero, pero antes había que llegar a casa.

—Nos iremos mañana. Esto ya no tiene sentido —dijo.

Vladimir dirigió sus ojos totalmente vidriosos en su dirección e, irguiéndose, respondió:

—Hasta que no tenga lo que me fue prometido, no me muevo.

Dobrinia negó con la cabeza y suspiró. Ese orgullo…

—En tal caso, debemos hacer una ofrenda a los dioses, Vladimir. Es lo único que te puede ayudar.

El príncipe asintió:

—No se puede hacer mucho más. Ahora dejadme. Y que esto no salga de aquí.

Cerró de nuevo sus ojos inútiles y quiso volar con sus pensamientos a algún día cuando fue feliz. De pronto vio la cara de Gorislava, cuando aún era Rogneda, asustada, con un puñal en la mano que caía al suelo, cuando él la abrazaba y besaba su cara inocente, recordó cada momento de aquella noche y se durmió casi dichoso.

* * *

El aire caliente y lleno de olores florales llenó los pulmones de Constantino al pisar el jardín. Buscó a su hermana con la mirada. Sentada a la sombra de un rosal, aparecía especialmente bella. Con Teófano siempre a su lado y en comparación con su belleza arrebatadora, Anna parecía apagarse y no destacar. Pero, después del fallecimiento de su madre, la hermana del emperador salió de su cascarón. Daban igual los colores de sus atuendos. Todo alrededor suyo parecía existir solo para resaltar esa apariencia tan atractiva, sosegada y sin duda fascinante. Como de costumbre, estaba con un libro. Inmersa en su lectura, no oyó los pasos de Constantino y se sobresaltó al ver una sombra cayendo a sus pies. Él se sentó a su lado y cerró los ojos respirando el aire floral.

—¿Vienes aquí a interrumpir mi paz para echar una cabezada? —preguntó ella, un tanto molesta. Nunca le había agradado su compañía. Constantino respondió:

—Ojalá.

Ella cerró el libro y frunció el ceño:

—¿Malas noticias?

Él hizo una mueca de fastidio y respondió:

—Nuestro hermano, el emperador, me cede el honor de hacer su trabajo sucio.

—¿Trabajo sucio? No es su estilo. Más bien el tuyo. Pero en fin. ¿Es que vas a venderme en una subasta? —rio Anna. Él siguió su broma:

—Puede que peor.

Entonces ella le puso las manos en los hombros y le estrujó, obligándole a abrir los ojos y salir de su estado de fingida ensoñación.

—¡Deja de dar rodeos y dime lo que tengas que decir! —ordenó enojada y expectante.

Su hermano la miró y comenzó a hablar:

—Rufa, tú sabes que estábamos a un pelo de perder el trono y las tierras. Y pedimos ayuda. Tú sigues más esas cosas de mi hermano que yo, ¿no es así?

Ella lo miraba fijamente, tratando de averiguar por dónde iba a ir aquella historia. Asintió.

—Y esa ayuda nos la prestó el príncipe Vladimir.

—El Varego —dijo ella con desprecio—. Le avisé a Basilio de que no era una buena decisión. No puedes hacer tratos con los bárbaros. ¿A que ahora nos la ha jugado? ¿Pero qué tienes que ver tú con ello? ¿O yo?

Constantino sonrió.

—Pues más bien somos nosotros quienes se la estamos jugando ahora. Eres buena en adivinanzas. Siempre las resolvías antes que yo. Pues aquí viene una: ¿qué es lo que nos demanda el Varego a cambio?

Ella pasó sus largos dedos por el lomo de su libro, pensativa:

—Está claro que no es oro, ni tampoco esclavos. Oh, no. ¿Una parte de nuestras tierras o todo su beneficio?

Constantino aguantó la pausa todo lo que pudo, después sonrió plácidamente y dijo:

—A ti.

Los ojos de ella se agrandaron de manera casi inimaginable. Se quedó sin pestañear, inmóvil como una de las estatuas del jardín, con el mismo blanco de la piel. Constantino la observaba en silencio. Después de unos segundos, ella se puso en pie y empezó a andar delante del banco, hablando:

—Pero es imposible. Yo no puedo… Esto va en contra de las leyes.

Se volvió hacia su hermano:

—Es una de tus bromas pesadas. Solo me quieres hacer sufrir, ¿verdad?

Constantino no se inmutaba. Observaba cada expresión de cara de su hermana, una confusión que lentamente se convertía en enfado.

—¿Os habéis vuelto locos? ¿Es que soy una cabra? Ya no soy una niña, a la que podéis hacer fechorías constantemente. Esto se sale de toda comprensión posible. ¿Me habéis vendido por seis mil soldados? Es que sois, sois… ¡Madre jamás hubiera permitido esto si viviera! —Ella por fin se quedó sin palabras. Si tuviera un puñal a mano, se lo clavaría. Pero solo tenía el libro.

Entonces llegó el turno de Constantino. Una mínima mención de su madre le hacía saltar. Se levantó bruscamente y agarró a Anna de la muñeca:

—¿Madre? Solo ha sido la causa de nuestra infelicidad. ¡Siempre! Con sus intrigas y flirteos. Y tú, ¡Rufa, tú siempre has sido su preferida! Pues por fin está muerta y nosotros podemos usarte para algo provechoso. Y emparentarnos con el mayor enemigo que podríamos tener ahora y en los años venideros. ¿De qué te quejas? Serás princesa de Rus. Bueno, una de ellas. Ya les gustaría a muchas. Y menos mal que no le importa tu edad al Varego, porque no eres ya para nada una niña.

—¿Que me podéis usar para algo? Tú eres el mayor inútil que conozco, porque nuestro hermano se lo ha ganado a pulso, pero tú, tú...

Constantino sintió como las uñas de su hermana arañaban su cara y el cuello. Era como volver a la niñez. Cuando él la tiraba del pelo y ella, esperándolo, lo enganchaba y rodaban por el suelo gritando y dándose mordiscos, hasta que los criados o su madre los separaba y los castigaba.

En este caso no hizo falta. Constantino la ganó por fuerza, la tiró al suelo y, apretando su garganta con una mano y sujetando sus muñecas con la otra, le susurró en la cara:

—Naciste en la cámara púrpura. Así que debes saber que tu destino pertenece al imperio. Y el emperador ha tomado su decisión. Y tú vas a estar de acuerdo. Prepárate para un largo viaje, hermanita.

La soltó de golpe, se levantó y se fue casi corriendo. Ella se quedó quieta sobre el camino de mármol blanco, sintiendo el frescor de la piedra bajo la espalda. Lágrimas de rabia y miedo brotaron de sus ojos. Quiso morir en aquel mismo instante porque era más de lo que podía sentir: humillada, dolida, indignada y asustada. Las criadas no se atrevían a acercarse a ella.

—Tengo que hablar con Basilio —dijo en voz alta—. Si hace falta, lo suplicaré.

Pero otra ola de lágrimas la hizo callar.

* * *

De día, Rogneda trataba de ser la misma que siempre, pero no lo lograba. Notó que la corte la observaba extrañada cuando reía. De golpe, cambió sus costumbres. Por primera vez en años, disfrutaba. Disfrutaba de cada momento. Todos los días salía a galopar. Izyaslav acababa de cumplir once veranos y comenzó a preferir los entrenamientos con los mentores, luchar a espada contra su madre. Ella, paso a paso, con cuidado y amor, le enseñaba no solo a combatir, sino también cómo aprovechar la fuerza y empuje del rival en su contra mientras solo fuera un muchacho flaco. Así, día a día, creció entre ellos una nueva y extraña unión, basada en cierta devoción y un nuevo respeto hacia Rogneda por parte de su hijo.

Los días señalados, le gustaba ir con los niños y las criadas a la feria y al mercado de Kiev. Notó que algunos puestos estaban techados y la plaza pavimentada con madera. Apreció el buen hacer de Vladimir. Había mejorado mucho como gobernante. Ella seguía ahora todas sus hazañas con detalle. Sabía de su ataque a Korsún y le rezaba a Perún para que le protegiera y no le dejara morir en tierras lejanas del sur como un héroe, sino que le hiciera volver a Kiev sano y salvo. Soñaba con castigarle.

De noche en su alcoba, reía y bailaba. Su joven cuerpo ahora estaba lleno de energía. La venganza le devolvería la dignidad perdida. Imaginaba a Vladimir llegar, abrazarla y llevarla a su lecho. Allí, entre las caricias, le contaría sus hazañas y victorias, y ella escucharía callada, como de costumbre, pensando en lo poco que le quedaba de vida a ese príncipe arrogante, y cuán sorpresa sería para él una muerte como esa. A manos de una mujer. De su esposa.

—¿Es que la lluvia de primavera limpió tu pesar? —preguntaba Lada de vez en cuando.

—Sí, amiga mía, lo limpió Mokosh con sus lágrimas —bromeaba Rogneda de vuelta.

¿Cómo pudo no verlo antes? ¿Cómo pudo no vivir durante todos esos últimos años? Sus niños descubrían asombrados cómo era su madre en realidad: incansable, alegre, valiente e imaginativa.

A veces se paraba a pensar qué sería de sus hijos después de asesinar a Vladimir, pero la venganza segaba ahora todos sus sentidos, hasta el maternal.

Un día fueron a una feria ambulante y Rogneda se quedó abstraída delante del puesto del herrero. Miraba los cuchillos de doble filo, eligiendo mentalmente cuál sería el perfecto para llevar a cabo su plan. Casi lo sentía entrar en la carne de Vladimir, como en mantequilla templada. Hasta el puño.

Fue sobresaltada por Izyaslav:

—Madre, ¿estás eligiendo un cuchillo? ¿Para qué?

Confusa, ella negó con la cabeza, lo cogió por los hombros y empujó suavemente delante de ella para seguir viendo puestos. Después de aquella vez, tuvo más cuidado. Solo había que esperar a la vuelta de su esposo, solo un poco más.

* * *

—Alguien quiere veros. —Olaf sacó a Vladimir de sus pensamientos.

—¿Es del emperador? —preguntó.

—No —respondió Olaf.

—Entonces no me verá nadie —concluyó Vladimir, y se volvió a acostar. La ofrenda a los dioses de la noche anterior no había producido ninguna mejoría en sus ojos y él comenzaba a pensar cómo acostumbrarse a la idea de no volver a ver. Si estuviera solo, gritaría, arrasaría con su espada la tienda a ciegas, aullaría como un lobo de desesperación e impotencia. Pero estaba rodeado de sus hombres y no podía hacerlo. Mordía los labios para contener su dolor. De noche lloraba. Como cuando era un niño. Volvía a sentirse pequeño e indefenso de nuevo, tantos años después. Y habiendo logrado tanto.

A pesar de su orden, oyó que alguien entraba. Con pasos ligeros. Vladimir distinguió unas figuras borrosas que se le acercaban. Llevó la mano a la espada instintivamente.

—¿Quiénes sois? —preguntó irguiéndose.

Oyó susurros en eslavo y después en otro idioma. Después, una de las sombras le respondió con fuerte acento:

—Soy Anastaso. Comprendo que habéis recibido mi mensaje.

La voz sonaba a un hombre joven. Vladimir preguntó:

—¿Quién viene con vos?

La misma voz respondió:

—Vengo a traducir. El clérigo Anastaso habla solo griego y latín.

Vladimir asintió.

—¿Por qué nos ayudasteis? —preguntó. Esperó la traducción.

—Anastaso dice que iba a ser una muerte lenta para la ciudad y su gente. Y que Dios le susurró que lo hiciera. No necesitaba más mártires.

Vladimir preguntó:

—¿Mártires?

El hombre preguntó a Anastaso en griego y el clérigo le explicó. Después, el hombre resumió:

—Nuestro dios ama a los que mueren sufriendo por él. Así van al paraíso, un jardín lleno de luz y felicidad.

—¿Y dónde van los que no creen en vuestro dios? —rio Vladimir. Anastaso pareció entender la pregunta, porque respondió sin esperar la traducción y el hombre transmitió sus palabras:

—El infierno espera a las almas perdidas, donde el diablo las obligará a quemarse en llamas eternamente.

Vladimir se estremeció levemente con aquella escena. Siempre prefirió morir atravesado con un filo de acero que quemado vivo. Notó que una de las figuras se le acercaba. El príncipe sacó el cuchillo de la bota. Vio otra figura lanzándose entre ellos. La voz de Olaf resonó en la tienda:

—¿Qué pretendes? Aléjate.

Después de unas palabras en griego, el traductor dijo:

—Solo deseaba ver qué le pasa en los ojos y ayudar.

Vladimir frunció el ceño. ¿Tan evidente era?

—Déjale, Olaf —ordenó pensando que no perdía nada accediendo. Sintió al hombre acercarse, notó que olía muy bien, a pesar del calor. A cera de abejas. Luego, algo frío tocó su frente, acompañado con los susurros del clérigo. Después de unos segundos, había terminado y se apartó. No sucedió ningún milagro, pero tampoco nadie lo esperaba.

—¿A qué viniste? —le preguntó Vladimir—. ¿A pedirme algo a cambio?

—Así es —respondió Anastaso a través del hombre—. A pedir el perdón para Jersón y para toda su gente. Y, a cambio, rezaré por vos y sus ojos.

Vladimir rio:

—Que yo perdone a Korsún depende de tu emperador.

Luego preguntó:

—¿Por qué tu dios me iba a curar a mí, a un pagano?

El hombre no pensó mucho la respuesta. Respondió rápido y seguro:

—Dios está en cada uno de nosotros, siempre perdona y ayuda.

—Pues que así sea, clérigo —respondió Vladimir—. Vamos a ver si tu dios me cura. Si me lo demuestras, igual me hago cristiano.

Olaf echó una carcajada y los acompañó afuera. Vladimir se tocó la frente preguntándose qué era lo que le había apoyado allí el griego. Era una cruz.

* * *

Para la hora de la cena, que era cuando iba a ver a Basilio, la ira y frustración de Anna ya se habían templado. No era posible que la entregasen a ese bárbaro sin más, tenía la ley de su lado. Era la hermana del emperador y valía más que cualquier mujer sobre la faz de la tierra. También podía ser solo una broma pesada por parte de Constantino que claramente llevaba los genes de Teófano. Aunque no creía que tuviera picardía e imaginación suficiente para un engaño tan elaborado.

Se puso sus mejores galas. La hacían sentir segura de sí misma. Ordenó trenzar su pelo con perlas y ponerle la tiara. Mirándose en el espejo, pensó que toda esta historia del casamiento se veía ridícula. Allí estaba la imagen de una emperadora, una gobernadora brillante y hermosa. Se sonrió y caminó con paso seguro escaleras abajo.

Constantino y Basilio ya estaban sentados a la mesa de la terraza, donde las hojas de los viñedos hacían un techo perfecto, protegiendo del sol. Aún quedaban semanas hasta que aparecieran los pesados racimos debajo de ellas. Al acercarse Anna, los dos hombres se quedaron callados.

—Buenas tardes, hermanos. ¿Acaso estabais hablando de mí? —preguntó sonriendo, como si nada pasara.

Constantino hizo una mueca, pero no respondió. Sabía que una mujer inteligente nunca se rendiría sin luchar. Basilio era más directo. Levantó su copa, dio un largo sorbo y, posándola sobre la mesa, miró de frente a su hermana con rictus de preocupación:

—Eres la mujer más valiosa sobre la faz de la tierra, Rufa.

Hizo un silencio, como reuniendo valor, y continuó:

—No sé cómo pudo pasar esto, pero ahora ya está fuera de mi mano. Espero que Constantino te haya explicado lo que pasa. Consideré que lo haría con más sutileza que yo. En fin. —Hizo otra pausa, suspiró y siguió como justificándose—: Sé que él tiene muchas esposas ya y jamás se me pasó por la mente que pudiera quererte a ti también. O, más bien, osar a pedirte. Ahora ya solo se trata del honor, el suyo y el mío, y debo cumplir mi palabra.

Anna escuchaba en silencio. No podía interrumpir al emperador, aunque la estuviera vendiendo por un ejército. Le dolía más la mueca de Constantino, quien parecía disfrutar. Al ser el mediano de los tres, creció entre multitud de complejos. Iba por detrás del primogénito y tampoco podía competir contra la única niña, hermosa y lista. Quizás Basilio no trató a Anna muy bien siendo niños, pero, desde la muerte de su madre, cuidó de ella con esmero a diferencia de Constantino. Anna se preguntaba a menudo si aquellos cuidados solo tenían su razón para intercambiarla por algo provechoso para el imperio, pero en aquel momento parecía que no. Podía simplemente ordenarle partir, pero estaba hablando con ella, dándole explicaciones, y se notaba que le preocupaba y disgustaba aquella situación y su futuro.

Anna escuchó aparentando total tranquilidad, mientras unas codornices asadas estaban servidas. Jugaba con su copa. Porque sabía que a Constantino le ponía enfermo cuando la cogía con las dos manos por el pie y la giraba y giraba, viendo como el líquido comenzaba hacer lentos círculos en su interior. Cuando Basilio terminó, ella preguntó sin tocar la comida:

—¿Qué pasaría si no lo aceptase?

Constantino, obsesionado con la copa de ella y con la boca llena de carne de ave, masticaba tratando de mantenerse al margen.

—Si no cumplo con el compromiso, arrasarán Constantinopla y todo lo que se les ponga en medio, me temo. Estás salvando tu imperio, Rufa. Míralo desde ese punto de vista —respondió Basilio.

Entonces Anna citó solemnemente:

—«Si alguna vez un hombre de las paganas e infieles tribus del norte pregunta sobre el parentesco a través del matrimonio con Romanos Basileus, ya sea ofreciendo a su hija para el matrimonio o pretendiendo a la hija o el hijo Basileo, esa petición insensata será rechazada». Está en el código de nuestro abuelo Constantino VII.

Todos quedaron en silencio. Basilio se echó para atrás pensativo. Era algo que no sabía. El clero y los dignatarios se le iban a echar encima.

—La cuestión es que al Varego no le importarán nuestras leyes, Rufa. Y si mando a los embajadores a Jersón con un buen cargamento de regalos, pero sin ti, tendremos guerra igualmente.

Constantino no pudo más contra el enfado:

—¡Cuánta parsimonia! ¿Es que quieres traernos la muerte?

Anna lo miró con sorna. De pronto, se le ocurrió un plan, quizás totalmente descabellado. Sin embargo, puede que ofreciera una mínima oportunidad en evitar ese casamiento o por lo menos aplazarlo. Y además hacer rabiar a Constantino muchísimo más, cogiendo las riendas. Ella ya no tenía nada que perder.

—Tengo una sola condición —dijo ella—. Si la cumple, me desposaré con el Varego gustosamente.

Constantino se atragantó y tuvo que beber para despejar la garganta. Basilio frunció el ceño:

—No creo que acepte condiciones. Pero me pregunto cuál será.

Ella pronunció, algo más tensa:

—Si se convierte al cristianismo, me convertiré en su esposa por el rito ortodoxo, como es debido.

Todos quedaron de nuevo en silencio. El primero en saltar fue Constantino:

—¿Pretendes que un pagano acepte nuestra Iglesia? Es un bárbaro. Ellos cogen lo que quieren poseer. No negocian. Rezan a sus dioses salvajes y los defienden con su sangre.

Basilio lo paró con un gesto de la mano:

—Deja de hablar, hermano. No aportas nada. En cambio, Rufa, eso es muy inteligente. Así nuestro mundo ortodoxo no quedaría horrorizado ante tal decisión. Todo se haría según la ley —pensaba en voz alta. Pero luego concluyó con tristeza—: Ojalá fuera posible, pero pienso que nunca aceptará.

—Si no acepta, no me tendrá —replicó Anna, enviando un trozo de ave a la boca. Los dos hermanos la observaban pensativos. El tiempo pareció detenerse. Constantino miró a Basilio:

—¿En serio lo estáis considerando, hermano? Por mí, la atamos de pies y manos y se la enviamos en la bodega de un barco —rio jocoso. La mirada de Basilio cortó su risa, pero no sus palabras—: Que vaya ella misma a preguntárselo —miraba a Anna desafiándola, esperando a que se derrumbara, que llorase y suplicase. Entonces, encontró su mirada azul, igual de desafiante.

—Pues que así sea. Iré allí y exigiré mis condiciones. ¿O crees que no tengo agallas? Más que tú, seguro, hermanito —rio disimulando el miedo, se levantó y, seguida por las miradas atónitas de sus hermanos, entró en el palacio, dejando la terraza, con esos pasos ligeros de una criatura nacida para ser especial.

* * *

Dos días después de la visita de Anastaso, Vladimir despertó en mitad de la noche. El frío se había colado dentro de la tienda con su brisa fresca. Se sentó, pensativo, sobre su lecho. Trató de recordar su sueño. Las llamas. Miles de llamas. Todo ardiendo alrededor. Él, desnudo, sintiendo cómo el fuego empezaba a lamer sus dedos, iba quemando su piel palmo a palmo, prendía su cabello y los ojos estallaban del calor. Y el dolor era inhumano, era más de lo que uno pudiera soportar. Y dentro de su cabeza, él sabía que nunca acabaría. Que ardería para siempre. El miedo y el dolor. Y el olor a carne quemada, percibiendo que era la suya. Y de nuevo, el dolor y el miedo. Y nada que le pudiera ayudar. Llamas y fuego...

Se estremeció. «Maldito cristiano con sus cuentos», pensó. Una tenue luz brillaba afuera de la tienda. Bostezó, se envolvió en su capa y salió, estirando el cuello. Eran los primeros rayos de sol, que en aquellas tierras se levantaba asombrosamente pronto. Se oían los gallos despertando la ciudad.

De repente, se dio cuenta de algo: nada obstruía su vista. Cerró los ojos y los abrió varias veces. No había puntos negros, ni figuras borrosas, y todo lo que le rodeaba tenía su forma original. Miró a la ciudad aún oscura a lo lejos y luego a su propia mano. ¡Podía ver! Tiró la capa al suelo, se montó de un salto a lomos de su caballo medio dormido y, guiándole solo con una cuerda metida por las comisuras de su boca, galopó hacia ese enorme sol rojo que, majestuoso, aparecía poco a poco desde donde terminaba el mar. Un mar inmenso y negro. Al llegar al acantilado, bajó de un salto sin parar al caballo y arrodillándose gritó, entre lágrimas de felicidad: «¡Gracias, dios cristiano! ¡Gracias!».

* * *

—¡No dejes que te tiemble el brazo! —gritó Bruk. Iziaslav soltó la cuerda y la flecha salió floja, cayendo sobre la hierba sin siquiera llegar a la diana. El tutor pasó su mano por la cara en un gesto de desesperación y miró a otros dos chicos que estaban esperando la señal para lanzar.

—¿Nos dejas a solas, Bruk?

Rogneda estaba tras sus espaldas en el campo de entrenamiento. El hombre se sorprendió:

—Pero, señora, ¿qué hacéis vos aquí? Os mandaba a vuestro hijo si era necesario. Solo debíais avisar.

Rogneda sonrió:

—No, no. Solo quería verlo entrenar. —Luego miró el arco que tenía su hijo en las manos—. ¿Me lo dejas, Iziaslav?

El niño, en silencio, alargó la mano y le entregó su arco. Rogneda probó la tensión de la cuerda y cogió una de las flechas que estaban clavadas al lado, preparadas para el ejercicio. Casi sin apuntar, con un movimiento ágil y rápido, hizo salir la flecha hacia el saco de grano posado sobre un tuco, que servía de diana. Le dio casi justo en el medio y el grano salió disparado desde el agujero, alrededor de la flecha clavada.

—Es un poco pequeño para mí, pero va bien —dijo la princesa bajo la mirada atónita de Bruk y el cuchicheo de los otros alumnos—. Luego le hizo la señal al tutor para que los dejara a solas y él se alejó ocupándose de los otros chicos.

—Hasta mi madre lanza mejor que yo. —Iziaslav estaba a punto de llorar de rabia. Rogneda se puso en cuclillas a su lado y le devolvió el arco. Luego, empezó a susurrar a su oído izquierdo:

—Mira este saco. Imagínate a un jabalí. Debes darle, porque, si no lo logras, tu familia no tendrá nada que comer ni hoy ni mañana. Solo tienes una flecha, pero estás seguro de que le puedes dar. Porque es muy fácil y lo sabes hacer. ¡Solo debes alzar, apuntar y soltar! No pienses. Sube mientras tensas, apunta, suelta. Sube, apunta, suelta.

—Sube, apunta, suelta —repitió Iziaslav. Estaba tan concentrado en el saco que a la segunda vez de repetir «sube, apunta, suelta» ya había disparado. Vio su flecha dar en el blanco al lado de la de su madre. Sin poder creerlo, saltó y gritó de alegría. Sus compañeros y Bruk lo felicitaron. Rogneda se alejaba contenta. Oyó tras de sí:

—Gracias, madre.

* * *

El corazón de Anna latía con tal compás que tenía miedo de desmayarse. El viaje en el barco no fue tan largo como se esperaba y, a medida que se alejaba de su costa natal, su plan le parecía cada vez más irracional. Se había enviado ella misma, como un trofeo prometido a un bárbaro. ¿Y si él se negaba a aceptar su condición y se la llevaba a la fuerza?

Anna había empleado sus veinticinco primaveras en estudiar todas las leyes del imperio, antiguas y actuales. ¿Pero de qué le servía eso ahora? No durmió ni una hora seguida durante el viaje y su tez se había vuelto aún más pálida que de costumbre. A mediodía, el jefe del barco le anunció que antes de que bajara el sol, estarían en Jersón. Para no desplomarse, ella pensó en su hermano Constantino. Solo por fastidiarle a él, debía conseguir que el Varego la rechazara y volver a casa con la cabeza bien alta. Y al año siguiente, elegir a un esposo a su altura. Para nunca más verse en una situación semejante. Se acordó de Robert II, su padre le había enviado embajadores en otoño. Ella lo rechazó y Basilio no se opuso. Robert era mucho más joven que ella y no llamó la atención de Anna. Pero ahora se arrepentía. Porque ese niño hubiera sido más sencillo de manejar y llegar a llevar sus asuntos políticos y sociales. ¿Por qué Dios no le había dado una señal? Ella no lo comprendía.

Las criadas que la acompañaban estaban aún más asustadas que ella y lo mostraban en cada momento. Sus caras llorosas comenzaron a enojar a Anna, ya bastante afectada, y les ordenó comportarse.

—Si oigo a alguna sollozar, la castigaré —amenazó desde su butaca, acomodada sobre la cubierta. Si hubiera podido decidir, hubiese ido en otro barco, aunque hubiera significado aguantar los sermones de los clérigos. Venían para bautizar a Vladimir si accedía a ello. Echó de menos a Lecapeno. Nunca se llevó bien con el nuevo joven emperador. Parecía que la experiencia y el saber del Eunuco no eran bienvenidos en el nuevo y mejorado imperio que pretendía construir Basilio. Y en esa lucha constante por el poder, un día llegaron hasta el punto de despreciarse. Lecapeno no quiso inclinarse ante el emperador nunca más y fue despojado de todos sus bienes y enviado lejos de Constantinopla, donde no duró ni un año. Teófano pareció ir apagándose con la pérdida de su único amigo. Repudiada por su hijo, deseada por cada hombre de la corte y odiada a muerte por otras mujeres, no encontraba sosiego en nada. Desaparecía por las noches. Dejó de comer con Anna y se quedaba en sus aposentos todo el día sin arreglarse. Y el día que llegó la noticia sobre la triste muerte de Lecapeno exiliado, la encontraron sobre su lecho, tan bella como una diosa, con una copa vacía a su lado y un brazalete de una hermosura exquisita sobre su muñeca fría.

Poco a poco, la línea fina de piedra gris se convirtió en la costa y los muros de Jersón, altos y amarillentos, se erigieron desde las olas oscuras. Las criadas terminaron de peinarla. Anna todavía no sabía si su decisión de llevar el atuendo completo de una futura emperatriz y las mejores joyas era acertada. Ella quería que la rechazara, no que la aceptara. Su atractivo no era común, no era la belleza clásica de su madre. Y por primera vez, Anna lo agradecía. Quizás el Varego estaba esperando a una mujer griega morena de tez bronceada, y su melena pelirroja lo repugnaría.

Había oleaje y el barco se tambaleaba peligrosamente. Al rodear el cabo, la marea apaciguó y en unos minutos el fondo del navío tocaba la arena, los hombres saltaban al agua y lo movían hacia la orilla, ayudados por otros que los esperaban en tierra.

Anna se preguntó quién la recibiría. Seguramente algún general o los clérigos de Jersón si seguían vivos. Y la acompañarían hasta donde estaba el Varego. La comitiva apareció desde detrás de las rocas. Eran treinta o cuarenta jinetes de armaduras oscurecidas y cascos extraños. Anna trató de aguantar la respiración en un vano intento de hacer que su corazón latiera con más calma. Unos cuantos hombres, mientras tanto, lanzaban desde la orilla unas tablas muy largas, apoyándolas sobre la proa para facilitar el desembarque. Las criadas fueron las primeras en cruzar para pisar el suelo firme. Anna subió a la proa y paró observando a los jinetes que ya estaban a unos pasos del barco. Uno de ellos se desmontó tranquilo, se quitó el casco y se acercó a la proa. Ella adivinó cómo la vería desde abajo, coronada con la diadema resplandeciente de Teófano sobre su pelo de color fuego y las perlas con su sutil brillo, el azul profundo de su túnica y los brazaletes de oro cubiertos de piedras preciosas. Los griegos se arrodillaron. Sin embargo, los guerreros recién llegados no se inmutaron.

Anna, algo enojada con ese poco respetuoso recibimiento, avanzó por la tabla hacia aquel hombre que la esperaba a pie del agua. Le sorprendieron sus rasgos y su estampa. También su manera cortés de ofrecerle la mano al pisar la arena. Pero tampoco entonces se había inclinado ante ella. Y por alguna razón, él también frunció el ceño, mientras se dirigían en silencio hasta la carreta que iba a llevar a la mujer hasta sus aposentos. ¿Es que él esperaba que se inclinase ella? Anna estaba tan confusa como indignada. «Debo pensar como un bárbaro desde ahora», se dijo para tranquilizarse. Mientras tanto, las criadas cuchicheaban entre ellas siguiéndolos.

—¡Qué hombre! Y vino en persona a buscarla. Será el príncipe, ¿verdad? —Cada vez lo hacían más en alto. Era evidente que nadie de la comitiva hablaba su idioma. Parecía que las mujeres ya no estaban tan asustadas como antes.

El sol comenzaba a bajar. La carreta iba despacio, rodeando las piedras. Anna observó que la llevaban no a su campamento, sino a la ciudad. Cuando rodearon barrios de artesanos medio destrozados que se extendían afuera del muro y el cementerio, entraron en la ciudadela, por la calle principal, que cruzaba toda la urbe, y sus calles uniformemente perpendiculares, aunque demasiado estrechas. Cada manzana estaba ocupada por dos casas y aquel orden meticuloso transmitía paz. Anna suspiró con alivio, viendo que Jersón permanecía intacta, y que hasta algunos lugareños se atrevieron a vitorear a la hermana del emperador desde las ventanas. Ella no los saludó, ni reveló ningún ademán de respuesta a sus reclamos. Estaba muy por encima de todos ellos y no debía mostrarse vulnerable en ningún momento ante la plebe. Cruzaron la plaza. Allí estaba la estatua de la diosa Deva, la patrona de Jersón, y las piedras con inscripciones para distintos rituales. Al final de la calle, Anna vio un templo dispuesto en ángulo. De esa forma se podía observar dos de sus lados al mismo tiempo. Sin llegar hasta él, pararon delante de una casa que ocupaba toda la manzana. Desde dentro salieron corriendo unos criados para acompañarla. Los jinetes los siguieron durante todo el camino, pero no entraron en el palacio. Al cruzar el umbral, Anna oyó como el ruido de cascos se alejaba.

—Mi señora —un hombre anciano se dirigía a ella—, soy Andrómaco, el administrador imperial. Permitidme acompañaros a la alcoba que hemos preparado para vos donde podréis descansar. Os llevaremos la cena enseguida.

Anna lo miró con sorpresa:

—¿Descansar? No he venido aquí a descansar. Os agradezco vuestros cuidados; sin embargo, me gustaría ver al príncipe varego cuanto antes y hablarle. ¿Hay alguien que pudiera traducirle mis palabras?

El anciano se turbó, pero respondió enseguida:

—Que sea como vos deseéis.

Y desapareció tras las puertas. Anna recorrió el cuarto. Era amplio, con paredes pintadas de blanco, con plantas y pájaros lanzándose desde el suelo hasta el techo a pinceladas de colores. Las ventanas daban a un patio con naranjos. No era nada lujoso, pero agradable. Olía al mismo mar que ella conocía desde niña. Se sintió más segura. Las criadas no callaban deshaciendo los baúles con su ropa y otros menesteres. Pero Anna no las oía, su mente estaba en otra parte.

* * *

—Es como una diosa, pero no de las nuestras. De otro mundo —dijo Olaf, impresionado.

—Una mujer es una mujer y nada más —refunfuñó Dobrinia—. ¿Dónde está Vladimir?

Olaf buscó con la mirada.

—No lo sé. ¿Desmayado? —rio.

—A él no le impresionan ya las mujeres. Tiene una en cada aldea desde que era un crío —escupió Dobrinia y desenfundó su espada. Hacía días que su filo necesitaba limpiarse y afilarse, pero su amo estaba cansado, muy cansado. Olaf lo observó de reojo, aflojando la cincha de su silla:

—Déjamela, te la limpio.

Dobrinia lo miró agradecido.

—Es mi deber; al fin y al cabo, eres el primer general y el jefe de mi druzhina.

—Aunque un poco viejo —rio Dobrinia.

—Dime cuando sea la hora de sustituirte —respondió Olaf, cogiendo su arma. Dobrinia lo estudió de reojo. Estaba claro que el joven apuntaba a ocupar su lugar cuando se le acabaran las fuerzas. Suspiró con algo de tristeza y se fue a la tienda.

—Ah, aquí estás —dijo al ver a Vladimir—. ¿Todo bien? ¿Tus ojos?

El príncipe estaba absolutamente absorto en sus pensamientos. Levantó la cabeza:

—Ahora comprendo por qué me la negaban.

Dobrinia estaba demasiado cansado para descifrar enigmas y se acostó sin responder.

De pronto, se oyeron voces. Vladimir se levantó y salió afuera, poniéndose el cinturón con la espada. Se acercaba una comitiva de cuatro jinetes y no eran guerreros. Vladimir esperó en silencio que se desmontaran y se inclinaran ante él. Hicieron llamar al hombre que sabía traducir. Desde la conversación con Anastaso, el príncipe ordenó tenerlo cerca y a salvo. Entonces pudo oír el mensaje, que decía que Anna la Porfirogeneta venía a negociar y que le gustaría hacerlo cuanto antes. Así que esperaba compartir la cena de esta noche. Vladimir frunció el ceño. Después de una pausa, preguntó:

—¿A negociar? ¿Lo tradujiste correctamente?

El esclavo asintió. Los cuatro hombres lo miraban en silencio, tensos. La pausa se alargaba. Vladimir paseó de un lado a otro, pasó la mano por el pelo pensativo, estudió con la mirada la ciudad y después, con un leve ademán de sonrisa, respondió:

—Allí estaré.

* * *

Sus manos temblaban. Anna dio un sorbo al elixir de hierbas que le tranquilizaba el espíritu. Andrómaco vino personalmente a acompañarla hasta la sala donde se había dispuesto todo para la cena. El ambiente adentro reflejaba una extraña mezcla de celebración por la visita de la hermana del emperador y el tributo al nuevo conquistador de la ciudad, pero con un toque fúnebre por todas las muertes de las últimas semanas. Vladimir estaba sentado en medio de una larga mesa. Ahora Anna podía verlo mejor. Llevaba el pelo recogido hacia atrás en una oscura trenza, su camisa delataba ejercitados músculos de un guerrero y sus ojos parecían inteligentes y vivos. Era calmado, serio y expectante. A su lado, se sentaba un anciano de barba blanca y frente arrugada. Y más allá un hombre joven, de pelo muy rubio y ojos tan azules como los de Anna, que no le quitaba la vista de encima. Era tan bello que a la princesa le costó imaginarlo salpicado con barro y sangre de una batalla. Era como la imagen viva de un ángel. Ella trató de no detener su vista sobre él más de la cuenta y recorrió el resto de la mesa con su mirada: los clérigos que habían venido con ella en el barco y unos pocos guardias griegos mezclados con los que debían de ser administradores y nobles de Jersón a un lado, los escasos guerreros de Vladimir al otro. Todos se levantaron al verla entrar.

Andrómaco la acompañó al asiento libre al lado de Vladimir y él mismo se acomodó a otro lado de ella. Comenzaron a cenar en silencio, en cuanto uno de los clérigos terminara de rezar. El aire pesaba. Nadie decía una palabra. Las miradas se lanzaban, se cruzaban y se bajaban o se desviaban. Cuando trajeron el vino, Andrómaco cogió la copa y alzándola al aire, como exigían las costumbres, agradeció a Anna su visita imperial, dándole la bienvenida en su ciudad. Un hombre, agachado detrás de Vladimir, le estaba transmitiendo sus palabras en eslavo. Cuando Andrómaco terminó de hablar, Anna levantó su copa y le agradeció con un leve gesto de cabeza. Después de unos minutos más de silencio, hicieron entrar a los músicos. Sus instrumentos sonaban extraños a los oídos de Vladimir, pero desinhibían a la gente, que comenzó a comer más a gusto y a intercambiar palabras entre ellos. Anna no quería parecer nerviosa o afligida y, después de dar un sorbo al vino, decidió empezar por un trozo de queso con unas ciruelas que tenía enfrente.

Ella no sabía si en ese caso debía comenzar la conversación primera. Tampoco sabía cómo. Le había dado mil vueltas en el barco y al final lo había dejado. Pensó que, al llegar el día, se organizaría una recepción para hablar con el Varego. Pero aquello se convirtió en una cena de bienvenida y había demasiadas personas alrededor para tratar sus asuntos. La expresión de Vladimir cada vez se volvía más sombría. Parecía pensar lo mismo.

Andrómaco dio dos palmadas y en la sala, siguiendo el compás de la música, entró corriendo un hombre que llevaba tres bolas del tamaño de la palma de su mano de cristal vidrioso. Comenzó a lanzarlas al aire y cogerlas con una gran agilidad. En un primer momento, Anna se estremeció con el recuerdo de un espectáculo semejante que había presenciado hacía ya años en el hipódromo. Sin embargo, ahora no parecía haber peligro de que la velada acabara con caballos heridos y jinetes lisiados. Además, la tensión de los últimos días llegó a su punto álgido y el cerebro de la joven dama necesitaba distracción. Así que disfrutaba mirando los cristales volar por encima de la cabeza del hombre, con la mente en blanco, y una leve sonrisa esbozada en el rostro. Vladimir seguía las bolas con interés, así como sus hombres, no acostumbrados a ver los espectáculos. Cuando había terminado, todos aplaudieron y el malabarista se retiró. El ambiente parecía más distendido; los comensales, después de unas cuantas copas, conversaban entre ellos y se oían risas y gritos.

Entonces Vladimir se volvió hacia Anna, hizo una señal al hombre que traducía y le susurró algo al oído, sin quitarle la vista de la mujer.

—Mi señora, con vuestro permiso… —titubeó el hombre.

—Lo tienes —respondió ella casi susurrando también. Le incomodaba esa mirada inquisitiva del príncipe y, cogiendo la copa en la mano, se volvió hacia Vladimir y le clavó también su mirada azul, a la vez vaciando su copa. A él le debió de gustar aquel gesto desafiante, porque sonrió levemente, mientras esperaba a que el hombre acabase.

—Vladimir desea saber cuándo será la boda.

Anna no pareció inquietarse ante la pregunta. Prefería hablarlo cuanto antes y que pasara lo que tuviera que pasar. El vino le había dado valor y respondió sin evitar la mirada del príncipe:

—La boda será en cuanto él cumpla una condición imprescindible para que yo pueda ser su esposa.

El hombre se lo dijo y Vladimir frunció el ceño:

—Pregúntale cuál es —susurró. No quería que nadie se enterara. Dobrinia trataba de escuchar algo, pero no lo lograba y se ofuscaba cada vez más.

Entonces Anna sacó de su manga una pequeña cruz de oro y se la puso delante de Vladimir sin una palabra.

El príncipe la miró y después tocó su propia frente con un gesto involuntario, recordando cómo Anastaso le aplicó su cruz durante su ceguera. Y también se acordó de su promesa desesperada lanzada en broma al clérigo. «Las cosas siempre ocurren por alguna razón», le vinieron las palabras de su madre. Cogió la cruz con la mano y la estudió, cada dibujo y cada recoveco de su ornamento de oro. Sentía de reojo como aquella princesa «del otro mundo» lo miraba, altiva y aterrada a la vez. Ella pensaba que lo había cogido desprevenido con esta descabellada petición para que él la rechazase y poder volver a sus tierras. Pero no era así. Cuando le había dejado totalmente anonadado, fue al aparecer en la proa del barco. Sola, fuerte y diferente por su hermosura extraña, irradiando poder, sabiduría y la profundidad de un ser soberanamente educado, con los que Vladimir jamás había tropezado, y menos en una mujer. Le costó no inclinarse ante ella, porque todo su cuerpo lo reclamaba. Y ahora él no podía permitirse perderla. Por muchas razones: por la potestad que suponía ese enlace, por su honor, pero en mucha más medida porque, después de tenerla tan cerca, ya no podía dejarla escapar. Estaba seguro de que no encontraría a ninguna mujer vagamente parecida a este ser extraño de pelo color fuego.

Guardando su compostura de diosa, esperando la respuesta de la que su vida dependía, Anna comenzó a temblar casi imperceptiblemente, pero Vladimir lo notó y sonrió. Y cuando sus labios perfectos, pintados con color de coral, comenzaron a moverse rezando en silencio, Vladimir, cautivado, siguió su impulso y simplemente llevó su dedo índice hacia ellos y paró su movimiento.

Al sentir su tacto, Anna se sobresaltó. Jamás la había tocado un hombre, no siendo uno de sus hermanos o Lecapeno, y desde luego no de esa manera. No había sufrido mayor insulto en toda su vida. Pero vio que él a la vez asentía y en sus ojos muy oscuros, al fondo de ellos, había solo calidez y paz. Así que no se apartó. Un susurró recorrió toda la sala, al ver esa escena, como una sola voz.

«Él no me ha entendido. Debí haberlo aclarado», pensó Anna, presa de pánico. Se volvió hacia el hombre que traducía, pero sintió como Vladimir cogía su mano delicada y blanca y la ponía dentro de la suya, donde yacía su cruz. Luego la apretaba, mirándola, y sonreía. Al ver ese gesto, todos los comensales se levantaron, alzando sus copas y vitoreando a los prometidos, cada uno a su manera.

Los únicos que se quedaron sentados en silencio fueron Dobrinia y Olaf.

* * *

El vaivén del galope, el estrecho camino entre los árboles y la humedad que desprendía el verde del moho del bosque, creando una capa de vapor sobre la tierra, la hacían sentir volar como por encima de las nubes. Allí arriba, a lo lejos, el sol trataba de alcanzar a Rogneda a través de las copas de los árboles, pero no lo lograba. Vigilaba que Iziaslav no quedara atrás. Ya no faltaba mucho para llegar hasta el claro. Pasaron a trote y luego a paso, tratando de ser sigilosos. Iban a por un ciervo. El chico ya había salido de caza con su tutor y otros hombres, pero solo encontraron a unos jabalíes. Para cazar un ciervo, había que ser invisible y silencioso. Con un crujido de una pequeña rama lo espantarías. Rogneda desmontó y le hizo la señal a su hijo para que hiciera lo mismo. Ataron a los caballos en largo para que pudieran pastar un poco mientras esperaban.

Caminaban hacia el claro a paso lento, con cuidado, con los arcos preparados. Algún pájaro asustado salía volando hacia el cielo a su camino. Iziaslav paraba a su madre cada vez que veía setas o lagartijas sobre los troncos podridos. Al final, llegaron y se escondieron entre los árboles jóvenes que rodeaban la pradera. Rogneda la encontró un día galopando sola y le pareció un lugar idóneo para pastar. Después de observar un rato el claro vacío, Iziaslav se dedicó a ir comiendo las fresas del bosque que encontraba a su alrededor. Rogneda, en cambio, vigilaba con esmero.

Estuvieron escondidos un rato largo. El sol ya estaba alto y la niebla y la humedad desaparecieron, cuando a unos metros de ellos apareció un ciervo. Su corona de astas era gigantesca e Iziaslav se quedó con la boca abierta, observando como aquel animal majestuoso, después de revisar con la mirada cada rincón del claro, agachó la cabeza y comenzó a arrancar bocados de hierba. Cada vez que levantaba la cabeza, se quedaba alerta masticando. El niño se puso nervioso e hizo el ademán de izar el arco, pero su madre negó con la cabeza.

—Cuanta más paciencia tengas, más grande será tu recompensa —susurró ella muy despacio sin quitar el ojo del animal.

El ciervo parecía estar cada vez más relajado y bajaba la cabeza más despacio y más a menudo. Fue entonces cuando Rogneda levantó su arco y el niño hizo lo mismo. Tiraron a la vez de la cuerda y la soltaron también casi a la vez. Las dos flechas cortaron el aire. La cabeza del ciervo se giró hacia ellas, sus músculos se tensaron antes del salto, pero cuando sus patas dejaron de tocar la tierra para esquivar el ataque, las dos flechas ya estaban clavadas en su cuerpo. La del niño le dio en el cuello, y la de Rogneda, en la barriga. Los dos se miraron sonrientes y saltaron a la pradera. El ciervo no pudo dar otro salto y trataba de escapar dando tumbos. Rogneda sacó el cuchillo, pero cuando estaba a tres pasos de él, el animal giró en su dirección y bajó la cabeza, protegiéndose con sus enormes astas. Estaba sangrando, pero no mucho. Rogneda y el niño pararon delante de él.

—Espera, ahora va a dar la vuelta e intentará escapar. Pero no podrá saltar y lo remataré con el cuchillo —dijo la mujer.

—¿Y si salta? —preguntó Iziaslav.

—Si aún puede saltar, le disparamos de nuevo. Ten el arco preparado.

El ciervo pensaba. Un instante después, por alguna razón, en vez de escapar, se lanzó contra ellos. Rogneda gritó y los dos trataron de apartarse rápidamente, cada uno a un lado del animal. Pero una de sus astas enganchó la correa que cruzaba el pecho del niño. Aún no pesaba mucho y, de un tirón, Iziaslav perdió el equilibrio y salió volando contra uno de los flancos del ciervo, acompañando, enganchado, su loco baile por la pradera. Rogneda, horrorizada, no podía hacer más que esperar a que el animal parase por un momento. Y fue cuando se le abalanzó encima, clavándole el cuchillo en el cuello y cortándolo. El ciervo se tambaleó y cayó de rodillas. Rogneda rápidamente cortó la correa enredada y apartó a Iziaslav. El niño estaba aturdido.

—¿Estás bien? ¡Por todos los dioses!

Rogneda desgarró la camisa del niño e inspeccionó su pecho. Unas cuantas puntas de las astas le habían raspado la piel, pero no parecía grave. Buscó con la mirada las hojas de llantén, las arrancó y las apretó contra las heridas.

—¿Lo hemos cazado, madre? —preguntó el niño. Rogneda sonrió aliviada:

—Sí, hijo. ¡Lo hemos cazado! Aunque casi te caza él a ti.

—Madre, ¿y cómo nos lo llevaremos a casa?

Rogneda rio:

—Pues no lo sé. No esperaba que tuviéramos tanta suerte. Voy a por los caballos y algo se me ocurrirá, ¿vale?

Iziaslav sonreía feliz.

—¿Te duele mucho? —preguntó Rogneda.

—¿Qué dices? Lo que voy a presumir. ¡Un ciervo enorme me atacó y lo he matado! —dijo el niño, excitado.

Rogneda miró sus ropas cubiertas de sangre fresca del animal y rio:

—Yo pensaba que lo había matado yo.

La sonrisa de Iziaslav se apagó. Entonces ella añadió:

—Pero nadie lo ha visto. Así que te cedo ese logro. Además, tú tienes más sangre encima: la del ciervo y la tuya. Quédate aquí quieto y no te quites estas hojas. Para cuando traiga a los caballos, pararás de sangrar y nos iremos.

Iziaslav asintió y se estiró sobre la hierba mirando las nubes.

—Me gusta cómo eres ahora, madre —oyó Rogneda, mientras se alejaba.

—Y a mí —susurró sonriendo.

* * *

Anna abrió los ojos. Aquello no podía estar pasando. El Varego había accedido. Sin más. Ella nunca volvería a su casa. Se sentó sobre su cama, mirando la pared, confusa y perdida. La cabeza le dolía a causa del vino tomado anoche.

Al oír que se despertaba, tres criadas entraron en el cuarto. Se dejó vestir y peinar y salió al patio. Allí la esperaba el desayuno, Andrómaco y un clérigo.

—Anastaso, mi señora —se presentó él con una inclinación.

Ella se sentó y el hombre comenzó a hablar:

—Mi señora, entendimos ayer que aceptasteis la proposición del príncipe, ¿es así? No hubo muchas palabras y deseamos saber el destino de nuestra ciudad. La gente lleva muchas noches sin poder dormir en paz.

Anna no los miraba. De pronto, se dio cuenta de que tenía mucha hambre, casi no había comido en días. Mordió la torta untándola con el almíbar que tenía delante. Ellos esperaron en silencio a que ella tragara. La comida parecía darle fuerzas y aplacar la pesadez del cráneo. Entonces, respondió:

—Solo puedo casarme con él si se convierte al cristianismo. Anoche se lo transmití, pero por señas.

—Conque aún no estamos seguros de nada —dijo Andrómaco.

—Y tampoco sabe todo lo que ello conlleva. Porque va a afectar a su modo de vida —apuntó Anastaso—. Sin embargo, no me imagino una misión más grande que llevar nuestra fe al mundo pagano.

Anna lo miró incrédula. Lo que ella deseaba era que aquel hombre rechazara aquello por imposible y cada uno volviera a su casa. ¿Una misión? ¿Llevar la fe? Suspiró y siguió comiendo, sin prestar atención a la conversación entre Andrómaco y Anastaso. ¿Qué locura era siquiera creer que aquello fuera posible? Conseguir convertir un territorio tan grande con tantas gentes diferentes conviviendo en él. Tomó un trago de leche de cabra. Todo se veía incierto y confuso en su mente. ¿Y si este era su destino? El desafío más grande de los últimos tiempos. No. Debía aclarar su mente y volver a su plan inicial.

De repente, se oyeron voces y pasos. Uno de los sirvientes anunció la llegada del príncipe Vladimir cuando él ya entraba en el patio. Sonrió al ver a su prometida y, sin preámbulos, se dirigió directamente hacia ella. El hombre que le estuvo traduciendo la noche anterior cojeaba tras él. El trozo de la torta cayó de la mano de Anna. No estaba acostumbrada a irrupciones similares y total descuido de las formas. Vladimir se sentó a su lado y sonrió. Ella frunció el ceño:

—No es de buena educación sorprender a una dama —salió de sus labios.

Vladimir miró al hombre cojo en busca de la traducción, pero lo vio temblar y comprendió que le daba miedo traducirlo. Sonrió aún más.

—Me gusta. Tiene carácter. Aún no nos hemos casado y ya me está reprochando —concluyó en voz alta. Después, cogió un trozo de torta, la untó con el almíbar y se la ofreció a Anna en vez de la que se le había caído. La mujer le seguía mirando con desaprobación. Entonces, se metió un trozo en la boca y soltó un gruñido de placer. No había comido nada tan dulce en su vida.

Andrómaco miraba aquella escena como petrificado, mientras una de las sirvientas trataba de despegar el trozo accidentado del mármol del suelo.

—¿Qué es? —preguntó el príncipe.

El hombre tradujo la pregunta y el administrador carraspeó:

—Almíbar de albaricoques.

No hacían semejantes dulces al norte y el príncipe repitió. Cuando tragó, miró a Anna, cautivado de nuevo con su apariencia y divirtiéndose con su cara de confusión. Se limpió el bigote y dijo al hombre que traducía:

—Dile esto: anoche me dijisteis que, para desposarme con vos, debo convertirme a vuestra fe, ¿es así?

Anna asintió.

—Lo haré. Pero no solo porque vos me lo pongáis de condición, sino porque hice una promesa. Y un príncipe siempre cumple sus promesas.

Vladimir miró a Anastaso y sonrió. El hombre le respondió con otra sonrisa de complicidad. Sin embargo, Anna frunció el ceño de nuevo. Ese bárbaro la estaba menospreciando. Quizás todavía podría hacerle cambiar de parecer.

—Si aceptáis mi fe, deberéis renunciar a otras esposas, así como cualquier adoración a otros dioses. —Y la princesa levantó su ceja izquierda. Vladimir pensó que estaba absolutamente irresistible cuando se enojaba.

—Estoy conforme —respondió. ¡Cuánto disfrutaba hacerla rabiar!

En ese momento, Andrómaco pareció volver en sí y preguntó:

—¿Y qué será de nuestra ciudad, mi señor?

Vladimir lo miró por encima del hombro y respondió:

—Korsún va a ser el regalo de bodas para la futura princesa de Rus. Le va a pertenecer a ella por siempre y después a su primogénito.

Andrómaco suspiró feliz, la ciudad quedaría intacta. Mientras tanto, Anastaso decía pensativo:

—Os debemos preparar para el bautizo, príncipe. Podemos hacer la ceremonia el mismo día, antes de la boda.

Vladimir asintió.

El administrador salió corriendo afuera, con ganas de ser el portador de las buenas noticias. El príncipe se quedó con el clérigo y Anna. Su vieja criada dormitaba al sol de la mañana, el traductor se sentó a sus pies. Las sirvientas, a la sombra del portón, esperaban cualquier orden.

Vladimir, a una distancia prudente, pero sin disimulo, estudiaba detenidamente a su futura esposa: sus rasgos, su tez, sus manos, su figura envuelta en seda, y se impregnaba con su dulce olor. Ella, incomodada por ese comportamiento tan atrevido, clavó la mirada en el naranjo y el pájaro que estaba revoloteando alrededor de sus ramas verdes. Involuntariamente, comenzó a rezar de nuevo. Y de nuevo sintió el dedo de él sobre sus labios. La hizo arder entera, pero no por enojo ante la falta de respeto o ignorancia de todas las normas posibles. Fue otro ardor, placentero, inmenso y dominante. Ella paró de mover la boca. Entonces, él cogió su mano, la besó y comenzó a jugar con las pulseras de su muñeca. La miraba tranquilo y sonriente, atraído y hechizado, sintiendo a la vez que toda su vida y sus logros lo llevaron a ese punto, a esa mujer, a través de la cual iba a llegar a ser un igual del emperador bizantino y aprender a creer en un dios que escuchaba. La miraba seguro y feliz.

Anna retiró la mano. Mil pensamientos y sensaciones luchaban dentro de su mente y era la primera vez que no se entendía a sí misma: aquel bárbaro inculto debía infundirle miedo y repugnancia, se creía estar a su nivel y la trataba como a una igual, debía desear volver a su amada ciudad, donde se encontraba segura y cada día era previsible y calmado, tratar de romper el compromiso y evitar ser llevada a unas tierras desconocidas. Pero se estaba dando cuenta de que no lo quería. Por alguna inexplicable razón, le atraía la idea de lo inexplorado, como si desposarse con aquel hombre sí que finalmente resultara ser su destino. ¿No quiso mil veces ser una gaviota y volar lejos? Pues era su oportunidad. Con riesgos, desafíos, incertidumbre y miedo, pero era algo grande que Dios le estaba ofreciendo sobre la palma de su mano. Y además el Varego había accedido a cambiar hasta su fe por ella. Y para Anna no había un sacrificio mayor. Podría llevársela a la fuerza. Hasta quizás hacer suya Constantinopla. Pero, en vez de eso, accedía a sus exigencias.

La confusión de Anna iba en aumento. Le faltaba aire, el silencio se hizo eterno y ya no aguantó más. Puso su blanca mano sobre la de Vladimir y con un suspiro que le salió tan de dentro, que todo su ser pareció pender de esa pregunta y todas sus dudas estaban concentradas en ella, preguntó:

—¿Por qué?

Él miró dentro de esos ojos tan increíblemente azules y puros, y sin pensar siquiera un instante, respondió:

—Nunca creí en ningún dios, antes de encontrar al tuyo. Y él me trajo a ti.

* * *

Tres días después, tras muchos preparativos, bajo la supervisión del Metropolitano de Jersón, tras charlas interminables con Anastaso, que trataba de resumir los relatos de la Biblia y explicaciones de costumbres y ritos, tras disputas con Dobrinia que veía todo lo que ocurría como una traición a su gente y rendición ante el enemigo eterno, tras todo aquello, el día señalado por fin llegó.

Siendo una fortaleza fronteriza, Jersón jamás fue pisada por una invitada tan especial como la hermana del emperador. Donde terminaba la calle principal, fueron montadas dos carpas. Una para el novio y otra para la novia. Allí se hicieron los preparativos. Los ritos comenzaron a mediodía en el templo más grande de la ciudad y duraron horas. El bautizo fluidamente fue seguido por el casamiento.

El sol ya comenzó a bajar cuando la pareja salió del templo. La gente se agolpaba en la calle para vitorear a los recién esposados. Vladimir no podía evitar disfrutar de todo aquello. Los ritos, en un idioma desconocido, en la penumbra y rodeado de lujo de una iglesia ortodoxa, con imágenes en mosaico y oro, estaban llenos de un misterio atrayente. Le recordó la sensación de cuando iba a ver a su madre. Jamás sabía qué esperar, pero su alma se llenaba de algo parecido a una especie de adoración.

Su esposa aquel día adaptó unas maneras aún más majestuosas. Con sus ropas de color púrpura y adornos de oro, se veía magnífica. En ningún momento mostró signo de debilidad o confusión. Anastaso tenía razón, era un ser nacido para ser único.

En la plaza central se prepararon enormes mesas con tablas de madera sobre las que posaban carne, pescado, todo tipo de verduras, frutas, y enócoes y ánforas con vino. La druzhina del príncipe y todos los ciudadanos estaban invitados a aquel banquete sin par. Anna y Vladimir, compartiendo una mesa especial con la nobleza y los clérigos, lujosamente adornada, actuaron como los anfitriones, cada uno a su modo. La celebración iba a durar días. Pero lo importante estaba hecho. Anna sentía un enorme cansancio que disimulaba muy bien. Pero, al final del día, su mano que sujetaba la copa tembló. Sintió la mirada inequívoca de unos ojos negros en su tez y no hizo falta más. Él pareció saberlo todo, se levantó, brindó a la salud de todos los presentes y anunció que los príncipes se retiraban a descansar. Luego acompañó a su esposa a sus aposentos. Sin hablar, también cansado, se quitó el caftán y las botas y se medio acostó sobre la cama, mirando como Anna se desvestía con la ayuda de una de sus criadas. Cómo le soltaban el pelo y aquella nube rojiza le caía suavemente sobre los hombros y cubría la espalda. Cuando ella se quedó solo con una camisa fina, él mandó a la criada salir.

—¿Por qué te quedas continuamente mirándome? —preguntó Anna, sabiendo que él no la entendería.

Vladimir sonrió. Escucharla hablar en su propio idioma lo excitaba. Y mucho. Pero, a diferencia de sus otras mujeres, no quería solo poseerla. El príncipe ya no tenía veinte años y no le atraía la idea de una fémina que se quedase sobre las sábanas sin moverse, como sus otras esposas o las vírgenes que él había probado. Quería que su amante deseara complacerle de verdad y que también disfrutara con él. Y algo le decía que aquella mujer podía hacerlo. Y, para ser generoso en el amor, había que ir despacio.

Anna, al verlo sonreír sin más, puso las manos sobre la cintura e hizo mueca de enojo. Pero no pudo disimular la risa:

—Pero deja de mirarme y di algo —pronunció. Entonces él no pudo aguantar más, se levantó y de nuevo le puso el dedo sobre los labios y los acarició. Ella ya lo estaba esperando y lanzó una pequeña carcajada, olvidándose de las formas. De repente, se sintió libre al no tener que cuidar sus maneras en todo momento, porque ese bárbaro no sabía nada de cómo debía ser su comportamiento. Vladimir mientras tanto recorría su rostro increíblemente blanco y hundía sus dedos, endurecidos en las batallas, en ese pelo sedoso y brillante, de color inusual. Todo era exquisito en aquella mujer. La mano de él bajó hacia uno de sus pechos, con la otra la cogió por la cintura. Ella se puso tensa, y él se detuvo sin avanzar, pero sin soltarla. Y encontró su mirada. Anna se volcó dentro de la oscuridad de sus ojos, casi negros, pero cálidos y sonrientes. Olía a vino y a deseo. Había algo diferente dentro de aquella mirada, una fuerza que la atrajo aún más. Pensó en todo lo que ese hombre había logrado según las historias que circulaban sobre él, y las que ella habitualmente no se creía. Pero, entonces, mirándole a los ojos, comprendió que eran verdad. Era un gran hombre y la merecía.

Una ola de calor recorrió la piel de Anna y le apeteció acariciar esos músculos que se adivinaban bajo su camisa, de ver su torso, de sentirlo. Encontró el botón del cuello y lo abrió. Él soltó su cintura y se dejó quitar la camisa lentamente. Anna estudió con la mirada las cicatrices sobre su piel, sin atreverse a tocarle. Cuando Vladimir cogió su mano y la puso sobre su pecho, ella sintió los latidos de su corazón y volvió a mirarle a los ojos. En ese momento, él la besó y ella cerró los párpados y se relajó. La levantó al aire, como si fuera una pluma, y la puso sobre la cama. Se quitó el resto de la ropa y subió hasta la cintura la camisa de ella. Le hizo el amor de la manera más dulce que sabía. Después, cayó dormido. Y soñó. Eran los trazos de las imágenes que tantas veces aparecieron en su cerebro cuando visitaba a su madre. Solo que esa noche tomaron forma: había un río que lo arrastraba, él luchaba desesperadamente por no hundirse. Su madre corría por la orilla gritando impotente. Y, cuando todas las esperanzas parecían abandonarlos, surgía una piedra a lo lejos en medio del agua. Se iba acercando rápidamente y el pequeño Vladimir sabía que era su última oportunidad de sobrevivir. Concentraba todas sus fuerzas y se enganchaba a ella. Estaba salvado.

Se despertó sonriendo. Aquellas imágenes sueltas eran recuerdos de su niñez, cuando su madre aún estaba con él. Miró a su lado. Anna dormía plácidamente, por primera vez desde hacía días. Él la despertó. Quería más de ella y ella se lo dio, y trató de complacerle y alargar su disfrute. Sobre ese lecho solo era una mujer, no una basilea, con el hombre que, por alguna razón, la enamoró.

Al día siguiente, la celebración siguió y Anna se divirtió mucho más. Guardaba las formas; sin embargo, compartía miradas íntimas y relajadas, y caricias furtivas con su esposo. Él le enseñó varias palabras en eslavo y se asombró al ver qué rápido las retenía aquella bella mujer.

El día de partir, Anna soltó alguna lágrima. Presentía que no volvería a ver a su amado mar ni pisar su tierra natal.

—Anastaso —dijo al subir al carruaje con él mientras se acomodaba sobre los mullidos cojines—, por primera vez en mi vida estoy asustada de verdad.

—Lo sé, mi señora, pero pensad en vuestro gran destino. Desde el momento en que vos piséis Rus, aquello ya no será igual. Lleváis la fe a un mundo pagano. Vais a salvar tantas almas… —respondió el clérigo.

—Lo sé y estoy muy feliz de que me acompañes, porque no sé si podría hacerlo sola.

—Nunca estaréis sola, mi señora. El Todopoderoso os protegerá y os mostrará el camino.

Anna suspiró. Entonces, se acordó de algo y pidió llamar al traductor. El hombre cojo apareció rápidamente. Ella le invitó a subir al carruaje. Sus dos criadas, tumbadas en un rincón, fruncieron el ceño. Pero Anna dijo:

—Vas a viajar con nosotras. Quiero que me enseñes palabras eslavas. Necesito poder comprender cuanto antes.

El hombre se mostró emocionado, porque jamás hubiera soñado con un viaje tan cómodo. Sintió que la suerte le sonreía: sobrevivió al ataque a Jersón, después fue llamado para traducir, garantizando su seguridad, y además le habían entregado algunas monedas por sus servicios. Hasta el carruaje le siguió una mujer que no paraba de llorar y cuatro niños. Él no parecía nada afectado por despedirse de su esposa, sino hasta animado.

Anna rezó antes de partir, rogándole al Señor protegerlos durante el viaje. Se llevaban trofeos de guerra y múltiples obsequios: cuatro estatuas montadas de cobre, iconos y otros utensilios eclesiásticos, las reliquias de San Clemente y San Fiva, algunos volúmenes de Anna y muchos otros objetos y pertenencias. Sin embargo, las ofrendas que había mandado Basilio con la novia, Vladimir las envió de vuelta. Le bastaba con ella y con Jersón. Porque, siendo ella la dueña de la fortaleza, los impuestos irían a las arcas de Kiev por siempre.

Al final, el carruaje salió por las puertas de la ciudadela. Hasta donde alcanzaba la vista y permitían los bosques, un río de jinetes y guerreros se retiraba hacia Rus. Era como un mar de hormigas. Anna trató de distinguir a su esposo, pero le fue imposible. Seguramente iría delante, con su druzhina.

El carruaje fue rodeado por los guardias asignados a la princesa que ya sin angustia miraba hacia delante, donde le esperaba un nuevo futuro y una nueva vida por descubrir.

* * *

—Madre —Iziaslav tiraba otra piedra al río, pero no lograba hacerla saltar más de dos veces—, no me sale.

Ya se acostumbró a que no existía cosa de chicos que su madre no supiera hacer. Rogneda, acostada sobre la hierba, mirando el cielo, le aconsejó:

—Coge una más plana. Si es redonda, no vota.

Iziaslav tardó en volver a lanzar. Pero Rogneda oyó su feliz reacción y supo que lo había conseguido. No era para nada más torpe que sus compañeros. Solamente le faltaba creer en sí mismo. O que alguien a su lado creyera en él. Al estar muy ausente los primeros años de su vida, Rogneda sentía no haber forjado en él carácter de líder. Desde los cinco años, la educación de los chicos siempre la llevaba un tutor, pero ella no era una madre corriente. Y como Bruk no parecía tener mucha mano con chicos retraídos, cogió las riendas. Iziaslav solo tenía once años y aún no era tarde.

Habían venido hasta el río ellos dos y la pequeña Predslava. La niña estaba tratando de atrapar un saltamontes y se había alejado siguiendo uno de ellos entre la alta hierba. Iziaslav se casó de lanzar y se sentó al lado de Rogneda.

—Madre, ¿quién os enseñó a hacer todas esas cosas? ¿Un tutor?

Rogneda levantó la cabeza y se apoyó sobre el codo.

—No. No fue un tutor. Fue tu abuelo, Iziaslav. El rey Rógvolod. Un buen hombre. —Una punzada atravesó el corazón de Rogneda. Miró luego el perfil aún aniñado de su hijo y añadió—: ¿Sabes? Te pareces mucho a él.

Iziaslav sonrió:

—No es como mi padre, ¿verdad? Aunque casi no lo conozco. ¿El abuelo es más como vos ahora?

Su madre sonrió recordando:

—Estábamos casi siempre juntos. Hasta una vez me llevó con él a por los tributos, y madre estuvo enojada con ambos un buen rato.

Y siguió hablando, contándole la vida en el palacio de Pólatsk, describiéndole la ciudad, el bosque que tanto amaba, el río y las innumerables cosas que le había enseñado su padre.

—¿Lo puedo conocer? —preguntó Iziaslav.

Ella se quedó inmóvil ante la pregunta inesperada. Con dolor en la voz, respondió:

—No puedes. —Y pasó la mano por el pelo castaño de su hijo. Agradecía tanto que no tuviera los rasgos de su padre.

—¿No puedo porque no querrá conocerme? —preguntó el chico.

—No, mi corazón. Le hubiera gustado tanto conocerte... Lo mataron.

Rogneda retiró la mano, pero su hijo, al ver cómo cambiaba la expresión de cara de su madre, agarró su mano entre las suyas y dijo:

—¡Madre, os juro que vengaré a mi abuelo! En cuanto crezca, iré a por ellos.

Rogneda se asustó y a la vez se estremeció ante un gesto tan dulce y tan valiente, teniendo en cuenta la habitual timidez de Iziaslav:

—No, no. No hace falta. Olvídalo, hijo.

—Quiero hacerlo por vos, madre. No quiero que volváis a estar tan triste como antes.

—No puedes —dijo ella, y llamó a Predslava, levantándose para marchar.

Pero el niño seguía insistiendo:

—¿El hombre que lo mató ya está muerto? ¿Por eso no puedo? Por favor, madre, decidme la verdad, ya soy mayor y mi deber es proteger mi casa. ¿Está vivo?

Rogneda trató de ignorarle, un día y dos. Se arrepentía de no haberle dicho que su abuelo había fallecido sin más. Al tercer día de sus cavilaciones en voz alta y preguntas interminables, la paciencia de la mujer se agotó, y el dolor y odio se revelaron en una sola frase:

—No puedes, porque fue tu padre.

Estaban caminando por la orilla. Rogneda llevaba a la niña de la mano. En unos pasos paró, al notar que Iziaslav no la seguía. Se había detenido en el sitio. Entonces, Rogneda dio la vuelta, lo cogió por los hombros y lo guio hasta la entrada:

—No debes pensar en ello, hijo. Ya está en el pasado.

«No hará falta que lo mates, mi niño, ya me ocuparé yo. No destrozarás tu vida. ¿Y la mía? La mía ya está destrozada. Te vengaré, padre», pensó la princesa, y la sonrisa volvió a su cara.

* * *

Al entrar en Kiev, a pesar de que era ya casi de noche, comenzaron a oírse los vítores.

—¿Qué es? —preguntó Anna.

—Parece que los súbditos de vuestro esposo lo aman —concluyó Anastaso, tosiendo. Aún no se le había pasado el malestar que lo había atacado de camino.

Anna se asomaba con miedo y curiosidad. Todo era tan diferente de lo que ella estaba acostumbrada a ver. La multitud de guerreros que viajaban con ellos desapareció. Ahora quedaban los más allegados a Vladimir, los carros con los trofeos y su carruaje. El príncipe pasó galopando a la cabeza de la columna, avivando los gritos y aplausos aún más. Anna sonrió. Parecía un lugar más amable de lo que ella se había imaginado.

Mientras viajaban, Anastaso le contó la leyenda de la abuela de Vladimir, de su bautismo en Constantinopla por el abuelo de Anna, Constantino, y cómo ese último pareció enamorarse de la princesa-viuda. Pero ella no quiso unirse a él y, para no tener que rechazarlo, le rogó ser su padrino. Después resultó que, según código ortodoxo, no se permitía una unión entre un padrino y su ahijada. Así la princesa volvió a Rus bautizada, evitando un matrimonio que no deseaba y dejando al emperador considerablemente enojado. Anna no sabía si creerse aquel relato. A veces las malas lenguas inventaban historias de lo más inverosímiles. Pero discutirlo durante el viaje lo hacía más corto. Así la princesa supo que su fe había llegado a esas tierras paganas y que la gente cristiana de Kiev había sufrido represiones durante décadas. Ahora Anna podría aliviar su sacrificio.

Después de zigzaguear por las calles de la ciudad, llegaron al palacio. O lo que los bárbaros llamaban de esa forma.

Con ayuda de la criada, Anna bajó del carruaje.

Delante de ella, había una casa de dos pisos, muy ancha, toda de madera oscurecida por las lluvias, con pájaros pintados con el color blanquecino sobre la puerta y las ventanas. El aire le parecía extrañamente frío y los olores desagradables. Su esposo desmontaba a su lado y la cogía del brazo. La gente comenzaba a llegar por las calles que rodeaban el lugar y paraba tras el cercado. Querían ver a la esposa ortodoxa de Vladimir, y no perder la oportunidad de coger unas monedas al vuelo, o beber gratis para celebrar la llegada del príncipe, sus victorias y su convite.

Anna y Vladimir subieron juntos los peldaños. Cuando se dieron la vuelta, todo el patio delante del palacio estaba inundado con la gente y Vladimir hizo una señal. Uno de sus guerreros, que llevaba dos bolsas de plata a modo de alforjas, cogió una de ellas y se la dio a Vladimir. Entonces, el príncipe la abrió y comenzó a lanzar monedas hacia la muchedumbre, que se volvía frenética tratando de atraparlas. Vladimir hizo la seña a Anna de seguir su ejemplo. Ella accedió, pero sin mucho ánimo, ya que no le provocaba ningún placer ver a aquella gente gritar, gatear y pisarse por unas monedas regaladas. Cuando la saca se vació, Vladimir saludó con la mano y se llevó a Anna adentro.

Allí no había mucha diferencia con el exterior. La madera rodeaba a Anna. Como si estuviera dentro de un barril. A pesar de las pieles tiradas sobre el suelo y algunos dibujos en las paredes, ella solo veía troncos de árboles. Al final, llegaron a una estancia con un gran lecho con mantas mullidas, cojines y pieles. Debajo de las ventanas había unos largos bancos. La princesa estudió todo aquello con una mirada de terror y comenzó a tiritar levemente. Vladimir se dio cuenta y se acercó a una de las paredes. Esa pared era blanca, no era de madera. Apoyó la espalda sobre ella e invitó a Anna con gestos a hacer lo mismo. Ella fue despacio, sin comprender qué pasaba. Cuando tocó aquella pared, lo comprendió. Seguramente, era de la chimenea que estaba al otro lado, o venía desde abajo. Se apoyó igual que Vladimir, cerró los ojos, cansada, y dijo en eslavo:

—Me gusta.

Vladimir la miró de reojo:

—¿Qué?

—Me gusta —repitió ella—. Es caliente.

Había aprendido tanto cuanto pudo durante el viaje. Aún no sabía hablar correctamente, pero pudo memorizar muchas palabras que el hombre cojo la había enseñado.

—Pero qué acento tan irresistible tienes —exclamó Vladimir—. ¡Y qué lista es esta esposa que tengo ahora!

La abrazó, la levantó en el aire y, después de unas vueltas por el cuarto, la posó sobre el lecho. El pelo rojo de Anna se escapó de los peines que llevaba y se desparramó como bronce por las almohadas. Él comenzó a desnudarla, pero se oyó una voz que lo llamaba. Así que la tuvo que dejar y salir.

Dobrinia estaba abajo discutiendo a través del hombre cojo con Anastaso. La mano del guerrero acariciaba peligrosamente la empuñadura de su espada. Vladimir, fastidiado por la interrupción, preguntó:

—¿Qué pasa ahora?

Dobrinia, con enfado, explicó:

—Esta rata cristiana no quiere quedarse con los de la druzhina. Dice que va a rezar durante la noche y tiene miedo de ellos. Quiere una estancia aparte. Y yo solo quiero irme a mi casa, con mis mujeres. Que ya bastante tuvimos.

Vladimir miró a los dos hombres ofuscados y al cojo, cubierta la frente con gotas de sudor por la tensión, y resolvió:

—Cojo, dile que o puede dormir esta noche en las cuadras y luego decidiremos dónde va a vivir, o bien puede irse con Dobrinia a su casa, que es grande, seguro que tiene sitio. Como lo prefiera.

Dobrinia se acaloró aún más y se alejó echando pestes. Vladimir reía. Anastaso escuchó atentamente la traducción, miró al príncipe serio y, cogiendo sus cosas del carruaje, dijo escuetamente:

—Las cuadras.

* * *

Habían pasado tres semanas desde que Vladimir volvió. La primera fue la de las celebraciones. Pero habían pasado dos más y no aparecía por el palacio de Rogneda. Si era verdad que había traído una nueva esposa y ella lo había obligado a aceptar su fe, quizás Rogneda no lo vería más. Aunque dudaba que él se conformara con una sola mujer. Allá podía decir lo que complaciera a los bizantinos, pero, volviendo a su casa, llevaría su vida normal. ¿Y si no era así? ¿Y si no volvía a verle? ¿Y si no tenía la oportunidad de vengarse? Todos esos pensamientos apagaban a ratos la llama de vida que se encendió en ella el día en que se propuso matarlo.

Lada estaba en las cuadras, riendo con uno de los mozos, cuando Rogneda llegó de su paseo, desmontó y llevó a su yegua a beber. Se sentó al lado del abrevadero, acariciando la frente sudada del animal, pensativa de nuevo.

De pronto, las voces de los criados volaron por todo el patio, el palacio y el campo: «¡El príncipe está viniendo! ¡El príncipe!». El servicio comenzó a correr de un lado para otro con los preparativos.

Rogneda se tensó. ¡Venía! Había llegado el día. No fue a su alcoba a arreglarse, como mandaba la costumbre. Siguió abrevando a su yegua cansada. Su esposo no merecía que se desviviera por él. ¿Acaso era la primera de las esposas a las que había visitado estos últimos días? Ni siquiera la había instalado con él, como a esa última. Afuera, como a las otras. Pero ella no era como ellas. Era una princesa, no era menos que él, ni pensaba ser menos que esa reina bizantina.

Rogneda acarició el cuello de su yegua torda, tratando de alejar la ola de odio que se había levantado dentro de ella. Pensó en un filo atravesando la tersa piel de su esposo, tan fuerte y glorioso, y sonrió triunfante. La asombraba como en unos segundos un odio profundo se podía transformar en una felicidad completa.

En ese momento, Olaf y Putiata entraron galopando en el patio, Vladimir los seguía. Desmontó sin fijarse en Rogneda. Era difícil de imaginar a la esposa de un príncipe con un traje de hombre y un gorro, sentada donde el abrevadero. Solo cuando vio que aquel muchacho era el único en no caer de rodillas o inclinarse ante él, el príncipe sospechó algo. Con una sonrisa de incredulidad, se acercó despacio a ella. El corazón se le aceleró al recordar su primer encuentro, inocente y casual, cuando ningún daño se había hecho aún, cuando durante una noche no hubo nada más que ellos en el mundo. Tanta pena y rencor había entre ellos que todos los intentos de Vladimir no parecían suficientes para obtener su perdón: le dio la mejor vida posible y la quiso más que a nadie. Con ella era con quien más hijos tenía, porque su cuerpo siempre fue para él un imán.

Y no sabía qué más podía hacer para ver, aunque fuera una sola vez, una sonrisa suya o una mirada de deseo.

Rogneda se levantó impasible e hizo un amago de saludo. La yegua subió la cabeza para estudiar al extraño que venía hacia ellas.

—Mi príncipe —dijo Rogneda.

Él sonrió aún más, saltó hacia ella y la levantó en un abrazo:

—¡Por los dioses, estás igual que cuando te encontré por primera vez!

Ella respondió fríamente:

—Creo que ya no podéis comportaros de esta manera. ¿No sois cristiano ahora?

Él asintió.

—Es importante para Rus. Quiero hacer algo grande, realmente grande. Y esto me ayudará. Aún no sé cómo, pero lo presiento. ¿Acaso estás celosa? —bromeó y se dirigió a la entrada de la casa. Los niños salieron corriendo a saludarlo; sin embargo, Iziaslav se acercó el último.

—Vaya, eres todo un príncipe ya. ¿Ya eres mayor para venir corriendo a los brazos de tu padre? —bromeó Vladimir.

El niño lo saludó en silencio.

Entonces, el príncipe preguntó:

—¿Quién quiere escuchar cómo luchamos en esta última campaña?

Los dos chicos fueron con su padre al patio de entrenamiento y Predslava corrió tras ellos para ser la espectadora de las demostraciones. Después de refrescarse y cambiarse, Rogneda esperaba a su esposo a la mesa ya preparada por varios criados que corrían, excitados por la vuelta de su amo. Los observaba, como un gato perezoso sigue con la mirada a las mosquitas revoloteando alrededor de una manzana.

—Iziaslav ha crecido mucho —exclamó Vladimir entrando, quitándose el caftán y sentándose a su lado.

—Claro. Ha pasado año y medio —respondió Rogneda con una mueca. Vladimir la ignoró. Trataba de parecer despreocupado y feliz para, quizás, contagiarla un poco.

—No habla mucho. Pero me dijo que le entrenas tú últimamente. ¿Es verdad? —preguntó, bebiendo a grandes tragos el hidromiel.

Rogneda asintió y tomó un trago.

—Es inusual, pero no me disgusta —dijo Vladimir.

Cenaron solos. Rogneda escuchaba, como de trasfondo, el relato de su campaña, mientras sus pensamientos se centraban en lo que debía pasar esa noche.

Cuando fue a acostar a los niños, tardó más de lo habitual. Quizás sería la última vez.

—Madre, ¿estáis bien? —la preguntó Iziaslav.

—Sí, estoy bien. Duérmete ya.

—Es difícil. Estoy pensando mucho hoy.

—Lo sé, pero no quiero que lo hagas, ¿vale? No debes olvidar, pero debes perdonar, hijo.

—Pero vos no perdonasteis. ¿O sí?

Ella se ruborizó:

—Aún no. Pero puede que hoy perdone. Duerme.

Les dio un beso a los cuatro y al bebé, y se dirigió a su alcoba.

Vladimir ya estaba acostado. Parecía dormido. Ella miró donde había dejado sus armas. Vio el cuchillo en su cinto tirado sobre el banco.

—Has tardado mucho. —Estaba despierto y la miraba apoyado sobre el codo.

El cansancio y la bebida no habían hecho suficiente mella. Rogneda notó que encontrarla en los establos había despertado en él el deseo de aquella primera vez. Ella se fue quitando la ropa. Él la observaba. Se sorprendió viendo su cuerpo mucho más terso y esbelto que la última vez que había estado con ella.

La esperó bajo las mantas y luego la poseyó, con pasión, como tantas otras veces. Rogneda se evadió. Voló a lo lejos con sus pensamientos. Sería el último acto de sumisión. Solo había que pasar por aquello y todo acabaría. Él exhaló un grito en su último esfuerzo y se apartó. Entrecerró los ojos, cansado. Ella se quedó quieta esperando. Los minutos pasaban lentamente. Rogneda sintió que la respiración de Vladimir se había ralentizado y los músculos se habían relajado. Su pecho desnudo subía y bajaba lentamente.

Entonces ella se levantó, cambió la vela, se puso la camisa y fue hacia el banco donde yacía el cinto con las armas. Con el cuchillo en la mano, se acercó a su cuerpo dormido. Mirándolo con esa luz tenue, tuvo la sensación de sacrificar a un hermoso y fuerte animal. De pronto, le pareció ver algo en el rincón del cuarto. Forzó la vista y distinguió tres caras.

Eran las mismas tres mujeres, viejas y desnudas, que se le habían aparecido en el río, cuando su vida de Pólatsk aún seguía intacta. Igual que aquella vez, una de ellas lloraba, otra sonreía y la última estaba muerta, pero la miraba fijamente. No auguraban nada bueno. ¿Sería que se despedían porque su muerte se acercaba? Hasta que no desaparecieron, Rogneda no pudo moverse. Al verlas desvanecer, secó con la manga las gotas de sudor de la frente, buscó con la mirada la zona donde debería estar el corazón y alzó el cuchillo.

* * *

Anna pasó el día leyendo uno de los pocos volúmenes que trajo con ella y pensando. Estaba aburrida. Vladimir se tuvo que ir por asuntos de Estado, como se le dijo. Y Anastaso estaba siempre ocupado, porque los cristianos lugareños pedían su audiencia para conocerlo. Nadie se atrevía a molestar a la nueva princesa. Sus criadas seguían cuchicheando por los rincones. Todo parecía oscuro y sombrío aquí. No había piedra blanca que reflejara la luz del sol durante todo el día. La madera daba calor, pero no alegraba la vista de Anna. Estaba llena de humedad y olores extraños. La comida parecía pesada y la fruta estaba más ácida y era más pequeña que en su tierra.

Avisaron para cenar. Anna, acompañada por las criadas, pasó a la sala. Allí, a lo largo de la mesa, ya estaban sentados muchos hombres que ella no conocía. Se ruborizó ligeramente. Pero mantuvo la compostura, como de costumbre, y se sentó con ellos. Comían con las manos lo que venía en trozos, y con cucharas de madera los potajes de los cuencos compartidos. Todo era de madera, la rodeaba y la asfixiaba. Masticaban sin hablar, lanzándole miradas furtivas a la nueva esposa de Vladimir. Cuando aparecieron Anastaso y el hombre cojo, Anna respiró. Los hizo sentarse a su lado. El clérigo casi no tocó la comida, se le veía cansado y muy abrigado. Le costaba acostumbrarse a aquel clima. En cambio, el cojo parecía apreciar nuevos manjares y los engullía a buen ritmo.

Como todos estaban en silencio, Anna no se atrevió a hablar. Y, en cuanto parecían haber terminado, se levantó, los saludó levemente con la cabeza y salió de la sala. Antes de llegar a su alcoba, paró mirando por una estrecha ventana. El aire de la noche se colaba en la casa, pero no traía aromas refrescantes. Olía a ciudad. Sintió la presencia de alguien. Se dio la vuelta, sobresaltada. No era una criada, como había pensado en un primer momento. Era aquel hombre de ojos azules, parecido a un ángel. El compañero inseparable de su esposo. Tenía una flor en la mano. Sin una palabra, se la ofreció. Anna la cogió y la olió instintivamente. Sentía que no debía. Estaba casada. Pero la luz de la luna, la noche y constantes experiencias nuevas la hicieron más vulnerable.

Él se acercó un poco más a ella. Era alto, fuerte y en sus ojos se podía apreciar una devoción total. Ella sintió que debía cortar aquello, que no era lo conveniente para su posición, pero no podía moverse. Entonces él se apoyó sobre la rodilla derecha y, cogiendo el dobladillo de su falda, lo besó. El corazón de ella se aceleró ante aquel atrevimiento. Él se levantó, se inclinó ante ella y marchó a paso largo.

Anna volvió a mirar la flor intentando comprender qué es lo que acababa de suceder. Pero sintió remordimientos, la tiró afuera y se fue corriendo a su alcoba a rezar pidiendo el perdón para su alma tentada.

* * *

—¿Madre? —preguntó Vladimir. Sabía que estaba dormido, pero veía claramente la cara de su madre que repetía: «¡Despierta! ¡Despierta!».

Vladimir, conmocionado, abrió los ojos. Solo vio un breve resplandor de una hoja afilada, en el aire, la trató de evadir, pero sintió cómo le rozaba la piel del costado. En la penumbra, agarró la mano de su atacante y lo tiró al suelo, haciéndole soltar el arma.

—¿Tú? ¿Tú? —repetía conmocionado al darse cuenta de que era su esposa. Cogió el cuchillo, de pie, desnudo, con la sangre brotando de su costado y lo alzó sobre ella. La ira no le dejaba hablar. Gruñó, como un animal. Rogneda, al ver que su enemigo seguía vivo, sentada de rodillas y agarrando la cabeza con las manos, repetía:

—¿Por qué esa suerte? ¿Por qué?

Como en un sueño, escuchó:

—Vístete. Ahora vengo a por ti.

Vladimir cogió su ropa y salió. Ella oyó cómo se cerraba la hebilla de su cinto, cómo entraba el cuchillo en su funda, sonaron pasos crujiendo por la madera, alejándose. Entonces ella se puso las enaguas, la falda, la sobrecamisa, las botas en los pies descalzos y fue corriendo al cuarto de los niños. Estaban durmiendo. Les dio un beso a los cuatro y se dispuso a salir con sigilo, pero oyó la voz de Iziaslav despierto:

—Madre, ¿qué pasa?

—Nada, nada, duerme, mi niño —respondió Rogneda, y volvió a la alcoba. Sentada sobre el lecho, esperaba a que llegara Vladimir con sus hombres a quitarle la vida. La puerta se abrió, pero no era él. Era Iziaslav.

—Madre, ¿puedo entrar? ¿Qué os pasa?

—Ay, hijito mío, pobre hijo mío —respondió ella.

—Pero ¿qué es, madre? —El niño, asustado, se sentó a su lado y se abrazaron. Rogneda aspiró su olor, sintió su cuerpo delgado a través de la camisa y no paraba de pedirle perdón por su fallido intento. Ahora quedarían huérfanos, los cinco. Aunque, después de eso, ella tampoco quería vivir.

—Ahora tu padre vendrá para matarme, hijo. No olvides esta hora. —En cuanto lo pronunció, se acordó de las últimas palabras de su padre. Era eso lo que le pedía antes de morir. Que lo recordara y lo vengara—. No olvides esta hora —repitió ella, acariciando la cara del niño.

La puerta se abrió de golpe y entró Vladimir con espada desenfundada y dos hombres de su druzhina con antorchas. Rogneda se puso en pie. Cerró los ojos y cogió aire. «Que sea rápido, por favor. Que no falle como yo. Que sea un golpe preciso», pensaba ella. Sin embargo, sintió a Iziaslav ponerse delante de ella:

—Primero tendrás que matarme a mí, padre.

Rogneda abrió los ojos. Se le paró el corazón del miedo por el niño. Pero Vladimir, con la espada preparada, no hacía nada. Miraba la cara enrojecida de Iziaslav y su ira comenzaba a enfriarse ante aquel inocente arranque protector. Al cabo de un rato largo, el príncipe suspiró:

—La vida es cruel. Cuando crezcas, lo entenderás.

Se dio la vuelta y marchó.

Rogneda cayó de rodillas, abrazando a su hijo tan inmensamente valiente, y lloró, tanto como nunca había llorado. De miedo, de alivio, de orgullo por él, de agradecimiento. Oyeron cómo preparaban los caballos. Entró Lada:

—Se fue —dijo. Sin una palabra más, quitó las sábanas ensangrentadas del lecho y sacó unas limpias del baúl. Ahora lo había entendido todo. A punto de salir, preguntó:

—Y ahora ¿qué va a pasar?

Rogneda levantó los hombros:

—No lo sé. Solo sé que peor que antes no va a ser.

—El príncipe no lo olvidará. Esta vida se acabó —susurró Lada, cerrando la puerta tras ella. Rogneda se lavó la cara.

—Te llevo a dormir, mi salvador —dijo sonriendo al niño.

—Madre, tengo miedo, ¿me puedo quedar?

Se echó en el sitio de Vladimir y se durmió enseguida, abrazado a Rogneda.

* * *

Anna observaba el bullicio de la calle desde la ventana. Las ropas y las caras, así como el comportamiento de aquella gente, le parecían muy extraños. Había aprendido a leer, no le resultó tan difícil porque algunos signos parecían griegos. Pero aún le quedaba mucho tiempo para poder comprender no solo la manera de pensar de aquel mundo, sino lo que le había apasionado desde siempre: cómo funcionaban las cosas allí, qué leyes había, quién debía hacer que se cumplieran. Y muchas más cosas.

La tormenta había caído sobre la ciudad, limpiando el aire. Anna estaba a punto de sumergirse en la lectura cuando la puerta se abrió. Una de sus criadas entró, se inclinó y le dijo que había un caballero que la esperaba en el patio por si le apetecía salir del palacio.

—¿Quién es? —preguntó.

—Está el cojo allí, y me lo hizo entender. No sé el nombre del hombre, pero ya lo conocéis, señora.

Anna pensó que no era conveniente salir afuera con alguien que no fuera su esposo, pero los últimos días fueron muy anodinos y la curiosidad pudo con ella. Encerrada en el palacio, jamás sabría cómo gobernar estas tierras. Y estaba decidida a hacerlo un día.

Ella se preparó. Se abrigó con ropas eslavas para no destacar demasiado. Rio imaginándose su nueva apariencia y bajó al patio. Allí la esperaba el hombre de la cara de ángel. Se inclinó ante ella, como el resto de los mozos y los guardias que estaban allí, y saludó a través del cojo:

—Buen día, mi señora. ¿Os apetecería salir de paseo fuera de la ciudad?

Ella asintió y respondió:

—¿Quién lo pregunta?

—Olaf. —El joven se inclinaba de nuevo.

—Olaf —repitió ella.

Un mozo traía un caballo ensillado. Anna lo miró con pavor y dijo:

—Yo no monto.

Olaf se ruborizó al oír sus palabras traducidas y le ordenó algo al mozo. Después de un rato de silencio, dos chicos sacaban de las cuadras un carro con cuatro ruedas grandes tirado por una yegua grande y fuerte. Habían puesto un asiento improvisado con unas mantas encima para hacerlo más cómodo. Uno de los mozos saltó arriba, agarrando las riendas. El otro ayudó a Anna a acomodarse. Tenía que ir medio echada y casi estaba decidida a quedarse en casa cuando el mozo silbó y la yegua arrancó al paso. Olaf ya estaba montado trotando delante sobre su corcel y otros cuatro guardias armados rodeaban el carro. Pasaron entre los ídolos paganos que erigió Vladimir y, al mirar los ojos rojos de Perún, Anna se estremeció y se hundió entre las mantas.

Mientras cruzaban Kiev, pocos reconocían a la nueva princesa. Solo los guardias hacían pensar a la gente que una persona importante viajaba con ellos. La ciudad no le pareció grande o, quizás, todo era tan nuevo e interesante de observar que tuvo la sensación de que salieron fuera de sus muros casi enseguida. Pero lo que vio después le había cortado la respiración.

—¡Para! —gritó ella al mozo, pero él no la entendió. Entonces Olaf se puso al lado de la yegua y la paró. Anna se levantó de pie sobre el carro contemplando aquello: por un lado, los muros blancos de la ciudad con el fondo del cielo color azul oscuro, casi negro aún después de la tormenta; al otro, un océano de hierba de un verde intenso, bajo los rayos del sol que luchaba por salir, el río, ancho y majestuoso, repleto de barcos con velas de colores, y tras el río, el bosque, hasta donde llegaba la mirada. Ella sonrió por lo hermosa que resultaba aquella vista y por la magia que desprendía. La cautivó hasta el punto de que ya no le importaban en absoluto ni la incomodidad de su transporte, ni los baches del camino, ni las miradas furtivas de Olaf.

—¿Esto es Rus? —se preguntó ella y rio en voz alta. Luego se sentó de nuevo e hizo la señal de avanzar. La tormenta se alejaba. Pronto, el sol alumbró el río, cubriendo sus aguas de una capa fina de bruma blanca, haciendo que la hierba expulsara los olores frescos a campo y flores silvestres.

Olaf miraba las expresiones de Anna, trotando a su lado, y disfrutaba por ella. De pronto, la princesa lo miró y dijo:

—Gracias. Es hermoso.

—¿Habláis nuestra lengua? —preguntó él sorprendido.

—Muy poco —sonrió ella.

No podía dejar de mirar alrededor. Aquella tierra la había cautivado. Sintió orgullo por Vladimir y por ser su esposa. No quería que aquel paseo terminase, pero había que dar la vuelta.

Olaf tampoco podía dejar de mirar, pero no los paisajes, sino a ella.

Cuando entraron en el patio, él la ayudó a bajar. Solo por sentir su mano sobre su brazo, daría su vida. Se inclinó despidiéndose, montó y salió casi a galope por las puertas. Anna, aún con la sonrisa en la cara, fue a prepararse para la cena con una clara idea en su mente:

—Debo pedir unos mapas. ¡Quiero saberlo todo sobre Rus!

* * *

Pasaron tres días. Rogneda trataba de vivir y no pensar. Lo hecho, hecho estaba. No le importaba morir por su crimen. Solo que detestaba morir de su mano, de la mano del asesino de su familia.

Sentada bajo su cerezo favorito, rodeada de sus hijos, miraba el brillo del río. Las dos niñas corrían por la hierba, Yaroslav agobiaba al hermano mayor para que luchara con él y el pequeño Vsevolod dormía en brazos de Lada. Iziaslav, en cambio, no se despegaba de su madre ni por las noches. Era como si tratase de retener cada instante con ella, porque presentía que algo terrible le iba a pasar.

—¿Mañana puedo salir a cabalgar contigo, madre? —preguntó Iziaslav. Rogneda asintió en silencio. Nadie sabía a ciencia cierta si habría un mañana para ella.

En aquel momento, vio a un criado acercarse corriendo:

—Señora, Kozey está aquí.

Ella se puso en pie y se dirigió hacia la casa, haciendo la señal para que no la siguiera nadie. Kozey era el boyardo de Vladimir, aún de los de Nóvgorod. Le pusieron el mote de «perro lobo» porque cumpliría cualquier orden de su dueño de la manera más cruel posible.

Allí estaba, en el patio, esperándola. Con su cabeza grande y el pelo negro alborotado, cuello corto y ancho, y ojos vidriosos de un perro de presa. Sonrió e inclinó levemente el mentón en un saludo.

—Dímelo ya, Kozey. No vienes a ver cómo estoy.

El boyardo asintió:

—Si tanto lo deseáis, os lo digo ya. Se le otorga una ciudad a Iziaslav, y allí viviréis con él, hasta vuestra muerte. Los otros niños se quedarán aquí, a la voluntad de su padre. Mañana por la mañana partiréis.

Rogneda, sin saber qué sentir, si alivio por escapar de la muerte, o dolor por no volver a ver a sus hijos nunca más, o bien, rabia, por no haber sido capaz de terminar su venganza, preguntó:

—¿Adónde?

—Lejos, princesa —sonrió el boyardo—. A la frontera con los dregovichis, la ciudad tiene el nombre de Mensk, sobre el río Svisloch. No sé más. Nunca había estado. En cuanto lleguemos, ya veremos qué es aquello.

—Dime, ¿quién lo decidió? ¿El consejo?

—No, no fue llevado al consejo. Porque en ese caso me hubiera ahorrado trabajo. Fue el Gran Príncipe quien lo decidió. Y no se entiende el porqué.

Rogneda sí que alcanzaba a entender las razones de Vladimir de no quitarle la vida, pero podía haber varias y muy dispares. Compensarla por haberle quitado su casa y su familia, mostrarse benévolo por su nueva fe o todo lo contrario: hacerla sufrir aún más arrancándole a los niños y un mundo construido alrededor de ellos esos últimos años.

Después de un largo silencio, Kozey no encontró nada más que decir y se despidió hasta la mañana siguiente. Rogneda, pisando la hierba como en un sueño pesaroso, volvió donde había dejado a los niños y a Lada. Solo tenía una tarde para estar con ellos, y una noche. No le quitaba la vida, pero le quitaba la mayor parte de ella. Así valoró su sangre derramada Vladimir.

* * *

—Vuestra esposa está preocupada. Ve dolor en vuestra alma —tradujo el hombre cojo—, deberíais confesaros. Dios os liberará de las dudas y del sufrimiento.

Vladimir miró a Anastaso, que lo observaba. Anna no sabía nada, ni sobre los motivos de su ausencia ni sobre el atentado al que había sobrevivido. Pero desde luego lo notaba preocupado después de volver. Él no podía dormir, porque cada vez que cerraba los ojos le parecía que un filo de puñal brillaba cerca de su pecho. Quizás una charla con aquel viejo le haría bien. Asintió. Se levantó y fue hacia los graneros, invitando al clérigo a seguirle. Allí no habría nadie a esta hora. No quería que sus hombres supieran que le confesaba su alma a un sacerdote extranjero. No podía mostrar esa debilidad.

—No sé cómo se confiesa uno —empezó el príncipe, sentándose sobre un barril.

Anastaso cogió con la mano la cruz que llevaba al cuello y, después de unas palabras dirigidas al artilugio, lo soltó y miró al hombre cojo para que tradujera.

—Anastaso dice que le contéis lo que os preocupa. Y Dios lo escuchará.

Vladimir asintió, suspiró y dijo:

—Fui a ver a mis esposas.

El clérigo cambió de rictus:

—Espero que haya sido para despediros. Siendo cristiano, es un pecado poseer más de una mujer —casi susurró. El príncipe negó con la cabeza.

—Eres de otras costumbres, anciano. Ellas llevan muchos años desposadas conmigo y es mi deber con ellas.

Anastaso susurró unas palabras en griego y asintió para que Vladimir siguiera, porque de pronto lo vio dubitativo.

—Una de ellas intentó matarme —dijo el príncipe.

El clérigo sonrió levemente:

—Ese podría ser un castigo de Dios, hijo mío. ¡Igual que te da, te quita!

Vladimir sintió una punzada de miedo. Jamás había sentido esa aprensión antes de que no pudiera ver. ¿Y si ese dios nuevo, después de curarlo, lo iba a dejar ciego de nuevo por no cumplir sus extrañas leyes? No, era absurdo. Suspiró pensativo. Tuvo la tentación de levantarse y marchar, abandonando aquella infructuosa charla, pero decidió preguntar.

—¿Y qué se supone que debo hacer?

—Cambiar —respondió Anastaso—. Habéis entrado en nuestra fe y hay que seguir sus mandamientos. Dios dirigió la mano de vuestra esposa porque debéis tener una sola mujer. Lo sabíais, pero no cumplisteis con ello. Solo fue un aviso.

—Creo que lo que «dirigió la mano de mi esposa» fue la venganza. Debí haberla matado, como me dijo mi madre —respondió Vladimir palideciendo—. El mundo es cruel. Te hacen daño y lo haces tú. Es simplemente así. No veo ninguna mano de Dios en eso.

—Él puede castigar no solo por los hechos, sino por las palabras o por los pensamientos —dijo Anastaso. Entonces los ojos de Vladimir se volvieron más oscuros. Y acercando su cara hacia la del clérigo asustado, masculló:

—Soy un príncipe. Es mi modo de vida. Soy el líder de una manada de lobos, y los lobos no tienen piedad. Ningún dios me va a controlar.

Se levantó airado y marchó con pasos grandes, maldiciendo el día en que se encontró con Rogneda de Pólatsk.

* * *

Rogneda no se acostó en toda la noche. Sentada al lado de sus hijos, miraba sus caritas dormidas. Predslava y Vsevolod, sobre la espalda, con los brazos estirados en cruz, igual que su padre. Iziaslav, Priamislava y Yaroslav, de lado, acurruca-dos, como solía dormir su madre. Les acariciaba el pelo, con cuidado de no despertarlos, insaciable de su olor, sus rasgos, su respiración. Recordaba el nacimiento de cada uno de ellos, sus primeras palabras y canciones, sus primeros pasos y sus primeras preguntas, sus juegos favoritos y sus abrazos. Le pareció que la noche duró no más de un par de horas. Los niños fueron despertando. Todo el servicio y los guardias estaban reunidos para un último desayuno con su señora. Había solo silencio, como en un entierro. Los niños no lo sabían, pero sí que era el funeral por su madre.

—¿Me traeréis un cuchillo, madre? —preguntó Yaroslav bebiendo la leche. Pensaban que se iba de viaje y regresaría con regalos.

—Claro, mi corazón —con lágrimas en la garganta respondió ella.

Uno de los sirvientes mencionó hidromiel, en voz baja y encogido, ya que no era costumbre tomarla de mañanas. Rogneda lo oyó y asintió. Trajeron un cucharón de madera lleno y lo compartieron, pasándolo en círculo.

En cuanto terminaron, llegó Kozey, con cuatro carros vacíos. Cargaron toda la vida de Rogneda en ellos, excepto lo más valioso, a los cuatro niños. Llegó la hora más terrible, la de darles el último beso, la de no saber más de ellos, la de no poder protegerlos de la vida. Ellos la abrazaron sin lágrimas, tan fuerte era su fe de que sin su madre no podría continuar su vida, de que en unos días todo sería como antes. Rogneda e Iziaslav subieron en el carro.

—Dejadme sitio. —Lada se acomodaba al lado de ellos. Rogneda la miraba atónita.

—Pero ¿qué haces? No tienes por qué venir. Aquí eres la ama de llaves y allá adonde vamos no sé qué vida nos espera. Quédate. Cuida de mis niños.

Lada la cogió de la mano y susurró:

—Presiento que tú me necesitarás más que ellos. Me salvaste y no te dejaré sola. Además, todas mis cosas ya están aquí.

Sonrió, acomodándose al lado de Iziaslav, y los caballos arrancaron su paso pesado. Cuando ya habían cruzado el portón, se oyeron los gritos de Predslava que corría tras ellos:

—¡Madre! ¡Madre!

A Rogneda le dio un vuelco el corazón, saltó del carro en marcha y la estrechó entre sus brazos, tratando de no desmoronarse. Cuando la soltó, la niña, sonriendo, dijo:

—Madre, no os dije lo que quería que me trajerais.

Rogneda sonrió a través de las lágrimas:

—¿Qué es, mi pequeña princesa?

—¡Una cajita para las joyas! ¿Podréis?

Rogneda la abrazó con fuerza por última vez:

—Claro que sí. Claro que sí…

Kozey se acercó, descontento. Esperó a que Rogneda subiera de nuevo al carro y comentó:

—El camino es largo. No pararemos más.

Rogneda miraba pálida las figuras de los niños que la despedían desde la entrada, hasta que el camino giró y desaparecieron tras los árboles. Miró por última vez su cerezo favorito: tantas horas había pasado debajo con sus hijos. Se despidió del río Lybed. Y cogió la mano de Iziaslav:

—Gracias por no haberles dicho nada a tus hermanos sobre nuestra marcha. Y perdóname por quitártelos y quitarte la vida a la que estás acostumbrado.

El niño la miró con ojos llenos de lágrimas:

—Prefiero mil veces estar con vos en cualquier casucha que solo en un palacio, madre.

Rodeados por una decena de guardias, se dirigieron hacia el Dniéper, para bajar en barcas hasta Berezina y después por

Svisloch a Mensk. Allí pasarían la noche, y por la mañana la caravana avanzaría a través de los pantanos por unos caminos perdidos hacia aquel rincón que Vladimir le adjudicó a Iziaslav. Cuando su barco zarpó, y el lugar de años de humillaciones e infelicidad se disolvió entre la bruma de mediodía, Rogneda respiró libre. No sentía miedo, solo tristeza y paz. Iziaslav se sentó a su lado sobre uno de los baúles.

Rogneda lo abrazó, presintiendo el comienzo de una nueva vida y le dijo:

—Estoy tan orgullosa de ti, mi niño.

—Y yo de ti —susurró él.

* * *

Vladimir sintió la respiración de Anna y su cabeza apoyada sobre su brazo. Entreabrió los ojos. El sol ya se levantaba, pero la ventana se veía borrosa. Frotó los párpados con la mano libre, pero los ojos no mejoraron. Los cerró aterrado. Pensó: «Aquí está su castigo. Ayer lo negué». Gritó llamando a la criada, asustando a su esposa dormida, y ordenó que trajeran a Anastaso de inmediato.

Cuando el clérigo entró a trompicones, medio vestido y con el hombre cojo detrás, Vladimir mandó que los dejaran solos y que cerraran las puertas. Anna los miraba, asustada, envuelta en las mantas, sin entender nada. Entonces Vladimir agarraba la mano del clérigo y le decía casi sin aliento:

—Dios se enfadó conmigo y me ha castigado. Dime qué es lo que debo hacer. ¡Necesito mis ojos! ¿Cómo hago para que me devuelva la vista de nuevo?

El hombre cojo traducía con prisa. Anastaso abrió la boca para responder. Sin embargo, Anna le hizo la señal de callar. Se levantó de la cama y se acercó a su esposo. Cogió la pequeña cruz que ahora colgaba del cuello de él y se la llevó a los labios. Luego cogió su cara con las dos manos y, mirándole fijamente en las pupilas perdidas, pronunció:

—Dios es misericordioso. Solo debes pedirlo y te será concedido. Y si deseas su perdón y vivir con tu alma en paz, haz algo grande por él: ¡derriba los ídolos paganos, constrúyele un templo hermoso y haz Rus cristiana!

Mientras el hombre cojo transmitía sus palabras, Anna colocó las palmas de sus manos encima de los párpados del príncipe y cerró sus ojos, tratando de aliviar su pesar. Él puso sus manos encima de las de ella y asintió:

—Que así sea. Hagamos Rus cristiana.

* * *

Año 6504 (996 d. C.)

Vladimir se acercó a trote, espantando a los trabajadores que arrastraban tablones de madera hacia la fachada del edificio. Día y noche, piedra por piedra, tabla por tabla, se alzaba hacia el cielo de Kiev la gran iglesia de Nuestra Señora, bajo órdenes de los maestros de construcción, traídos por la princesa Anna de las tierras bizantinas, así como también todo el mármol y jaspe. Para asombrar con su bella grandeza y atraer con su esplendor a todo pagano hacia la fe cristiana. Más a menudo, la llamaban la iglesia de los Diezmos, porque Vladimir ordenó invertir en ella una décima parte de todos los ingresos de las arcas.

Era una estructura impresionante de cuarenta pasos de largo y treinta de ancho con tres naves, tres ábsides y tres pares de pilares dentro para soportar las bóvedas. Cinco cúpulas, en forma de grandes gotas aplanadas, decoradas con mosaicos, aún estaban por terminar, pero ya se veían desde muy lejos. En los lados sur y norte, el templo estaba rodeado por galerías bajas con techos inclinados. Aprovechando días secos, los artistas estaban terminando los frescos que adornaban toda la parte superior de las paredes. Debía estar acabada para la magnífica celebración anual de la Asunción de la Santísima Virgen María que Anna introdujo en la vida de la iglesia local y de los feligreses.

Vladimir rodeó el edificio a paso lento, estudiando todos los detalles.

—¡Eh, tú! —gritó a uno de los hombres que tenía aspecto de capataz—. ¿Dónde está la princesa?

El hombre, sudoroso, se quitó el gorro en señal de respeto e indicó con la mano en dirección al campanario. Ahora Vladimir ya la podía ver, porque su pelo de color fuego la delataba, aunque lo llevase casi cubierto. Estaba discutiendo con un trabajador, los dos mirando hacia arriba, dónde debían ir las campanas.

—Con este pañuelo de lana, pareces de Kiev desde siempre —dijo Vladimir al desmontar a su lado. Ella, sorprendida, se dio la vuelta y sonrió:

—He perdido todo el refinamiento de la corte bizantina aquí. Hasta llevo botas.

Vladimir rio y la cogió de la cintura.

—¡Cuidado! —dijo ella y alzó las cejas. Él la miró tratando de adivinar qué es lo que significaba aquello.

—¿Estás...? —preguntó susurrando.

—Creo que sí —respondió ella, con cierta preocupación en la mirada. Después de los primeros dos embarazos, que no prosperaron, Anna estaba anhelante. Rezó todo lo que pudo porque no podía entender por qué Dios no le dejaba ser madre. ¿Cuál era el plan y el propósito suyos? Después de la pérdida del segundo bebé, ella se volcó aún más en sus proyectos. Debía hacer todo lo que podía por el Señor, para que escuchara sus plegarias. La vida de la corte cambió mucho desde la llegada de Anna a Kiev. Poco a poco, desenvolviéndose en el lugar nuevo, tratando de no importunar demasiado a los boyardos y siguiendo los escritos de sus grandes antepasados, la princesa bizantina comenzó su labor creando escuelas especiales para enseñar al nuevo clero. Y así pudo ir estableciendo los cimientos de la Iglesia de Rus y fortalecerlos, usando la carta de la Iglesia griega «Nomokanon» que trajo con ella, así como los iconos y utensilios del santuario trasladados desde Constantinopla, que se convirtieron en un modelo que los pintores y artesanos locales pudieran copiar.

La mayor parte de la druzhina de Vladimir, los súbditos de Kiev y Nóvgorod fueron bautizados y poco a poco las tierras paganas que yacían entre ellos se iban cristianizando por los clérigos bizantinos venidos en ayuda, bautizando la población en los ríos y en los lagos, unos voluntariamente y otros forzosamente.

Y toda aquella labor de una magnitud nunca vista se fue haciendo no tanto por el poder o la exaltación hacia los grandes retos, sino por poder, como recompensa, ser madre.

Mientras esperaba tener sus propios hijos, Anna, sin querer, cogió cariño a los dos niños de la esposa búlgara de Vladimir, que había vivido un tiempo en el palacio antes de su llegada. Cuando el príncipe tuvo que renunciar a otras esposas, la mujer se trasladó a las afueras de Kiev y le fue ofrecido elegir a otro hombre, un boyardo o un miembro de la druzhina. Y así lo hizo. Estaba embarazada de un tercer hijo, así que dejó a Boris y Gleb al cuidado de su padre. No quería alejarlos del trono. Los chicos crecían fuertes y listos. Cada tarde, después de su entrenamiento con los tutores, Anna los entretenía con historias reales o cuentos y los enseñaba las cosas básicas, que les servirían para ser buenos gobernadores. Eran aún algo pequeños para tomárselo en serio. Pero a la princesa aquello le hacía feliz, y a ellos también.

—Esta vez debe de ser la buena. ¿No dices siempre que a Dios le gusta la Trinidad? Pues a la tercera… —bromeó Vladimir. Pero notó a su esposa tensa—. Tengo muchos hijos ya, esposa mía. No pasa nada si no tengo más —añadió.

Anna lo miró de soslayo:

—Tú sí, pero yo no. Solo quería saber cómo es eso, lo de ser madre.

—Bueno, esta iglesia es tu hija. La hiciste tú.

Ella rio:

—Es verdad. Y está saliendo muy hermosa.

—¿Vamos a casa a celebrar tu embarazo? —dijo Vladimir.

—No, no se lo digas a nadie. Esta vez no. No quiero dar lástima de nuevo si no sale bien. —Luego añadió—: Me alegro de que estés aquí. ¿Te quedas unas semanas?

—Espero que no pase nada que me obligue a marchar —asintió él, apretó su mano, montó y fue trotando de vuelta al palacio.

* * *

La vida en una villa perdida entre los pantanos era muy diferente a la de antes. Una casa pequeña, comparada con la de Lybed, casi una choza, atendida solo por dos mujeres y sus esposos, tres caballos en las cuadras, gallinas y cerdos sueltos por el huerto y los caminos, y el tupido bosque alrededor.

Sin embargo, para Rogneda aquel lugar respiraba libertad. Ya nunca tendría la visita inesperada de su esposo ni de sus boyardos. Su humillación terminó. Y cada noche, al quitarse la camisa, viendo la cicatriz del cuchillo sobre sus costillas, Vladimir se acordaría de ella por el resto de su vida. No pudo matarlo, pero lo marcó con su odio.

Iziaslav había crecido y pasaba el día entero con otros chicos de su edad, apareciendo por casa solo para comer y dormir. Pero Lada siempre permanecía a su lado.

Esa mañana era húmeda pero templada. Rogneda se envolvió en un pañuelo de lana, cruzándolo por delante y atándolo en la espalda, como lo hacían las pueblerinas y, con una cesta de mimbre, regalo de su vecina, salió a buscar setas. Después de una semana de lluvias, era muy probable recoger una buena cosecha. Al pasar el último huerto de la villa, cogió el camino que cruzaba el campo para adentrarse en el bosque. Miró de reojo si su guardián la seguía. Era lo único que mermaba la sensación de su libertad completa. El regente de Mensk le había puesto vigilancia. Un día Rogneda le preguntó directamente adónde pensaban que iba a escapar. No tenía lugar al que ir. Él rio y respondió que de ninguna forma era aquella la razón de la vigilancia, sino que, si algo le sucediera a la que un día fue la esposa del príncipe, no se lo perdonarían.

Eran dos guardias que se turnaban. Chaslav era bajo, ya mayor, pero fuerte y rápido. Una mata de pelo canoso cubría todo su cuerpo, hasta sus nudillos. Jamás la perdía de vista, y no era divertido tenerlo cincuenta pasos detrás en cuanto Rogneda cruzaba el umbral de la casa. Bogsha, en cambio, era corpulento, alto y rubio, de mediana edad, muy fuerte pero lento y más sonriente.

Ese día la guardia le tocaba a Bogsha. Al entrar en el bosque, Rogneda aceleró el paso, luego saltó a un lado desde el camino por encima del manto de arándanos y se puso en cuclillas detrás de unos pinos. Le divertía mucho ver como ese gigante, alterado, corría a su ritmo aletargado adelante y atrás buscándola por el bosque. Cuando pasó sudando, por tercera vez casi delante de ella sin verla y se alejó, ella salió de su escondrijo y se dirigió hacia sus sitios preferidos, donde sabía que había setas. El bosque cambiaba. Primero dejaba pasar la luz del sol entre las copas de los árboles y todo se volvía de un verde intenso donde los rayos alegres salpicaban la hierba y el suelo. Allí, directamente sobre el camino, empujándose para salir, entre las hojas secas de pino, solía encontrar rebozuelos, decenas de ellos en familias alegres. Luego la senda se estrechaba, bordeada por miles de fresas, pequeñas y dulces, y el bosque iba tornándose más oscuro, amarronado, con más abetos y menos vegetación por el suelo. Allí, bajo los árboles, se asomaban los boletos, robustos y hermosos, con sus sombreros rojizos y pies blancos y duros.

Pero en unos cien pasos, aquel paisaje cambiaba de nuevo. En un terreno más pantanoso, los árboles grandes caían con tiempo, dejando su lugar a los nuevos y jóvenes, mientras que los vecinos de la villa se llevaban los viejos para usar para leña. En aquel bosque joven no había setas, solo algún arbusto de frambuesas. Pero la vista se alegraba al ver el verde de las hojas recientes acariciadas por el sol. Alguna vez se podía ver algún urogallo o marta. Allí Rogneda solía dar la vuelta.

Ese día ya llevaba el cesto lleno, antes de llegar a esa parte. Era suficiente tanto para comer como para secar algunas setas para el largo invierno. La princesa llenó los pulmones de aire húmedo, inhalando toda la mezcla de olores frescos de plantas y tierra y caminó de vuelta. Aunque no necesitaba más setas, su mirada seguía inconscientemente escrutando los lados de la senda. De pronto, al mirar por donde pisaba, Rogneda tuvo que parar en seco. El camino estaba atravesado por una víbora. La mujer no la había visto a tiempo y la serpiente se enroscó a la defensiva, lista para atacar. Su piel, adornada con rombos perfectos, temblaba ligeramente, como si estuviera susurrándole algo a Rogneda en su propio idioma. La princesa trataba de no mover ni un solo músculo. Tampoco se atrevía a retroceder. El animal podía atacar, se moviese hacia donde se moviese. Si tuviera su espada… Pero solo traía un pequeño cuchillo. Estaba desarmada. Envuelta en sudor frío, pensando que debió haberse puesto las botas altas y así evitar que el mordisco llegara a su piel, no vio a Bogsha acercarse por el otro lado de la serpiente.

—Tranquila, señora —oyó su susurro.

Lo siguiente que vio fue la cabeza de la víbora volando por el aire hacia los árboles. Rogneda gritó de sorpresa y soltó el cesto. Bogsha guardó la espada riendo y se puso a recoger las setas esparcidas por el camino, bajo la aún atónita mirada de Rogneda. Sintió remordimientos por haberse escondido de ese hombre y hacerle pasar un mal rato y agradeció que la haya encontrado tan a tiempo.

—¿No os habrá mordido, señora? —preguntó él preocupado al ver que Rogneda no se movía.

—No —sonrió ella—. Gracias a ti.

Él quitó de una patada el cuerpo de la serpiente del camino para que la princesa pudiera pasar y le entregó la cesta, dejándola seguir.

—Casi prefiero que vayas delante —dijo Rogneda—. Y prometo no desaparecer —añadió riendo.

* * *

Vladimir se despertó pronto y estaba desayunando. Malas noticias llegaron la noche anterior. Los pechenegos, de nuevo, invadían Rus. Esta vez no era por el Dniéper. Era por el río Hnylyi Yelanets, más al oeste. No había tiempo que perder. Se movían rápido. Hasta la fecha, su acostumbrada temeridad siempre había quedado aplastada por el ejército de Vladimir, y antes de eso, por el de su padre Sviatoslav, y antes, por su abuelo Oleg.

—¿Me llamaste? —preguntó Dobrinia entrando despacio y sentándose pesadamente en el banco enfrente de Vladimir resoplando de cansancio. El otro asintió masticando—. ¿Los pechenegos? —preguntó de nuevo su tío y estiró las piernas, gruñendo de dolor.

Vladimir sonrió:

—Pareces un perro viejo, tío.

—Cuando llegues a mis años, ya veremos si gruñes o aúllas, Vladimir —respondió Dobrinia—. ¿Cuántos son y a quién mandas?

Vladimir bebió pensativo.

—Pena que ya no esté Olaf —dijo Dobrinia. Vladimir frunció el ceño.

—No pronuncies su nombre, tío —respondió.

—Fue un hermano para ti. Por una mujer, no debes romper un vínculo como ese. Y mira que últimamente me tiraba muchas pullas apuntando a mi puesto. Pero era un buen guerrero y un fiel compañero, y no es fácil encontrar a gente de fiar, Vladimir.

—¿En serio? ¿De fiar? No sé ni cómo me puedes decir todo eso sobre él. ¡Estaba tratando de robarme a mi esposa! Y es una falta de respeto absoluta hacia tu príncipe. No somos campesinos.

—No estaba intentando nada. Solo que se quedó tan prendido de la pelirroja que no podía controlarse. Si lo dejaras en paz, se le hubiera pasado.

—¡O yo tendría hijos rubios con Anna! —Vladimir comenzaba a palidecer y sus ojos se volvieron peligrosamente negros—. ¡Basta! Hice lo que debía. Y no me arrepiento.

De repente, las puertas se abrieron y entró un joven de diecisiete años, que parecían no conocer, de pelo claro y ojos oscuros. Nadie esperaba su llegada y, por alguna razón, tampoco avisaron de su entrada:

—Padre —dijo él y se inclinó. Vladimir aún estaba pensando en Olaf y lo miró, confundido y molesto por la interrupción. Pero no logró borrar la sonrisa del muchacho.

—¡Padre! —escupió Dobrinia en una risa jocosa—. Como si no fueras la viva imagen de tu verdadero padre.

El muchacho miró al general con desdén y se volvió hacia el príncipe.

—¿Sviatopolk? —preguntó Vladimir tratando de adivinar.

—Sí, padre.

—Ha pasado mucho tiempo. Eres ya todo un hombre —dijo, invitándole a sentarse.

—Así es, ha pasado mucho tiempo. Por eso decidí venir a veros. Para que no os olvidarais de mí —respondió el muchacho.

Vladimir frunció ligeramente el ceño. Sviatopolk era el hijo de Yaropolk. No suyo. Todos lo sabían. Vladimir desposó a su madre, Julia, la monja ortodoxa, ya embarazada y, cuando nació el bebé, lo llamaron el Hijo de dos Padres.

—¿Tu madre está bien? —preguntó Vladimir, más por cortesía. Se acordaba vagamente de su cara.

—Está enferma. Pero esperamos que Cristo la ayude. Aunque ha tenido una vida muy dura y está deseando que Dios la acoja entre sus brazos. Vladimir asintió.

—¿Con qué propósito vienes, Sviatopolk? —preguntó Dobrinia directamente—. No me andes con rodeos. ¿Qué quieres? ¿Entrar en la druzhina? —El muchacho no respondió. Dobrinia seguía—: Para eso, debiste haber venido antes, para entrar entrenando, como todos los «ótrok», dijo el general.

—Pero yo no soy cualquiera. Soy de vuestra sangre. Y un príncipe no entra en la druzhina de su padre.

Dobrinia le lanzó una mirada amenazante. Entonces el muchacho aclaró:

—Solo quiero estar a vuestro lado y aprender de vos, del gran Vladimir.

El príncipe lo miraba en silencio, cada vez con la mirada más sombría. Sviatopolk, sin esperar la respuesta, se inclinó y marchó.

—¿Estás pensando lo mismo que yo, Vladimir? Este crío ha venido a prepararse para quitarte el trono —dijo Dobrinia.

El príncipe asintió:

—Que lo intente. Mi trono será para Boris.

—Pues se me ocurre una cosa que podría hacer el muchacho «para aprender» —rio Dobrinia.

Vladimir lo miró con complicidad y añadió divertido:

—Una buena sorpresa para los pechenegos.

* * *

—Un mensajero os espera, mi señora —dijo uno de los criados cuando Anna volvió de la iglesia.

—¿De quién trae el mensaje? ¿Otón I el Germano? —preguntó, quitándose el pañuelo y estrujándolo para quitarle el polvo de la obra. El hombre negó con la cabeza. El mensajero se levantó y se inclinó al verla entrar en la estancia. Anna lo estudió con la mirada. Venía del norte.

—Dime, mensajero, ¿quién te manda?

—Confío en que la emperatriz se encuentre con salud —respondió de repente el hombre en griego.

Anna quedó petrificada por la sorpresa.

—Espero que sea un detalle agradable que el mensajero hable vuestro idioma, así como concederos un descanso a vos también —sonrió el hombre.

—Por vuestro aspecto jamás diría que no sois varego —por fin dijo Ana—. ¿Quién os envía?

—Me envía el rey de Noruega.

Anna lo miraba sin entender absolutamente nada. Entonces el mensajero volvió a sonreír y siguió:

—Olaf I. Olaf Tryggvason.

La princesa palideció de la sorpresa:

—¿Olaf?

El mensajero parecía disfrutar de la reacción de Anna y no seguía.

—¿Se convirtió en rey? ¿Pero cómo?

—Hace cuatro meses, mi señora —respondió el hombre.

Anna asintió:

—Es asombroso y me alegra mucho su porvenir. Me gustaría que me contarais cómo sucedió. Voy a ordenar que os alojen en la ciudad y yo misma iré a veros. No vengáis más al palacio. A Vladimir no le gustará veros aquí. Esperadme mañana al salir el sol. Id con Dios.

La princesa ordenó llevar al hombre a casa de Anastaso y prohibió al servicio mencionar nada sobre su visita. Al llegar a su alcoba, se sentó mirando el suelo, recordando todo lo que sucedió con Olaf desde que lo vio por primera vez. Su alma ahora estaba tranquila. Porque Anna durante mucho tiempo pensó que, con su llegada, le había destrozado la vida a ese buen hombre, pero ahora veía que había sucedido todo lo contrario. Aún podía recordar sus ojos azules llenos de amor y un deseo primero tímido y, meses después, casi incontrolable. A pesar de la lealtad, a pesar de estar convirtiéndose en el sucesor de Dobrinia, a pesar de toda la prosperidad que la vida le ofrecía en Kiev, lo arriesgó todo por una mujer. Por ella. Por un amor no correspondido. Por un amor inalcanzable… Y entonces se dio cuenta: antes era inalcanzable. Ahora era rey. Ahora podía pretenderla. Por otro lado, ella estaba esposada y Vladimir iría contra él, de eso estaba segura. Pero era tan obstinado en su devoción por ella que podía que no le importase.

Anna comenzó a andar por la alcoba. Vladimir entró cansado.

—¿Qué está ocurriendo? Siempre das vueltas cuando piensas. —Se quitó las botas y el cinto.

—No pasa nada —respondió Anna. Para sus adentros, decidió dejarlo hasta el día siguiente. Quizás la imaginación le estaba jugando una mala pasada y se trataba de otra cosa. Mañana ya lo averiguaría. No había que preocuparse por algo que aún no había pasado.

—Si es por el niño, deja de dar tantas vueltas —dijo él.

—Tienes razón —asintió Anna y se sentó a su lado. Vladimir parecía feliz, y como aliviado, desde que ella le había confesado su embarazo. ¿Seguía sin cumplir todas sus promesas de cristiano? ¿Seguía viendo alguna de sus esposas? ¿Eran los remordimientos de pensar que por culpa suya no podían concebir un hijo que viviese? A veces la sorprendía lo aparentemente fácil que le resultó a ese hombre cambiar de costumbres y convicciones. ¿Fue por miedo a la ceguera? ¿O por querer ser diferente, por la grandeza que suponía cambiar Rus? ¿Valía la pena sospechar, sacarlo a la luz, romper la paz que reinaba en su matrimonio? Entre los dos, lograban grandes cosas y las pequeñas faltas había que perdonarlas, como enseñaba la Biblia. Ella le acarició el pelo oscuro, donde algún mechón empezaba a volverse gris. Si él tenía algún secreto, ella también podía permitirse tener alguno. Mañana sabría para qué venía el mensajero de Olaf.

* * *

Lada estaba cosiendo el bajo de una falda cuando Rogneda notó que le lanzaba miradas furtivas. Al final, la princesa apartó su bordado y le preguntó directamente:

—¿Pasa algo, Lada? O me lo dices o dejas de mirarme cada poco con ojos de perro apaleado.

Lada se mordió el labio, nerviosa. Rogneda sonrió y susurró:

—¿Crees que no me doy cuenta?

Lada, sorprendida, bajó la mirada y sus mejillas se volvieron sonrosadas. Bogsha llevaba tiempo mostrándole a Lada que la quería. Pero no la miraba como otros, con deseo. Era amor. Un amor generoso y bueno, con ternura y preocupación.

—Es que tiene dos niños. Y están con la madre de él, es muy vieja, y los pobres lo están pasando mal.

—¿Y su esposa? —preguntó Rogneda.

—Murió hace dos veranos.

La princesa la cogió de la mano, como a menudo hacía Lada con ella, y dijo:

—¿A ti te gusta Bogsha? Como esposo.

Lada asintió, a punto de llorar.

—Pues no llores y ve con él y sus niños —sonrió Rogneda.

La mujer dejó que las lágrimas empezaran a deslizarse por sus mejillas y respondió:

—Pero no quiero dejarte sola.

—Tengo a Iziaslav. No estoy sola.

Lada secó la cara con la manga:

—Si no se le ve nunca por casa. Está creciendo.

Rogneda la abrazó:

—Hiciste mucho por mí. Y te mereces ser feliz. Y tener un esposo. Y niños. Bogsha es bueno. Te cuidará y te protegerá. Lo sé.

Lada la apretó entre sus brazos y suspiró aliviada. Rogneda sabía que antes o después aquello iba a pasar. Se sentía dichosa por su amiga del alma, pero sabía que, al marchar, dejaría un gran vacío en su vida. Sí que estaría sola.

Advirtió cómo la tristeza, la misma que no le había dejado vivir después de perder su casa y a sus padres, se asomaba, como una sombra sobre su alma. Sintió que le faltaba aire.

—Voy a decírselo a Bogsha. Te lo agradezco tanto —dijo Lada con una sonrisa feliz, mientras ya corría hacia la puerta. Rogneda le devolvió una sonrisa forzada. Era tan bonito ver a su amiga enamorada, pero le rompía el corazón. Y no solo por la soledad que le esperaba, sino porque la última vez que Rogneda había sentido algo parecido a lo que sentía Lada fue por Vladimir.

* * *

Anna entró en la casa de Anastaso al mediodía. El calor no le sentaba bien en su estado y aprovecharía ese rato para resguardarse y hablar con el mensajero de Olaf tomando algo refrescante. El criado la acompañó a una especie de patio interior que el clérigo mandó construir a la semejanza de edificaciones bizantinas. Allí, sentada, Anna recordó vagamente cuando esperaba su destino en Jersón y recibió la visita definitiva de Vladimir bajo los naranjos del patio. ¿Quién podía imaginar que el destino la llevaría tan lejos? Bueno, el Señor sí. Su vida había cobrado sentido en tierras paganas, primero atrasadas en muchos aspectos a su entender, después simplemente diferentes. Después de ver las dificultades que surgían al gobernar un territorio tan amplio, se decidió por escribir un código a la semejanza de los bizantinos, para gobernar de una manera uniforme toda Rus. Con el amor de Anna hacia las letras, para ella resultaba una tarea igual de apasionante que la construcción de iglesias. Se le ocurrían nuevas reformas y mejoras continuamente. Y en aquel momento, los recuerdos se fundieron con unas nuevas ideas. Estaba sumergida en sus pensamientos, dándoles forma, cuando entró el mensajero del día anterior. Aseado y descansado, parecía otro hombre.

—Mi señora —saludó él con una inclinación y aceptó la invitación de Anna de sentarse.

La hora siguiente, la princesa escuchaba un emocionante relato sobre todo lo que le había sucedido a Olaf desde su destierro de Rus. Parecía un canto a un rey.

Haciendo camino hacia sus tierras natales, estuvo luchando en Nortumberland, Caledonia[7] y Eriu[8]. Después de aquello, viajó a las islas Sulling, para encontrarse con un hechicero. Aquel le dijo que se convertiría en un gran rey. Para probar sus palabras, el hechicero predijo que en sus barcos habría una revuelta y, después de la lucha, Olaf perdería algunos de sus hombres y él mismo quedaría herido. Todos pensarían que la herida era mortal y lo llevarían a su barco sobre sus escudos, como mandaba la tradición varega. Sin embargo, en siete días, se curaría y se volvería hacia la fe cristiana.

---

[7] Caledonia: nombre romano y griego de Escocia moderna.
[8] Eriu: nombre antiguo de Irlanda.

Y así sucedió. Después de aquella curación, Olaf se asentó con su druzhina en Eriu. Allí se casó con Gida, la hija del rey de Dublín. En aquel tiempo, había una guerra entre Harald «Diente Azul» y Sven «Barba Hendida». Las gentes de Noruega estaban en contra de su rey Haakon, porque hacía que los terratenientes le enviaran a sus hijas y mujeres. En cuanto se supo que había un heredero para su trono, la gente lo apoyó. Así que Olaf, con ayuda de Sigurd, su tío, entró en Norvegia[9] y comenzó la revuelta. Haakon se asustó y huyó a Orkdal para esconderse en casa de su amante Tora. Mientras tanto, Olaf avanzaba, mataba a uno de los hijos de Haakon en la batalla y mandaba mensajeros para que el rey fuera entregado. Entonces el esclavo del rey, Tormod Kark, temiendo represalias, mató a su amo, le cortó la cabeza y se la llevó como presente a Olaf. Aunque su plan de servir al nuevo rey no funcionó: por la traición a su amo, la cabeza del esclavo también fue cortada y expuesta en Trondheim al lado de la de Haakon, para que todo el mundo pudiera comprobar la victoria del nuevo soberano.

Anna, conmovida con la historia, no sabía qué decir.

—Y ahora que Olaf Tryggvason fue proclamado rey, quiere, siguiendo vuestro ejemplo, bautizar en el cristianismo todas sus tierras. Y por eso yo estoy ahora en Norvegia y a cargo de ello. Y también, por la misma razón, mi viaje hasta Kiev, para pediros consejo y aprender de vuestro ejemplo.

Anna lo escuchó sin interrumpir, imaginándose a aquel hombre que conocía viviendo todas esas victorias y alegrándose por él. Solamente cuando el mensajero mencionó su casamiento, su ceja se levantó levemente. Pero era más por el amor propio que por alguna otra razón.

—Es una historia trepidante —dijo Anna.

—Lo es, mi señora. Seguro que se harán canciones sobre ello que sonarán a través del tiempo.

---

[9] Norvegia: Noruega.

Anna se quedó en silencio. Entonces el mensajero sonrió y dijo en voz muy baja:

—Creo que el rey Olaf la lleva en su corazón, mi señora. Sé que es una osadía, pero ahora lo entiendo. Me pidió que os dijera que, si alguna vez lo necesitarais para algo, allí estaría. Tiene su vida a vuestra disposición.

Anna sonrió acalorada:

—Dadle las gracias cuando regreséis. Mientras tanto, podéis hablar con los clérigos cuanto os plazca. Pero no pidáis audiencia con el príncipe, es por vuestro bien.

De camino a la construcción, Anna seguía imaginándose todas las hazañas de Olaf y su corazón se llenaba de orgullo por él, como si fuese su hermano.

* * *

Los días eran todos iguales. Esa monotonía en un principio le regalaba a Rogneda la paz antes desconocida para ella y tan deseada. Pero sin Lada todo se volvió más gris. Cuando bajaba al mercado, las miradas de la gente de la villa ya no se detenían tanto en ella como cuando eran recién llegadas, porque para aquellas personas era impensable poder encontrarse con una princesa o hijos del Gran Príncipe. Las primeras semanas se notaba la curiosidad y la excitación de ver no solo a una noble, sino además a una mujer que había clavado un cuchillo en el pecho de su esposo y sobrevivido a ello. Los hombres la condenaban y opinaban en su mayoría que el príncipe había sido muy blando simplemente desterrándola. Así cualquier esposa estaría tentada de matar a su hombre. Las mujeres, en cambio, la miraban con compasión, por haber sido apartada de sus cuatro hijos, que ahora serían educados por su padre y seguramente en contra de Rogneda. Jamás los volvería a ver.

Por las mañanas, hiciera el tiempo que hiciera, Rogneda paseaba por el río Svisloch y se distraía, pero, llegada la noche, la soledad la arropaba con su manto de incertidumbre, la obligaba a recordar y amenazaba con llevársela a ese estado de apatía mortífera que vivió durante años.

Un día preguntó si había algún hechicero en la villa. La criada le respondió que sí, que vivía un hombre sabio en el pantano, pero cuando ibas por vez primera, debías llevarle algo, aunque fuese una gallina vieja.

—¿Y tenemos alguna? —preguntó Rogneda. La criada asintió.

A la mañana siguiente, Rogneda fue en su búsqueda. Después de una larga caminata por el pantano, con los pies mojados, la princesa por fin vio su casa. Parecía amplia, aunque oscura por los viejos y altos árboles que la rodeaban. El hombre, con poco pelo, pero una barba larga y rubia, estaba sentado afuera, delante de una hoguera. El fuego estaba tan cerca de su diminuta casa que Rogneda no pudo evitar pensar que sería muy fácil que se prendiera. Lo observó de lejos. Él no se movía. Entonces se acercó y le dio la cesta con la gallina. Él, casi sin mirar, cogió al animal, le cortó el cuello con el cuchillo y lo tiró al fuego. Rogneda se quedó mirando cómo la gallina se consumía en las llamas y el corazón le dio un vuelco al pensar en su amado Pólatsk.

—¿Qué pides a los dioses, mujer? —preguntó el hombre.

—Por mis seres queridos asesinados —respondió ella.

—No debes pedir eso —dijo el hechicero.

—En ese caso, dime qué pido. —Rogneda se sentó al lado del hombre acercando los pies húmedos hacia las llamas.

—Pide saber tu destino —respondió él.

—¿Y si ya sé cuál es mi destino?

—Nadie lo sabe. Tú haces tu parte. Los dioses hacen la suya. ¿Cómo puedes saber tu destino?

—Nací princesa para vivir sin vivir. Este es mi destino.

—Si naciste princesa, ¿qué hiciste como tal?

Ella, con una mueca de dolor, respondió:

—Dar hijos al Gran Príncipe, uno tras otro, es todo lo que hice.

—¿Y ahora has venido a mí para preguntar qué hacer para cambiar tu destino?

Rogneda no respondió. El hombre cerró los ojos:

—Para cambiar tu destino, primero debes decidir si vas a dejar que la vida te rompa o no.

—¿Y cuál es el premio?

—Siempre es la muerte.

Rogneda se estremeció. Estaba confundida.

—Si es siempre la muerte, ¿para qué luchar?

El hechicero abrió los ojos:

—Por otros. Siempre hay por quién luchar. Si naciste princesa, sé princesa. El sufrir es para la plebe, no para los nobles. Puedes ser una heroína, no una sufridora. —Entonces el hombre cogió su mano y la estudió—: Debes ser aquello para lo que naciste. Vete.

Rogneda se levantó y se dirigió hacia el camino de vuelta. Después de dar unos pasos, paró y se dio la vuelta. El hombre ya no estaba. Sintió algo de miedo y, apretando el cuchillo, escondido por si la cosa se torciese, bajo la capa, buscó con la mirada a Chaslav. Estaba observándola desde un claro y esta vez Rogneda se alegró al ver a su incansable guardián. Pensó en lo que el hombre le dijo. Y poco a poco, a cada paso por el camino pantanoso, fue irguiendo la espalda, alzando el mentón y repitiéndose al compás de su cada vez más ligero andar: «Yo soy la princesa de Pólatsk».

* * *

El artesano se postró de rodillas ante Vladimir.

—Quiero verlo cuanto antes, búlgaro —dijo el príncipe impaciente y le mandó acercarse. El hombre trotó hacia él con pasos menudos. Sacó de la bolsa atada a su cintura dos monedas y las puso sobre la mesa. Una de oro y otra de plata. La cara de Vladimir se iluminó. Las dos llevaban su imagen, coronada con laureles, igual que las imágenes de los emperadores en las monedas bizantinas. La inscripción debajo, citaba: *Vladimir en el trono*. El príncipe cogió primero la de oro, la pesó un momento sobre la palma de la mano y le dio la vuelta. Allí estaba su signo: un tridente adornado. Vladimir miró al artesano, se levantó y lo estrechó entre sus brazos.

—Dadle cuanto os pida para hacer mil de cada, y el domingo que se venga a comer y a beber con nosotros.

El príncipe cogió las monedas y quiso salir para enseñárselas a su esposa. Pero su tesorero carraspeó detrás de su espalda e hizo que Vladimir se volviera hacia él.

—¿Qué? —le preguntó, enojado. Miró cómo temblaban de la edad las manos y la barba blanca del anciano. Pero su expresión parecía firme y lúcida.

—Mi príncipe. Es un gasto muy elevado e innecesario —dijo el tesorero.

Vladimir no pudo contener la ira mezclada con asombro:

—¿Innecesario?

—Sí, mi señor. No necesitamos nuestra propia moneda. Tenemos las bizantinas y las árabes, tanto de oro como de plata. Siempre comerciamos con ellas y no hay razón para cambiar eso.

El anciano lo miraba a través de sus largas cejas enredadas. A su lado, otros tres boyardos asentían con las cabezas.

—¿Y qué más es innecesario? —preguntó Vladimir, cansado de luchar contra el consejo por cada mejoría o innovación. Estaba claro que aquella pregunta era una trampa, pero uno de los boyardos se atrevió a contestar:

—Con la plata que se gasta en vuestra druzhina, podríamos construir cada año una ciudad.

Los ojos del príncipe se volvían más y más oscuros. Los boyardos callaron, comprendiendo que habían cruzado la línea. Vladimir se apoyó sobre la mesa:

—No encontraré una druzhina fiel con plata y oro, pero con una druzhina fiel puedo obtener plata y oro, al igual que mi abuelo y mi padre lo hicieron. Y no debe faltarles de nada, porque mi vida depende de ellos, y no de vosotros. Se puede no construir ciudades o iglesias, porque no es necesario. Se puede no mejorar la gerencia en cada parte de nuestras tierras, o reformar el ejército, o corregir las normas de los juicios, porque tampoco es necesario. Pero lo hago y lo voy a seguir haciendo. Porque estoy donde estoy ahora por querer más y por hacer «lo innecesario». Y estas monedas —las tiró sobre la mesa— son la prueba de nuestra soberanía. Son las primeras monedas de Rus y debéis sentir orgullo.

Los boyardos lo miraban sin atreverse ni a respirar. Pero cuando hizo la pausa, el tesorero replicó:

—Sois el Gran Príncipe y solo somos vuestros consejeros. Para eso estamos, para avisaros de posibles peligros. Y siempre hay peligro en cambiar las cosas que son de siempre.

Vladimir suspiró.

—Ya sé de dónde viene esto. ¿Es porque la princesa bizantina os dicta las normas ahora? —Estaban en silencio—. Desgraciadamente, entre todos no valéis una mínima parte de lo que vale ella. Y hace tiempo que no me aconsejáis bien. No os quiero ver por aquí. Quedáis sustituidos del consejo. Y ya pensaré a quién más dejar fuera.

Los boyardos, con cara de pánico, comenzaron a protestar. Alguno aún había servido a su padre, el príncipe Sviatoslav. Otros habían tardado toda una vida en entrar en el consejo.

—No hay nada de qué hablar. No me servís. Quedaos en vuestras casas y atended a vuestras esposas. Porque ya «no sois necesarios».

Vladimir echó una carcajada, recogió las monedas y, bajo las miradas atónitas de los hombres, salió corriendo de la sala llevándose al artesano búlgaro con él.

* * *

Estaban tejiendo lana en casa de una vecina. A Rogneda la enseñaban a girar la rueda enroscando con los dedos el áspero hilo. Resultó que todos esos años las mujeres del pueblo estaban ansiosas por saber de la vida en Kiev y aún más de una princesa desposada con nada menos que el Gran Príncipe. Al ver a Rogneda casi siempre afligida y huidiza, jamás se atrevieron a pedírselo. Sin embargo, ahora, después de su visita al hechicero, cuando la princesa cambió de parecer y desfilaba por la villa con un aire más lento, sonriente y majestuoso, las vecinas se atrevieron a invitarla. Habiéndose quedado sin su querida Lada, Rogneda aceptó encantada.

El hilo no quedaba regular entre sus dedos y, al final, se rindió y, para no estropear más lana, se quedó observando y escuchando los cotilleos del lugar.

—Lusha, la de la casa del maizal, el otro día vio al Vodianoy. En el pantano —dijo una de las mujeres mayores.

Las tres jóvenes la miraron con miedo y fascinación. Era la criatura que vivía en las aguas de lagos, ríos y pantanos, y te tiraba de los pies hasta que te ahogaras si dabas un paso en falso.

—Ya no sabe a quién encontrar que la mire bajo las enaguas —rio Bita y todo su voluminoso cuerpo tembló acompañando la risa. Pero las muchachas no le hicieron caso:

—¿Y qué pasó? Cuenta, cuenta… —rogaron dejando su lana a un lado.

La mujer se tomó su tiempo para seguir y, cuando tuvo la atención completa de todas las presentes, siguió con la historia:

—Fue a por los arándanos rojos, resbaló y cayó. Empezó a hundirse en la turba. Gritaba y gritaba. Pero ¿quién la oiría allí?

Una de las muchachas comenzó a lagrimear de miedo.

—Anda, no llores, tonta —le dijo Bita—. Esta se inventa cada historia…

—No. Fue verdad —se enojó la narradora—. Me lo contó con todos los detalles. Resulta que de pronto alguien le tiró una rama de abeto. Entonces, Lusha la agarró con las dos manos, poniendo la barriga encima de ella, y ese alguien la sacó de allí al camino.

—¿Y dice que fue Vodianoy? —preguntó Bita entornando los ojos.

—Pues claro. Si no, ¿quién iba a ser? —concluyó la mujer.

Rogneda solo observaba sin opinar. Las muchachas jóvenes, en cambio, comentaban emocionadas:

—Si yo me lo encontrase, me moriría de miedo, antes de atreverme a mirarlo —dijo una.

—Y yo —aseguró otra.

—Es un cuento de niños —dijo Bita—. Poneos a trabajar.

—Calla, es un augurio. Fijo —dijo la narradora, poniendo una expresión pícara, mientras las muchachas se miraban con ojos muy abiertos.

—Sí, un augurio que, como su esposo no empiece a rendir, irá a por los nuestros —bromeó Bita—. Los augurios no existen.

Todas callaron. Solo se oía el murmullo de los ovillos dando vueltas.

—Sí que existen los augurios —dijo de repente Rogneda. Todas se volvieron hacia ella. La princesa tragó saliva y dijo—: Nunca lo había contado a nadie. Pero antes de que algo terrible pase en mi vida, me aparecen tres mujeres. Son muy similares entre ellas, como hermanas, hermosas y sin ropa alguna. Una llora, otra me sonríe, pero su sonrisa no es bondadosa, y la tercera parece muerta, pero me mira con los ojos abiertos.

—Qué escalofrío me está dando, princesa —exclamó una de las tejedoras, y cerró el pañuelo que llevaba sobre los hombros.

—¿Y qué significa? —preguntó una de las muchachas.

Rogneda elevó los hombros:

—Iba a preguntárselo al hechicero el otro día, pero no pude. Puede que no quiera saberlo.

Después de su historia, todas parecían con menos ganas de hablar de visiones y augurios. Era tarde. Rogneda se despidió y salió afuera. El fresco de la noche le acarició la cara. Se ató el pañuelo y cruzó el huerto. Pronto oyó unos pasos tras ella. Era Bita:

—Esperad, princesa. Vamos juntas. Somos casi vecinas.

Rogneda agradeció su compañía y las dos mujeres echaron a andar despacio buscando el camino entre las casas en la oscuridad.

—Yo sé lo que significa —dijo Bita.

Rogneda se detuvo de la sorpresa.

—Pero tú no crees en estas cosas —le dijo.

—No creo a esa bocazas de Lusha. Pero lo de las tres mujeres me lo contó mi madre de pequeña. Nunca las vio. Pero dicen que son tres diosas: Ñedolia, que trae desgracias; Yaguiña, que compadece, y Mara, que trae la muerte. No sé más.

—Ya las vi dos veces —susurró Rogneda sobrecogida.

Bita rodeó sus hombros con el brazo caliente y rollizo y la hizo caminar:

—Pues queda la última. Pero para ello pueden pasar muchos años.

* * *

—Las cosas están yendo mal —dijo Dobrinia— y no hablo ahora de tu criba del consejo, que no me gustó en absoluto, sino de los pechenegos.

Vladimir asintió. Iban caminando por la ciudad. Era de madrugada, el sol de agosto aún no apretaba. Acariciaba los tejados a través de las hojas de los árboles, que más tarde regalarían sombra a los transeúntes.

—Pensé que después de la última incursión no se atreverían. Solo pasaron cuatro años, tío. ¿Te acuerdas?

—Sí, ¿cómo no me voy a acordar? Yan el Gigante, el que podía levantar un caballo, luchó contra el guerrero suyo, cuando desplegamos frente a frente a los dos lados del río. Les entró el pánico y salieron corriendo sin que desenfundáramos. —Dobrinia soltó una carcajada—. Estas son las victorias que me gustan.

Vladimir seguía serio. Su tío continuó recordando:

—De allí no volvió el Oso. Mira que no morir en la batalla, sino por una patada de su propio caballo. Luchamos mano a mano desde que me acuerdo de mí mismo.

—Debí haber ido yo esta vez. Me equivoqué —dijo Vladimir y aceleró el paso—. Son más de los que esperábamos.

—Bueno, mandaste a quien se llama a sí mismo «tu hijo», aunque se ve a la legua que en todo es el hijo de Yaropolk.

—¿Es verdad que con sus hombres desobedeció el plan de ataque y ahora, gracias a su estupidez, están acorralados en Vasylkiv? Lo bueno es que los pechenegos solo vienen a saquear. Nunca asedian ciudades.

—Siempre puede haber una primera vez —dijo Dobrinia—. Pero espero que no sea esta. Pienso que mañana mismo se retirarán.

Vladimir paró delante de la casa de Anastaso, que estaba casi a las afueras.

—Tío, si solo fuese Sviatopolk, lo entregaba yo mismo a los pechenegos para que le enseñaran lo que es la guerra, pero no quiero perder a mis hombres. Ahora no nos sobran, y ¿si después de esta pequeña victoria, el enemigo se anima a atacar todo nuestro sur?

Dobrinia respondió:

—Deberías partir a Nóvgorod para seleccionar un ejército que pueda con todo.

—Debo pensar —dijo Vladimir. Y entró.

Anastaso estaba ya levantado. Tenía volúmenes amontonados sobre la mesa y todas las ventanas abiertas. Disfrutaba del calor del verano por igual que odiaba aquel clima en invierno.

—¿El príncipe? —exclamó en griego. Después de todos esos años, aún no había aprendido el idioma. Tampoco le importaba, ya que seguía teniendo al cojo a su lado día y noche. El hombre apareció enseguida. Había engordado y se notaba que su amo lo cuidaba bien. El clérigo miraba a Vladimir sonriendo, pero se notaba cierta preocupación en su expresión.

—¿Qué hacemos aquí? —preguntó Dobrinia en bajo—. ¿Te pareció poco haberme bautizado?

Vladimir no reaccionó a su broma.

—Anastaso, sé que estás dando cobijo a una persona indeseable. Y sé que lo haces por orden de la princesa. Solo te voy a decir que él debe marcharse hoy por donde había venido y no regresar jamás. Y lo de esta visita mía no lo va a saber nadie. ¿Me has entendido? Tradúcelo bien palabra por palabra, cojo.

Anastaso miraba asustado a Vladimir. Jamás le habían puesto en una situación semejante. Cambiaba de rictus mientras el cojo hablaba. Luego se persignó y miró al cielo, como dando su palabra ante el Todopoderoso.

Vladimir asintió, se dio la vuelta y salió de su casa, seguido por Dobrinia.

—¿Y eso?

—Un espía de Olaf.

Dobrinia levantó las cejas.

—No preguntaré —dijo.

—Mejor no preguntes. Estoy cansado de esto más que tú. Y espero que sea lo último que sepa de él.

—Solo una cosa: te volviste muy benevolente. Hace unos años su cabeza estaría plantada en un poste en la plaza.

Vladimir suspiró:

—Me estaré haciendo mayor. O es que Anna me ha convertido en un santo.

Los dos rieron y caminaron de vuelta al palacio por una calle llena de perales, notando en el aire la voz del verano que se estaba escapando.

* * *

Tratando de olvidar la conversación con Bita la noche anterior, Rogneda comenzó a darle vueltas a las palabras del hechicero. ¿Debía ser una princesa y no una sufridora? Aquello ya le había ayudado, por lo menos para no pasar las tardes en soledad. ¿Qué más significaba aquello? ¿Debía gobernar? Pero ¿qué tierras? Suponiendo que lograra escapar con Iziaslav, y en cuatro o cinco días galopando llegara a Pólatsk reconstruido, ¿quién la querría allí? Traería consigo otra guerra. Y, si no la entregaban, no podrían contra todo el ejército de Vladimir. ¿Y si cedieran todo Pólatsk a su tío, el príncipe Tur? Luego negociar con yatvagos y dregovichis para ocupar las tierras entre el Dvina y el Dniéper y, bajo un acuerdo de paz, devolverlas a Vladimir. Y hacer de Pólatsk una gran ciudad para Iziaslav.

¿Cómo era posible que nadie se hubiese atrevido aún a matar a Vladimir? ¿Por qué razón lo protegía Perún de las flechas y las espadas enemigas? ¿Qué magia usaba? ¿O era porque se había vuelto cristiano y aquel otro dios lo protegía? ¿Cómo podía siquiera imaginar imponer una fe diferente a toda Rus?

No podía estar pasando. ¿Cómo se podía desechar algo en lo que se creía desde el comienzo del mundo?

«Los dioses castigarán al príncipe Vladimir por lo que está haciendo», se oía por la villa. Pero Rogneda lo conocía bien y sabía que el príncipe nunca lo habría hecho sin haberlo calculado y planeado. Se casó con la griega y, haciendo astillas a los dioses antiguos, los mandó río abajo, los venció. Sin miedo. Y ahora su nuevo dios lo protegía como a un hijo.

Iziaslav ya se había dormido. Rogneda lo miraba, tratando de ver cuánto había en él de su padre y cuánto de ella y Rógvolod. Era de pelo oscuro, los ojos negros, alto, muy parecido a Vladimir. Pero el alma, los sentidos, los recuerdos del dolor de su madre y abuelo en su sangre eran de Rogneda.

—¿Por qué me miras así, madre? ¿Pasa algo? —preguntó abriendo los ojos.

Ella asintió porque comenzó a entender las palabras del hechicero:

—Sí, hijo, pasa. Tu padre te apartó de la corte para que te comieran los mosquitos de los pantanos y nunca saliese de aquí tu nombre, de esta villa perdida entre dos ríos. Para que tu mente se empequeñeciera, para que te conformases solo con existir. Pues no se va a salir con la suya. Posees antigua sangre noble, mucho más pura que la suya. Y tienes tierras que te pertenecen por nacimiento. Y yo las tengo. Y nada me va a parar hasta que nos vea sentados en la sala del palacio de Pólatsk.

Iziaslav se incorporó y la miraba confuso.

—¿O es que no quieres ser un príncipe de verdad? —preguntó Rogneda.

El muchacho asintió:

—Sí, madre. Quiero.

—Bien. Mañana empezaremos. Te voy a preparar para gobernar, no solo para luchar. Para que, cuando llegue el día, seas capaz.

Cuanto más hablaba Rogneda, más inseguridad veía en los ojos del chico. Entonces decidió abordarlo desde otro ángulo y preguntó:

—¿Quieres convertirte en un muchacho de pueblo como tus compañeros y estar a merced de los que son como tu padre? ¿O quieres demostrarle, igual que hiciste en Kiev de niño, que no le temes y no va a elegir tu destino?

Pareció que sus palabras llegaban al corazón de Iziaslav. Recordó la última vez que vio a su padre, frunció el ceño y respondió:

—Está bien, madre. Quiero gobernar Pólatsk. Como mi abuelo y por su memoria.

Ella lo abrazó emocionada y se fue a su lecho. Si su destino fuese este, que los dioses le ayudaran a encontrarlo. Y si lo debía cambiar, que cualquier Dios le ayudara a hacerlo. Porque solo quería una cosa: caminar de nuevo por un campo de amapolas de Pólatsk.

* * *

Ahora los días tenían otro sentido para Rogneda. Se levantaba por las mañanas sabiendo que tenía un propósito. A diario Iziaslav entrenaba y estudiaba con su madre, y solo después se iba con sus compañeros de juegos. La princesa no iba a permitir que su hijo, el nieto del rey de Pólatsk, se convirtiera en un simple campesino.

Los días pasaban volando. Una tarde, Rogneda e Iziaslav se sentaron en el banco afuera, disfrutando de los últimos rayos del sol. Ella le hablaba sobre el comercio por los ríos.

—Si un barco quiere arribar a tu puerto, deberá pagar el sitio. También tu ciudad debería recibir una parte de sus ganancias si viene a comerciar, pero esto habitualmente se arregla con el dirigente del mercado…

—¿Quiénes vienen, madre? —la interrumpió el muchacho apuntando afuera de la cerca.

Rogneda miró hacia el camino y su corazón quedó paralizado. El patio de la casa se llenaba de jinetes.

—¿Dobrinia? —exhaló ella casi sin mover los labios.

El hombre, sin desmontar, paró el caballo, observó su morada, esbozó una sonrisa y, sin una palabra, marchó a trote, llevándose a sus hombres tras él. Rogneda seguía inmóvil.

—Madre, ¿a qué vienen?

Rogneda lo abrazó.

—¿A matarnos?

—¿Y por qué no lo hicieron ahora? —preguntó Iziaslav.

—Nunca sé lo que tienen en mente, mi corazón. Pero no veo ninguna otra razón por la que Dobrinia viniese a este lugar apartado del mundo.

Apretando a su hijo a su pecho, le susurró al oído:

—Mañana nos iremos a casa del hermano de vuestro abuelo, Tur. Espero que nos proteja. Es el único que queda de la familia. Vete a dormir, la galopada va a ser larga. Queda a varios días de camino, pero lo podemos lograr.

—¿Y vos, madre?

—Yo voy a ver a Lada o a Bita. Quizás saben algo más. Ellas o sus esposos.

Rogneda salió por la pequeña portilla de atrás y fue cruzando los huertos, desvelando a los perros, que lanzaban sus inseguros ladridos al aire. Ir a casa de Lada no era muy acertado. Al fin y al cabo, Bogsha debía vigilarla y podía empezar a sospechar que quisiera huir. Así que Rogneda se dirigió hacia la casa de Bita. La mujer estaba tendiendo la ropa, casi ya en oscuridad.

—Vaya, un poco tarde para hacer la colada —dijo Rogneda de lejos para no sobresaltarla.

Bita rio y respondió:

—Un poco tarde para correr por los huertos también.

Rogneda se acercó y le susurró:

—¿Viste a los hombres de Vladimir?

—Sí, hija.

—¿Me puedes decir qué más sabes? Por favor te lo pido.

Bita estudió su cara con preocupación:

—Sé que viene con mil hombres. Están acampando a lo largo del río y por el bosque. No sé más. ¿Crees que vienen a por ti?

—No lo sé. Pero si no, ¿a qué?

Bita, pensativa, negó con la cabeza:

—Son demasiados para matarte.

—¿Y si es para llevarse a mi hijo? Es todo lo que me queda, Bita. Y no voy a esperar a que me lo quite todo.

La mujer la abrazó con cariño.

—Haz lo que debas hacer. Que los dioses te protejan.

Cuando Rogneda regresó a casa, Iziaslav ya estaba durmiendo. Ella preparó un par de hatillos con ropa y las pocas armas que poseían. Dejó a los caballos listos en el establo y se echó en el banco para despertar pronto y abandonar aquel lugar.

* * *

Anna seguía en la cama. Le dolía el vientre y tenía miedo por el bebé. Una *babka*, la conocedora del cuerpo y sus dolencias, fue llamada por Vladimir. Estaba susurrando algo mientras tocaba el abdomen algo abultado ya de Anna. Abstraída, cerró los ojos y soltó unas frases a modo de cántico extraño, quitó su mano callosa del vientre de la princesa y se fue con la cocinera para preparar una pócima que le daría fuerzas a la futura madre y el agarre al niño. La princesa se alegró al verla marchar. Era reacia a los hechiceros y *babkas*. Prefería rezar.

Vladimir entró y se sentó a su lado. Acarició su pelo rojo. Cuando pensaba qué sentía realmente por aquella criatura, se asombraba. Porque no la amaba como a una mujer, no con esa pasión animal y el deseo de poseerla cada noche. Era otro tipo de afecto. Era la persona que siempre querría a su lado, porque le comprendería, lo aliviaría de su carga y le ayudaría a superar cualquier obstáculo. Porque compartiría todo lo malo que él pudiera soportar con sabiduría y calma. Ella siempre estaría allí.

—¿Vais a quedaros contemplando mi miseria de esta mañana o me contáis algo, Gran Príncipe? —sonrió ella.

Aquel acento seguía cautivándole y Vladimir rio:

—¿Acaso es un pecado contemplar a la mujer más hermosa del mundo?

—No creo. Pero la mujer más hermosa del mundo se puede aburrir de no hacer nada. Y os suplico no mandarme más hechiceras, no las soporto.

—Muy bien, esposa mía. Estuve en vuestra iglesia y todo va bien. Más tarde vendrá Anastaso a informaros sobre los avances de ayer y hoy.

—¿Tendréis tiempo para seguir escribiendo el código conmigo hoy?

Vladimir quedó pensativo:

—No lo sé.

—¿Qué os preocupa?

Vladimir seguía en silencio. Anna se apartó dejándole sitio:

—Acostaos a mi lado, cerrad los ojos y contádmelo.

—No os quiero preocupar.

Ella insistió con gesto de desesperación:

—Hacedlo, os lo suplico. Muero de aburrimiento.

Él le hizo caso. Acostado boca arriba, mirando al techo, comenzó a hablar:

—Envié a Sviatopolk con Velimudr a echar a los pechenegos. Ahora están en una villa amurallada resistiendo. Dobrinia dice que esperemos a que el enemigo se canse. Solo vienen a saquear. Se retirarán al sur con lo robado al no poder entrar en la villa.

Vladimir calló. No esperaba ninguna respuesta. Tampoco sabía si Anna había entendido bien lo que le había contado.

—¿Y después qué? —preguntó ella.

—Pues, después, a esperar cuándo vienen de nuevo —suspiró Vladimir hastiado.

—¿Y por qué no poner una frontera? ¿Como Jersón? Fue construida para ver si se acercan las hordas del norte y poder detenerlas. Estuvisteis allí y lo conocéis. Yo pondría varias villas a lo largo de la frontera y, entre esas villas fortificadas, torres de vigilancia. Creo que se podría costear. Y es una zona donde los campesinos se sentirían más protegidos por vos. Se irían a vivir a esas villas voluntariamente.

Vladimir seguía mirando el techo, pero sus pensamientos ya estaban lejos. Se estaba imaginando y calculando cómo sería ejecutar esa idea. Lo que para el Imperio bizantino era algo sencillo, para las gentes del norte era novedoso. Se volvió hacia Anna:

—¡Si nos sale un niño tan listo como vos, lo hago heredero de todo!

Ella respondió con gesto de ansiedad:

—No vayamos a hablar de eso por ahora.

—Mejor miramos dónde poner esas villas nuevas, ¿no? —volvió a reír él.

—¡Sí! —exclamó ella ilusionada.

—Por algo la gente te llama la Zarina. —Vladimir se levantó para traer los mapas que les podían valer.

—Y a ti el Sol Rojo —respondió ella.

Él la miró sorprendido y repitió:

—El Sol Rojo.

Algo en su memoria se removió. Un día muy lejano, en casa de Rogneda, se había llamado Gisli, «el Sol». Y después, al arder Pólatsk, mirando aquel astro como bañado en sangre, Dobrinia lo llamó de aquella forma. Había pasado tanto tiempo y de repente aquel nombre volvía a sonar. ¿Era una coincidencia o el destino lo trataba de devolver a su pasado?

* * *

El primer gallo cantó, cuando aún era oscuro. Rogneda se despertó de golpe. Se puso el *letnik* y salió sigilosamente para terminar de ensillar a los caballos.

—Madrugas mucho, princesa. —La voz de Dobrinia detrás de su espalda la hizo detenerse. Su corazón latía tan deprisa como nunca. Se dio la vuelta. El general estaba sentado en el banco, con la espalda apoyada contra la pared de la casa y la miraba sonriendo. Disfrutaba de aquello. Todo el plan de Rogneda se iba al traste. La mataría allí mismo y se llevaría a Iziaslav, estaba claro. Ya habían pasado varios años desde que Vladimir aceptó la fe cristiana y renunció a otras esposas. Rogneda ya no era nada. No era nada suyo. Nadie juzgaría a Vladimir ahora si le quitara la vida.

—¿Entro y desayunamos? —preguntó Dobrinia.

Rogneda frunció el ceño.

—Si vienes a matarme, hazlo ya —dijo enfrente de él.

Dobrinia rio y se puso en pie.

—No con el estómago vacío —contestó entrando en casa.

Rogneda despertó a una de las criadas y la mujer comenzó a correr preparando la comida para el general. La princesa la observaba con fastidio en su intento de agradar a tan importante visita. Los primeros rayos del sol aparecían acariciando los huertos y los tejados. Con los cantares de otros gallos, se despertó Iziaslav. Entró estirándose, en camisa y descalzo:

—Madre, ¿no me dijisteis que ibais a despertarme pronto? —Su voz se cortó al ver a Dobrinia sentado a la mesa enfrente de su madre en total silencio.

—¡Iziaslav! Ven aquí, dame un abrazo. ¿Somos familia o no? —exclamó Dobrinia.

El muchacho no se movía y sus ojos pasaban de Dobrinia a su madre y de vuelta, volviéndose más y más oscuros.

—¡Pero si eres la viva imagen de tu padre cuando se cabrea! —estalló Dobrinia en una carcajada.

Entonces Iziaslav vio una espada corta y los dos cuchillos que había preparado su madre para huir esa mañana. Pero Dobrinia fue rápido y, antes de que el muchacho se hiciera con algunos de ellos, lanzó la pregunta:

—¿Y todas estas cosas? ¿Os ibais a alguna parte?

Rogneda hizo el gesto para que su hijo se sentara a su lado. Iziaslav accedió, no sin vacilar. La criada entraba con un cuenco de huevos cocidos en una mano y el pan en otra:

—Ahora traigo miel y mantequilla —dijo con sonrisa nerviosa.

Dobrinia cogió un huevo y comenzó a pelarlo.

—Tengo un hambre… —dijo.

Rogneda miraba sus manos arrugadas y callosas, con las uñas ennegrecidas, y se le revolvía el estómago. Al morder el huevo, Dobrinia la volvió a mirar y retomó la pregunta:

—No me dijisteis si os ibais de viaje, princesa. —Ella no respondía—. Veo que te has vuelto muy callada. Serán los aires de los pantanos.

—No sé a qué vienes, Dobrinia. Pero te pido que nos dejes marchar. Hazlo por Iziaslav. No haremos ningún daño a nadie. Nos lo quitaron todo. Solo nos quedan nuestras vidas.

Dobrinia se metió un trozo de pan en la boca, estudiando la cara de Iziaslav:

—Sí que eres igual que tu padre.

—No —dijo el muchacho—. Para nada soy como mi padre.

Dobrinia frunció el ceño y tiró el resto del huevo sobre la mesa:

—¿Y adónde vais a ir?

Rogneda respondió:

—Pensaba quedarme con mi tío Tur. No creo que sea ningún crimen.

Dobrinia la miró casi con compasión:

—Venimos de allí. No quisieron abrirnos las puertas. Así que ya no tienes adónde ir. Rogneda palideció:

—¿Toda mi familia está muerta? ¿Toda mi sangre? —Se levantó, apretando los puños—: ¿Por qué? ¿No tuvisteis bastante con mis padres y mis hermanos?

Dobrinia suspiró y contestó:

—Es por pura cabezonería, Rogneda. Tengo órdenes de bautizar todos los pueblos a mi paso. Y si se resisten, yo no tengo la culpa. —Se limpió la boca y tragó el resto de la leche—. ¿Y tú qué, Iziaslav? ¿Quieres gobernar? —preguntó al muchacho.

El chico miraba a su madre, que parecía destrozada por la noticia.

—Madre. ¿Estáis bien, madre? —Luego, con odio en la mirada, le preguntó a Dobrinia—: ¿Has venido a hacerle más daño? ¿A fardar de matar al resto de su familia?

Dobrinia sonrió:

—No, hijo. Esto solo salió en la conversación. Hemos venido a bautizar Zaslavl y Mensk. Pondremos un par de iglesias y nos iremos.

—¿Y mataréis a los que rehúsen? —preguntó Rogneda sombría—. Ahora entiendo el porqué de ese apodo: el Sol Rojo. Es por toda la sangre que derrama a su paso.

—Pues no, princesa. Es el sol que alumbra el camino de los pobres y necesitados. Así que en cuatro días os espero en la primera fila en la orilla.

Dobrinia masajeó la rodilla izquierda para calmar su dolor de siempre.

—¿Y luego qué? —preguntó Iziaslav.

—Y luego, para que veas cuán bondadoso es tu padre, os iréis a Pólatsk para ocupar el lugar que os corresponde por derecho de sangre.

Los ojos de Rogneda se abrieron de par en par. Feliz, abrazó ella a su hijo. Dobrinia añadió:

—Solo.

Rogneda soltó a Iziaslav despacio. No decía nada.

—Eres una enemiga para Vladimir, princesa. No puedes volver.

Ella asintió. Hubo silencio. Después, Iziaslav preguntó:

—¿Y qué será de ella?

—Debe elegir a un esposo, como hicieron otras esposas del príncipe.

—¿A quién? —preguntó Rogneda.

—Pues a cualquiera. El mismo Kozey. Su mujer murió hace dos veranos. Aunque no creo que tenga la intención de quedarse en este agujero. Mejor a Chaslav. No está casado. —Dobrinia disfrutaba observando cómo la princesa trataba de controlar su ira. Rogneda imaginó a aquel odioso boyardo llegando borracho a casa y obligándola a quitarle las botas y luego poseyéndola como el animal que era, y todo su ser se reveló en aquel instante:

—Prefiero irme al fondo del río que estar con otro esposo que complacer.

Dobrinia la miró con sonrisa torcida:

—Piénsalo bien, princesa. Sé humilde. Te están regalando la vida, no te la quites.

—Fuera —dijo Rogneda—. No podéis quitarme nada más ya.

Dobrinia suspiró. Miró a Iziaslav a punto de llorar, se puso el gorro y salió dando palmadas en la barriga.

—Madre, no me iré sin ti —dijo Iziaslav.

Ella lo miró a los ojos:

—No. Te irás. Claro que te irás. Pero volverás a por mí. Cuando tu padre deje de vigilarte y cuando nuestro reino se haga fuerte, volverás a por mí. Aunque pasen años, yo te esperaré.

Iziaslav lloraba negando con la cabeza. Rogneda, con el corazón roto, le susurró:

—Soy muy feliz. Vivirás la vida que te corresponde honrando nuestra estirpe. Aquella tierra te acogerá porque eres su hijo y no serás nunca más dichoso en ningún otro lugar. Vuelves a nuestra casa. Solo te pido que no me olvides.

* * *

Tres pequeñas casas de madera se levantaron en una semana a la orilla de Svisloch. Una de ellas con una torre y cruz coronándola.

—¿Para qué tres? —preguntó Rogneda.

—Para los clérigos que se quedan aquí —le contestaron.

Llegó el día. El otoño vino antes del tiempo y las aguas del río respiraban frío. Parados a la orilla, Rogneda e Iziaslav, con el resto de la gente de la villa, esperaban. De la iglesia recién construida salió un hombre con vestimentas blancas y doradas, con una cruz grande en las manos. Alzándola hacia el cielo, entonó un monótono cántico, del cual era difícil entender una palabra. La muchedumbre lo miraba con miedo e incomprensión. Rogneda vio de reojo como tras ellos se desplegaban los jinetes de Dobrinia. «Nos empujarán al agua», pensó. El clérigo pronunció casi cantando:

—Entrad en el río, como Cristo lo hizo, y aceptad la cruz cristiana.

Nadie se movió. Dobrinia apareció montado al lado del clérigo. Rogneda miró su mano que iba a dar la señal. Vio a Bita atrás del todo y a Lada sujetando a su bebé. Las podían aplastar si avanzaban. Entonces, agarrando la mano de su hijo, a empujones, atravesó la fila que la separaba de la orilla y entró en el agua. El frío le cortó la respiración, pero Rogneda siguió hasta que sus hombros quedaron cubiertos. Iziaslav resoplaba del frío a su lado.

—Aguanta, hijo —susurró ella—. Debemos salvar a esta pobre gente.

Miró hacia atrás. La muchedumbre comenzaba a moverse para seguirla. Los jinetes permanecían en su sitio. Rogneda respiró aliviada. Salió del agua, recibió una diminuta cruz que le ataron al cuello con una fina cuerda. La gente se fue temblando del frío hasta sus casas, calada y confusa.

En poco tiempo, apareció Dobrinia, con Kozey siguiéndolo como un perro. Sin desmontar, esperaron a que Iziaslav se preparase para partir. Dobrinia preguntó:

—¿No cambiaste de opinión, princesa?

Rogneda ignoró su pregunta y abrazó a su hijo por última vez:

—Ama Pólatsk, mi niño, y ama a tu gente. Elige bien a los que te rodeen. Gobierna con cabeza y con corazón. Y recuérdame. Recuérdame siempre, hijo. Estaré esperándote.

Eso último se lo susurró al oído. Iziaslav, sin poder parar las lágrimas, la apretó contra su pecho, la besó en la frente y salió corriendo de la casa. Cuando desaparecieron de su vista, Rogneda se echó en el banco y se quedó quieta, mirando la pared. Trataba de no pensar y no sentir.

Pero en unos minutos entró Chaslav:

—Princesa, os debo llevar hasta la iglesia.

Rogneda se estremeció. Por eso preguntaba Dobrinia si había cambiado de opinión. Ahora iban a matarla, y luego probablemente le dirían a Iziaslav que ella misma había acabado con su vida. Así él se olvidaría de ella y gobernaría como su padre le ordenaría. El nudo en la garganta apenas le dejaba respirar. Y en aquel momento, luchando contra el abismo donde caía su alma, pensó que lo importante era que su hijo había sido liberado y perdonado. Rogneda se puso el pañuelo y el caftán y siguió a Chaslav. Miraba de reojo su cuchillo, plano y ancho. ¿La mataría él mismo o se lo encargaría a otro?

Sin embargo, la hizo entrar en una de las dos casas pequeñas que pusieron al lado del templo. Allí la esperaban un hombre armado y el clérigo. La puerta se cerró tras ella. El hombre la tiró de rodillas y arrancó su pañuelo. El clérigo susurraba algo con los ojos entornados, mientras el guerrero le cortaba la trenza y la tiraba al fuego de la chimenea. Luego la puso en pie y le arrancó el caftán y el vestido. Tiró una camisa oscura larga al suelo delante de ella y salió. Rogneda veía, casi desnuda, cómo se consumían su pelo y sus ropas en las llamas, sin entender nada. El clérigo terminó de hablar. Puso la mano sobre su cabeza y concluyó:

—Se despoja de este mundo la sierva de Dios Gorislava, la princesa de Pólatsk Rogneda Rógdolovna en el nombre de Cristo, y desde ahora se llamará Anastasia.

Ahora lo había entendido. Como si un rayo atravesara su cerebro.

—¡No! —gritó ella.

El clérigo la trató de consolar:

—Acepta tu nueva vida que comienza hoy, sierva, tu pasado ya no existe. Esta es tu celda. Perteneces a Dios.

—¿Qué? ¿Cómo? —Rogneda miraba al hombre, luego al fuego. Una vez más le quitaban su vida, pero dejaban latir su corazón. Con asco tiró la camisa de lana que le dieron al suelo y saltando hacia el fuego y agarrando un leño en llamas, atacó al clérigo. El hombre gritó, trató de apartarse, pero fue alcanzado en un lado de la cabeza. Antes de llegar a la puerta y poder escapar, aullando de dolor y miedo, recibió otro golpe en las costillas y, ensangrentado y con el pelo en llamas, al fin, logró cerrar la puerta tras él. Rogneda tiró el leño de vuelta al fuego y cayó acurrucada al suelo.

* * *

—¿Sabes en qué año vivimos, madre Anastasia?

Ella negó con la cabeza.

—Hace mil años que nació Cristo —respondió el pope.

—¿Y qué? —preguntó Rogneda.

—Será misericordioso con los que creen.

—¿Y con los que no?

—Pues, con esos, no —respondió el pope—. Ven, que te doy la comunión.

—¿Qué va a mejorar eso?

—Para que tu alma sea libre y llena de gozo.

—¿Para qué quiero yo mi alma libre si debo quedarme aquí para siempre?

Cada tarde, el pope Akim venía a la diminuta casa de Rogneda que los clérigos llamaban celda. Se sentaba y le preguntaba qué relato de la Biblia le gustaría oír. Ella nunca escuchaba en silencio. Debatía y preguntaba. A menudo discutían. Nunca terminaban de acuerdo. Akim fue traído a Zaslavl después de que el clérigo griego que había bautizado al pueblo huyera de allí con media cara quemada y las costillas rotas por Rogneda.

El primer día, Akim entró con miedo. Se sentó en el banco y habló solo. Ella no se movió, acostada de lado, envuelta en el hábito oscuro. Al día siguiente, la encontró igual. Entonces se acercó y vio como aquella mujer dejaba que la vida escapara de su cuerpo. Akim volvió con caldo caliente y la alimentó. Cuidó de ella día a día hasta que Rogneda empezó a hablarle. En cinco años, discutieron miles de veces. Y cada día, él esperaba la hora de ir a verla.

Algunas veces, ella pasaba días a la orilla del río, mirando a lo lejos, esperando las olas de los remos. Porque su hijo venía a por ella. Y se la llevaba a casa. Y ella abrazaba a sus nietos, feliz. Y se quedaba cuidándolos y enseñándolos a gobernar. Otros días ella no le abría. Decía que estaba bien. Rezando. Él sabía que no era así. Que estaba acurrucada, con la mirada fija en la pared, sin ganas de nada. Él marchaba preocupado. El destino de ella lo atormentaba. Él debía enseñarla a vivir en la fe que se le impuso, hasta el punto de convertirla a la fuerza en la sierva de Dios.

—Akim, ¿cuántos años tienes? —preguntó Rogneda.

—No sé. Medio siglo posiblemente —respondió.

—Yo fui llevada de mi casa a los dieciséis años, luego estuve en Nóvgorod, después en Kiev, donde tuve a mis cinco hijos, más doce años aquí. Debo de tener treinta y muchos ya.

—Eso no importa.

—Sí importa. Ya viví varias vidas, Akim, y solo en una fui feliz, pero tan corta y tan lejana. Quiero vivir una última. Quiero pisar las amapolas de nuevo y volver a recorrer los caminos que amo. Quiero tener una familia que me arrope. Quiero que alguien me necesite. Porque, después de tener tantos hijos, solo los necesito yo.

Akim la miraba emocionado:

—Ojalá Dios se apiade de ti, Anastasia. Rezo por tu alma cada día. Pero eres muy orgullosa y eso no le gusta al Todopoderoso. «El altivo será humillado, pero el humilde será enaltecido».

—No puedo cambiar lo que soy. Y ninguna humillación romperá mi orgullo —respondió Rogneda—. Pero siento que no me queda tiempo.

Akim se fue. Rogneda se envolvió en una manta y caminó hasta la casa de Lada. Los cuatro niños estaban cenando a la mesa mientras su madre recogía después de un largo día. Rogneda sintió que no era el momento oportuno para la visita y caminó de vuelta. La gente se metía en sus casas al verla pasar con su viejo desgastado y agujereado hábito y la manta sobre la cabeza. Bita, su amiga fiel esos últimos años, había muerto el invierno anterior.

Rogneda abrió la puerta de su triste hogar y se quedó en el umbral mirando la débil luz en la ventana de Akim. Era la única alma que le hacía compañía, aunque fuera a través de la monotonía de sus convicciones cristianas. Estaría rezando delante de sus iconos, pensó Rogneda, entró en la celda, se echó en el banco, cerró los párpados y cayó en un sueño vacío.

* * *

—¿Vienes a ver morir a un viejo? —preguntó Dobrinia tosiendo. —Vladimir se encogió de hombros y se sentó a su lado—. Mejor no te acerques, no sea que enfermes también.

—¿Para eso viniste hasta Nóvgorod? Haberte quedado en Kiev conmigo. Es más seco. Para tus huesos sería bueno —respondió el príncipe.

—Yo estoy bien aquí, sobrino. Además, ya no me queda nada por hacer —afirmó Dobrinia después de otro ataque de tos.

—Solo rezar… —terminó su frase Vladimir.

—Eso sí que no, sobrino. —Frunció el ceño el anciano.

—¿Y por qué no? No sabes lo que te espera allí adonde vas. Mal no te va a hacer.

—Mira, puede que me hayas hecho bautizar con mis hombres, pero por dentro soy el mismo que antes. Perún siempre me ha protegido y nunca he rezado a otro dios. Prefiero nuestro Iriy a vuestro Paraíso. Estaré más a gusto allí —intentó reír, pero apenas pudo.

—¿Qué será de Gorislava, Dobrinia? —preguntó Vladimir de pronto—. ¿Sabes algo?

—Pensé que ya no te acordabas de ella. Rogneda de Pólatsk. El gerente de Mensk dice que sigue viva, de monja. ¿Por qué preguntas?

Vladimir suspiró:

—Porque sueño con ella constantemente, joven, tal como me la encontré. Está en un campo de amapolas. Y me acerco feliz, pero veo que no son flores, sino sangre, que va impregnando mis ropas y manos. Y esa sangre se vuelve negra y ella se convierte en una anciana que ríe en mi cara…

—Debiste haberla matado, como dijo tu madre —concluyó Dobrinia.

—Sí, debí hacerlo.

—Y mira que tuviste oportunidades y siempre la perdonaste.

—Así es.

Dobrinia se había dormido. Vladimir observó su pecho arrugado, lleno de gotas de sudor y el gris oscuro que rodeaba sus ojos hundidos, le saludó con la cabeza, en agradecimiento por todo lo que había hecho por él, y salió afuera. El olor a moribundo mezclado con la imagen de Rogneda le habían revuelto el estómago. No la había matado y no la había olvidado. ¿Por qué?

Por un momento, pensó en galopar hasta Mensk. En dos días podía estar allí. Pero ¿con qué fin? Sintió el mismo deseo que tenía después de quemar Pólatsk: que ella lo amase. Acto seguido, recordó su mirada, siempre vacía, como si él no estuviera allí. La poseyó durante años, pero solo su cuerpo. Su espíritu quedó intacto y su orgullo invulnerable. No pudo someterla, como a las otras. Decidió que, después de todo, no quería mirarle a la cara. Con el resto del ejército volvería a

Kiev para partir hacia Bulgaria. Sus aliados lo esperaban. Era igual que un Basileus. Y aquella mujer, a la que le quitó todo lo que pudo, le hacía sentir pequeño. ¡A él!

Apartó entonces los pensamientos sobre ella. Y se dejó adular por la gente de Nóvgorod que lo vio crecer y convertirse en lo que era ahora y se enorgullecía de ello. Y la sonrisa de vencedor de nuevo iluminó su rostro. Se sintió invencible y pensó que, igual que podía controlar todo sobre la faz de sus tierras, aquella inimitable sensación de grandeza lo invadiría para siempre.

Pero solo sería hasta que de nuevo soñara con Rogneda.

* * *

Akim, como de costumbre, cruzó su umbral cuando el sol comenzaba a bajar. Rogneda estaba agitada:

—Amigo mío, no tengo a nadie más que a ti. Quiero que hagas por mí una cosa.

El pope dudó:

—No sé si podré, madre Anastasia.

—Escúchame, por favor. Necesito hacerle saber a mi hijo que lo necesito y que venga ya a por mí. Ve hasta Mensk y entrega mi mensaje a algún comerciante que te parezca de fiar. Te lo suplico, ayúdame.

Akim la escuchaba sin reaccionar.

—Tú conoces mi vida y mi sufrir, amigo mío. ¿No es tu labor ayudar a las almas humanas?

—Sí, a las almas perdidas, para salvarlas. Pero tu alma no está perdida, me temo. Tú luchas contra la fe.

—Porque no puedo aceptarla: si la acepto, Vladimir me vencerá, Akim.

El pope se limpió la frente con la manga. Le pareció que una ola de calor había entrado en la celda. Miraba dentro de los ojos enormes de aquella mujer y veía cuánto daño se hacía al no rendirse, al no aceptar su destino. Su rostro era tan hermoso, su pelo había crecido de nuevo y caía por sus hombros en ondas ligeramente canosas cuando se quitaba el pañuelo. Alguna vez pensó que quizás la podría hacer feliz, lo deseaba con todo su corazón. Ella se lo merecía, vivir una última y serena vida al lado de un hombre que cuidara de ella y la tratara con cariño y respeto.

—Y si te vas con tu hijo, ¿con quién voy a pasar las tardes? —sonrió él.

Rogneda apoyó la frente sobre una mano y divagó:

—Durante los últimos dos años solo he pensado en por qué no viene.

Akim suspiró:

—Quizás no es tan fácil. Puede que no le dejen.

—O puede que ya no se acuerde de mí o piense que estoy muerta. Siento que si no hago algo, me volveré loca. Probablemente ya lo estoy, pero aún puedo ser útil.

Entonces, Akim, viendo el dolor que recorría el rostro de Rogneda, asintió:

—Lo voy a hacer por ti. No puedo verte así, Anastasia. Y rezaré para que el mensaje llegue a Pólatsk.

Rogneda se levantó de un salto y lo abrazó:

—Gracias, gracias, mi querido amigo.

—Saldré mañana al amanecer, diré que debo comprar cera para la iglesia. Tú prepara tu mensaje. Hoy no vamos a leer, me voy.

Se levantó y salió de la casa, guardando en su memoria la sonrisa de Rogneda que jamás había visto antes.

* * *

Anna estaba peinando a su hija, la pequeña Dobroñega, bautizada al nacer con el nombre de María. Al final, hace cuatro años, el Todopoderoso había oído sus plegarias y dejó que aquel embarazo tuviera un final casi feliz. Casi, porque Anna quería darle a Vladimir un heredero. Sin embargo, ahora agradecía que fuese una niña. Porque veía cuán complicado era tener en la familia tantos varones de madres distintas. Yaroslav, el segundo hijo de Rogneda, ya tenía diecinueve años y fue enviado a gobernar Rostov; los hijos de Adela obtuvieron Smolensk y Pskov; Gleb, de once años, estaba en Muromsk, e Iziaslav en Pólatsk. Boris seguía en Kiev para quedarse. Tenía catorce años.

El que más los preocupaba era Sviatopolk, pero un año atrás se fue de Kiev y no supieron más de él. Era lo mejor. Su presencia en la corte siempre provocaba polémicas innecesarias y su afán por participar en logros de Vladimir no tenía límites. Además, Anna comenzó a temer por Boris cuando su hermanastro se lo llevaba de caza. Era solo una intuición, pero parecía que sus intenciones nunca eran buenas. No demostraba apego alguno a nadie. Dejaba que su madre muriese en soledad en Túrov.

Un día, Vladimir lo llamó y le dijo:

—No me llames más *padre*. No eres mi hijo y lo sabes. Como mucho soy tu tío.

—Pero yo no conocí a mi verdadero padre y tú fuiste quien cuidó de mi madre. Además, siendo hermanos, seríais muy parecidos, ¿no es así?

—No. No lo éramos. Y tú y yo tampoco tenemos nada que ver. Te aconsejo que te vayas y que busques tu lugar fuera de Kiev.

—Me gusta Kiev —respondió Sviatopolk—. Y si me voy, ¿me das una ciudad como a todos tus hijos? ¿Cuál?

—No. Ninguna. Vete.

Sviatopolk frunció el ceño y marchó. No lo vieron en un largo año y ya no esperaban saber de él.

—Ay, madre, que me tiras del pelo —se quejó Dobroñega.

—Si conocieras a tu abuela, sabrías lo que es un buen tirón de pelo —rio Anna. La giró hacia ella y miró si las trenzas quedaban igualadas.

—Muy bien, mi pequeña princesa. ¿Vas con Torlia para que te vista?

La niña saltó al suelo y corrió afuera a buscar a su niñera. Anna miró por la ventana para saber si hacía frío. Iría a la misa del mediodía. Cuando estaba preparada, avisó a los mozos. El carruaje chirriaba por las calles de Kiev. Anna abrazaba a su hija y no podía no sonreír cada vez que se acercaba a la iglesia de los Diezmos. Era la obra de su vida. Hoy, el sol otoñal no alumbraba sus cúpulas, pero la humedad del aire daba a los frescos de las paredes una profundidad inusual.

—¿Quién es ese, madre? —preguntó la pequeña apuntando a una de las figuras pintadas.

—Es San José —respondió Anna—. ¿Te acuerdas? Leímos sobre él la semana pasada.

—¿El esposo de María?

—Así es, mi niña lista —sonrió su madre. Al llegar a la entrada, vieron otro carruaje allí. Las guarniciones de los caballos y los cojines de los asientos no se parecían a los de Kiev o alrededores.

—¡Zarina! —exclamó un hombre saliendo de la iglesia y abriendo los brazos, como buscando un abrazo, mientras se acercaba a ellas. Anna evitó que se acercara demasiado y cogió a su hija en brazos.

—Pero si es mi hermanita pequeña, ¡cómo has crecido!

La princesa apartó instintivamente a Dobroñega, que miraba al hombre con curiosidad.

—¿Sviatopolk? ¿Qué haces aquí? —preguntó a secas.

Como de costumbre, el joven ignoró el tono áspero de Anna y, sonriendo, exclamó:

—Os presento a mi esposa.

Hizo acercarse a una mujer, morena y poco agraciada de cara pero vestida con ropas hermosas, que sonreía tímidamente.

—La hija del rey Polaco Boleslao I.

Anna inclinó levemente la cabeza, más como signo de aprobación que de saludo. Y se fijó en un hombre alto y muy delgado, con la cabeza grande y cuadrada, que miraba la iglesia de arriba abajo con una mueca extraña en la cara.

—Y este es nuestro fiel amigo y acompañante Reinbern, el obispo de Kolobrzeg, el confesor de mi esposa.

Anna no dudaba que no había venido hasta allí para las presentaciones y preguntó sin rodeos:

—¿Y vienes aquí a presumir de esposa, Sviatopolk?

—No, mi señora. Vengo a enseñarles nuestra iglesia y nuestro Kiev —sonrió él.

Anna frunció el ceño:

—Es mi iglesia, Sviatopolk, no «nuestra», y Kiev es del Gran Príncipe.

La niña le pesaba en los brazos y, despidiéndose con un leve movimiento de la cabeza, la princesa entró en el templo. La misa siempre la ponía de buen humor, hasta en los días más difíciles. Pero no aquella mañana. Esa visita extraña era el augurio de algún mal. Le puso una vela a Santa María para que los protegiera de las adversidades. Y pensó que debía comunicarle cuanto antes a Vladimir que había vuelto el Hijo de dos Padres.

—Madre, ¿me cuentas quiénes eran esas personas? No me gustan —dijo la niña cuando salían de la misa. Pero Anna estaba tan absorta en sus pensamientos que ni la oyó.

* * *

Pasaron cuatro días. Rogneda miraba el camino desde el amanecer hasta el anochecer, pero Akim no aparecía.

Al quinto día se corrió la voz por el pueblo de que el pope había sido atacado por lobos cuando volvía de Mensk. Casi no habían quedado restos que enterrar. Pero cada día, al bajar el sol, Rogneda iba hasta el pequeño montículo y se echaba sobre la hierba, acurrucada:

—Perdóname, mi dulce amigo fiel. Solo traigo muerte a este mundo.

En dos semanas habían traído a otro pope, pero Rogneda no le abría y no le hablaba.

Pasaron días y más días. El otoño azotaba con noches frías. Había que recoger la leña, y el huerto pequeño ya no daba tanta comida como en verano.

Cayó la primera nevada. Y alguien tocó en su puerta. Rogneda no abrió. Entonces oyó:

—Madre, ¿estáis allí?

Su corazón quiso explotar de alegría. Corrió hacia la puerta. Era Iziaslav. Cambiado. Más alto y fuerte. Un hombre. Lo abrazó como al tesoro más anhelado del mundo.

—Viniste. No me olvidaste.

Él entró con ella, cerrando la puerta. Se quedó con una extraña expresión en la cara al observar su hábito viejo, colgando del cuerpo escuálido, los ojos hundidos y canas:

—Me llegó el mensaje con un comerciante griego. ¿Estáis bien, madre?

—Ahora diría que es el momento más feliz de mi vida. Mi niño. Dime, ¿amas Pólatsk? ¿Tienes esposa, hijos?

—Sí, madre. Dos chicos.

Iziaslav miraba alrededor: las paredes oscuras, casi negras, chimenea y dos iconos en el rincón sobre una sencilla balda. Un banco con una manta agujereada. Olor a cerrado, a abandono. Todo aquello respiraba dolor. Aquel que él ya había alejado, enterrado en el fondo de su memoria.

—¿No pudiste venir antes, mi tesoro? —preguntó ella apretando su mano entre las suyas.

—No sabía nada de vos. —Desvió la mirada.

Rogneda soltó su mano.

—¿Con quién estabas allí, en Pólatsk, cuando marchaste?

—Se quedó Kozey conmigo. Ahora ya está de nuevo en Kiev.

Rogneda se estremeció. Buscó la mirada de su hijo. Era muy joven cuando se lo llevaron. ¿Qué le habían hecho? ¿Cómo habían cambiado su forma de pensar? Ya no era su niño…

Él no decía nada. Parecía incómodo y turbado.

—¿Y ahora qué? —le preguntó ella.

—Pues solo quería ver si estabais bien. Si aún queréis venir conmigo, podéis elegir dónde queréis que pongamos una celda como esta para vos al lado de Pólatsk. Me dijeron que os habíais vuelto muy creyente.

Rogneda lo miró incrédula. ¿Una celda como esta? ¿Acaso alguien podía querer vivir así? Entonces comenzó a contarle cómo la hicieron monja a la fuerza y los años de sufrimiento que pasó esperando que su vida cambiara. Las palabras se atropellaban en su boca, trataba de parecer tranquila, pero se daba cuenta de que no lo lograba, que tanto sufrir la había diezmado. Quedaba una sombra enloquecida de lo que un día fue.

La mirada de Iziaslav reflejaba compasión, pero no comprensión. No sufría con su relato. O trataba de no sufrir. Rogneda comprendió que él había encontrado una nueva vida. Que toda su historia familiar dolía demasiado. Todo lo que tenía que ver con su madre solo lastimaba y no le aportaba nada. Iziaslav se sentía un príncipe de verdad ahora. Tenía su propia familia. Probablemente, día tras día y año tras año estuvo aplazando esta visita. Sabía que se sentiría muy culpable si no volvía a ver a Rogneda, pero había otras cosas en las que pensar, aparte de la misericordia y los remordimientos. No querría compartir su poder con una vieja madre medio enloquecida. La conocía bien y sabía que ella no se satisfaría con solo cuidar de los nietos. O puede que él pretendiese más. ¿Gobernar un día toda Rus? Y salvarla rompería el nuevo vínculo con su padre.

Rogneda lo miró con amor, porque no podía mirarlo de otra forma, y pronunció lo que Iziaslav quería oír en aquel instante más que nada en el mundo:

—Ve, vuelve a mi amado Pólatsk. Yo me quedaré aquí.

—¿Estáis segura, madre? —preguntó él levantándose.

Ella sentía que su corazón, ya roto tantas veces, se volvía a romper. Casi no se creía que aquello fuera posible.

—Sí, mi tesoro. Solo dime los nombres de mis nietos. Por favor.

—Briachislav y Vseslav —dijo él, la abrazó y marchó deprisa.

Rogneda se quedó mirando cómo el fuego se apagaba en la chimenea, repitiendo los nombres de sus nietos e imaginándolos. El sol bajó. Ella se envolvió, como de costumbre, en su manta y fue hacia el montículo donde yacía Akim.

—Amigo mío. Él vino. Mi hijo vino. Cumplió su promesa. Pero yo me quedo contigo. Porque ya no sé quién soy: la princesa Rogneda de Pólatsk o Gorislava, la esposa de un asesino, o la madre Anastasia… Tenías razón. Debí haberme rendido. Hubiera sido más feliz. Pero no he podido. Y ahora tampoco. No me rindo, solo estoy muy cansada. Mi alma está cansada. Me voy a echar a tu lado, mi Akim. Es como si te oyese rezar, amigo mío.

Se acostó sobre la fría tierra con una fina capa de nieve blanca, envuelta en su vieja manta. El sol desapareció y las nubes oscuras taparon las estrellas. Solo quedaron alumbradas tres figuras delante de ella, justo detrás de la cruz de Akim. Bellas y desnudas. La última la llamaba con el dedo.

Rogneda sonrió:

—¿Tantos años de monja cristiana y volvéis a por mí?

Se acomodó y cerró los ojos. Esa noche cayó otra nevada. A la mañana siguiente, encontraron a la madre Anastasia congelada sobre la tumba del pope Akim.

* * *

Año 6523 (1015 d. C.)

—El consejo en su conjunto decide que el príncipe Sviatopolk sea recluido en Voingorod, con su esposa y el obispo Reinbern.

El boyardo volvió a su asiento. Vladimir, con ceño fruncido, lo negaba con la cabeza:

—Quiero la pena de muerte. Para los tres.

Los susurros volaron en el aire. Putiata habló por todos:

—Mi príncipe, solo fue una conspiración contra nuestra fe. Pero se descubrió antes de que haya podido haber daños.

Vladimir se levantó y todos callaron. Recorrió a los presentes con la mirada. Parecían no ver la gravedad de lo ocurrido:

—No. No fue solo eso. No podéis ver más lejos de vuestras narices. Cambiando los ritos ortodoxos por los ritos en latín, aunque ambos fuesen cristianos, acabaríamos dependiendo de Polonia, que es lo mismo que pretendía Boleslav a la fuerza cuando nos invadió hace dos años. Como no pudo con nosotros, ahora lo intenta a través de su hija, casada con Sviatopolk.

—¿Entonces queréis decir que Sviatopolk no es culpable? —preguntó Putiata.

—Quiero decir que Sviatopolk es culpable de otro delito mucho más grave. Conspirar contra mí para obtener el trono. Tenía su ejército reunido y tenía un plan. Lo sé.

—¿Os lo dijo el griego? —sonó una voz.

Vladimir respondió enojándose:

—Deberíais respetar a Anastaso. Siempre fue fiel. Y si no hubiera sido por él, ahora rezaríais en latín y en mi lugar tendríais a Sviatopolk. Quiero pena de muerte para él y el obispo. La esposa puede volver a Polonia para contar a su padre que no somos tan necios como piensan.

Putiata negó con la cabeza:

—No podemos aprobarlo, es vuestro hijo.

—No lo es.

—En el momento de su nacimiento, vos fuisteis el esposo de su madre y es lo que cuenta. Es vuestro hijo a ojos del pueblo y para la sucesión.

Vladimir, cada vez más sombrío, recorría la sala con la mirada. Cuando Putiata terminó de hablar, el príncipe dijo:

—Voy a cambiar esa ley. —Los boyardos se miraron entre ellos sin decir nada. Vladimir siguió—: No voy a cometer el error de mi padre. No dividiré Rus. En su unión está su valor y su fuerza. Uno de mis hijos va a ser el gobernante supremo, y no será el primogénito, sino el más válido. Y el resto van a obedecerle y a enviar sus tributos a Kiev puntualmente como hasta ahora.

—¿Boris? —susurraron los boyardos.

—Sí, Boris. —Vladimir se quedó pensativo y luego concluyó—: Encerrad entonces a Sviatopolk en Voingorod y, cuando vuelva Boris de la marcha contra los pechenegos, haremos un juicio en la plaza. La gente querrá sangre. Y nosotros nos quitamos del medio tener que decidir.

El príncipe no tenía ánimo de luchar contra el consejo. Desde que murió Anna, hacía cuatro primaveras, sentía una soledad antes desconocida. Todas las personas que le importaban ya no estaban allí.

Putiata no se sentaba:

—Mi príncipe, hay otra cosa. Son rumores, pero cada vez más enfundados. Parece que Yaroslav está reuniendo tropas en Nóvgorod. No envió el tributo de este año ni el diezmo de la iglesia.

Vladimir se pasó los dedos por la canosa cabellera:

—Al final, Iziaslav, el mayor, será el único que no atentará contra mí. ¡Qué curioso!

Se levantó y salió dejando el consejo. Últimamente, tenía dolores de cabeza. No eran muy fuertes, pero persistían durante todo el día y alguna vez lo despertaban de noche. Rezaba más que nunca, esperando que Dios lo sanase, igual que había curado sus ojos en Korsún. Pero no mejoraba. Largas marchas a caballo, caídas, heridas en las batallas, hematomas, picaduras y mordeduras comenzaban a recordarle que el cuerpo humano era blando y estaba expuesto. Y la mente lo era a veces también. Vladimir trataba de no quedarse mucho en Kiev, porque lo invadían los recuerdos. Anna fue arrancada de su vida por la epidemia tan inesperadamente, tan deprisa se apagó esa luz incandescente que llevaba dentro, que Vladimir tardó días y semanas en asumirlo. La esperaba ver llena de energía e ideas nuevas cada vez que llegaba al palacio. Su hija, Dobroñega, heredó su belleza, pero no su cerebro, ni las maneras majestuosas de su madre. Era una réplica más pobre. A Vladimir le resultaba doloroso verla con su cabello rojizo y ojos azules y la envió fuera de Kiev para que estuviera con otras mujeres de la corte y eligiera a un esposo digno. Pero parecía no tener prisa en casarse.

El príncipe entró en la alcoba y se acostó, cerrando los ojos. La criada, sin preguntar, le trajo una compresa fría y se la puso con cuidado sobre la frente dolorida. Se sumió en un sueño profundo, esperando hundirse en el azul cielo de los ojos de Anna y sus cabellos color fuego.

* * *

Vladimir despertó. Ya era de noche. La criada entró a cambiar la vela. El dolor de cabeza no se había ido. Él movió el brazo, para quitarse el cinto, tratando de recordar por qué estaba vestido. Pero notó que no podía mover los dedos de la mano izquierda. La miró con asombro. Avisó a la criada para que le ayudara a desvestirse. Cuando la mujer salió, Vladimir se puso de rodillas delante de los iconos con las que Anna había decorado el rincón y rezó el resto de la noche.

Por la mañana parecía que su mano se había recuperado. Pensó que aquel impedimento se debía a algún antiguo golpe. De pronto, sintió que Kiev lo asfixiaba. Así que ordenó preparar su marcha a su lugar preferido, el palacio de Berestovo, a las afueras. Le vendría bien cazar unos días con sus hombres y dejar de pensar. Luego decidiría si ir a Nóvgorod a por Yaroslav o llamarlo a Kiev para hablar de sus turbias pretensiones.

Al día siguiente, no salió a cazar. Sus dedos le fallaron de nuevo y no podía agarrar bien las riendas. Para la tarde, no sentía toda la mano. De noche, el sueño con Rogneda y las amapolas lo atormentó una vez más. «¿Acaso es una venganza desde el otro mundo?», pensaba por la mañana.

Llamaron a las *babkas*. Le preparaban las pócimas amargas de cola de caballo y le vendaron las manos con hojas de repollo. Hasta que vino una, estudió atentamente su cabeza y sus ojos y dijo:

—Todo viene de tu mente, príncipe. Tu mente está agonizando.

—Pues ¡haz algo, anciana! —le replicó.

Pero ella negó con la cabeza:

—Cuando la mente se pudre, el cuerpo se pudre también.

Lo dijo con una aplastante frialdad. Vladimir quiso gritarle y hacerle dar la vuelta, pero su voz no le obedeció y solo salió un gruñido de animal herido de su cuerpo. Ese día llamó a Putiata a venir hasta Berestovo. A trompicones, eligiendo las palabras, le explicó que nadie debía saber de su enfermedad. Que su trono debía pasar a Boris en cuanto volviera de la campaña. Y que matara a Sviatopolk antes de que pudiera intentar algo. Putiata, perplejo ante las incapacidades del príncipe, asintió, le besó la mano y partió a Kiev. Allí, con los boyardos más allegados, la decisión de Vladimir fue debatida y se decidió a mantener a Sviatopolk con vida, ya que no estaba totalmente confirmado su complot y parecía conformarse con su nuevo destino. Estaba siempre vigilado y no presentaba peligro alguno.

Un mes después, Vladimir dejó de andar. Se sentaba delante de la ventana y así pasaba el día, mirando a lo lejos y recordando. Lloraba a menudo, porque no deseaba recordar. Pero no había nada más que fuese capaz de hacer. Lo alimentaban las criadas, que por la expresión de sus ojos podían distinguir si tenía más o menos dolor aquel día. Le seguían aplicando compresas frías sobre la frente, pero ya no intentaban nada más.

La tarde del quince de julio, su respiración paró. Estaba sentado en su butaca, arropado con una manta, con la mirada fija en un punto lejano.

Boris aún no había vuelto. Putiata y otros tres boyardos envolvieron su cuerpo en una alfombra, para que nadie supiera que el Gran Príncipe había fallecido, y lo trasladaron a Kiev, para después de una ceremonia íntima celebrada por Anastaso, introducir su cuerpo en el sarcófago de mármol que se habían preparado Anna y él en la iglesia de los Diezmos. Lo lloró su druzhina y unos pocos boyardos. Después, todo siguió como si estuviera vivo, pero por poco tiempo.

Hubo alguien que no lo mantuvo en secreto. Aquella noticia acabó traspasando los muros de Kiev y fue bien pagada por los interesados. Manifestándose como el primogénito de Vladimir, Sviatopolk era liberado por los insensatos de sus guardianes y entraba en Kiev proclamándose el heredero de Rus. El ejército estaba dividido y los boyardos también. El miedo a las represalias era más fuerte que la lealtad al príncipe fallecido. Sviatopolk envió a los hombres de Vishgorod para matar a Boris. Sin embargo, no lo consiguieron y, al enterarse de que todavía estaba vivo, Sviatopolk ordenó a los varegos que acabaran con él. Y no paró allí. Gleb, el otro hijo favorito de Vladimir, que aún desconocía la triste noticia de la muerte de su padre, fue llamado a Kiev en su nombre y, cuando llegaba, se encontró con una emboscada orquestada por Sviatopolk.

Y así, en unas semanas, la historia de una espléndida Rus, unida, reconstruida y mejorada por el Gran Príncipe Vladimir, «el Sol Rojo», daba un triste giro hacia un lapso de sangre e incertidumbre. Y a pesar de los hijos que tuvo, en el trono de Rus se alzaba su sobrino Sviatopolk, que sería llamado por el pueblo el Maldito.

* * *

Epílogo

Historia es una dama caprichosa y muy a menudo injusta: eleva a los villanos y se olvida de los dignos, convierte en santos a los iracundos o atribuye todos los pecados mortales a los inocentes.

La iglesia de los Diezmos cayó cuando los tártaros entraron en Kiev en 1240. E, igual que su tumba, la memoria de Anna la Porfirogeneta se borró en el tiempo. Sin embargo, su legado traspasó siglos. Sin su conocimiento y dedicación, Rus seguiría otro camino y no alcanzaría la grandeza que perduró en el tiempo. Cuán sorprendente fue el destino que trajo a una princesa bizantina a las tierras paganas, entrelazando tan diferentes culturas hasta fusionarlas por siempre.

A través de la bruma de los siglos, cada vez más tupida, que nos separa de Vladimir «el Sol Rojo», su imagen distorsionada persiste en la historia, unas veces como de un santo; otras, como un déspota y mujeriego, un político astuto y visionario, un gran guerrero o un dictador y asesino, pero con diferencia la figura más significativa, polémica y enigmática de nuestra historia. Los años hacen su magia y jamás sabremos cómo era aquel hombre, la huella del cual aún vive plenamente en el día a día de un extenso territorio. Pero hay una cosa segura: fue un valiente. No tuvo miedo a los retos externos o internos, tampoco a dejar las riendas de las reformas en manos de una mujer ilustrada, o mirar en el futuro y crear fuerza a través de la unión y el trabajo diario de gente sencilla, la eterna base de la sociedad.

Y lo más extraordinario: consiguió aplacar el espíritu pagano y hacernos rezar a otro Dios. Aunque en el fondo de nuestros corazones aún brilla una diminuta llama de tiempos antiguos. Un milenio después, todavía queda algo de aquellos antepasados paganos en nosotros: seguimos celebrando Máslenitsa, adivinamos el futuro con velas y espejos en fechas señaladas, recordamos los nombres de las criaturas de la tierra y el bosque, y saltamos la hoguera en la noche mágica de Iván Kupala.

Bajo la tierra de Rus hay millones de huesos enterrados, nuestros y también de nuestros enemigos, contando su historia: las glorias y el dolor de quienes arremetían contra ese pueblo o quienes desgarraban su alma desde dentro. Y, mientras se van silenciando las leyendas, se distingue quién de todos aquellos que vivieron, lucharon, vencieron, fracasaron, sufrieron o amaron, tiene el don y la fuerza de no caer en el olvido. Como aquella hermosa fuente perdida entre los pantanos de Bielorrús, llamada Lágrimas de Rogneda.

Índice